泡影

姜琍敏 著

題記

一切有為法，如夢幻泡影，如露又如電，應作如是觀。

——金剛經

目次

第一章

我的故事始於上世紀的一九六六年。

不僅因為，那個夏天，是我剛剛從小學畢業的時候；隨即便陷入漫長的毫無心理準備的恍若隔世的史無前例的奇特日子裡。更因為，此後的任何時日裡，只要一提及那個時段，無數奇人、無數怪事、無數驚天動地的喧囂，甚至硝煙、刀棍、槍聲、大字報、遊街批鬥；吶喊、嘶吼、哭泣、吵鬧、歇斯底里的尖叫和絕望的呻吟（尤其是分貝巨大、沒日沒夜地在一切人的頭頂上方叫嚷不息的高音喇叭聲）和一言難盡也無以形容的某種特殊卻又異常濃烈的況味，便會如呼呼作響的風濤聲、轟轟狂飆的雷電聲，炸裂於心間，久久盤旋、無法平息……

一九六六年的七月，我從學院路小學畢業，回到了百里街十八號家中，等待因文化大革命開始而中止的中考和招生的恢復。

不久之後，市裡宣布不再考試，學生就近分配入中學。我被分配在學院路東頭城牆跟下的市第四中學。但實際上，學校因為也毫無例外地捲入批鬥走資派、開展文化大革命的風暴中，根本就沒有開過幾天課。開課了你不去，也沒有人會來管你。因此我一直泡在家中，或者遊蕩在社會上。直到一九六九年底，我又被市四中宣布分配到蘇北農場，去「接受貧下中農的再教育」。這是後話。

我家所住的百里街，與學院路交叉。我家住的十八號院則已處於百里街的最南端了。由此可以想見，這條街是多麼的名不符實。據說它的名稱源於清朝一位名叫百里的京官。現在的百里街十五號，原先就是這位百里先生的私家花園。直到現在，這個院落的一角，還有一座歷史遺留下來的假山、乾涸崩壞的魚池和一座小土墩及其上面的小亭子和周邊的青竹林。當然，還有一些知名不知名的花木，每逢春天或者秋天，便星星點點地盛開在高高低低的雜草和沒膝的藤蔓之中。

所以，百里街雖短，卻不可小看。它的北頭通過一座名叫「星來」而歷史悠久的石砌拱橋，通向吳東市唯一的高等學府：吳東師範學院的南門。它的南頭則通過又一頂名叫「星照」的同樣古老的月亮般彎彎的石拱橋，與長而熱鬧的學院路聯結起來。這兩座拱橋給我印象最深的就是，它們一定是同樣的古代建築大師修築的。花好月圓時候，比如每年的中秋佳節，每月的陰曆月半，天清氣朗月光皎潔而沒有一絲風的夜晚，你從兩座橋的側面，便可欣賞到兩座半圓型拱橋在清澈墨綠的水面投下的朦朧倒影。當其時，你幾乎分辨不清，哪個是真橋，哪個是橋影，水上水下，渾圓的影像和天上的圓月相映成趣。讓許多路人流連河畔，歎賞不已。

當然，這都是些大人，或者更準確地說，一些特別敏感而又喜歡雲裡霧裡的人，比如吳東師範學院裡的大人，那些所謂的知識份子甚至後來我經常聽到的所謂「資產階級的才子佳人」們，才會搖頭晃腦地賞玩不已、流連不已。我，乃至我身邊的小夥伴們，幾乎從來沒有對這種所謂良辰美景有過特別感覺。我們更為著迷的是捉迷藏或者是官兵捉強盜，這種遊戲恰恰是最忌諱風清月明的。最好夜夜月黑風高，那才躲得住人呢。

不過，有一點我們百里街上的人，無論大人小孩都相當自豪的是，正像我剛才說的，百里街雖短窄，卻可謂藏龍臥虎。歷史上許多故事和有名的人物，就像連環畫一樣，發生在百里街許多門號之中。那些門號你從外面看著不怎麼起眼，實際上裡面是相當深而廣的，有的簡直是曲徑通幽、別有洞天。比如我家住的十八號院落。它就相當地大，也相當地高格。因為它的產權是屬於吳東師範學院的，裡面住著的全是學院的家屬們。這在當年只有這麼唯一一所大學的時候，還是很讓周邊的鄰里街坊刮目相看的。而且，我們的十八號院裡面也有很多的房子，住著不少的人家。所有住家的房前屋後，還都有相當寬裕的空地。不少空地上還長著很多梅蘭竹菊、閒花野草。雖然到了文革後的混亂時期，這些花木大多都像裡面的人一樣遭遇到它做夢也想不到的浩劫。比如被砍作晾衣杆或打成了碗櫥之類。但它們騰出來的地方，又變成了多數人家的所謂拾邊地，那些方形的圓形的或者不規則的三角形的小塊菜地上，從春到冬都鬱鬱蔥蔥地生長著人們精心伺弄出來的青菜、萵苣、番茄、蔥蒜甚至還有玉米等四季菜蔬。對了，還有那些像一對對瞪著大眼睛的小鳥一樣的蠶豆花，或者像鄉村裡的田野上一樣密集而散發著一陣陣特殊香氣的金黃金黃的油菜花。雖然它們只是一小簇一小簇的。有的人家也包括我家，還在屋角、樹下圈養著雞鴨。因此院裡終年飄浮著奇怪的氣息。尤其煞風景的是，當那些菜花之類盛開之際，也正是其他蔬菜特別需要養分的時候；於是乎，那熱烈的陽光下，整個院落、家家人戶，幾乎都沉浸在逃也逃不掉的氤氳的糞尿氣息中……

百里街十八號入口開向西面，兩扇紅漆剝落已久的院門內，是一個有點像解放牌卡車車廂那麼大的一個廊間，廊間的左右呈圓弧形地延伸出去的，是幾十間環繞著院牆的平房，裡面住著十來戶人家。而正對院門的，是上百米開外的一幢很為壯觀的獨棟別墅。一條青磚便道從院門通到別墅面前，又環著它繞了一個四方型。這別墅解放前是一個資本家的私產，解放後被人民政府沒收後成了吳東學院的資產，後來便被三戶學院的上層人物分住了。他們是學院的院長許衛一家，和物理系、中文系兩個全院最權威的教授陳國礎、鍾毓慶兩家。

百里街十八號院還有一個特別之處是，它的西邊臨街，北面和東面圍牆之外則全部是水。南面圍牆外也僅隔了沒幾戶人家，又是星照橋下的市河。因此，可以說我家的大院是個小小的半島或小城堡。裡面沿著圍牆跟除了房屋外的很多空地，如前所述，大多被平房的住戶們開闢成自家的「拾邊」地；但院裡還是有好些棵大樹和果樹，如兩棵歪脖子老棗樹，三棵柿樹、不少紫薇、芭蕉還有前院後院各一棵據說已有百多年歲數的老銀杏樹。院子的東南角上，還剩有不小的一片毛竹林，每年春天都會萌出幾十棵新筍來。雖然它們基本上都成不了材而進了院中人的皮囊。

那時，我父親在學院教育系當黨總支書記。因為升職晚，沒能住進別墅，就住在大院西北角靠街面的三間平房裡。不過比起一般職員住的一兩間平房，感覺也挺寬敞了。父親還在平房前用油毛氈、磚石塊搭著河上的圍牆建了個斜頂的小披子作為廚房。我家的那三間正房中有三扇木格子窗戶正對著狹長的百里街。每天就是不開窗也能聽聞到小街上各種各樣的雜訊和氣味。記憶中最深刻的，無疑是街對面的工農麵館裡整日不斷飄過來的濃郁的豬油和蒜葉香了。

過來人都知道的，在那剛剛熬過「三年自然災害」的一九六六年左右，人都餓傷了，窮怕了。而什麼東西都要憑票，你幾乎永無可能痛痛快快地煞一煞肚裡的饞蟲。麵館本來是最讓人眼熱的地方，就因為要糧票，人們的工資又普遍低，所以吃得起的人還是不多的。而且那時候的麵館，還不像現在這樣花式繁多，基本上只有光麵賣，頂多還有些素澆頭和斷斷續續供應的爆魚麵。因為肉也是定量的，小麵館進不到那麼多肉。可不管怎麼說，能經常吃到一碗鮮香撲鼻、油花飄浮的陽春麵，也是那時人的一份口福了。

既然提到了票證的話頭，我想就先來說幾句這個事吧。畢竟它在過來人的心目中，印象實在是太深了。而且，瞭解些這方面的知識，對理解本書也不是沒有裨益的。

那時候，尤其是經過「三年自然災害年代」，票證越益成為許多時候甚至比鈔票更加重要的「貨幣」了。你買任何東西，除了要錢，幾乎還都要另外提供相應的票證。比如你上街時肚子餓了，你身上有二兩糧票，那就可以付出一些錢，一起買上一個二兩重的饅頭。但是如果你沒吃飽，想再買一個，但只有錢，沒有糧票了，行不行呢？當然不行！有錢無票，等於搞笑。你硬要買，不僅沒門，小心扣你頂破壞社會主義計畫經濟的帽子，後果是很嚴重的。

票證總體分為「吃、穿、用」三大類。吃的除了糧票油票，還有豬牛羊肉票、雞鴨魚肉票、雞鴨蛋票，各種糖票，各種豆製品票、各種蔬菜票。穿的除了布票，還有化纖票、棉花票、汗衫票、背心票、布鞋票、棉胎票。用的有手帕、肥皂、手紙、洗衣粉、火柴、抹布票（若干年後，我還在一個收藏家的家中看到一張奇葩票：印著「憑證購買月經帶一條」！）還有煤油票，煤票、電器票、自行車票、手錶票，還有臨時票、機動票等，五花八門的，不勝枚舉。

許多票的票面值，也常常讓人看了哭笑不得。比如布票：除了一尺，兩尺的，還有兩寸，一寸的，有的地方，居然還有一釐米的！

票種如此複雜，也就罷了。數量又能否滿足需求呢？唉，說起這個就更可憐了。農村就不說了，據我的印象，當時中國的所有農民幾乎都是沒有任何票證的。他們進城來辦事、探親等等，要臨時背米到糧管所換上少量糧票才有可能在城裡買點飯吃。這當然不方便也不足用，所以城郊的農民便常常會拿積攢的雞蛋到城裡來換些糧票、日用品票等等。這且不論。城裡人的各種票證的定量也少得可悲。比如定糧，成人視工作性質或從事的工種而定。我父母都是幹部，每人每月的定量是憑糧票（還要糧食購買本）買米二十八市斤。多了，哪怕你付再多錢，也不會賣給你一粒米。油就更少了，每人每月幾兩；其他如豬肉，也是幾兩；豆腐，幾塊……憑票供應幾乎一切，本身就說明了物資的匱乏，供應量自然不可能滿足需求了。不僅不能滿足，而且，缺口極大。所以，這個話題不說也罷，說多了，只有淚。

那就回到麵館來。我說過，我們的百里街不僅短，也不寬，因此我家窗戶距離小街對面的工農麵館只有七八米。所以我每天都是在麵館裡跑堂的「兩兩碗」、「一碗重青（多蒜葉）」、「一碗寬湯（多湯水）」之類吆喝中醒來。而夢中早已不知在浸透了豬油蒜香的氣息中吧嗒過多少回嘴了。以至對著自家的泡飯和大塊又僵又硬又鹹的青蘿蔔乾，總不免懨懨地悵惘。畢竟那時我父母雖然都是幹部，但工資並不高，還有我和姐姐、弟弟三個都在上學的孩子，家境是不允許經常上館子吃麵的。《笑林廣記》中，慳吝老頭讓一家子望著梁上的鹹魚乾佐餐，其實不太離譜。我就常常深嗅著窗外的麵香味下飯。偶而父親讓我用鋼精鍋去麵店裝回些麵條來，也主要是哄我們幾個孩子的饞蟲的。不過這也就成了我最喜歡幹的家務了。

後來回憶起來常常令我又有點慚愧又有點酸楚的是，那時候我比家裡人都多吃過好些陽春麵。因為飢餓的驅使，也因為同院好夥伴鍾健的點子（他說他就經常那麼做），我主動攬下了家中每月買米的「重任」——說重任也有些道理，那時買米可不像如今這樣便利，而是必須到指定的國營糧店，憑證購買國家定量的糧食。那時的糧店分布又少，百里街一帶的人要到離家須步行二十多分鐘的紅旗橋糧店去買。我四年級開始攬下這重任後，父母怕我累著，每次叫我買十斤米。我則每次買九斤，回家報說十斤，這樣就「揩」下一斤的米錢。那時每斤粳米是一毛四分錢。關鍵是，這還能落得一市斤分外珍貴的糧票（否則你有錢也別想吃上一碗麵或一根油條））。我會把錢和糧票小心地藏在書包夾層中，逢到父母上班，姐弟也不在家的時候，就溜到工農麵館去，躲在最裡面，狼吞虎嚥地吃下一碗二兩半的陽春麵——花上七分錢……

因為這個特殊原因吧，我對當時買米的印象始終記憶猶新。米店在那時本身就是一個具有特殊喻意的地方，可說是生命和安全感的一個珍貴的隱喻。一進門，裡面那股撲面而來的混合著輕微霉味的米麵氣息，總讓我感到親切甚至微微有些暈眩。因為每人都有定量的計畫，所以，你要買多少米，先得把每家的命根一樣重要的購糧證遞給營業員，他要看你這個月還有沒有定量計畫，沒有的話，對不起，你花十倍的鈔票和糧票也不賣給你一粒米。有計畫的話，他會用原珠筆寫上這次購買的數量，再向你收相應的糧票和鈔票。完事後，他開始稱米，你則把撐開的米袋兜住櫃檯下方那方形管狀的出米口；感覺到流水一般的大米向口袋中傾瀉的時候，我會有一絲絲的欣慰，又有一絲絲的遺憾，總覺得它流淌得太短促了……

除了克扣家裡的糧食計畫，我和鍾健還幹過一個現在看來特別不道地的勾當。我們經常結伴到吳東學院去尋覓蛛絲馬跡般的任何「生財」機會。比如學生宿舍的垃圾箱邊上，有時候會有人扔掉的紙板箱、破舊臉盆。院裡後勤處的小工坊周邊，有時能「撈」到一些廢舊鐵件，螺母之類。運氣好的話，還能拾到幾截舊電線什麼的，把它用火燒過，能剝出一些銅絲來。銅絲在廢品收購站是最賣得出錢的——後來我們還因此小小的發過一些財，因為我們無意中發現有些學生宿舍住的房子是國民黨時候留下的老建築。上面的窗拴、拴扣居然都是黃銅做的。我和鍾健便趁學生上課之機，假裝在宿舍附近玩，懷裡卻揣著家裡帶來的小榔頭，看看哪個宿舍沒人，就踩著他們窗外的牆沿攀上窗臺，取出小榔頭使勁幾下，一塊厚實的銅窗栓和拴扣就掉落下來——我們靠著賣這個到廢品收購站換來的錢，吃到過陽春麵和麵衣餅什麼的。不過，做賊心虛吧，每次上廢品收購站，我們倆都相當忐忑，總怕收購站的人會疑心我們的銅塊塊是偷來的而不收購；更怕他們因此把我們逮起來送到派出所去。於是我和鍾健常常用包剪子錘的辦法來決定由誰進收購站去賣我們的贓物。當然，不要老在一個收購站賣東西，免得讓人奇怪我們怎麼老是會有那些莫明其妙的銅塊塊，也是我們的基本辦法。為此我們不惜跑出老遠去尋找收購站，有兩次甚至跑到火車站附近去賣那些我們自認為可能會引起麻煩的東西……

那個日子，完全就像是被誰從晴朗的高空突然砸下來的。

而當其降臨的時候，我正處在一種興奮甚至有些飄飄然的狀態中，一點兒也沒意識到它會在我家和學院，不，在全市、全省乃至全國掀起一場「史無前例」的、十二級颱風也不可比擬的政治狂飆！

那天我意外地收到了一封來自遙遠的、分外神聖的地方：北京的信件。而且，是一家全國性的報紙編輯部的來信！牛皮紙的長方形信封上，中間有一個長方形的紅框框，紅框框裡清清楚楚地寫著我的姓名，上方是我家的地址（那時在我們十八號院的門廊裡，牆上釘有兩個長條形的布袋，所有來信都會被郵遞員放在那裡面），寄件人則是深綠色的幾個印刷體大字：中國少年報社。

起先我使勁盯著插在信袋中的、寫著我收字樣的那封信看了好一會，就是沒敢伸手去拿它，總以為什麼地方出了差錯。心怦怦跳了好一會，我才愣怔地想起，這真有可能就是寄給我的信。大約半個多月前，我的確曾給中國少年報社投過一篇稿件。因為根本就沒敢抱採用的希望，所以很快就把這事給忘了。沒想到居然有了回音！

我雙手抖抖地撕開信封，卻大為失望地看到，這是一封退稿信。只是，夾在我稿件中間的一張鉛印信後面寫著這麼一句話：……希望你繼續給我們來稿。這話給了我莫大的安慰，尤其是當我聽鍾健說，他沒有收到退稿信，而且，以前也投過兩次稿，既沒採用，也沒收到過退稿信後，我感到更興奮了。報社退我的稿，沒退他的，這豈不是意味著，他們認為我的文稿水準要比他好？要不然，怎麼會說希望你繼續來稿？

鍾健就住在我們院子裡靠北邊一排矮平房裡。長得虎頭虎腦、敦敦實實的，個頭也比我高。他父親是學院圖書館的工友。因此，儘管他歲數只比我大一歲，看的書報卻比我多，頭腦也靈活，且能言善辯，經常一副很自得的樣子。我之所以比較願意與他來往，就因為我也喜歡看課外書。而平時我們在一起玩的時候，鍾健會給我們講些有趣的小故事，尤其擅長講一般人很少知道的外國童話或者民間故事。像安徒生童話、格林童話等等，我都是先聽他講了其中的某幾個故事，如《美人魚》、《皇帝的新衣》等，產生了濃厚興趣，才央父親從學院圖書館借來看過。當然，鍾健給我們講的可遠不止這些小兒科著作，他還繪形繪色地講過好幾篇契珂夫的小說；什麼《變色龍》呵、《小公務員之死》呵；尤其是《凡卡》（我現在還記得，那個可憐的小學徒凡卡，向爺爺寫信訴苦，滿心希望爺爺會來接他回家，結果卻因信封地址上寫的是無法找到的「鄉下爺爺收」，使希望成了必然的泡影），那些異峰突起般的結局常讓我們為之著迷。因此他是很讓院中的小夥伴們佩服的。當然，有時也會有人妒嫉或討厭他，因為他儘管只是一個校工的兒子，卻顯得比我們不少人老成，並且似乎什麼都懂。

我給中國少年報社投稿，就是跟他學的。那天我到他家去玩，看見他正趴在桌上，用小心裁下來的方格作文本在抄寫著什麼。一問才知道，他居然是在寫批判反革命「三家村」的文章，準備寄給中國少年報發表。我那時根本不知道也不關心天下大事，是從他嘴裡才頭回得知，貴為北京市委副書記的鄧拓和副市長吳晗、廖沫沙這三個人，居然都是混進革命隊伍的反革命修正主義分子。他們串通一氣，經常在報紙上發表含沙射影、惡毒攻擊污蔑黨的領導的反動文章，比如《燕山夜話》之類。現在，他們被黨中央揪出來了，全國人民正在批判他們，中國少年報社也號召全國少先隊員響應黨中央號召，也來批判這反動的「三家村」，以實際行動，積極投身於這場偉大的革命鬥爭中去……我這才恍然明白，怪不得父母親最近神色總有些恍惚，還經常在悄悄地議論著什麼。看來，肯定是和這場叫作文化大革命的運動有關吧。

鍾健還慫恿我說：你的作文不是寫得很好的嗎？你也可以投稿給他們呀？真要是登出來了，還會給稿費呢。

真的？會給多少錢稿費啊？

我不知道。起碼有幾塊錢吧。而且，學校裡的那幫同學看到報紙上有我們的文章，保准要佩服得一排排昏過去，哈哈……

我無法想像同學或是老師怎麼個一排排昏過去的場景，但我還是感到一種新奇而隆重的激動。就算有兩塊錢稿費的話，那起碼也夠我吃幾十碗陽春麵啦？我又驚又喜，但起先還是一口拒絕，終究覺得這種事難以想像，離我也實在是太遠了。但最後還是禁不住鍾健的花言巧語和又有稿費又有名氣的誘惑，決定試上一試。於是就從他那兒借了幾份登有批判「三家村」文章的報紙，詳細瞭解了投稿方法，回家後苦苦折騰了兩天，終於投出了人生的第一份稿件。結果，再也沒想到，居然就有了回信！雖然是退稿，可比起鍾健來（他拿著我收到的退稿信翻來覆去地看著，臉上青一陣紅一陣的，別提有多羡慕），不也算是一大成功了嗎？

看看快到吃午飯的時候了，我揣上信，蹦著跳著回家去。可是剛剛跑出鍾健家沒多遠，耳中突然鑽進來一種聞所未聞的奇特聲音：

吳東師範學院廣播站，吳東師範學院廣播站，現在播送人民日報發表的中共中央重要文件，請全校師生務必要認真收聽！

下面請聽今天剛剛發表的《人民日報》、《解放軍報》和《紅旗》雜誌社論：深入學習貫徹「中共中央關於開展無產階級文化大革命的通知」……

這聲音突兀而高亢、激越而尖銳，彷彿有誰就在我腦後拿個擴音筒在嘶喊，那略有些電磁聲嗡嗡雜響的喧囂中，分明又透著一種令人不寒而慄的隱隱殺氣，讓我一時心靈震顫，好一陣怔在原地，不明白究竟發生了怎麼回事：

……資產階級雖然已經被推翻，但是，他們企圖用剝削階級的舊思想，舊文化，舊風俗，舊習慣，來腐蝕群眾，征服人心，力求達到他們復辟的目的。無產階級恰恰相反，必須迎頭痛擊資產階級在意識形態領域裡的一切挑戰，用無產階級自己的新思想，新文化，新風俗，新習慣，來改變整個社會的精神面貌。在當前，我們的目的是鬥垮走資本主義道路的當權派，批判資產階級的反動學術「權威」，批判資產階級和一切剝削階級的意識形態，改革教育，改革文藝，改革一切不適應社會主義經濟基礎的上層建築，以利於鞏固和發展社會主義制度……

我循著聲音往大門外跑，出了大院門，就發現有不少街坊鄰居都從家中出來，站在馬路上向著學院方向聽著廣播。有人則向學院跑去。我不由自主也跟著跑過去。剛到學院南門口的石拱橋上，就看見南門傳達室邊上的一根電線杆上，新架上了三隻銀白色的高音喇叭，像三朵怒放的鮮花一樣，向著東南西三個方向，繼續哇哇地叫囂著。

不知為什麼，也許是因為那播音員的語調太過嚴峻，那內容中的言詞又太過犀利和激烈吧，我的心情突然由開始時蠢動著某種因好奇而興奮的期待，轉而化成了莫名的不安。甚至，我對那幾隻亢奮的高音喇叭竟然產生了一種恐怖的感覺。彷彿那不是喇叭，更不是什麼花，而是三隻魔鬼的血盆大口，在衝著我，衝著學院和百里街，衝著這個突然變得異常陌生的世界歇斯底里地嘶吼……所以我並沒有像別人一樣繼續往學院裡去，而是一下子收住腳步，待了片刻後，又轉身從橋上下來，心神忐忑地向家中跑去。

是的，雖然還並沒有從廣播內容中聽出什麼名堂來，但我一看到異乎尋常的大喇叭，聽著那越發凜厲的廣播聲，就直覺地感到一陣強似一陣的莫名的疑惑和驚懼，它就像血流一樣迅即漫向全身，以至回到家裡，兩條腿都有些發軟。

這就是某種預感吧？畢竟這喇叭、這腔調、這內容，聽上去都太出乎意外，太尖銳也太怪異了。

而且，事實也的確如此。自從學院裡裝了這幾隻大喇叭後（後來又在附近的電線杆上多了另外派別控制的三隻不買帳的新喇叭），百里街便失去了以往的安寧和清靜感。所有人，所有的人家便都沒有了輕鬆的時候。學院南門口的這些個大喇叭，幾乎日日夜夜在喧囂、吶喊、對罵，甚至有時給人的感覺完全就是一種狼一樣的狂嚎，讓人驚惶而又絕望。因為你即使把頭鑽進被窩裡，那些高分貝的聲音，那些猛烈如炮火的言詞，仍然會像遊竄的群蛇一樣，毫不留情地鑽進你的鼓膜去。尤其是在深更半夜，有時也會突兀地響起一個尖利的女聲或男高音：

通知，通知，緊急通知！某某某毛澤東思想戰鬥隊，立即到學院禮堂集中，有戰鬥任務……

或者就是：

勒令！勒令！勒令反動學術權威某某某，馬上滾到某某系接受革命小將的審查！……

除了近乎歇斯底里的吼叫，就是令人越聽越覺得毛骨悚然的「革命」音樂。各種各樣的大批判歌曲和毛主席語錄歌幾乎一刻也不停地飛蕩在百里街的上空和各家各戶的床頭。除了早晨第一遍奏響的必定是〈東方紅〉，晚上最後一遍吶喊的必定是〈國際歌〉外；平時播放得最多的，便是彷彿永遠也唱不完的各種各樣內容的毛主席語錄歌。當然，播放得最多的還是〈大海航行靠舵手〉，語錄歌中也以「革命不是請客吃飯」、「下定決心，不怕犧牲，排除萬難，去爭取勝利」和「馬克思主義的道理，千頭萬緒，歸根結底，就是一句話，造反有理，造反有理！」為最……當然，後來派系之間要開展辯論或者要批鬥什麼人的時候，播放得最多的便是「拿起筆，作刀槍，集中火力打黑幫，革命師生齊造反，文化革命當闖將！」……

我回到家中的時候，姐姐和弟弟正趴在飯桌上吃午飯。但倆人都有點心神不定的樣子，筷子有一下沒一下地在飯碗和嘴裡游移著；看我進來連聲招呼也沒打，卻時不時瞟上一眼坐在茶几邊的父親和母親。他們手裡拿著幾份報紙、材料，一臉凝重地在指指劃劃地輕聲交談著什麼。倒是母親見我進來，招呼了一聲，說你又跑哪去了，趕快吃飯吧。以後記住啊，再不許到處亂跑了。

我心不在焉地盛了點飯坐到桌前，輕聲問姐姐，爸媽為什麼不吃飯。姐姐大我兩歲，剛剛升了初三。她沒好氣地噓了我一聲，指指父母，做出一種側耳傾聽的樣子，什麼也沒說。

我也豎起耳朵，關注父母的議論。隱隱地聽見父親在說：通知上說得很明白，幹部可以分成四種：好的；比較好的；有嚴重錯誤，但還不是反黨反社會主義的右派分子；少數反黨反社會主義的右派和走資本主義道路的當權派。而前兩種幹部占大多數。我想我再怎麼也算不上第三種幹部，更不是第四種幹部。

母親說：「這是當然的嘛。再說了，你擔心什麼，又算個什麼玩意呵？本來不過是一個小小的系科書記，出個差什麼的，還要到院裡去報銷，算得上當權派嗎？你想走資本主義，也沒地方讓你去走呀？」

父親卻仍然心思重重地搖頭，說：

「這倒不一定。中央文件上並沒有規定運動搞到哪一級。而且，真要上綱上線的話，恐怕很多人都難說自己是完全正確的……現在最讓人擔心的是，這場運動感覺上和以往歷次政治運動都不一樣，來頭這麼猛……它會搞多久，搞到什麼程度？看這幾天這個勢頭，是反右和四清運動都沒有過的。」

母親說：

「你管它搞多久呢？反正這場運動是毛主席黨中央直接發動的，來頭當然不會小。但它明確是針對黨內一小撮走資本主義道路的當權派的，為的是鞏固無產階級專政。這對全國人民來說，是大好的事情，我們也應該堅決擁護！而你，是無論如何不能算作反黨反社會主義分子的，難道你連這點信心都沒有？

再說我們都是渡江幹部，經歷過革命戰爭的槍林彈雨，怎麼可能會反黨反社會主義？所以你只管做好你的工作，相信黨，相信群眾，尤其是要相信英明領袖毛主席。」

母親的話都說得這樣了，我聽著也覺得十分有理。可不知為什麼，父親的情緒並沒有多少鬆動，還是愁眉不展的：

「你說的我都想過。可是運動真正進行起來，它的深度和廣度，完全有可能超出我們的判斷的。反右運動就是個例證。所以，不光是我，我感覺你也要多加點小心。你是模具廠黨支部負責人，要是運動擴大到基層，說不定也會……

自從前些天毛主席發表了『炮打司令部——我的第一張大字報』以來，學院裡的大字報越來越多了，矛頭所指也從院領導涉及到系領導，甚至很多有名的教授也挨了批判。好些大字報簡直是不跟你講理，一個勁地上綱上線、火藥味十足。你看了不服也沒法跟他們辯說去。我現在在系裡說話幾乎快沒人聽了，還有好些學生進進出出的，根本不拿正眼看我了……」

母親說：「這麼亂啊？那你們院系的領導也太軟弱了！學院裡黨的組織是擺樣子的嗎？院黨委就不能管管他們嗎？你這個系科書記也應該理直氣壯地掌握系裡文化大革命的大方向嘛？」

「你知道什麼呀？」父親像突然害了牙病一樣，捂住了腮幫子，一個勁地搖頭、皺眉，還噝噝地抽冷氣，好一陣才又說：

「什麼理直氣壯？什麼大方向的，現在省裡、市裡都沒有任何指示，好些院領導也都被貼了一大堆字報，一個個心煩意亂的，誰也看不清這水有多深，哪個還敢輕舉妄動？又有誰會聽你的？我擔心的就是，今天這又一個火藥味十足的兩報一刊社論，分明就是黨中內的新精神。它這一出來，許多學生可能會更張狂。而且我聽說，系裡的紅衛兵組織馬上也要成立……」

母親說：「也有人貼你的大字報嗎？」

父親說：

「前些天一直沒有。昨天突然在系辦公室貼出了兩份針對我的，淨是些蠻不講理的人身攻擊。今天又有幾個學生在走廊裡看見我哼哼地冷笑。我可以肯定的是，接下來學生一定會更來勁。而且我估計，系裡的紅衛兵組織一旦成立，首要的鬥爭對象就是我……」

「怕什麼？」母親突然啪地拍了下茶几，臉漲得通紅地說：「這要是我……我們廠還沒有大字報，要是有，你說得對還罷，瞎說八道的話，看我不撕了它！」

父親慌張去捂母親的嘴。隨即站起來，跑到窗前向外看了好一會，回過頭來時，臉色都發青了。母親意識到什麼，便走到飯桌前來，嚴厲地關照我和姐姐說：

「我們說的話，你們都聽見了。也好，是該讓你們知道點事情了。我要再說一遍，從今天開始，你們倆也要給我把頭腦放清醒點。文化大革命期間，什麼都可能發生，但這都是大人的事，你們不用亂想亂怕，要相信天是塌不下來的，有黨中央毛主席在，誰也翻不了我們無產階級專政的天！

但是，你們雖然小，也一切要聽黨的話。而且，誰也不許在外面亂跑亂說！牢牢記住『禍從口出』這句話，聽明白沒有？」

我和姐姐趕緊點頭，而心裡面卻是越發混亂了。我再也無心吃飯，總覺得今天太異樣了，父母的言論和表現也太反常了。而耳畔的大喇叭，卻還在一遍又一遍地重複著越聽越讓人覺得寒氣凜凜的「社論」。而外面的太陽不知怎麼也好像害怕似的，溜得不見了影兒。窗戶上烏央央地，隨即還滴答滴答地響起來——是一陣陣的黑風，把漸漸密集的雨點子撲打在窗玻璃上。

第二章

我父親名叫章宗道，本是山東煙臺地區一個名為章莊的小山村裡、一個走鄉串村的貨郎的兒子。因為家境稍好，讀過幾年私塾。正因為這個原因，爺爺在土改中被定為中農。這個成份在平時還算可以，一到運動或要入黨提幹什麼的，有時就成了很要命的事了。比如入黨時，父親比同事多寫了好幾份思想解剖材料才成功。不過有這種成份，也不是全無好處，比如反右時，父親就自卑於自己不良的出身，從而謹小慎微，始終夾緊尾巴一言不發，反而比有些自以為根正苗紅而說話直率的人更安全。

因為同樣的原因吧，文革一開始，父親又變得格外敏感而謹慎，心底裡怯的就有自己的成份問題。好在，他那個渡江幹部的經歷，又在很多時候幫了他的忙。山東解放早，章莊村也很早就是老區。抗戰末年，他因為識得幾個字，被膠東軍分區徵收入伍，在連隊裡當文書。解放戰爭後，他的部隊劃歸華東野戰軍，他也隨軍渡過長江，被留在一個縣工業局當軍代表。後來，因為有點兒文化，他又得到個進省工農速成中學學習的機會。畢業後又考取了吳東師範學院，再從學院去華東師大進修了兩年。回院後留校當了助教，然後又快速升職為教師、系副主任，等到文革開始前兩年，父親已憑藉自己的革命資歷，當上了系總支書記。這職務其實算不了什麼，但在都為正廳級的吳東市和學院來說，一個處級幹部也算很了不起了。父親因此而志得意滿地籲了一口長氣，並對自己的未來生發出更加美好的憧憬。

我清楚地記得，父親受命的時候正是百花盛開的陽春季節，在一個星期天裡，他穿上了難得見他一穿的藏青色的毛呢子中山裝，套上用鞋油擦得亮晃晃的大頭皮鞋，和同樣難得地穿上過年才會穿的直貢呢列寧裝的母親，把我們姐弟三個帶到我們從來沒有去過的同慶園玩了一天。實在說，這個著名的清代貴族私家園林究竟好在哪裡，反正那時候的我和小弟是沒有什麼印象的，只知道園林裡有一座頂上會流下水來的假山最好玩。因為它有上上下下曲裡拐彎好幾個山洞，鑽在裡面充滿了神祕感。當然，青翠濃密的好像流蘇一樣的柳絲，紅豔絢爛的彷彿雲霞一樣的梅花，還有奇形怪狀的大大小小的盆景也還是蠻好看的。只不過，這些都遠遠不如那天中午我們在一棵伸展著參天巨枝的古松下席地野餐的記憶更美妙。從小到大，幾乎從來沒聽他說過什麼遊玩呵，美食呵什麼的父親，居然從手提包裡拿出塊有著藍白相間大格子的塑膠布鋪在軟軟的松針葉上，我們一家也破天荒地席地而坐在一起，狼吞虎嚥地品嘗起母親一大早特意煎出來的荷包蛋（是用切開來的饅頭片和大頭菜絲一起夾著吃的，那味道，簡直能讓人酥化了）。而且，母親居然還從吳東最有名的百年老店采香村裡買來切得薄薄的整整一斤乾切牛肉——我的個媽哎，那可是我們姐弟三人生平第一次吃到館子店裡做的乾切牛肉。那個香，那個韌，那個嚼在嘴裡半天也捨不得往下嚥的鮮美呵，好多年後我做夢的時候，還清清楚楚地回味得出來。對了，還有幾瓶難得喝上一回的汽水呢。上海產的正廣和汽水和吳東本地出的雜牌汽水就是不一樣，父親歪著頭剛剛把蓋子咬開，那裡面的汽泡就噝噝呻喚著奔湧而出，父親一看不妙，趕緊把冒著泡的瓶口往坐在他腿邊的我嘴裡捅，撞得我牙齒都快掉下來了，可那份麻絲絲的香甜清涼呵，真是回味無窮呢……

就是在野餐的時候，我們才終於解開了一直縈繞在心上的疑團。母親笑咪咪地向我們姐弟仨宣布了，父親剛剛被任命為吳東學院教育系黨總支書記的好消息。

原來是這麼回事。怪不得父母都像過節一樣喜氣洋洋呢！

唉，又有誰能想得到，僅僅一兩年後，父親卻因為這頂剛戴上頭頂的烏紗帽而成了系裡的頭號「走資本主義道路當權派」，深深陷入日益混沌的文化大革命的沒頂之災中；身不由己地幾乎連一口氣也沒辦法順溜點兒喘——如果他只是個一般教師，雖然也可能被批鬥，被審查，可是卻肯定要比當一把手少吃許多苦，少受許多罪……

我母親齊英也是煙臺人，但和父親不是一個縣的。她參軍比父親晚了兩年，革命資歷卻比父親老不少。而且，母親的成份比父親硬錚多了，是個根正苗紅的貧雇農子女。她很小就受村上一個暗中擔任縣上地下黨領導成員的小學教師的影響，投身革命。而且，她屬於那種認準一個道就不管不顧走到黑的人，風風火火地真是把一切都肯獻給黨，獻給她理解的共產主義事業。比如，解放戰爭開始不久的時候，有個大雪封門的冬夜，她聽一個孩子說，村上地主崔老貴家的小兒子（在國民黨軍隊當連長），潛回家裡來看他老子了。剛滿十八歲的母親一個人踏著深處可以沒膝的積雪，跌跌撞撞、連滾帶爬地連夜趕了二十多里路，往駐紮在鎮上的共產黨縣大隊報信。天快亮時她才趕到，已是深身濕透，成了一個雪人……因而，母親所在的村子解放後，她就被任為第一任村婦女救國會的會長。在土改和支前中她也毫不畏懼，忘我奮鬥，很受地下黨組織的欣賞，於一九四七年底推薦她參加了解放軍。在部隊，她恰巧和父親在一個團的後勤機關，因為是老鄉，年齡又差不多，倆人很快產生感情，在團領導的撮合下，最終在渡江戰役後，成婚於軍中。後來，夫妻倆同時被留在地方。父親考取吳東師範學院後，她也隨之調往吳東，在市輕化工局當科員。後來，儘管她沒什麼文化，但憑著光榮的革命履歷，她也有所提升，最終被調任為市國營模具廠的黨支部書記。文革一來，自然也很快丟了職務，成了批鬥對象。但就因為她的成分、革命資歷等優於父親，又在企業工作，母親被貼大字報、戴高帽、坐「噴氣式」、抄家、隔離審查等等苦頭一樣也沒少吃，但總體而言，要比父親好過一些。後來「解放」得也比父親早好幾年。這是後話。而實際上，文革中的一切進程，都比父母或任何人預想得來得更加迅疾，更為猛烈。可以說，文化大革命的「熊熊烈火」燒得如此熾烈，不僅出乎全國每一個老百姓的意料，恐怕點燃它的老人家，也未必能預計得到！不然，許多地方怎麼會此起彼落地亂成那副樣子？

我們的百里街十八號大院，是吳東師範學院最先「著火」的地方。因為這裡住著院長許衛。

那是一個星期天的清晨，時間還不到七點鐘時發生的事。

這個時候，又是休息天，院裡人大多數還在夢鄉中。雖然學院南門的廣播早就開始了，但這個時候還在轉播中央人民廣播電臺例行的新聞節目，對此人們已經習聽而不驚了。這天的天氣也很好，八九點鐘的時候太陽就高高地站到了院中許衛等幾家住的洋房的屋頂上。只不過這是後來的情況，早晨七點鐘的時候，整個院子還被一團相當濃密的白霧籠罩著。以至樹葉和院裡人家種的蔬菜葉上都凝結起細密的小水珠。少數起得早到菜市上買菜的鄰居，走路長了，眉毛上也會凝上更加細微的水珠。而那些放出來早的人家養的雞鴨在空地上歡快地撲楞著翅膀、吱吱嘎嘎時，你也只聞其聲，不見其影。不過空氣卻因此變得涼絲絲的，分外清新。

再也沒想到，就在這樣一種特別寧謐的氛圍中，百里街上突然越來越響地發起一陣特別的喧嘩，而且它很快變成聲音非常整齊的一起一伏地呼喊口號的聲音。我家住在靠街，朦朦朧朧醒來，立刻驚惶萬分地聽見是在指名道姓地叫喊著：「打倒反革命修正主義路線在吳東學院的代理人許衛！」、和「許衛滾出來！」、「許衛不投降，就讓他滅亡」……

無疑，我做夢也沒法想到會有今天這嚇人的一幕。於是趕緊套上我的藍布學生裝，捂著劇烈蹦跳的心房，探出頭來向門外張望。只見一大群至少三、四十個人，清一色都是學院裡的學生，有男有女，有的穿著軍裝，有的戴著軍帽，有的還在腰間紮著寬寬的軍用皮帶，所有的人則都在胳膊上套著一個紅袖標（就是後來紅遍全國的紅衛兵的重要符標）。人群前面，還有兩個人打著一個橫幅，後面的人則揮舞著手中的小紙旗，也不知上面都寫著什麼，反正不外是與他們呼喊的口號類似的內容吧。他們很快便湧到院中洋房正對著大門的那個門前。我心頭怦怦跳著，溜近去看熱鬧。發現院中幾乎所有人家都有人出來了，圍在這些人周邊，緊張地觀望著。一個個神色緊張、面面相覷，都不知道接下來還會發生什麼事情。

這時，圍在許衛家門前的人中，又有人舉起拳頭，領頭高呼了一頓口號。而這時候，面色蒼白，白髮蒼蒼的許衛顯然還沒來得及梳洗，睡眼惺忪、上身還穿著件肩膀上打了塊補丁的格子睡衣，底下則光著一隻腳，另一隻腳上套著一隻黑色的皮拖鞋。一長綹沒有梳理的頭髮搭拉在他額頭上，他一言不發地來到門口，低著頭，聽憑學生們（後來則稱他們為革命小將）衝著他聲聲吶喊。待有些停頓時，他急忙插了一句：

「請問各位同學，你們是不是要我到院裡去？」

回答他的是領呼口號的人，他響亮地又喊了一聲：「堅決把走資本主義道路的當權派許衛揪出來！」

「揪出來！」

「揪出來！」

許衛點頭哈腰道：「那我去穿件外套跟你們走。」不料話沒落音，早已有幾個學生衝上臺階，一把將許衛從上面拉下來，隨即便一人揪住他一支胳膊，叉起他來，推著、搡著，立馬要把他帶走。這時，許衛的老婆從門洞裡瘋了一樣衝下臺階，大喊著「你們是誰呀？他連衣服還沒穿呢，你們不能就這麼帶走他」。

她試圖衝上前去拉住許衛，卻被學生們擋住了。可能是擔心牽連到妻子吧，許衛掙扎著站住腳，回頭喊了一聲：「你別管！快進去！」卻不料被人狠狠地扇了一記耳光，眼鏡也打掉在地。他慘叫著：「眼鏡，眼鏡，我的眼鏡掉了」。想蹲下去找時，但聽嚓地一聲——我雖然被堵在人縫中，但因為個子小，反而從人們的腿縫中清清楚楚看見，有一個女學生重重一腳，將他的眼鏡踩得粉碎。

在又一陣狂熱的口號聲中，學生們就那麼兩個人一起叉著許衛的雙臂（後來我知道，紅衛兵們管這種風行全國的標準姿勢叫作「噴氣式」），把跌跌撞撞的許衛帶走了。許衛老婆這才敢再追出來。但追到院門口又明白無濟於事，於是一臉惶急地待在了原地。

許衛老婆姓劉，叫什麼我那時並不清楚。反正我們大人小孩都習慣叫她許師母，是學院人事處的副處長。她愣怔了一會後，一屁股癱在地上，披頭散髮，兩腳絕望地噔著地，雙手紮撒，嘶啞地尖叫著「天哪！天哪！這到底是怎麼回事呀？你們怎麼能這樣對待一個老人啊？他還是你們的院長呢，又沒被撤過職啊。你們這是嚴重違背黨中央毛主席的指示精神的呀……」喊了幾聲被嗆住了，劇烈咳嗽了好一會後，臉色死白，一口口地、長長地歎著氣，不停地撫摸著胸口，什麼話也說不出來了。

所有看熱鬧的院裡人都不知所措地愣在原地，不知道該不該上去安撫她。我無意中向遠處瞟了一眼，正好在對面的人叢中碰上鍾健的目光，只見他在人叢後右手握拳，高高地在頭頂揮了幾下，一臉的興奮。我不明白他這是什麼意思，也無心理他，低頭向家中走去，卻見站在家門口的父親向母親作了個眼色，母親立刻小跑著走向許衛老婆許師母，把她從地上扶了起來。

許師母一臉悽惶地盯著母親說：「老齊啊，你明白這到底是怎麼回事嗎？青天白日的，怎麼能這樣做啊？你是知道老許的，他可是老地下黨，老革命啊。忠心耿耿地跟著黨，跟著毛主席幹了幾十年，怎麼會是什麼反革命修正主義代理人呢？他從來都是共產黨的人，又怎麼會去走什麼資本主義道路啊？」

母親無言以對，只好反覆說：「你先別太著急，小心傷著了身體。一定要相信群眾，相信黨。」

見母親過去了，院裡好幾位師母也一齊過來勸慰許師母，好說歹說，終於將她扶回了家中。

那天的天氣真是好，清晨的霧氣不知什麼時候已消散得無影無蹤，風也沒有分毫，樹葉都無聲無息，好像懶得動彈。喜歡喧嘩的知了不知為何也都閉緊了嘴巴，可能因為它們喜歡在正午和傍晚歌唱吧？我下意識地抬頭瞭望天空，竟也看不到一絲雲影，藍幽幽的天幕無邊無際，真的很像小說上描寫的，彷彿是澄澈的大海。這時候的太陽已經升得很高了，億萬金光像一把把刀當頭劈下。我感到肩膀上滿是火辣辣的熱量。可奇怪的是，我同時又感到心裡涼嗖嗖的，還異常的空，比空曠的天空還顯得空寂無憑，還伴著一種似乎隨時還有什麼可怕的事情會發生的恐怖感。

許師母在別人攙扶下，蹣跚著走過我身旁的時候，我的心裡更是充滿了難言的酸澀。也許是很少挨得這麼近地仔細打量她吧，估計有五十歲左右的許師母，過去在我心目中的印象一向是相當年輕的，眉宇間總是透露著一絲和靄的笑意，還有幾分富態感。可是現在，可能是她沒來得及梳洗打扮的關係吧？她突然顯得這麼蒼老而憔悴，眼角眉梢滿是皺紋和淚痕。尤其讓我不忍直視的是，她的頭上竟然有那麼多白髮，斑斑點點、絲絲縷縷的，在慘澹的陽光下分外晃眼……

我回到家中，看見平時並不吸煙的父親，正裹在一團煙霧裡，在房中不安地徘徊，口中還喃喃自語著什麼。我不由得也深深地看了他一眼，心裡不禁又是一驚。這是怎麼回事呢？過去好像也沒有發現，不過四十來歲的父親，額頭上怎麼也有了幾道深深的皺紋，頭頂心上居然稀稀拉拉的沒幾根頭髮了，而兩鬢的頭髮也花裡巴拉的，幾乎全都白了呢！這是他最近心情不好的原因，還是早就這樣我沒有注意而已？更讓我心裡發毛的是：剛才許院長遭受的一切，會不會也發生在他身上啊？天哪，要是哪一天也衝來一幫兇神惡煞的人，把父親也架到不知什麼地方去的話，我該怎麼辦？

我正想試探他什麼，父親也看見了我。他停下腳步，把手中的煙頭往磚地上一扔，拿腳在上面使勁地輾了幾下——這實在出乎我的意料，因為他向來是討厭我們幾個孩子在家裡亂扔東西或者不疊被子什麼的，搞得桌子很亂，地上有垃圾。他還每天敦促我和姐姐輪流掃地。可現在呢，明明桌上有只盛煙灰的小碟子，他卻把香煙頭就那麼扔在了地上，還像個老農一樣拿腳去踩！再看地上，我才意識到自己已有好幾天沒掃過地了。姐姐也好不了，因為方磚地上滿是亂屑，還有父親剛添上的幾隻煙頭。顯然，父親也好幾天沒心思關心家裡的整潔了。而把煙頭扔在地上，更說明他內心的煩躁或不安有多麼巨大。只見他一面用力揮手拂去身畔濃濃的煙霧，一面卻還要努力作出平靜的樣子，向我點了點頭，說了聲：剛才你都看見了。現在外面亂得很，以後你們幾個最好都給我待在家裡，少出去亂竄。隨即，他套上外套，也不說到哪去，也沒吃早飯，擺擺手，匆匆地就離開了家。

我心亂如麻，哪裡待得住家裡？於是又走到院中去。院中圍觀的人都散了，只有鍾健獨自在許院長家臺階前，探頭探腦地向裡窺測。我叫了他一聲，他見是我，揮揮手，示意我跟他到家裡去。剛走到他家門口，鍾健就重重地拍了我肩膀一下，眉飛色舞地說：「剛才太好玩了吧？哈哈，真是好玩啊！赫赫有名、一向都是神氣活現的院長大人，也會有這麼一天！看著真是太過癮了吧……」

我非常吃驚，也有點生氣，便打斷他的話說：「出了這麼可怕的事情，你竟然會感到好玩？這可不是老鷹捉小雞哎，是活生生地在……」我不知該怎麼形容這種事情，結巴了半天才憤憤地問他：「你想到過這是怎麼回事嗎？他們那夥人自說自話地抓走的，可是學院裡正經八百的院長哎，這簡直就是造反啦……」

「就是造反嘛！」鍾健仍然一臉的興奮說：

「你真是太幼稚，太不瞭解形勢了！毛主席、黨中央號召的就是要廣大人民群眾起來，造那些封資修、反革命分子的反！這叫革命無罪，造反有理！懂吧？課本上經常講到的革命時代，比如工人罷工，學生遊行，農民武裝暴動，我們從來沒見過是怎麼回事。現在好了，它們活生生地來到了我們面前。只不過這回是史無前例的無產階級文化大革命！

而且，你到現在還沒有看出來嗎，毛主席領導的文化大革命和以前的所有革命都有個天大的不同，就是，它首先是要革那些混進黨裡、混進機關裡的官老爺們的命！你連這個都不明白，也太跟不上形勢了。不過也不怪你，好多人都根本沒明白這裡面的道理。有空你也趕緊到圖書館裡去看看《人民日報》和《紅旗》雜誌吧。

對了，不如你也跟我多到市委、市政府門前去看看吧，這幾天我都在那兒看西洋景哪！那裡的牆上、地上和許多臨時豎立起來的大批判欄上，到處都貼滿了批判市委書記和市長的大字報！

市委書記、市長啊！這是多麼不平常的事情啊！這是多麼了不起的時代啊，居然又讓我們給碰上了，你說這是不是太好了？」

我還真不知道外面竟已變得這般模樣了，不禁張口結舌：「再怎麼說，這些人也太大膽了吧，敢貼市裡領導的大字報？」

「你呀，我不是早就叫你寫文章批判北京的三家村了嗎？許院長和市長、書記這幫人，就是資產階級和修正主義在吳東市和吳東師院的三家村分店的老闆。剛才那些學院裡紅衛兵喊的口號不也說，要把許衛澈底批倒批臭、再踏上一隻腳嗎？這是什麼意思，這當然不是玩老鷹捉小雞，而是真刀實槍地對他們展開毫不留情的階級鬥爭。

你還看不出來嗎？高高在上的許院長完蛋了！工農兵學商要翻身了，我們要翻身了，這個院子裡住在平房裡的人都要翻身了——哦，對了，你爸爸他……」

我慌忙說：「我爸爸怎麼了？他可是當過解放軍的，是冒著槍林彈雨打倒蔣家王朝的渡江幹部，是院裡公認的好幹部。我家還有好幾張發給他的獎狀呢，而且，他才當個小小的系科書記兩年多……」

鍾健直搖頭，說：「反正他跟我爸爸不一樣。我爸爸是這次史無前例的文化大革命的依靠對象，是工農兵隊伍中的一員。」

我不禁瞪大了眼睛：「你爸爸怎麼成了工農兵啦？你明明說過他是學院圖書館的職員，也屬於知識份子……」

說到這裡，我突然明白鍾健為什麼對許院長被揪幸災樂禍了。許院長的小兒子許誠和他是同班同學，向來嫌他自以為多讀了點書報、時時刻刻伶牙利齒的，很不喜歡他。比如有一回，許誠聽鍾健對人說他爸爸是學院裡的職員、也是知識份子的時候，曾經當著幾個同院夥伴的面斥責他在撒謊。說他爸爸不過是一個在圖書館推著車子送書、並給新書貼貼標籤的工友。而且，許誠也經常對鍾健好談天說地、什麼都懂的樣子表示鄙視和嘲諷。恐怕鍾健就是因為這個而耿耿於懷，也因此對今天許誠的父親被人抓走而幸災樂禍了。可是，鍾健也真是的，現在形勢變了，他倒又理直氣壯地聲稱他父親是工農兵，不等於承認他是工友了？我故意問他：

「這麼說，許誠以前沒說錯，你爸爸就是圖書館的工友？」

鍾健狠狠地瞪了我一眼說：

「工友又怎麼啦？工友就是工人，和貧下中農、人民子弟兵一樣，是文化大革命的主力軍！不信你等著看，總有我們徹底翻身的一天！而許衛他們——喔，你看著吧，說不定還有你爸媽他們，恐怕呀，都會被革命群眾掃進歷史的垃圾堆裡！而且這一回啊，只怕他們永遠也爬不起來了！」

望著鍾健出神而咄咄逼人的目光，我本能地向後退了一步，第一次感到他身上有一種令我不寒而慄的東西，是什麼，卻一時說不清。

而鍾健怎麼會知道這麼多東西，或者說，想到這麼多東西，也令我暗自驚訝。我不禁又仔細打量了他一眼。這個圓頭圓腦的圖書館工友的獨生子，個頭比我高半個頭，看上去也確實比我要老成一些。他長著一頭濃密烏黑的自然捲頭髮；天氣並不太熱的時候，他白淨而印象中永遠紅撲撲的臉上，也不知為何卻仍會沁著一層細密的油汗。而且，怪不得許誠不喜歡他，他說話還有個習慣動作，時不時會捏緊手指打個響指，還總是顯得繪形繪色的，表情多少有些誇張。平心而論，他平時的確都要比我們院子裡這幾個幹部子弟更愛學習，更關心政治。他的這種興趣愛好跟他父親在圖書館工作、他書報接觸得多應該有關。也可能因為以前跟我們這些小夥伴比起來，他的出身、號召力都顯得差一些，他不甘示弱，才特別愛表現，也分外努力，提高自己的能力吧？

眼下，他正幾乎有幾分虎視眈眈地瞪著我。這神情，讓我一下子想起，去年冬天的一個晚上，他身上背著個鼓鼓的書包，突然跑到我家來，在窗外詭祕地向我招手、使眼色；把我叫出去後，二話不說，拉著我直奔學院裡的「紅亭子」。紅亭子是我們平時最喜歡去玩的地方，也是學院內最具原生態和園林特色的地方。那兒成天彌漫著一股明顯的草葉的氣息。有一片高高的土墩，土墩上有一座有兩個洞穴，裡面有盤旋的梯階的假山。假山腳畔有紅楓、扁柏、臘梅、石楠等許多樹木，還有幾棵直插雲天，葉片兒成天颯颯作響的參天白楊。

我們到了那兒後，他選了小土坡腳下一塊沒人的空地，然後神祕地從書包中取出兩副有點破舊的拳擊手套來。好說歹說要和我「練習拳擊」。我吃驚地問他哪來的拳擊手套，他得意地告訴我是學校裡（他那時初一剛畢業）一幫高中同學的，因為欣賞他的機靈和「有頭腦」，經常帶著他一起玩。拳擊就是他們經常練的，手套也是他們借給他玩的。

我說你練習過，我根本不知道怎麼玩，幹嘛要我陪你玩？他說他也因為年齡小，高中同學不肯跟他對打，所以也沒正式練習過。我仍然不肯練。因為我很清楚，鍾健畢竟大我一歲，個頭雖然比我高不了多少，但他的身體明顯比我結實。那年頭我幾乎一星期才能吃上一兩個雞蛋，可作為家中寶貝的鍾健，父母幾乎把全家所有的肉票、蛋票都供給了他一個人。我怎麼能是他的對手？可鍾健渴戰難捺，一個勁攛掇我，還許願明天請我到台府街去吃一碗祥記清真牛肉湯。我的口水一下子冒出來，又摸摸那綿軟的皮手套，心想這麼喧蓬的東西，擊在頭上應該不會太痛，於是勉強同意了。哪知一上手才知道，鍾健這小子肯定不會沒練過，我還沒明白怎麼回事，腦門上就接連挨了他好幾下，那摸著綿軟的手套，真打在頭上也像個大拳頭一樣，感覺又悶又重又脹痛。

這天晚上應該是月半，樹梢上頭的月亮特別圓、特別明亮，冷冽的清光下，附近的假山、亭子，密密的小樹林都好像淋浴在清幽幽的水中，朦朦朧朧的，很有詩意。而且四面也很靜寂，只有宿在高枝上的鳥兒，偶而發出幾聲嘰咕。遠處的學生宿舍裡，也隱隱地傳來幾縷吹笛子的樂聲。可是我面對著的一切，卻又毫不留情地摧毀了眼前的詩情畫意。從他擊出第一拳開始，我的心就完全陷入了絕望，眼前也金花亂冒。鍾健亢奮的呼吸彷彿狼的喘息一樣，一直在我耳邊喧囂。再看鍾健的眼神，我的媽呀，他已經完全變了一個人，真把我當成敵人一樣，滿眼凶光，嘴裡還狠狠地嘟噥著什麼，雙腳圍著我跳個不停，雙拳揮動得又疾又重。我只好本能地揮拳抵擋，可根本防不住他。沒一會我就被他又一記重拳砸得天旋地轉，狼狽地栽倒在地上。鍾健非但不來看看傷沒傷，還仍然在我身邊跳來跳去，一邊惡聲惡氣地數著一二三四，一邊喝令我「起來！快起來！別做孬種好不好，才挨了幾下就倒下啦？有種再跟我較量幾個回合！」

一股無名之火猛然在我心中竄起，我一面抱著頭說不來了不來了，再也不來了；一面卻一骨碌爬起來，趁其不備，使盡全身力氣，狠狠地在他面門上猛擊了一拳，鍾健哎喲一聲慘叫，蹲下來捂住鼻子。我有些害怕，上去扯開他的手，就著昏暗的路燈一看，心裡是又痛快又不安，原來他的鼻子在不停地出血，又被他抹得滿臉通紅。

不過鍾健倒並不怪我偷襲他，也不喊痛，自己揪了把草葉子塞進鼻子裡止血，居然還嘟嘟噥噥地怨自己太大意了，要和我再來一回。我當然不願意再和他玩。而且，那天的結果我還是比他慘。當晚回家後，我在廚房披棚外的小龍頭上，用涼水洗了洗已經明顯腫脹起來的面頰，悄悄地拱進自己的蚊帳，卻翻來覆去好久也睡不著。面頰上和鼻樑上火辣辣地脹、麻、跳痛不已。整個睡夢中我又在和鍾健惡狠狠地對打，我多次夢見自己躺在地上，悲哀地以為自己快要死了……

早晨起來，全家人只看了我一眼，都大呼小叫起來。我自己照了照鏡子也暗暗叫苦，整個鼻樑和面部都烏紫烏紫地腫得變了形，皮膚亮汪汪的，眼睛也爛桃子一般，幾乎睜不開了。我只好撒謊是夜裡不小心摔了一跌，臉磕在石頭上了。

這是過去的事了。而且，它雖然讓我記恨過鍾健，卻並沒有影響我和他的關係。有些方面，我還是比較服鍾健的。比如他的政治頭腦和文化水準，確實比我們院裡別的小夥伴們都要高。還有，他告訴我的那些大是大非問題也讓我深感自己太落伍了——第二天我就急切地趕到市委市政府門面去看鍾健所說的大批判場面了——也許是形勢發展太快吧。我看到的場景比我想像的還要嚴峻。那裡裡三層外三層的大字報欄都糊滿了批判市長、書記的大字報，還有許多把他們畫成小丑的漫畫；許多大字報分明是剛貼出來的，上面的墨跡還濕乎乎地往下滴淌著。看大字報的人也轟轟嗡嗡地多得讓人幾乎鑽不到前面去。還有些人則在指手劃腳地辯論著什麼，一個個臉紅筋粗，口沫橫飛。有人甚至還指著對方大聲叫罵，聽得我又驚詫，又覺得很不舒服。

但是有一份也是剛剛貼出的一連刷了好多張的大字報前，吸引了許多人。我草草看了一眼，不禁也竭力想鑽到前面仔細看看，卻怎麼也擠不進去。失望地回過頭來時，卻正巧碰到一夥工人模樣的人過來散發油印的宣傳單，說就是這份大字報的內容。我伸手搶過一份，躲到僻靜些的方一看，這是一份署名為省工人革命造反總司令部（籌）發出的名為「革命通令七十二條」的公告，裡面的內容讓我感覺又新鮮、又好玩，又糊塗、又驚愕：

1. 由居民委員會負責，每條街道都要設立語錄板，家家戶戶都要掛主席像和毛主席語錄。
2. 公園、街道上要多設立毛主席語錄；汽車售票員、火車列車員應把宣傳毛澤東主義、毛主席語錄當做自己的首要任務。
3. 出版事業管理局，要加緊大量翻印毛主席著作，在新華書店低價出售，讓毛澤東主義的光輝照射到全省每個角落。
4. 印刷社要大量翻印毛主席語錄。並在各書店免費贈送，做到全省人民人手一冊。
5. 全省所有自行車，三輪車，要掛主席語錄牌，汽車，途經本省的火車要掛主席像和漆上毛主席語錄。
6. 街道工作必須突出毛澤東思想，成立毛著學習小組，使家庭婦女革命化。
7. 各校，各單位必須成立最高指示宣傳隊，使每個人隨時能聽到毛主席的諄諄教導。
8. 各公園，各主要街道，要成立廣播站，由紅衛兵之類組織負責，宣傳毛澤東思想，國際、國內時事。
9. 舊國歌一定要由工農兵改成歌頌黨和毛主席的內容，剷除田漢的這株大毒草。
10. 今後全省報刊要全面突出毛澤東思想。要大量刊登工農兵活學活用主席著作的好文章。
11. 信封、筆記本等印刷品上一律不許再印刷資產階級的東西，如（貓，狗，美術等等），一定要突出政治。每個信封要印上毛主席語錄或英雄人物的豪言壯語。
12. 少先隊員過隊日，團員過團日，一律不許逛公園，要加強階級教育和毛澤東思想教育。
13. 商店櫥窗不能再被以往那些亂七八糟的櫥窗廣告、香水香精所統治，要布置樸素大方，突出毛澤東思想。

14. 影劇院要把政治空氣搞的濃濃的，放映革命電影前必須播出毛主席語錄。再不讓資產階級統治我們的銀幕，把那些不必要的流氓鏡頭除去。影劇院票價要降低，為工農兵服務。

15. 全省文藝工作者，要大力塑造工農兵活學活用主席著作的英雄形象，作品要貫穿著一條毛澤東主義的紅線。

16. 各專業文藝隊伍，一律逐步改成毛澤東思想宣傳隊，要非常無產階級化，非常戰鬥化，非常毛澤東思想化。

17. 我國建國已經十七年了，但是那些解放前喝人民鮮血的壓迫人民的，資產階級老王八蛋們，仍然拿著定息股息過寄生蟲生活，我們警告你們，立即停止拿定息股息。只許老實改造你們的混蛋思想，不許你們剝削人民。

18. 解放後還騎在人民頭上，喝人民鮮血的房產主們，我們命令你們，你們這些王八蛋們趕快把私房全部交給國家，社會主義社會中絕不許可你們這些吸血鬼存在。

19. 在無產階級社會中，根本不准私營存在，我們要求把大街上一切公私合營字樣都改成國營，把公私合營企業改成國營企業。

20. 我們社會主義社會絕不允許任何流氓，阿飛存在，我們命令你們馬上剪斷牛仔褲、剃去阿飛頭，脫去火箭鞋，退出黑組織。中國是世界革命的中心，不是你們這些人解放前所盤踞的「大世界」，警告你們，不許你們胡作非為，不然一切後果由你們自己負責。

21. 一切服務行業不許為資產階級服務，服裝店堅決不許做瘦腿褲，港式服裝，怪衣裙，怪服裝，一切服務行業的革命同志要嚴格遵守。

22. 凡是不為廣大工農兵服務的日用品（香水、雪花膏）等，立即停止出售，商品商標圖案必須改革。
23. 照相館要為廣大工農兵服務，取消照歪脖相，各種怪相，櫥窗應擺出工農兵樸素大方的相片。
24. 立即停止生產撲克牌、軍棋等宣揚資產階級思想的一切東西。
25. 信託商店不許賣古衣，西服等雜七雜八的資產階級喜聞愛見的東西。
26. 洗衣店必須停止給那些資產階級太太，小姐少爺洗褲衩、襪子、手絹，澈底打掉他們的妖氣，不答應他們的無理要求。應大長無產階級銳氣，大滅資產階級威風。
27. 浴池一律停止給那些資產階級狗崽子服務，不給他們搓澡、捏腳、捶背、不讓他們再騎在我們頭上，作威作福。
28. 古書店必須馬上停止營業，小人書店要立即銷毀一切黃色小人書。一切書店，圖書館必須清理內部，清除一切毒草，不許這些東西再向廣大青年灌輸資產階級思想。
29. 一切地富反壞右資產階級人物不許收藏黃色書籍，黃色唱片，如有違者，一經清查出來，按企圖復辟的罪名對待，進行銷毀。
30. 兒童要唱革命歌曲，那些貓狗之類的壞歌謠再也不能繚繞在社會主義國家的上空；在我們偉大的社會主義國家裡絕不許任何入玩賭博遊戲。
31. 一律不許資產階級王八蛋雇用保姆，誰膽敢違抗，再騎在勞動人民頭上，要嚴加懲辦。
32. 一切服務行業必須面向工農兵。要為工農兵服務，要有階級性。絕不生產為資產階級服務的一切東西。

33. 各醫院要面向工農兵，必須改革原先的舊制度、取消掛號制度。
34. 自己做小玩意欺騙兒童，變相毒害兒童的小販們，命令你們馬上停止營業，如有違者，毫不客氣，另外命令玩具商店，馬上停止出售小手錶之類的宣揚資產階級思想的玩具。
35. 各工廠企業一律廢除資產階級的獎金制度，我們偉大的社會主義國家裡，廣大工農兵群眾都是用偉大的毛澤東思想而武裝起來的，用不著物質刺激。
36. 家長一律不許用資產階級思想教育孩子。廢除封建家長制，不許打罵孩子，如不是親生子不許虐待，一律用毛澤東思想教育孩子。
37. 一律不許養蛐蛐鬥蛐蛐，養魚、養貓、養狗。這些資產階級的習慣不能在中國人民中間存在，如有違者，後果自負。
38. 拿著高薪的資產階級的老王八蛋們，你們聽著，解放前你們騎在人民頭上作威作福，現在你們仍舊拿著比工人高幾倍甚至高十幾倍的高薪，你們這是喝人民的血！你們有罪！命你們把高薪降低於人民的水準。銀行有存款的地、富、反、壞、右、資本家，不許取走一厘一毫，如違此令，自己負責，毫不客氣。
39. 不許資產階級混蛋隨便逛公園，如有買月票以供逛公園、坐汽車為消遣者，一律把月票銷毀，不許他們想入非非。
40. 除老弱病殘者可坐三輪車外，資產階級王八蛋一律不許坐。如有違者嚴加處理；三輪工人要減少，適當安排好工作。
41. 地富反壞右和資本家們，出門必須帶牛鬼蛇神牌，由群眾監督，如有違者，嚴加處理。
42. 飯館再也不能成為資產階級王八蛋們吃喝玩樂的地方了，服務員不許答應他們的無理要求，不給他們做山珍海味、辦酒席，不許在飯館劃拳，不能為這些王八蛋們服務。

43. 工廠裡，一律不給地富反壞右分子退休金，取消一切待遇，要監督他們勞動。

44. 不許資產階級王八蛋佔有大量房屋，以三人一間為限，多餘房間一律交房管局處理，分配給工農兵居住。

45. 地富反壞右五類分子沒有工作者一律回鄉生產。

46. 今後凡不服從國家分配者，一律不許在市內找工作，讓他們去邊疆。

47. 資產階級老王八蛋們，命令你們趕快把在解放前剝削來的錢交給政府，不許你們這些喝血鬼再任意揮霍。

48. 各雜技團，戲劇院的節目一定要改革，要演有革命意義的。演員一律不許打扮得妖裡妖氣，因為我們不需要這些骯髒的東西。

49. 一些不符合實戰意義的體育專業應當削減，大力開展國防體育，如游泳、登山，射擊等。逐步做到十五歲以上青壯年每人有一套殺敵本領，全民皆兵，時刻準備消滅來犯敵人。

50. 大街小巷修鞋的，命令你們馬上停止營業，由有關部門組織修鞋社，修鞋價錢必須減少。

51. 寫信一律不許寫×××大人收等，要破除封建一套，提倡新習慣，新風尚。

52. 所有報刊今後一律不許給稿費，堵住這個黑風口。

53. 破除家長制，孩子可以給大人提意見。

54. 醫院住院、急診一律不許先收費（五類分子除外），煩瑣制度要廢除，具體的由醫務工作者自己起來革命，打破舊框框，洋框框，一切為人民服務。

55. 禁止一切牛鬼蛇紳（舊官僚，地主，資本家，壞分子等）在公園及一切地方教武術，教拳，教氣功。
56. 任何演出或文藝廣播、電影立即取消作者、演員、指揮等姓名；堵上個人名利這條路。
57. 嚴禁開庸俗玩笑，講下流話，幹下流事，違者嚴加處理；嚴禁叫外號，職務等惡習，一律稱同志（黑五類除外）。
58. 街道積極分子一律由工農成分先進同志擔任。郵遞員今後一律不往樓上、大院裡送信，樓裡自備信箱，大院裡找專人負責。減少郵遞員同志的勞動。
59. 結婚不許要彩禮，不得鋪張浪費，要提倡新風俗，新習慣。
60. 禁止戴手鐲，耳環、長命鎖等封建的東西。
61. 以後凡是批判電影一律不收費，由集體組織看，個人不賣票，凡是黑五類分子不許看。
62. 走親戚，串門、買點心、水果的舊社會遺留下來的東西，一律廢除，希望工農兵群眾支持這一行動。
63. 有關部門要想方設法在各胡同建立公廁，減少清潔工人的繁重勞動。國家要大力發展汽車運輸事業，減少平板車工人的繁重勞動。
64. 春節廟會等活動今後一律不開，我們既要算經濟帳，也要算政治帳。
65. 今後各大學，中學、專業學校都要辦成半工半讀、半農半讀的共產主義學校。
66. 廣大學生要響應毛主席的號召，學生也要學工、學農、學軍、每年假期要到工廠、農村、軍隊去鍛鍊。
67. 沙發，躺椅、金筆等一些用品不得大量生產（出口除外），因為這不是為廣大工農兵服務的。

68. 商店一切產品不能叫洋名，要用中國有意義的名。

69. 醫生開藥方一定要廢除用英文字寫的洋框框，開什麼藥要講清楚，簽名要工整。

70. 學校要把毛著當成教科書，用毛澤東思想教育青年。各學校也要把鍛鍊身體、參加勞動放在主要地位，加強軍事訓練。

71. 學校要廢除封建的師生禮節，建立平等師生關係。師範大學、師範學校、幼兒師範自今年起要吸收紅五類子女進學。

72. 凡帶有封建色彩、資產階級色彩的名字要主動去派出所改名……

第三章

天已經灰濛濛的了，但父親還沒有回家。

我坐在吳東師院南門口外石拱橋的橋面上等父親。

我背靠著石橋欄，呆呆地望著天幕上早早亮出來的黃昏星出神。我從《十萬個為什麼》上知道，它在凌晨時分也會早早地出現在東天上，所以又叫啟明星。黃昏星和啟明星其實是同一顆星，學名就叫金星。我還知道，許多星星雖然看起來很小，也不怎麼亮，其實是因為它們距離我們很遙遠。光速是宇宙是最快的速度了，跑到它們那兒，也要幾十幾百甚至幾千幾億年時間，所以我們看到的光，其實是它們在許多年前發射出來的——有的星體本身或許都早已經爆炸了，崩潰了。這常常讓我感到不可思議，越想越難以置信，甚至感到非常恐怖。更難以置信的是，我們這個看著無限廣袤的地球，其實和絕大多數星星比起來，小得連一粒塵埃都算不上。更別說地球上那些自以為是的高山大海、森林虎狼和黑人白人之類的生靈了。既然如此，為什麼地球上的人們還依然把自己看成天王老子似的，今天要這樣，明天要那樣，甚至不斷地打來殺去，鬧得所有人都不安逸，甚至常常血流成河？還總是各說各的理，各說人家的錯。大概正因為這樣，才有了馬克思呵列寧呵，史達林和毛澤東等等偉人，號召人民要改天換地，解放全人類？那麼別的星星上面，也像地球這樣有人，有動物，有國家和軍隊，有壞人和好人，有階級鬥爭，還有社會主義、資本主義和造反啊批鬥啊反動派什麼的嗎？

雖然我也很希望自己的頭腦能夠跟得上形勢，思想能夠再革命一點，可是，像許衛院長這樣的人，像我父親這樣的人，要我看的話，再怎麼說也不像是反動派呀，怎麼就會落到這種地步的呢？

我沒法不歎氣，心裡像橋下的流水一樣，一波一波地忑忐著、迷亂著。又恍惚地覺得自己就是河邊的浮萍，身不由己地漂旋著，卻又弄不明白自己要漂到哪裡去。從上午離開家去學院後，父親到現在一點音信也沒有，連午飯也沒回來吃。母親不放心，讓我到教育系父親的辦公室去看過，那兒沒有他的影子。辦公室周邊甚至冷冷清清地，看不見一個熟人（後來我才知道，父親是被「勒令」到學生宿舍那兒的團總支辦公室去接受學生們的批判了）。後來，我自己也因為心神不定，一遍遍地出來看，就是等不到他的身影。而因為午後的天氣變得比較悶熱吧，眼看現在都快黑透了，可河邊的楊樹上，仍然有不少知了在吱吱呀呀地拚命嘶叫著。牠們這麼叫個不停，到底是因為有什麼不愉快，還是感到高興和幸福呢？應該是後者吧，牠們從泥土裡出生開始，就知道往樹上爬，找到大片綠葉和嫩枝芽以後，整天就是吃了睡，睡了吃。什麼心思也沒有。想必牠們之間絕對不會有什麼對呵錯呵，革命呵反動呵的想法，因此一個個絲毫不用擔心溫飽和正確不正確的問題，更不用擔心誰會來造牠們的反，牠們幹嘛不盡情吟唱呢？唉，我要是也能變成一隻無憂無慮的知了就好了……可是不對呀，牠們真的就會無憂無慮嗎？首先牠們的生命是那麼短促，春天從地皮下鑽出來，冬天還沒到就差不多快度過一生了吧？再說，牠們沒有遮風避雨的房子，沒有親密和睦的家庭，沒有朋友之間的友誼，還隨時隨地可能被什麼鳥吃掉，或者被小孩用黏知了棒黏走玩死，這樣的日子，能說是無憂無慮的嗎？這樣過著又有什麼意思呢？

迷迷糊糊中，我覺得自己飄了起來。睜眼一看，我躺在父親懷中。他從學院回來，看見我縮在橋上，倚著石欄睡著了。他知道我是在等他，歎了口氣，將我抱起來，吃力地往家去。

我都這麼大了，怎麼還能讓父親抱呢？於是我趕緊掙脫下來。父親歉疚地摸摸我的額頭，感覺沒有發燒，神情寬慰了些。他又連聲問我在外面睡著了，有沒有著涼，吃過晚飯沒有。我看看滿天大睜著迷惑的眼睛的星斗，知道時間已經很晚了，便說還沒有：你不是連午飯也沒吃嗎？媽媽急壞了，讓我找了你好多次，你到底在哪裡啊？

雖然勉強笑了一笑，但我分明看出父親的神情很是恍惚，臉上也滿是疲憊。他沒有正面回答我的問題，只是說「沒事。我這不是好好的回來了嗎？」說著又下意識地扭頭看了看學院，一把拉起我的手，大步向家中走去。

到家後我看了下鐘，已經超過晚上八點了。母親和姐弟都不安地圍攏過來問長問短，父親一口氣喝下一大杯涼開水，支吾了好一會，才老實告訴我們，他被系裡最近剛成立的紅衛兵造反組織帶到學生宿舍那邊，名義上是進行座談，實際上是進行了一場還算客氣的批判。他們逼著他「老實交代思想」、「誠懇檢討錯誤」，實際上是逼他承認追隨長期堅持資產階級路線的院黨委的「路線錯誤和反革命行為」。

父親說：「我怎麼能夠承認這個？再說院黨委是中國共產黨的省委認命和領導的，執行的是共產黨的方針政策，怎麼能說是長期堅持資產階級路線呢？」但他無論如何說理，紅衛兵們就是不同意他的看法。還七嘴八舌地舉出許多有的幾乎就是雞毛蒜皮的所謂事例，論證父親犯了這個那個錯誤甚至罪行。實際上大都是吹毛求疵或無中生有。父親便越發堅持自己的觀點，這樣僵持到後來，學生們自己也餓得受不了了，才放他回家。但是，父親長歎了口氣說：

「這些學生還是剛剛成立組織，對我一時還恨不起來。但如果局勢發展，或者別的組織有進一步的過激行為，就很難說他們不會像上午造反派對付許院長那樣對付我了。但是，事情既然到了這一步，我也沒有別的辦法，只能順其自然，儘量據理力爭，並準備承受更大的壓力，甚至是……鬥爭，甚至是……迫害」——這時母親向他使了個眼色，然後向我們姐弟三個揮揮手，要我們到自己房間去。

可是父親卻制止了她，說：「讓他們聽聽吧，他們也應該有充分的心理準備。因為這形勢太特殊了，現在誰也看不透方向，也難以知道下來這運動會發展到什麼程度。他們雖然小，但碰上這樣的形勢，也無法回避。只能作好經得起種種考驗的心理準備。」

父親咳嗽了幾下，抬起頭來，眼眶裡有點濕濕地注視著我們，深深地吸了一口氣，又說：「有句話，我要特別向你們交代一下。剛才在回來的路上，我已經考慮好了，無論今後會發生什麼，你們都要堅決地相信一點，那就是，我，你們的父親，像你們這麼大的時候就參加了革命。我對黨的事業和對毛主席的忠誠，是問心無愧的。我絕不會因為任何磨難而放棄對黨的信心，更不會自暴自棄。所以……你們千萬千萬要記住一點，就是今後無論有什麼意外發生的話，你們一定要明白，這是他們迫害的結果，絕對不會是我的本意……」

母親吃驚瞪圓了雙眼，很不高興地打斷了父親的話說：「你這是說什麼呢？什麼自暴自棄、什麼意外不意外的？你別嚇人好不好？槍林彈雨都過來的人了，怎麼遇到這麼一點事變得這麼悲觀了？我就始終堅信一條，那就是毛主席教導我們的，要相信群眾相信黨。以後你什麼廢話也不要說了。把腰板挺起來，我們一起對付考驗！」

父親還是歎著氣說：「你是不知道唉，在學院裡時，我就聽到學生們在議論，說是許院長被抓到學院批鬥的時候，渾身都被紅衛兵們潑了墨汁，還吐得頭髮上都沾滿了濃痰。他假裝說要上廁所，走到半道上，突然爬上窗臺想往下跳，幸虧被人拉住了——你們想想看，他肯定是受不了那份憋屈和侮辱啊！」

母親也露出了惶恐的神情：「這都是怎麼啦，一個個的？他們不都是些學生嗎？」

父親說：「也有少數青年教師。」

「不管是誰，他們竟然就這樣對待自己的院長？」

父親一個勁地搖頭、歎氣說：「亂套了，前所未有地亂套了。這種情形發展下去，你根本沒辦法知道今後會怎麼收場！很多人昨天還是革命幹部，今天一下子成了階級敵人。還有很多羞辱、折磨，也是你們完全想像不到的。

我們系的學生都嘻嘻哈哈地比劃著說，那些紅衛兵們還往許院長頭上戴上一頂用畫報紙糊成的尖頂高帽子，上面寫著打了個大紅叉的他的名字，又拖著他到院黨委門前的小廣場去遊鬥，喊著種種莫須有的罪名強加給他。還有人用軍用皮帶往他背上抽，甚至找了把推剪把他的頭髮推得陰一塊陽一塊地，簡直不像個人……」

我們和母親都面面相覷，不知道說什麼好了。姐姐更是哇地一聲，躲進母親懷裡哭了開來。

父親又說：「所以我想好了，我也要作最壞的打算。實在不行，就辭去公職不幹了，我們回山東老家去。大不了當農民種地。鄉下窮是窮點，但有一條，鄉親們絕不會把我們當壞人，更不會對我們不講情面，不把我們當人……」

「老家」？此時這兩個再平常不過的字眼，卻突然像黃鐘大呂，重重地撞開了我的心扉。原來我們並不絕望，我們還有個血脈之地可以投奔。那裡有生我養我的列祖列宗，還有疼我憐我的父老鄉親，他們都在熱切地呼喚著我們：回來吧，這裡絕不會嫌棄你們！這裡是你們永遠的避風港！——籠罩我好久的悲觀、抑鬱煙消雲散。

此後的好些天裡，我都在巴望著回老家的時候快點到來。可是當我走在去學校的路上，或者看著百里街上那一家家鄰里親朋那一張張熟悉的臉，嗅著工農麵店那總是讓我垂涎的香氣，也會生出一種不真實的恍惚感來：我可是從來沒去過什麼老家呀，難道我真的就要離開他們、離開這裡了嗎？這真的可能嗎？這可是我從小長大的地方啊！我還會回來嗎？就是回來，也許是好多年以後了，這裡的人還會認得我嗎？院子裡的夥伴們，尤其是許誠、鍾健他們一班好朋友，還會把我當朋友嗎？不會的，尤其是許誠，他肯定會瞧不起我這從鄉下回來的人的，他是多麼高傲的人啊——不對，他的父親不也被打成什麼走資派、反革命修正主義分子了嗎？到那時他自己會不會還在這裡，又會不會變成一個永遠窩囊無助的黑崽子都難說，他憑什麼能看不起我啊？工人農民才是這場文化大革命和無產階級專政的主力軍啊，恐怕他許誠想當一個像我一樣昂首挺胸的社會主義新農民也沒地方去呢……

可是眼下，我分明看見父親的眼中，突然湧出了幾滴淚水。

母親見狀，使勁揮了揮手，大聲說：「也好，不行就回老家去，不在城裡受這個氣。」說著便催父親趕緊洗把臉吃飯。可恰在這時，我家靠院子內的窗玻璃上，忽然響起嗒嗒嗒幾聲很重的敲擊聲，大家都一個激靈，緊張地望向父親。

父親一個箭步跳到門前，打開門向外看去：「誰呀？」話音未落，門外一條黑影將他重重一推，兩人一起進了家門。

門剛關上，我們定睛一看，原來是父親系裡的一個學生，我認出他以前來過我家，只是記不得他的名字。而他今天已完全變了模樣，頭戴軍帽，身穿一件很新的草綠色軍裝，胳膊上還套著個印有紅衛兵幾個大字的紅袖章，一圈小字是什麼，我沒看清。而且，這個人今夜完全和以往不同，竟是一臉的嚴肅，或者說，神祕。

他一進門就貼著父親耳朵說：「章書記，趕快作點準備吧。明天，或者頂多後天，他們可能要來抄你的家……」

抄家？那時候雖然已經聽說市裡有的領導被紅衛兵革命小將們抄了家，學院裡還沒有先例。所以父母都感到十分意外。臉一下子都漲紅了，一時間顯得手足無措。

那個學生又說：「因為你今天拒不承認有罪。他們決定要對你抄家，查找封資修證據——我是系紅衛兵核心組成員，消息不會有錯的。所以我現在也不能多待，你們抓緊時間，趕緊清理一下為好。」

說著，他向門外瞄了一眼，放開聲音大喝一聲：「章宗道聽見沒有？你必須老實交代，不許亂跑亂動！」同時，他向我們眨了眨眼睛，急速揮了下手，拉開門就不見了。

父母親都怔了好久，才開出口來。

母親說：「他不是以前來過我們家的小肖嗎？」

父親感動的聲音都有些顫抖：「是的。他是四年級的學生支部書記，按說今年要畢業了，趕上運動就沒走。想不到在這種形勢下，他還能冒著被連累的風險，為我著想。實在難得啊，難得，難得……」

「我們要好好記住這小夥子的恩呢。」

父親重重地點著頭說：「那是當然。眼下，就憑還有這種人的存在，我們也要有信心，經受得起任何磨難。」

母親抹了把眼淚說：「話是沒錯。可要是那些學生真的來咱家抄家的話——他媽的，這成什麼啦？這不和我們當年在老家鬥地主一樣了嗎？可那是咱們貧下中農跟著共產黨翻身鬧革命！抄地主的浮財、挖糧食、找變天帳。現在呢？我們是什麼人？竟然也要抄我們的家？況且，我們這個家哪有那些東西？更別說有什麼封資修的證據？」

我和姐姐一個勁地哆嗦著，完全不知所措。聽母親這麼說，不禁都環顧家中，覺得母親的話是對的。因為我們不是本地的人家，沒有什麼老底，父母也都出身貧賤，家裡的東西沒有一件來自老家。連三張床、三張課桌、一口檔櫥和兩個小床頭櫃等，主要家具都是租借的學院後勤處的。要說有什麼問題的話，那就是父親自己用包裝箱板打做的一個三排的書架。而細看看，這個有點歪扭，且被父親漆得烏不溜秋的木書架上面，除了有馬列著作和毛澤東選集等，就是不多的一些和父親專業有關的教課書、講義之類，頂多還有些我和姐姐的《少年文藝》、《百科知識》雜誌和幾冊《十萬個為什麼》、《紅岩》、《家庭醫生手冊》之類閒書，這些東西算得什麼封資修呢？

可是父親卻忽然間變得十分緊張。我發覺他的手都有些哆嗦了。他抖抖地指點著自己的寫字桌對母親說：「壞了。那裡有我好幾本日記。這東西可千萬不能落到學生手裡。還有些書信、材料等，說不定……」

母親先還不以為然，說：「日記又怎麼啦？難道你還會在日記裡反對共產黨？你沉住氣，別這麼大驚小怪的好不好？」

父親的喘息聲也越發清晰了，他一臉懊惱說：「我當然不會反對共產黨，但日記總是很隱私的東西，保不準會對日常的社會呵，學院裡的人事呵有些什麼看法，萬一有幾句不那個的話，或者說到了哪個學生造反派的話，他們看到了，還不抓住它做文章？今天下午就是這樣，我稍一不當心，說的話就給他們上綱上線，搞得你有一百張嘴也難辯過他們。那些書信也說不定會有些想不到的東西在的……」

母親的臉也漲得緋紅了：「那你還愣著幹什麼？快把它們找出來處理掉為妙。唉！你也真是的，平時做點什麼不好，幹嘛寫什麼日記？真當自己也是教授、學者啦？我當年就反對你考什麼調干生，到什麼鬼學院裡來，現在看看，後悔來不及了吧？讀書，讀書，結果呢？好處沒撈著什麼，壞毛病倒粘了一身。要是我們還在地方的話，你現在少說也是個局長，而且不用受這個倒頭氣……」

母親說得越來越上火，情不自禁雙手叉起腰來，一手指點著父親，似乎要痛痛快快發泄一番了。可是不耐煩的父親適時插了一句話，就讓母親停止了絮叨。

父親說：「算了吧你，我就是當了局長又怎麼樣？到了現在，連市長都逃不過挨批鬥、抄家戴高帽子！」

我和姐姐一見此情形，也都悄悄地拉上一會兒望著父親，一會兒望著母親，臉上一臉茫然的小弟，知趣地到隔壁房間上床睡覺去了。可是我根本就睡不著，透過蚊帳留意著裡屋的動靜。我知道父親的寫字桌中間有個常年上著鎖的抽屜。父親的日記肯定就鎖在那裡。不知道他會怎麼處理他的日記？

很快我就看見父親手拿著幾本藍的或黑的漆皮面日記本和一些書信樣的東西從裡屋走了出來，在我們屋裡上上下下到處打量，似乎是想找什麼可靠的地方把日記等藏起來。可家裡哪有合適的地方藏得住那麼重要的東西呢？我見父親臉上又是灰又是汗的，急得團團轉的樣子，心裡也一陣陣地發緊，卻又不知該怎麼幫他一把。

還是母親頭腦冷靜，她從裡屋追出來，一指房門果斷地說：「別想藏了，真要抄你家的話，他們什麼東西找不到？乾脆放到灶膛裡去，一把火燒了太平。」

父親如夢方醒，點點頭就開門到院裡去了。

我說過，父親在我家三間平房外，臨河那邊的院牆下，又用石塊、磚頭和廢舊木板、油毛氈什麼的，搭了個小披棚作廚房。那年頭什麼都要憑票或限量供應。家家戶戶燒飯的煤球也是要憑卡供應的。可那點供應量許多人家根本就不夠燒的。為了節省點煤球，父親便又在披棚裡自己用黃泥、磚頭砌了個小灶頭，還有個鐵皮煙囱伸出棚頂去。平時我和姐姐就經常到學院和外面撿拾些廢舊木材和乾樹枝等回來，用這個小灶頭燒飯、燒水，好節省些煤球。你別說，小灶頭看著不起眼，燒飯時的煙氣還常常會因風倒灌，嗆得人眼淚鼻涕一大把，但用灶火做出來的飯菜還是相當可口的。

父親拿著日記出去不一會，我就嗅到外面飄進來的淡淡的紙煙味。我見母親走出了屋子，忍不住也溜下床到門口偷看，只見披棚頂上煙囱裡正冒著縷縷青煙，還零星地飛濺出一些火星。而母親，則站在披棚外的棗樹後面，向院子裡面和大門口方向張望著。顯然，她是在為父親放風。

這時候，已經過了夜裡十點鐘。院子裡大多數人家都關燈睡覺了。我以前從沒留意過院子裡人家都關燈以後是個什麼情形。今天看到了，感到又新奇又有些恐怖。因為那種深沉的黑暗是那麼濃郁，好像有張黑色的大蚊帳，把整個院子都罩裹起來。院中一棵一棵白天看著熟視無睹的樹木的影子，和人家菜地裡的瓜豆架及菜棵都黑森森的，好像被施了魔法的魅影，讓我一陣陣地感到心潮。幸好我家雞鴨窩裡斷斷續續會傳來幾聲雞鴨的擠鬧聲，讓我相信這還是我熟悉的院子。當然，也不是整個院子都陷入在黑暗之中，院裡最西南頭的汪國治家的窗戶裡，就還射出一線微弱的燈光。隱隱地好像還有誰在說話，側耳細聽，我想起來了，單身漢汪國治都快有五十歲了，不知為什麼一直沒有結過婚。院子裡只有他和少數人家有收音機。聽父親說過，他的收音機是最高級的，上海出產的紅燈牌。汪國治幾乎一到家就會打開他這寶貝收音機，聽說常常讓它響到自己都睡著了，以至忘了關。現在，他又睡著了嗎？最好這樣，否則的話……不過也沒關係的，汪國治平時是個不聲不響的校工，見到父母都是很尊重的，見到我的時候也常常會拍拍我腦袋或者笑咪咪地問我一聲吃了嗎。他就是知道什麼，應該也不會亂說什麼的吧。

何況，這時候灶膛裡的火差不多該熄滅了。小披柵上的煙囪裡還有幾縷殘煙，但已經不見了火星。很快，又見父親拿了個洗臉盆，從廚房裡端出來些什麼東西，貓著腰，鬼鬼祟祟地向四面張望了一下後，踮起腳倒進了院牆外的城河裡。那應該是他日記燒成的灰吧？唉，他那些日記裡都寫了些什麼呢？又寫了多少年呢？他寫的時候，肯定做夢也想不到會有一天要把自己生命的氣息和點點滴滴的所思所想全部付之一炬、連點灰都不敢留存吧？

不管怎樣，我心情放鬆了些。不禁深深地歎了口氣，回到自己床上。心裡卻仍然充滿了莫名的情緒，翻來覆去更加睡不著覺了。明天，真的會有紅衛兵來抄家嗎？電影裡憤怒的農民兄弟湧進地主老財家搬東西、搶挖米麵的場面，真的也要在我家上演嗎？父親系裡的紅衛兵也會像對待許院長的紅衛兵一樣兇狠嗎？父親不是很好的一個人嗎？平時雖然有時會訓斥我幾句，那都是因為我貪玩不做作業或成績沒考好的原因，他其實對我們姐弟三個總是非常疼愛的。別的不說，偶然叫我買回點陽春麵來，他基本上都是不吃的，頂多有時把我們喝剩下來的麵湯喝上幾口。日常我見到他在院裡的鄰居或他的學生面前，都是和和氣氣笑呵呵的，說話也總是輕聲輕語的。

雖然從孩子的角度看父親，感覺他是個很「老」的人了，其實這年他還剛過四十歲。只是頭髮早就斑斑發白了，而且髮型也太一般，衣著也普通，整個人看上去就比一般人顯老些。日常他除了衣袋裡插著的兩支筆和下班時夾著的講義夾，和空時在家讀會兒報，你沒法從他身上找到更多大學教師或領導的斯文相。不修邊幅，一年四季幾乎從不見新衣服上身，有時還常穿著打補丁衣褲或從小雜貨鋪上低價買來的粗劣的工作服，是父親的一個特色。以前曾有同學在星期天上我家，見父親穿著土布工作服在院中揮汗拉鋸，詫問道：「原來你爺是木匠啊？

沒錯，父親確曾堪稱木匠。我家的桌椅櫥櫃除了租學院的，其他都是父親利用節假日自己用四處搜覓來的廢舊木材和包裝箱板自己打的。除此之外，父母親還常年在大院中種點兒拾邊地、圈個圍欄養雞養鴨以貼補伙食。心地善軟的他，還養過好幾隻人家的棄貓棄狗，並經常在水缸裡養幾條小鯽魚、小泥鰍。有一陣我家還養過兩隻黃白紋相間，模樣憨憨的小豚鼠。這傢伙非常能吃，而且給什麼吃什麼，竹子葉、青草、菜葉還有家裡的剩飯，牠幾乎一天到晚都在巴嘰著嘴巴……

就是許院長，在我看來也是個很隨和的人呀；他對我們小孩子也從來沒有瞪過眼睛。有幾回他還把抽完的牡丹牌香煙盒子和大前門香煙盒子悄悄地給過我幾個，還對我眨眨眼睛說，不要告訴許誠是我給你的。這小子的煙紙集得太多了……

他們怎麼就突然成了什麼走資本主義道路的當權派，什麼封資修了呢？更要緊的是，紅衛兵這麼做，到底是要把他們怎麼樣呢？想到這裡，腦海中倏地閃過我和鍾健給中國少年報投批判「三家村」稿子的事，不覺渾身燥熱起來——早知道有今天，我才不寫什麼鬼文章呢！那所謂的三家村，說不定也是和父親及許院長一樣的共產黨的幹部而已吧？不對，他們可是上了報紙和廣播，向全國人民批判的，是經過毛主席黨中央認定的壞分子，怎麼能跟我父親和許院長他們比？父親和許院長再怎麼樣吧，怎麼能算是什麼走資派？要真是走資派，過去那麼長的時間裡，他們的上級、同事，院裡和市裡的領導就看不出來，也不撤他們的職？現在，他們一夜之間變成了壞人，學生們也像對待敵人一樣對待他們和他們的上級，毛主席和黨中央肯定是不知道的！奇怪的是，那些學生紅衛兵們竟然就這麼大模大樣地造起反來，也沒有任何人出來制止他們！起碼，他們打罵自己的領導，侮辱批鬥自己的領導，難道毛主席和黨中央也都不知道嗎？唉，這都是誰給他們的權力呵？怎麼也沒有省裡面的或者中央的領導來管一管他們？再照這樣亂哄哄地鬧下去，父親他們也會被像報紙上說的那樣，和「三家村」一樣，讓全院師生「批倒批臭」、「打翻在地，再踏上一隻腳」，而且永遠沒有翻身的時候嗎？

我渾身縮成一團，再也不敢往下深想了。

奇怪的是，第二天過去了，第三天過去了。一連五天過去了，小肖夜裡來密報要抄家的事情，始終沒有發生。父親每天照常到系裡去上班。其實這時候系裡已沒人上課，一些教師也參與到學生的造反活動中去，其他老師則根本不到系裡來。因為教室裡空無一個學生。多數學生就是不造反也不進課堂了。父親說，他和系總支的幾名幹部每天都在自己辦公室看報，或者聽收音機裡傳播的黨中央精神。而院裡的領導班子早已癱瘓，誰也不知道下一步該怎麼走。

難道小肖是在嚇唬我們，或者是他搞錯了？父母親每天都要悄悄議論一番，可是連我和姐姐都堅信，小肖不會吃飽了沒事幹來開這種玩笑，更不會把這麼重要的情況搞錯。一定是發生了什麼變化了。令人煩惱的是，這種變化對我們而言是一種向好的希望，還只是暴風雨來臨之前的沉靜？我們都不敢往好處想。我每天都要往學院門口去好幾次，遠遠地看到有成群的學生呼著口號或打著紛亂的小旗幟出來，心就呼呼地狂跳起來。直到看清不是教育系的學生，才稍稍寬慰一點。

唉，其實那幾天心裡面不上不下、忐忑不安的感覺，反而更讓人不好受，真有點像頭上懸了把達摩克利斯之劍，隨時擔心著它會掉下來，做什麼都沒心思。倒不如痛痛快快地有人來抄一回家，好讓心頭的石頭乾脆落了地。

該來的自然是會來的。而之所以會延宕了幾天，我們後來知道，原因就在系裡的紅衛兵成立不久，就如同院裡和市裡的許多學校、單位一樣，很快就因為觀點不同乃至職務分配上的原因而產生了分歧、以至分裂。鬧哄哄的分化組合大費他們周章，一時也就顧不上「走資派」了。

教育系的紅衛兵不久後也很快就分裂成好幾家，有叫「風雷激」的，有叫「井岡山」的，還有叫「東方紅」、「反到底」的，名頭不小，實際人數不過十來個、二三十個。人數最多的，就是堅持原來立場的紅衛兵，叫做「毛澤東思想戰鬥團」，他們態度始終堅定地堅持要造反，要澈底「揭蓋子」、「砸爛系總支」。而最後成立的一家紅衛兵組織也有不少人，多數是由原來學習比較好的系和班幹部和部分教師分裂出去組成的，小肖後來就成了這一派別的頭領之一。他們叫「毛澤東思想紅衛兵」，屬於比較溫和的中間派，強調要執行黨中央毛主席關於文化大革命的政策精神，堅持一分為二，區別對待不同性質的領導幹部和教授們，堅持要文鬥、反對武鬥。這支隊伍後來加入了市裡的「紅衛兵總部」，演變成為所謂的保皇派。在毛主席在天安門城樓接見紅衛兵，為宋彬彬改名宋要武，並親口指示「要武嘛」之後發生的全市大武鬥中，他們被趕出了學院，和市裡的保皇派一起，退到了郊縣去。武鬥結束後，他們中的一些幹部通過「大聯合」進入了市革命委員會，但最終還是被當作「搞派性」的反動分子和「武鬥的黑手」，被批判、鬥爭，並最終潰散。

就在我們差不多要放鬆戒備的時候，造反派出其不意地出現了。而且，是在我正要洗腳上床睡覺的晚上。我坐在床沿上，一隻腳剛浸進腳盆，另一隻腳剛在脫襪子，就聽得門外傳來一陣嚇人的嘈雜聲。有人大聲在說：「是這家吧？」有人立刻回應：「就是，就是這家——」緊接著門上和窗戶上同時響起重重的敲擊聲，好幾個人同時喊著：

「章宗道，快開門！出來接受革命群眾的檢查！」

父母親都萬分緊張地跑去開了門，呼啦一下，湧進了十來個頭戴著軍帽、身穿黃的綠的新的舊的、有口袋的幹部服和沒口袋的士兵服軍裝的紅衛兵，頓時把我們小小的三間平屋擠得滿滿的。我慌忙抬起浸在腳盆裡的那隻腳，水淋淋地硬套進我那破了一個洞眼的解放鞋裡，心情緊張地縮到門後面，卻一眼看見門外不遠處站著的，就是那天夜裡來通風報信的小肖。他明明也看見我了，卻好像沒看見一樣，把頭扭了過去，並且也隨著其他那些紅衛兵學生們一起振臂高呼：

「打倒走資本主義道路當權派章宗道！章宗道不老實，就叫他滅亡！……」

呼喊一陣口號後，為首的一個腰裡插著根交通指揮棒差不多粗細的白臘棍的紅衛兵，從軍裝口袋裡掏出一張紙，向著一直一聲不吭地低頭站在飯桌邊的父親，大聲念起來：

「……鑒於章宗道頑固對抗偉大的無產階級文化大革命運動，拒不交代反動罪行，吳東師範學院教育系毛澤東思想戰鬥團決定，對其住所進行檢查。章宗道必須服從命令、老實配合！」

父親聽完後點了點頭說：「歡迎革命小將來檢查。但是，在目前還沒有發現我有什麼反動證據，而且我也沒有被上級黨組織宣布撤職之前，應該不能稱我是走資派吧？」

「放屁！不管你承認不承認，你就是走資派！就是封資修的代表！」為首者指著父親詈罵了一通，又揮臂領著紅衛兵們呼喊了一陣更為難聽的口號，隨即派兩個人將父親堵在角落裡，不許他再說再動。同時還命令母親到外面去。母親猛一揮手，推開一個想來拉她的女紅衛兵，厲聲道：「這是我的家，憑什麼要我出去？你們既不是公安局，又不是檢查院，誰給你們權力來抄我的家？而且，我出身貧下中農，現在是工人階級一分子，又是參過軍，打過仗的革命幹部，你們有什麼權利對我發號施令！」

當先的幾個紅衛兵可能還嫩了點，也沒料到會有這一層吧，頓時面面相覷。但是領頭的那個瘦高個子卻不以為然地哼了一聲，也不回答母親的質疑，惡狠狠地盯視了母親一眼，不再強調要母親到門外去，但卻示意幾個女紅衛兵盯住母親，把她逼在屋角裡，他們其餘的人便開始在家中到處亂翻起來。屋裡頓時劈啪亂響，灰塵騰起。而在外屋的紅衛兵則粗暴地命令我和姐弟仨都到外面去。我受到剛才母親態度的鼓舞，也想表示反對，但是我剛剛嘀咕了一聲，就被一個年紀其實也大不了我多少的紅衛兵衝上來，一把揪住我一隻耳朵，拎著我到了屋外。我感到又疼又屈辱，眼淚都流了下來，恨不得狠狠咬那人一口，但看見他左手掂著的白臘棍，又害怕了，只好無奈地來到屋外。但還是和姐姐一起，緊張地趴在窗戶上向裡張望。只見這些人活像電影中的敵軍進了百姓的家一樣，翻箱倒櫃，一會兒功夫就把我們的家翻得亂七八糟。還把我們的櫥櫃、箱包統統打開，連馬桶和米桶都掀開蓋來看看，並且把枕頭和被褥下都反覆翻檢、摸捏了好幾遍。甚至有些書本，他們也一本本翻開來彈上一氣，生怕裡面會夾著什麼「密電碼」似的。

幸虧小肖叔叔及時通報過，父親把日記等處理了——他那張寫字桌是造反派最感興趣的，逼著父親把所有鎖著的抽屜打開後，三個人圍在那裡反覆地翻檢，把裡面剩餘的戶口本、糧證和各種票據都胡亂地掃在地上，最後竟把父親過去收藏的兩小本郵票集也都收在一個大麻袋裡，準備帶走。

父親提出異議說：「這都是國家正式發行的郵票，能有什麼問題？我辛辛苦苦收集了好多年……」可沒等他把話說完，領頭的就冷冷地打斷了他的話：「這些郵票裡很多是紀念歷史上的反動人物的，還有很多也充滿了封資修的內容，你居然還想保留它們？」

父親知道說不過他們，只好苦笑著不再言語。但我看見他一直在喃喃地低語著什麼，並不停地搖著頭，一副無奈又悲憤的樣子。

我在外面越看越心寒。雖然敢怒不敢言，心裡卻充滿了憤恨，身子也無可抑制地哆嗦著：他們這麼做，哪一點像是什麼毛澤東思想的捍衛者，什麼革命小將啊？

沒想到，我發現紅衛兵把我和姐姐做作業的小課桌上豎著的一些我們倆的書，主要是用過的課本和幾本《十萬個為什麼》、《劉文學》、《高玉寶》、《紅岩》等明顯不能算封資修的課外書，統統都擼到了地上，然後從中挑揀出一些他們認為是有問題的書，塞進麻袋去。讓我最心痛的是，我好容易收集和用可憐的零花錢購買的幾本《三國演義》、《敵後武工隊》等連環畫，都被他們收走了。而其中有本書，更是讓我忍不住大聲驚叫起來：

「姐姐！《那本不體面的美國人》，是我跟鍾健借來看的，他們也要拿走！」

我一面說，一面就不顧一切的往屋裡衝去。趁紅衛兵不備，一下子從他腋下搶過那本書，可是還沒站起來，就有兩隻大手從我肩頭壓下來，狠狠地搶回了書。

一個紅衛兵掃了一眼書名：「《不體面的美國人》？這不是毒草是什麼？你個小赤佬，膽敢對抗檢查？」

我呆住了。這本書確實是鍾健借我的，上面還有市第四中學圖書館的章。當時我還是以看過後請他吃十根油條的代價才借到的。書的內容則是描寫一些美國傳教士以異常堅定的信仰和無比堅忍的意志力，雖然飽受當地人的誤解和排斥，仍然不惜以自我犧牲的精神，在一些東南亞國家堅持傳教的事蹟。裡面充滿了動人的細節，比如，他們明明有條件，但在緬甸的叢林中，為了取信於土著人，就和他們一樣吃粗劣的飯菜，一樣喝混沌的生水，一樣飽受蚊蟲叮咬，結果個個得了可怕的瘧疾或痢疾，但他們就是不吃藥，拼了性命也要適應當地的生活環境，並感化土著居民……當然，如果要頂真看，因為裡面讚頌的是美國傳教士吧，確實也可以把這本書算是毒草。但是……

我急得掉下淚來，正想爭辯，忽聽一聲尖叫，「這是我的書！還給我！」但見姐姐趁其不備，一把從拿書的紅衛兵手中奪回那本書來，緊接著往衣襟裡一塞，雙手死死護在胸前。

那個紅衛兵愣了一下，隨即一把拉住想往外跑的姐姐。另一個紅衛兵也把姐姐去路擋住，倆人都使勁去掰姐姐的手，企圖奪回書去。我再也沒想到，一向給我以柔弱感覺的姐姐，竟把身子縮成一團，死命護住懷裡的書，同時拉開嗓門不給、不給，我就是不給地叫喊起來。那聲音又尖又長，把所有人都驚呆了。裡屋的人都湧出來看是怎麼回事，父母親也掙開看管他們的人跑了過來。我含著淚告訴父親是怎麼回事。父親沉吟了一下，對姐姐說：

「算了，把書給他們吧。我負責賠償鍾健錢。」可是姐姐頭一扭，說了聲不行，乾脆一屁股坐在地上，更緊地抱住了懷裡的書。

這時，有個人擠到她跟前，伸出手對她說：「讓我看看這是本什麼書，好嗎？」

姐姐抬頭看了一眼，發現是小肖叔叔。猶豫了一下後，她把書交給了小肖。小肖向她點點頭。然後就著燈光翻了一會書，哦地一聲，又把書還給了姐姐。轉過身來，他對領頭的紅衛兵說：「這本書以前我也看過，是揭露批判美國人的醜陋的，不能算是毒草。還給她算了。」

頭頭聽他這麼說，可能也想體面收場吧，便不情願地點了點頭。

說到這裡，我不禁更加感恩那個幾年後直到現在，我都不知道他下落的小肖叔叔！他對父親、姐姐和我們全家力所能及的善意和幫助，似乎都不算太特別，但在那黑暗和悖逆的年代，卻是相當需要勇氣和機智的。比如他給父親通風報信，於己並無好處，而萬一被誰發覺，或者萬一父親後來受不了殘酷批鬥而暴露了他，小肖叔叔自己反而立刻會被批判、打倒，澈底改變自身的命運。

記得我後來也還親眼目睹了小肖叔叔對父親的另一種特殊幫助。那是在運動深入，走資派包括父親受到越益殘酷批鬥時，系裡又開了父親的批鬥會。我和幾個小夥伴悲憤地躲在人群後，眼睜睜地看著一個造反派吃力地拎來一塊用鐵絲栓著的水泥板，惡狠狠地掛在父親脖子上。那塊水泥板一看就相當沉重，父親後來對我們說過，他感覺至少有二三十斤重，鐵絲也很細。因此掛到他脖子上不到十分鐘，脖子就勒出了血。父親痛苦地告訴我們：我很快感到天昏地暗，腰都快要斷了，血也開始染透衣服。就在這時，突然看見小肖叔叔一步跳到父親面前，指著他厲聲喝道：「章宗道！你還不老實！趕快給我跪下，老老實實向人民認罪！」

只見父親立即就應聲跪倒下來。而我當時在台下目睹了這一幕，還疑惑過，小肖叔叔怎麼也突然變壞了？可是父親後來在家裡卻眼含熱淚地對我們說：「真虧了小肖啊！他的這一舉動，幾乎是救了我一命！因為我一跪下以後，水泥板著了地，脖子、渾身也就輕鬆多了……」

以後的日子裡，父親每次說起這事都很激動，充滿對失聯多年的小肖的感念。他和我們全家也都深信，那是機智的小肖叔叔在當時情形下不得已的有意為之。雖然只是一句話，卻像黑暗中的火炬，永遠溫暖著可悲的時代和人性。而善良的人性，常常與政治無關。一念之仁，便難能可貴，在任何環境下，都能閃耀出高潔的光芒來。

——回到抄家現場。姐姐在小肖的幫助下，幸運地拿回了《不體面的美國人》，立刻站起來，兔子一樣鑽出人叢，躲得無影無蹤。見他們開了恩，我不禁也生出一線希望，悄悄地蹲在地上的書堆前，把兩本《三國演義》連環畫拿了起來。卻不料一隻腳重重地踢在我手上（後來好幾天裡，我的右手虎口處，都有一團淤青），把連環畫踢落，並用腳重新撥拉回書堆中。我抬頭一看，正是那個紅衛兵的頭頭。我憤懣得忘記了害怕，猛地撲向那人，橫眉怒吼：

「你憑什麼踢我？」

「因為你不老實！」

「那是我的書，我有權利收回來！」

母親也注意到這個狀況了，她擠上前來，一面把我攬到自己身後，一面一反先前嚴厲的態度，轉而陪著笑臉對那頭頭說：

「這位領導，你也看到了，我們一直在配合你們的檢查。可是這都是些小孩子看的小人書呀，也能算是毒草嗎，你就讓他留兩本吧？」

頭頭厲聲道：「小人書也不行！從前出的書大多數都是有毒的。毛主席發動這次文化大革命的根本目的，就是要徹底破除封建文化遺毒。通過文化大革命，我們要告別一個舊時代，讓所有封資修的東西統統見閻王去！毛主席還教導我們說，『不破不立，破字當頭，立也就在其中了。』今後，我們誰都不再需要讀任何舊書，而是唯讀毛主席的書，用毛澤東思想武裝每個人的頭腦，統帥每個人的靈魂，這才能夠真正讓毛澤東思想佔領一切思想文化陣地！」

聽了這種話，我們還能怎麼說呢？母親只好把我攬在懷裡，輕輕地拍打著我的背，勸我別太難過。

就這樣，抄家持續了個把小時後，總算結束了。我們家雖然沒有什麼東西、什物，但那幫紅衛兵們仍然自說自話地挑揀了幾麻包的東西和書報，裝在一輛他們預先騎來的三輪腳踏車上，罵罵咧咧地走了。

這倒罷了。他們前腳剛離開，後腳母親就啊呀一聲大叫了起來。我們趕緊問她怎麼了，母親憤怒地直拍自己大腿說：「怪我怪我！還當是放在這裡會比抽屜裡安全呢，哪想到有些人會這麼壞——什麼反對封資修，明明就是搶錢來了。偷走我兩百塊呢！哎呀哎呀，好不容易辛辛苦苦才存下來的這點錢，全被他們偷走了，這可怎麼是好呀？」

「究竟怎麼回事？」昏黃的燈泡下，父親的臉也顯得更灰暗了。

母親萬分沮喪地指著米缸說：「我特意藏在米下面的。」說著她又俯下身去在米缸裡反覆掏摸了一陣，還是什麼也沒有。兩百塊錢，在當時父母月工資都不超過六七十塊的時候，實在算得一筆大錢了。父親也不甘心地抱起米缸，把裡面的半缸米全部倒在床單上仔細翻檢，結果仍然是一無所獲。

母親懊惱地罵了聲娘，轉身要去追那些紅衛兵，卻被父親拉住了胳膊。

父親說：「千萬別去惹事。錢被誰偷了，偷的人就不可能交出來了。而且這事肯定別的紅衛兵是不知道的，他們反而會說是我們汙蔑革命小將，那不是更加倒楣？」

儘管這樣，實際來看，相比於接下來的日子，和大院裡、學院裡其他有些幹部或教授之類人家被抄的遭遇，我們這個本來就沒有什麼好東西的人家，那天晚上的損失和劫難，還是算不上什麼的。其他人家尤其是住在「洋房」裡的許院長和另兩戶老教授家被抄時，紅衛兵們擄走的書籍、雜物、字畫、瓷器、進口鋼琴、外國唱片甚至帶有所謂封資修圖樣的盆盆碗碗根本就沒法計數，都是用卡車裝運的。有些看上去不太有價值的書報、雜物，紅衛兵懶得運走，乾脆就在院中空地上點上一把火，熊熊火光從中午一直燒到傍晚才熄滅。那像蝴蝶般上下亂飛的紙灰隨風飄落在院子裡的每一個角落。

更有甚者，紅衛兵從一個老教授家抄出一套他在英國訪學時帶回來的毛皮大衣和高檔西裝，當即把大衣和西裝扔在地上，狂踩亂踏，說這是資產階級生活方式的典型象徵。這還不解氣，又把老邁的他押到院門口，大夏天的，強迫他穿上西裝和毛皮大衣，站在烈日下向群眾低頭「認罪」。不到半小時，大汗淋漓的老教授，就在陽光和狂亂的口號、路人的唾沫等多重煎熬下，中暑倒地……

第四章

當然，除了這些，我父親也很快就和大多數院裡幹部或者教授之類人一樣，更深地墜入了此前根本無法想像的人間地獄。

首先是大字報，無論是學院裡，還是市裡，省裡，甚至可想而知的是，全國，都很快便日甚一日，甚囂塵上，達到了鋪天蓋地的程度。市裡的中心廣場，市委、市政府門前和各個部委辦局機關樓前，都是紅衛兵造反派們刷大字報的主要區域。而學院裡的中心區域和院系的辦公樓，幾乎都被一層又一層的大字報和大批判漫畫、標語覆蓋盡了。許多標語是從幾層高的樓上鋪瀉下來的。寫字是用大掃帚，一個字都有乒乓桌那麼大，也不知道那些紅衛兵是哪兒來那麼多的紙張和漿糊，又怎麼能夠掛上去的。一般的大字報則因為地方不夠，只好糊了一層又一層，你今天貼上去，我明天又把你覆蓋。實在積得太厚了，就把陳的撕下來。結果是那些拾荒的人暗自歡喜，天天來撿廢大字報，當然，一般都是在夜裡沒人的時候。

至於大字報的內容，一開始我們還有心思去看看，後來就根本不想再看了，頂多看個標題就拉倒。因為大多數都是差不多的內容，不是什麼北京來的特大喜訊，就是什麼火線上的革命戰報。不是批這個反動，就是罵那個卑鄙。不是自封最最正確的馬列主義革命派，就是批判別人保守、搗鬼和「罪惡陰謀」。而且批來鬥去，爭來吵去，後來竟越來越變成了主要是各派紅衛兵互相攻訐、自我標榜而赤膊上陣的戰場，那火藥味也就越來越濃，一個個恨不得把大樓都點把火燒掉，或者把對手綁起來吊死。事實上，所有大字報都是殺氣騰騰、咬牙切齒。什麼殺呵、打呵，砸爛呵，揭蓋子呵，搗毀呵，火燒呵甚至油炸某某或某某組織的字眼比比皆是。應該說，革命小將們的積極性真是只有更高，沒有最高。你想想，這麼多大字報，每天得要有多少人在撰稿，多少人在抄寫，多少人在尋找一切地方刷呵糊的啊。我的字從來寫不好，所以也分不出什麼人的字好，什麼人的字不好。只覺得許多字都和大字報的內容一樣龍飛鳳舞、張牙舞爪的。但院裡的小夥伴許誠和我去看大字報的時候，往往會由衷地讚歎：「真想不到呵，學院裡居然會有這麼多毛筆字寫得好的人才！」他從小上過書法班的，字比我好得多，欣賞力肯定也比我強。因此能說得出在行的話來。

很快，另一股風潮也風靡全國。那就是幾乎所有上點規模的紅衛兵或造反派組織都成立起毛澤東思想宣傳隊，領頭跳起所謂的忠字舞，並且大唱忠字歌，以向毛主席表忠心。同時，學院裡先是各個系輪流在學院禮堂、飯堂、操場上演出自排自導、一家更比一家熱鬧的整台歌舞，和著忠字舞一起，以「宣傳毛澤東思想」。那些演出內容雖然也一家彷彿另一家，但表演的品質有的還相當不錯。比如那時候特別受歡迎的〈十送紅軍〉歌舞。只要音樂一起，深情動聽的歌聲伴著舞者的翩翩，總會讓我鼻子發酸，潸然淚下。在那個年代，那種背景下，能有那種相當有情調的歌詞，怎麼不讓人感動呢？所以我直到今天，還會唱這首歌並清楚地記得它的歌詞——

一送（里格）紅軍／（介支個）下了山
秋風（里格）細雨／（介支個）纏綿綿

山上（里格）野鹿／聲聲哀號
樹樹（里格）梧桐／葉呀葉落光
問一聲親人紅軍啊
幾時（里格）人馬／（介支個）再回山
三送（里格）紅軍（／介支個）到哪山
山上（里格）包穀／（介支個）金燦燦
包穀種子（介支個）紅軍種／包穀棒棒咱們窮人掰
緊緊拉著紅軍手紅軍啊
撒下的種子／（介支個）紅了天
五送（里格）紅軍／（介支個）過了坡
鴻雁（里格）陣陣／（介支個）空中過

遺憾的是，這支最受歡迎的歌舞不久後就被學院的紅衛兵總司令部發公告，禁止再演了。因為他們覺得，這首歌有著「錯誤的歷史背景」和「嚴重的小資產階級情調」。好在另外一些我同樣非常喜歡也會唱的新歌，依舊廣為流行。好一陣子都隨時隨地地活躍在我的心裡頭和嘴巴上。比如同樣十分抒情和悅耳並且有著濃郁的少數民族風味的〈毛主席的話兒記在我們的心坎裡〉——

毛主席也毛主席
我日夜都在想念你，

你的話兒記在我們的心坎裡。
喀喇昆侖冰雪封，
哨卡沒在雲霧中，
山當書案月當燈，
蓋著藍天鋪著地。
哎！只要想起您毛主席，
只要想起您毛主席，
紅太陽升在心窩裡。
毛主席也毛主席也，萬歲，萬歲！
毛主席也，您的話兒記在我們心坎裡。哎！
毛主席也毛主席，你的話兒記在我們的心坎裡……

儘管有一些波折，忠字舞作為一種革命時代的創新形式，卻很快就被推廣到全社會，以至到後來，一切人（除了黑五類、走資派等）每天都必須在各級各階層的紅衛兵造反派組織下，向著偉大領袖毛主席的畫像，在一切場合集體跳忠字舞，以表示忠心。據說連流動人群最多的車站碼頭甚至飛馳的火車上，也都有人會組織乘客們跳忠字舞。不會沒關係，你跟著別人比劃就行，膽敢不跳，那可是大是大非的政治態度和階級立場問題了。因此那時候我們一些因為停課而無所事事、又沒有人來組織命令我們跳舞的小夥伴們，比如許誠、錢小金等，便會一起到居民委員會看老頭老太跳忠字舞。那些人中有許多都已是顫顫巍巍、七老八十了，態度卻一個比一個認真，動作和舞姿則一個比一個彆扭。看得我們樂不可支卻又緊咬著嘴唇，不敢在當場笑出來。幸好他們不需要跟唱，只要隨著廣播裡的音調亂舞一氣就可以了。否則，真不敢想像我們會聽到什麼樣的「忠心」。

破四舊運動帶來的改名風，也很快就風靡全國。比如我們吳東市紅衛兵革命造反總司令部，就在全市各大場所貼出公告，宣布將吳東市改為忠東市。而下屬的區紅衛兵組織便紛紛將原來的幾個區名改為紅衛區、要武區、延河區、向陽區。街道就更不用說了，全市所有街道都被改了名稱。一時間人們彷彿到了外省，滿眼都是東方紅大街、金水河路、紅衛巷、向陽街之類革命名稱。連我們這條短短的百里街，也被改成了四新街。至於人名，改得就更多，更雷同了。就這樣，派出所還是天天人滿為患，排滿了急著要改名的人。

與此同時，另一場後來想起來令人發噱的鬧劇，也彷彿在一夜之間便因為其內容和形式都既革命又特別彰顯「忠誠」吧，簡直就像流行性感冒一樣，迅速在全國範圍和一切機關單位、農村、邊關複製開來。我後來知道，那是由毛主席的警衛部隊八三四一部隊向毛主席報送《關於北京市針織總廠支工情況的報告》中提出來的。《報告》中提到他們宣導了在「上班前向毛主席請示」、「下班後向毛主席彙報」等「先進」做法。毛主席看了這份報告後批示道：「看過，很好」。這一來，中共中央即刻向全國轉發了毛主席的這一最新最高指示。轟轟烈烈、競相上演的「早請示，晚彙報」活動，就此席捲全國。

活動高潮的時候，不僅單位、鄉村，許多「革命家庭」內都要進行這種神聖的儀式，即每天起床後第一件事或工作、學習前要「向偉大領袖毛主席請示」這一天的工作、學習內容；一天工作結束後或上床睡覺前要向「偉大領袖毛主席彙報」這一天的工作、學習情況。

「晚彙報」最開始稱為「晚請罪」，因為一天下來，工作、學習中肯定會有錯誤，耽誤了革命工作，對不起偉大領袖，所以要「請罪」。但後來「上面」說「晚請罪」一詞帶有宗教色彩，於是改稱為「晚彙報」。但這僅僅指革命群眾。五類分子和「牛鬼蛇神」這類人同樣要參加這個儀式，他們就依然稱為「早請罪、晚請罪」。而且，這些人參加這種儀式時只能在領袖像前始終低頭彎腰，保持請罪的姿勢，不得亂說亂動。

根據當時的報導，每個人不論你是否在家「請示」、「彙報」過了，也都必須參加單位、學校的集體「請示」、「彙報」。單位、學校的這種活動每天至少四次，即上午和下午上下班、上學和放學各一次。如在單位、學校食堂吃飯，每餐飯前也要有一次。但吃飯的時間總會有先有後，所以有些單位就變通規定可以自行按照先後三三兩兩進行「請示」和「彙報」，因此整個吃飯時間，食堂裡一群一團的「請示」、「彙報」絡繹不絕，煞是熱鬧。為了表示重視，有些單位還設置了專門的「忠」字室，並把人都集中到那裡去「請示」和「彙報」。

這種近似於宗教儀式的宣誓與效忠的基本程式，是大家面對毛主席像站立，右手拿《毛主席語錄》放在胸前，由一人「領讀領唱」（可能是單位的紅衛兵或造反派的領導，也可能不是；有時是因某個人聲音洪亮、普通話標準；當然首先要政治可靠），他先大聲說道：

「首先，讓我們共同敬祝全世界人民心中最紅最紅的紅太陽、偉大領袖毛主席他老人家——」此時所有人同聲高呼：「萬壽無疆！萬壽無疆！萬壽無疆！」同時大家將手持的紅寶書（毛主席語錄）向右上方連揮三次，表示祝願。

然後，這位「領讀」再大聲說道：「敬祝毛主席他老人家的親密戰友林副統帥——」所有人同聲高呼：「身體健康！永遠健康！永遠健康！」眾人右手亦同時向上連揮三次，表示祝願。

祝願完了，就是唱頌歌，或〈東方紅〉，或〈大海航行靠舵手〉，或〈毛主席是我們心中的紅太陽〉。唱完頌歌後，就是讀毛主席語錄，由「領讀」大聲說道：「讓我們翻到《毛主席語錄》第×頁，第×段。偉大領袖毛主席教導我們說」——然後大家齊聲朗讀。至於讀幾段，並沒有嚴格規定，往往是一到三段，所讀內容盡可能結合當天工作或當前形勢。如要開「批鬥會」，就讀「凡是反動的東西，你不打他就不倒……」、「革命不是請客吃飯，不是做文章，不是繪畫繡花，不能那樣雅致，那樣文質彬彬，那樣從容不迫，那樣溫良恭儉讓……」。如果要完成某項緊急任務，就會讀：「下定決心，不怕犧牲，排除萬難，去爭取勝利……」；如果要整頓紀律，則少不了「軍隊向前進，生產長一寸；加強紀律性，革命無不勝」。

「晚彙報」時，所讀大都是與批評、自我批評有關的語錄。

讀完語錄，活動才告結束……還有，當年至今，社會上一直流傳著許多段子，形容「文革」時的各種奇情怪狀。其中有一個說的是，那時人們出門、辦事，必須先說一句毛主席語錄，然後再說要辦的事。比如有個中學生和售貨員的對話，就堪稱經典。

中學生說：「關心群眾生活——給我拿支鋼筆。」

售貨員說：「為人民服務——你買哪一種？」

中學生說：「我們都是來自五湖四海——多拿幾支讓我挑挑。」

售貨員說：「反對自由主義——不讓挑，買哪支拿哪支。」

中學生說：「我們的責任是向人民負責——你就多拿幾種讓我們挑挑吧。」

售貨員說：「在路線問題上沒有調和的餘地——說不挑就是不能挑。」

中學生說：「凡是敵人反對的，我們就要擁護——為啥不讓挑？」

售貨員說：「凡是敵人擁護的，我們就要反對——不為啥，不讓挑就是不讓挑。」

中學生說：「注意工作方法——有這樣賣東西的嗎？」

售貨員說：「一切權力歸農會——愛買就買。」

中學生說：「打倒土豪劣紳——你這什麼工作態度？」

售貨員說：「友誼，還是侵略——咋的，你想打架？」

中學生說：「凡是反動的東西，你不打他就不倒——你以為我怕你？」

旁觀者見戰爭一觸即發，就急忙上前調解，「要團結不要分裂——你們有話好好說。」

售貨員說：「將革命進行到底——我看你還能咋的？」

中學生說：「人若犯我，我必犯人——你當個售貨員啥了不起。」

旁觀者看他倆誰也不肯停止舌戰，便勸中學生一走了之，「敵進我退——你先走吧，明天再買。」

中學生聽了，順勢下臺階走了。但他邊走邊說：「別了，司徒雷登——哼！」

售貨員如得勝的將軍立即回敬道：「一切反動派都是紙老虎——呸！」

——這自然是笑話，卻並不太離譜。那個狂熱的年代，比這荒謬多的現象也比比皆是。

雖然很快就失去了新鮮感，但我和小夥伴們還是天天會往學院裡去看大字報。不為別的，就為看看，自己的父母或家人今天有沒有被批判。而很快就幾乎家家都有人被批鬥、打倒、再踏上一隻腳了。我們關心的重點就成了，誰家的日子稍稍好過一些，誰家的父母又被套上新的帽子、挨沒挨打或者在胸前掛上沉重的鐵牌牌了。

那種心情，太平的家庭是肯定沒法體會的。首先，我們幾乎整天都處在惶惶不安之中。而看見自己家人今天沒被貼什麼新大字報，這一天心裡便會鬆快一些。看到自己家人又被「升級」和又有開他批鬥會的通告了，整個人都萎靡了。尤其是看見別的夥伴慶幸的眼神或有幾分幸災樂禍的表情，心裡更別提有多難受，恨不得能找個什麼人來痛打一頓，或者有個地洞能鑽進去慟哭幾聲。可往往就是一聲也哭不出來。心頭已被恐懼和絕望冰凍了。

從早到晚幾乎都在喧囂的高音喇叭，也越來越讓人恐懼和厭惡。因為它經常讓我們心驚膽戰、不寒而慄卻又避無可避。當它叫囂之際，尤其是深更半夜或分貝驟然升高、言詞慷慨激昂之際，就算你使勁捂上耳朵或者用棉花把耳道塞緊，那些殺氣騰騰的聲浪仍然無情地鑽進你的七魂八竅！而這其中，那些長篇累牘的社論、評論、「火線戰報」和大批判文章之類，和不斷穿插播放的毛主席語錄歌、紅衛兵戰歌之類，倒越來越不算可怕了。因為都聽麻木，習見不驚了。最可怕也可恨的是那些聲嘶力竭的「通令」、「勒令」、「喝令」和什麼「哀的美敦書」之類的廣播，真可謂字字驚心。因為你不知道接下來又有哪個系或者哪個紅衛兵造反組織要開誰的批鬥會，或者組織遊街示眾或對誰體罰勞動了。我們院裡的小夥伴，幾乎每天都會豎起耳朵留心傾聽這類東西——

通令，通令！吳東學院紅旗革命造反兵團嚴正通令：

茲定於今日上午八點三十分在學院大禮堂召開對中國赫魯雪夫在吳東師院的代理人、反黨反社會主義黑幫集團壞頭目許衛的大批判會議，勒令許衛準時到場，接受革命群眾的批判審查！歡迎全院師生準時參加！……

或者是——

某某系八一八革命造反司令部緊急勒令：

鑒於某某反革命修正主義集團首惡分子某某某頑固不化、對抗群眾，訂立攻守同盟等最新動態，本部決定立即對他們進行深入鬥爭，特此勒令反革命集團首惡分子某某某、反革命集團成員某某某、某某某、某某某立刻到某某系某某教室接受革命群眾的批判……

好一陣子，這類名堂幾乎每天都層出不窮，而且一個通令會反覆播送好多遍，聽得人心煩意亂又無可奈何。而我們最關心的，還是自己的父母今天太平不太平，聽到是別人的家長或親戚則心裡一鬆，聽到自己家人的名字則頓覺天昏地暗，手足無措。很想去現場看看究竟，又害怕看到家人受苦挨打的場面……

但是，那樣的場面又幾乎是每天都在這裡那裡上演著。只要你進到吳東師院，總會看到一場甚至幾場同時召開的批鬥會。院和系之間有分有合，系與系之間則彷彿是在互相攀比誰更革命，誰更堅定，誰更猛，誰更狠，或者，更有新花樣！結果，就使那些被批鬥的對象們越來越倒楣，吃的苦和受的罪越來越頻繁。而且，遭受的批鬥次數也越來越多，因為你今天可能是某某系或研究所的主角，明天就會成為院裡或別的系科之批鬥會的配角。而雖是陪鬥的，苦頭也並不少吃，比如上臺時被兩個紅衛兵從台下一人一條胳膊作「噴氣式飛機」式踉踉蹌蹌推到前臺，然後一隻大手狠狠地按住你的頭顱，迫使你呈九十度彎下腰去；這麼站不了幾分鐘，人就大汗淋漓、快要虛脫了。

這還不算，通常還要在你脖頸上掛一塊上寫著你的罪名和姓名，並在姓名上打著大大的黑叉或紅叉的大牌子。起先，用的主要是硬紙牌，這除了精神侮辱，人好還受些。後來則很快變成了掛鐵牌、掛小黑板，甚至另外再掛上一串破皮鞋或重東西，勒得你眼冒金星，雙腿戰慄，常常撲通一下就跪倒在地。那一左一右「伺候」著你的紅衛兵，便會立刻發力，把你胳膊向身後一扭，你又不得不哇哇叫著竭力站起來。而如果你是主角，即今天批鬥的主要對象，那份罪就更難消受了。一個個發言者上臺發言的第一個動作，便是怒氣衝衝地衝到你面前，指斥你一聲或跺上幾腳，然後一面念念有詞，一面就向你指指戳戳，或者向你臉上啐幾口唾沫。這還是客氣的，左右開弓抽上你幾個大嘴巴是少不了的待遇。常常還有人似乎有滿腔發洩不了的怨毒，於是便飛起腿來，將你狠狠踢倒……

就是這樣，造反派們顯然還是覺得不過癮，於是又花樣翻新，使出更加侮辱人的招數來。他們找來剪子和推子，把那些批鬥對象不分男女，統統剃成「鬼頭」。所謂鬼頭，還各各不同，有的是剃去半邊頭髮，留半邊；有的是東剪一簇、西剪一簇，看上去活像個癩痢頭；還有的是中間剃光，兩邊留著，不一而足。而此風一開，很快就在全院和全社會流行開來。所有的「走資派」、「反革命修正主義分子」、和「反動學術權威」、「地富反壞右分子」（統稱為黑五類、牛鬼蛇神），一夜之間都成了人不人鬼不鬼的模樣。男的這副樣子倒也罷了，慘的是女的，我們院裡有幾家人的妻子包括許院長的太太（後來她也被打成走資派和「地主階級的臭婆娘」），也被剃了鬼頭，看上去真是分外難看，簡直就慘不忍睹。而且，這些牛鬼蛇神們每天從學院受完罪回家的時候，還不許將脖子上的牌子摘下來，頭上那圓錐形的高帽子也必須照樣戴著。當他們這副樣子出現在馬路上時，總有好些街坊鄰居指指點點地在路邊圍觀，有時還會被不懂事的孩子啐幾口唾沫。而當他們回到自己院子裡的時候，所有的親屬們無不驚恐傷感、兔死狐悲，卻又是欲哭無淚，欲恨無奈！

當然，這種狀況在後來有所改善。一是院外看熱鬧感到新鮮的看客少了，人們都習見不驚失去了新鮮感。二是造反派們自己也麻木了，監管也就鬆懈了些。而且，牛鬼蛇神們之間，因為同命，所以也會相憐。經受的屈辱和苦難多了，也漸而有了一些承受力。他們還漸而互相安慰、開解，甚至打趣，並逐漸想出一些軟對抗的辦法來。比如，只要一出學院大門，如果身後沒有造反派看押著，他們就把高帽子摘下來拎在手上，把脖頸上的牌子取下來夾在腋下。或者乾脆把它往背後一掀，使上面的字朝向背心。還有人順道走過一些賣菜攤點或小食店如工農麵館的時候，會把高帽子往面店門口一豎，自己進去吃碗陽春麵「接接力道」。

有一回我還見過一個叔叔路過燒餅鋪買燒餅的時候，手一時沒空，就把幾個燒餅往高帽子裡一放，惹得旁觀者都樂了，他也向我們眨眨眼睛，露出了難得的笑容。還有一回許院長太太許師母回家的時候，正巧碰上工農麵館在賣難得見到的、不要票的豬頭肉；她趕緊買了一點，卻又沒帶包包，便也急中生智，把高帽子倒過來，把用荷葉包著的半斤豬頭肉往裡一放，篤悠悠地回了家。

至於鬼頭，父親首先解決了這個問題。當年為了節省開支，父親買了把理髮剪，從來我們家三個孩子的頭都是他修剪的。而他自己的頭，則都由母親剪。所以被剃鬼頭的當天，父親就想好了主意。中午一回家就讓母親拿出家裡的理髮推剪，把他頭上殘餘的頭髮全部推光。一個亮鋥鋥的光頭雖然也不能算雅觀，較之不陰不陽的鬼頭，就好看多了。院裡人一見都傳開了，後來許院長夫婦和其他所有受辱者都來到我家門口，請父親幫他們都剃成了光頭。一邊剃，一邊還互相打氣，甚至難得地彼此調侃幾句，生出幾聲不無淒苦的笑來。平時給我們感覺不太愛笑的許院長還幽幽地說了一句：「我們這真所謂是黃蓮樹下彈琵琶，苦中作樂呵。」

一句話，反而讓大家都收住了笑聲，長吁短歎起來。母親見狀，一邊抹著眼淚，一邊安慰大家說：「行了，你們都別傷心了，我就不相信，這世道會老是這樣下去。毛主席和共產黨也絕不會冤枉一個好人的。總有一天，毛主席和黨中央會給大家平反的！」

可是，大家雖然點頭稱是，神情卻並不樂觀，一個個哭喪著臉，若有所思。也沒有一個人接她的話。畢竟是在那一切都倒行逆施、如火如荼的時候，有誰還敢樂觀，又有誰還能看得到明媚的前景？而且，就連我私下裡也不禁會想到一個自己難以解答的問題：以後毛主席黨中央真的會像母親說的那樣，給他們這些人平反嗎？既然那樣，為什麼現在不及時制止這種不合理也不合法的「造反」行動呢？

父親竭力擠出絲笑容來說：「管他以後怎麼樣呢。起碼現在，他們批鬥我們的時候，再也沒有頭髮可以揪了！小孩子們也再不能追著我們扔石子，罵我們不男不女、不人不鬼了……」

唉，這倒是真的。

這也算因禍得福了吧……

眾人又有幾分活躍起來。

我那時還小，並不會思考，更搞不明白社會、政治究竟是怎麼回事，但每當見到那種慘無人道的大批判場合，總不免渾身發抖，緊張不安，感覺到一種世界末日正在降臨的恐怖。雖然我可說是從繈褓中到上學第一天起，就受到種種共產黨好、毛主席好的教育，父母也沒少對我作種種忠於黨、忠於領袖和努力學習，成為一名共產主義接班人的要求。我也會自然而然地、理所當然地向著這些目標努力著。然而，文革開始後的種種現實，實在是與心目中的想像差距太遠了吧，一些人的作為，也實在無法讓我接受吧，我常常會在某些時候，尤其是批鬥會現場，於極端的恐懼之餘，閃電般冒出種種讓我自己十分害怕的念頭來。這些念頭有困惑，也有疑慮，更有越來越無法遏制的憎恨！我越來越想不明白，這文化大革命究竟是要達到什麼目的？為什麼突然間就會對那麼多，幾乎是全部的大大小小的幹部和知識份子痛下殺手？我完全理解不了。我的直覺告訴我，那些人中間以往可能是會有一些作風不正派，或者搞特權，或者趾高氣揚、營私舞弊的壞官僚，他們可能真是想走資本主義道路的人；但是你把這些人撤職、判刑、關起來不就行了嗎？為什麼像對惡魔一樣虐待他們？這樣就對了嗎？還有，那些被批鬥、打倒的幹部中間，就沒有一個好些的嗎？

至於父親和許院長等好多住在我們院裡的人，在我一向的印象中，也許都不如焦裕祿那樣稱職，但起碼也都不可能是想或者能夠反黨反社會主義的人哪，怎麼就一個不剩地說打倒就打倒了呢？而那些以往印象中都是斯斯文文、對父親、對院長和教授們恭恭敬敬的學生和少數老師們，怎麼像突然變了個人一樣，一個個都橫眉豎眼，惡魔般大打出手、百般凌辱起別人來？他們怎麼下得去手的？他們平時真的窩著一肚子火，受了一肚子氣還是怎麼了？他們真的覺得自己是正義在手、理直氣壯地幹革命嗎？

凡此種種，我也深知是很危險的思想，千萬不能流露出來，更不能講給任何人聽。而且，任何時候，只要這類念頭一冒出來，我就擔心極了，心怦怦跳得連耳朵裡都在嗵嗵作響地共鳴著，就怕會被別人看出來，或者脫口說出來，於是趕緊想把它們壓制下去。可越是壓抑它們，它們反而越是冒得凶；有時我把手伸在褲袋中使勁掐自己的腿肉，結果還是不管用，搞得我越發焦慮，疲憊不堪；只好匆匆地逃離批鬥現場，或者避到一個沒人的地方去，心裡才稍稍安定下來……

可是許多時候，那種令人膽寒甚至血腥、暴力的場面，根本就避無可避，一不小心就會突顯在眼前，讓你心驚肉跳，情志紊亂，好長時間都恢復不過來。

那時社會普遍貧困。幾乎什麼都要計畫供應。為紓困境，父親在院裡拔棚後，用竹竿樹枝圍了個柵欄，在欄裡養些雞鴨以下蛋改善伙食。而飼糧又是很有限的，我作為家中的大男孩，便被要求每天一起床就要到學院裡的牆角、樹叢中去撿拾蝸牛，或到河灘邊去挖掘蚯蚓來餵鴨子。而那時候，正逢「早請示、晚彙報」之風盛行，學院自然也不甘落後，除了普通教職員工和那些造反派們自己天天要作早請示、晚彙報，並在各自空地上大跳各種慷慨激昂的「忠字舞」外，所有被打倒的牛鬼蛇神們也概莫能外。只是如前所述，他們的這種舉動被稱為早請罪、晚請罪，並且被勒令要開始得更早，即學院廣播喇叭剛開始播放開始歌曲〈東方紅〉的時候，各系各部門的牛鬼蛇神們便要集中在各自的樓前屋後，開始「早請罪」。早請罪的重要內容，就是這群牛鬼蛇神們，向著每個單位門前和教室裡必有的毛主席畫像，齊聲誦讀一段造反派指定的毛主席語錄。但是對於有些牛鬼蛇神來說，這還不夠，必須再背誦一段他老人家的語錄。背誦的範圍也明確，就在那時人手一本的小紅書《毛主席語錄》上。每天由看管的造反派出題，命誰背誦哪一條，你順利背出來也就算完事，背不出來，可就夠你喝一壺的了。

我每天一大清早去學院撿蝸牛，便經常會碰上這樣的場景。按說這也是「例行公事」，應該沒有什麼稀奇之處。可是不然，或許是心情緊張，或許是年紀大了記性不好，總之，總有人背不全某一條語錄，或者背不利索，背不清楚，於是便會大遭痛斥、恫嚇甚至體罰。

一般我見到這種場景，便會繞過去，不想看。可是有天我一眼看見低著頭站在隊伍裡的有許院長的妻子許師母。不由得便佇足於造反派身後的松樹下看了一會。這時候雖然是夏天，但大清早的天氣並不熱，有時風勢大一點，還能感覺到些許的涼意。可是不少受罪的牛鬼蛇神們，卻明顯高度緊張，以至於額頭上沁出汗來，在清晨的陽光下閃著油光，白汗衫背上染著一大攤黃漬。

輪到許師母背誦的時候，她不知是出於什麼心理，沒等造反派出題，就搶先背誦起來：

「馬克思主義的道理千頭萬緒，歸根結底就是一句話，造反有理。」

造反派立刻叫嚷起來：「不行不行，這段太簡單了。按照我的要求背！背這段：革命不是請客吃飯……開始——」

許師母的表情一下子更加僵硬了。但是她紅著臉想了一會後，倒還是比較順利地背了起來：「革命不是請客吃飯，不是做文章，不是繪畫繡花，不能那樣雅致，那樣文質彬彬，從容不迫……」

「停！」造反派猛地一揮手：「那樣什麼？」

許師母說：「那樣文質彬彬，從容——」

啪！一記響亮的耳光，頓時把所有人都打懵了。而這記耳光是如此之重，許師母的臉上立即現出幾個清晰的紅指印，身子也一下子旋了個半圓，不是身邊人擋了她一下，很可能就會摔倒了。

造反派又吼起來：「那樣什麼？」

許師母嘶啞地又明顯沒有把握地低聲道：「那樣文質彬彬——」

啪！她的左面頰上又挨了一巴掌。這次，造反派再叫她背，她心知有誤，便不背了，怯怯地哀求道：「革命小將同志，真是對不起，今天我有點頭痛，血壓一定更高了……請你讓我再看一眼毛主席語錄吧——」

造反派吼道：「不行！」

許師母繼續哀求：「就讓我看一眼吧，就一眼。看一眼我就……」

啪！

許師母忍不住在臉上抹了一把，我看見有一條血痕從她的鼻腔中緩緩流下，順著嘴角流向了頸中。她的身子劇烈地哆嗦開來，目光定定地看著眼前兇神惡煞般的造反派，不知是悲憤還是驚恐，但她嘴裡卻仍然在反覆請求著：「請讓我看一眼，就看一眼，我本來是能背出來的……」

造反派高舉起右手，猛地向虛空中劈了一下：「你給我住口！我說不行就不行！但是，我可以教你一次，要是再背不出來，你就不要背了。給我到大路上拔草去！聽好了——革命不是請客吃飯，不是做文章，不是繪畫繡花，不能那樣雅致，那樣從容不迫，文質彬彬……」

許師母立刻接上了：「哦，我明白了，我會背了——革命不是請客吃飯，不是做文章，不是繪畫繡花，不能那樣雅致……」可憐她完全是被打糊塗了，因此背到這裡，她又把下面的「那樣從容不迫、文質彬彬」背成了「那樣文質彬彬、從容不迫」……

啪！又挨了一記耳光後，許師母完全懵了。她木然而絕望地盯著造反派，再也吐不出一個字來。造反派也似乎氣得不輕，他一個大步跨上前去，揪住許師母的衣襟（那是一件舊的隱條紋襯衫，洗得發白的衣服上，還殘留著幾道沒洗掉的紅墨水印痕），狠狠地推了一把，許師母趺趺撞撞地衝出去好幾步，重重地撲倒在地上。

那造反派惡狠狠地吼道：「一看就知道你頑固堅持反動本性，根本沒有好好學習毛主席的語錄。給我拔草去！早飯也不許吃了……」

我感到胸悶氣促，渾身戰慄，恨不得找塊石頭，狠狠地砸向那個面目猙獰的造反派的後腦勺；但唯恐惹火上身的恐懼又把我牢牢地按定在原處，令我難受得幾乎要喘不過氣來。於是悄悄地走開了。

我知道拔草是怎麼回事，父親曾經說過，那絕非為了清潔衛生，而純粹就是折磨人。他們不給工具，不給手套，不讓你坐著，只能是蹲著或跪著，完全用手指從磚石路的縫中將草莖一根根揪出來，或者摳出來，摳到十指生疼，甚至滲出血來。但是摳到什麼時候為止，全憑他們的興致。而且總會有一兩個造反派坐在蔭涼地裡監督著拔草的人。盛夏的太陽灼熱如火，他們絕不允許你到蔭地裡去，也不允許戴頂草帽或用毛巾遮頭。不到他們規定的時間，更不允許去喝上哪怕是一口自來水。經常有人拔著拔著就暈了過去……

父親還經歷過類似的種種折磨。造反派經常會想出些莫明其妙的「勞動專案」，逼著牛鬼蛇神去做。比如，讓一些老人赤腳跳進已沖洗乾淨的廁所坑道中，毫無必要地拿刷子去刷那臭氣熏天的池壁；讓一些人把垃圾、磚石搬到這兒，隔天又命另一些人再把它們搬運回原處。這還罷了，至少沒有生命危險。可是他們還曾逼著父親和另外幾個稍微年輕些的批鬥對象，爬上高高的長竹梯，去清理教育系大樓外立面上的爬牆虎。高高的竹梯顫悠悠的，沒爬慣的人站上去就會頭暈眼花，何況還要在頂端使勁？父親說，他還算幸運，系裡一個副主任一個失手，連人帶梯子翻落下來，還好有爬牆虎牽扯了一下，他才保住一條命，卻也摔得鼻青面腫，還斷了條胳膊……

在這種暗無天日的非人背景下，許多地方都出現了令人扼腕的極端事件。死亡，像一道巨大的陰影，飛速地掠過整個國家。吳東師院自然也不會例外。而這種死亡，並非是指一些年老體弱或有重病者承受不了殘酷的折磨而病死或累死、甚至直接被批鬥摧殘致死的。這種現象不在少數，但容易被人漠視。我說的那種特殊的「死亡」，就是一些人受不了侮辱和折磨，對未來又喪失了信心和希望，被迫選擇了自我解脫，即造反派嘴裡的「自絕於人民，自絕於黨」！

吳東師院的第一例自殺者，就是我發現的。

那時離運動開始還不到三個月。有天清晨，我照常到學院裡去撿蝸牛。而位於學院東南角的教工食堂，它後面的一口老井周圍，是我每天必去看看的地方。雖然因為有了自來水，這口井當時已經很少用了。但井邊有一塊食堂開闢出來的菜地，員工們有時會從井中打水澆菜。而有菜地的地方，自然也會吸引蝸牛來吃菜葉。記得那是一個天氣陰鬱、迷霧濃重的大清早，天上厚厚的陰雲彷彿受不住什麼重壓般沉沉地下垂著。空氣中不僅溫濕度都很大，還沒有一絲風息。令人感到特別的悶熱不適。我在井邊撿到幾隻蝸牛後，正打算離去，卻偶然注意到，那口平時總會蓋上一個木頭蓋子的井口上，蓋子被誰拿了下來，扔在井邊的菜地上，壓住了幾棵包菜。可能這情況有些異常，我下意識地伸出一隻腳去，將那口井蓋踢離了菜地。轉身時我又不經意地向井中看了一眼。卻一下子發現了意外。即我發現井中沒有見到水，似乎有什麼東西將它堵住了。於是我又俯下身仔細看了一下，只見裡面有一團明顯的黑糊糊的異物。是死豬嗎？可一頭豬會取下蓋子跳進井裡去嗎？這麼想著，我隨手抓了塊土疙瘩向井中扔下去，井下傳來噗地一聲悶響，我換個角度再定睛一看，不禁失聲叫了起來。什麼豬呀？下面分明浮著一具後背向上的屍體呀！那暗紫色的一團，很可能是一個女人的上衣呵……

我觸了電似地跳了開去，只覺得亂雲壓頂，天昏地暗，心跳了好一陣才驚魂略定。於是又向井下看了一眼，確定自己的判斷沒錯後，我立刻飛跑進食堂，向兩個正抬著大籠屜準備蒸饅頭的食堂員工大叫：「快來看，快來看，井裡好像有個死人哎！」他們怔了一下，立即放下籠屜，跟著我跑到了井邊。倆人輪流向井底看了一會後，也大驚小怪地喊開了：「是人，是人，真的是一個死人啊！」

兩個員工立刻報告了食堂的司務長，自己也正被「監督勞動」的司務長又火急報告了食堂的造反派組織。造反派頭頭叫來幾個人，又找來長繩和竹梯，把梯子架在井裡後，頭頭命令司務長蹬著梯子下到井底，用繩圈將死者套住，上面的人再齊心往上拉。前後折騰了半個多小時，終於從井下拖出一具估計已死去有一兩天的女屍——朱行淑！有認識的人失聲叫起來：「朱行淑！外語系的朱主任！」

「對對對，就是她，就是朱行淑！」又有人予以了肯定。

我也湊上前去仔細看了一下。說真的，雖然我認識朱主任，因為她家住在百里街三號，每天上下班都會從我們院子前經過，父親曾和她在路上說過話。我也知道她是個到蘇聯留過學的俄語教授，還兼任著外語系的副主任。文革開始後，她也沒有例外地被貼了很多大字報，什麼蘇聯修正主義特務，裡通外國的反動學術權威等等。可是我看了那屍體好一會，總不敢相信就是朱主任。因為過去的她，印象中還不到五十歲，瘦瘦的臉上，總是架著副厚厚的眼鏡。可眼前這具屍體因為在水中浸泡久了，已腫脹不堪，那頭更脹得好像個大芭斗，臉上沒了眼鏡，五官也都嚴重變了形。一下子真不容易分辨出來。可是再看看，不是她又會是誰呢？尤為可憐的是，那天食堂的造反派將屍體撈出來後，說是要向院裡的紅衛兵組織報告，把屍體扔在菜地邊就都走了。結果整個上午都沒有人來收屍，四周則擠滿了一批批聞訊趕來看稀奇的院內院外的大人小孩。屍體本來就散發出濃濃的臭味，又引來成群的蒼蠅在她頭上嗡嗡地叮著。直到中午時分，朱主任家的人聞訊趕來後，才大哭小叫著把她抱上黃魚車拖走了。

沒幾天後，學院裡又發生一起跳樓事件。

物理系的一位教授，被逼著在五樓上擦窗子的時候，自己從上面跳了下來。我因為家住得近，聞訊趕去時，屍體還沒被收走，一個白髮蒼蒼的老人就那麼四肢伸展著俯臥在物理樓前的水泥地上，腦袋已撞得縮進去半個，身邊滿是從頭裡噴濺出來的鮮血和斑斑拉拉、白森森和豬腦一模一樣的腦漿。遠遠地我就聞到了刺鼻的、令人渾身緊縮、不敢呼吸的血腥氣。

百里街靠這個城市東邊的城牆東門很近，東門邊有個每天誕生無數小生命的家禽孵化場，也有一個每天殺戮許多生命的生豬屠宰場，無聊的時候我多次去看過殺豬。屠宰者先用水管子把十幾頭驚恐無助的肥豬劈頭蓋臉噴射沖洗乾淨，然後便有一個人手握一支電熨斗一般的電極塊，漠然無情地往一頭豬身上一按，那可憐的傢伙立馬便翻著白眼、四腳痙直地昏迷過去。另外兩個人則立刻將它抬到一隻寬凳上，按住四腳，操起牛耳尖刀，麻利地地一捅，那讓人心驚膽戰的血流聲便嘩嘩地流了開來。而那股子濃烈而噁心人的氣味，和我聞到的跳樓者的血腥氣完全是一模一樣的。只不過，人的血腥氣給我的感覺更濃烈，可能是混雜了死者腦漿的緣故吧？

之後我就沒有再親眼去看過死屍。但間或仍然會聽說，又有誰誰誰自殺了。有在家中上吊的，有吃安眠藥的，有跳河的，甚至還聽說個在家中摸電源死的。而更多的還是從學院的高樓上跳下來的——前前後後，雖沒有確切的數字，但據我的記憶，吳東學院至少有十五個以上的「牛鬼蛇神」，以各種方式「自絕於人民，自絕於黨」！

第五章

可能你也會注意到，我已經好久沒有提到我從小到大最親密的好夥伴許誠了。是的，這是有原因的。我這就來說說許誠的事吧。

許誠雖然年齡比我大不了幾個月，但有兩個原因，使他成為我們院子裡幾個差不多年齡的小夥伴中最有權威的一個。一個自然是因為他父親是院長。因為某種潛在的心理因素吧，院長的兒子彷彿也天然地具有了某種權威（雖然也會有人，如鍾健，不買這個帳，但那在很長時間裡，也只能是心裡想想，表面上還得自覺不自覺在許誠面前表現得畢恭畢敬的）；而院長的兒子畢竟因為特殊的家庭背景和條件，眼界就是要比一般人顯得寬一些，心地也就是要比一般人顯得大一些。文化、言談舉止也常常會顯得比一般同齡人出挑一些，這也是其他人不知不覺會服從他和敬重他的前提。第二個原因就是，許誠有一個相當聰明而出色的哥哥，從小耳濡目染的，對許誠總有或多或少的影響，使得許誠在許多方面總顯得比我們有見識，也更老成一些。

許誠哥哥名叫許真。他比我們大好幾歲，也比我們強得多。他長得細細高高的，眉毛很濃，眼睛很大，言語卻不多，看上去有點靦腆，也從來沒有院長公子的派頭，見人總是面帶三分笑。從來我看他都是在仰視他。因為他從小就是吳東學院附小和附中的優等生。文革開始的前一年，他又考上了清華大學。這在特別看重這個的我們院子裡的無論大人小孩中引起的轟動是可想而知的。然而剛剛上了一年學不到，清華大學也因為文革而停課了。不過許真沒有回家，而是留在北京參加了學校裡的文革。不幸的是，北京是血統論盛行的大本營。許真很快就因為父親許院長被打倒而不得不灰溜溜地在一個黑雲滾滾的深夜，悄悄潛回了吳東家中。雖然他在我們這些小夥伴中的光芒並不會因此而消滅，但他本人分明還是有什麼想法的。他幾乎閉門不出，回來好些天，我只在一天晚上偶然在學院的大字報欄前碰見他。大熱的天，身材儼然已像成人的許真，戴著個白口罩，弓著腰，手拿一把小電筒，在一排沒什麼人的大字報欄前專注地看著那些批判他父親的大字報。我從他身邊走過，一眼就認出他來，我興奮地喊了他一聲。他竟然渾身一顫，轉過身來後，雪亮的手電筒光直直地照在我臉上，看了好一會才低低地哦了一聲，但只是點點頭便轉過身去，彷彿什麼也沒發生一樣，繼續看他的大字報了。那一刻我感到很沮喪，因為我和他弟弟一向關係比較好吧，他去上大學之前，我經常會到他家去玩。碰上他時，他總是笑咪咪地跟我打招呼，有一回還送給我一個很珍貴的、他父親才能每個月抽到幾包的牡丹牌香煙的煙殼。現在，他居然會這樣冷漠地對我，彷彿我們根本不認識似的。這實在讓我傷心。不過我身後當時還站著許誠，許誠拉我走開後，悄聲對我說，他從北京回家以後，心情就一直不好，沒心思跟人囉嗦。他在家裡也很少和我、和姐姐說話。

我頓時明白過來。誰要像許真那樣，譬如我吧，剛剛品嘗完考上名牌大學的榮耀沒多久，突然間又從眾人矚目的煌煌峰巔滾到山底下，而且父親還深深地沉淪於幾乎再也看不見天日的深淵裡，心情能好嗎？

可是許誠說，他哥哥儘管內心十分痛苦，自己卻並沒有沉淪不起。他很快就做出了一個令他十分佩服也十分慶幸的舉動——許真帶上他，扒上北上的列車，到北京接受了毛主席對紅衛兵的檢閱！

怪不得許誠無聲無息地消失了好些天，原來他跟著哥哥去大串連，上北京見毛主席去了！這消息對我的衝擊實在太大了，一方面暗暗恨自己沒有這麼個了不起的哥哥，另一方面又對許誠充滿了羨慕。上北京，見毛主席，這在當時可是頭等偉大、無比光榮的事情啊！

為了敘述方便，下面就讓許誠自己來給諸位說說他的經歷吧——

事情開始在十月份的下旬。有一天學校通知學生返校，去聽一個重要的報告會，說是有幾十個學校派到北京進行革命大串連的紅衛兵，從北京回來了，要向全體師生彙報他們的幸福經歷。

原來，他們都是剛剛在北京參加了「毛主席第五次接見來自全國各地的紅衛兵」的幸運者。在向全校師生作報告的時候，他們中的好多人都激動得一把鼻涕一把淚，甚至還有幾個女生久久地頓在臺上，泣不成聲。他們反覆描述的就是，他們在世界革命的中心、全國人民心目中最神聖的地方北京，在莊嚴神聖、金光四射的天安門城樓前的天安門廣場上，親自受到了偉大領袖毛主席的親切接見的一幕幕幸福情景。老實說，當時台下的人，包括我，是沒有一個不羨慕他們的。北京是什麼地方？光能到北京去一趟就讓人無比幸福了，況且還能受到偉大領袖的接見，親眼見到偉大神聖的毛主席他老人家，這份光榮和幸福，可是絕大多數中國人終生也不可能有的啊！所以，他們的講述讓我越聽越激動，越聽越覺得心潮沸騰。同時，我又暗暗覺得十分洩氣，因為我父親的情況擺在那裡，我就是因為這個原因加入不了學校的紅衛兵；而就是我早就加入了學校紅衛兵組織，也是不可能被選為代表去北京進行革命大串連、享受毛主席接見的幸福的……

但是聽到後來，一個念頭卻像棵小樹苗一樣，在我心中越來越迅猛地竄生出來：憑什麼別人可以做的事情，我許誠就不可以做？我這輩子什麼榮譽都可以不要，但是被毛主席接見一次的幸福和光榮，一定要得到！

我一回家就把這個願望和從清華大學回來的哥哥說了。哥哥說他聽到毛主席多次接見紅衛兵的廣播後也很懊悔，早知道怎麼也不回家了。而他是那麼熟悉北京，卻也沒有接受過毛主席的檢閱，這更讓人難以安心了。因此，他說他也很希望能有機會回到北京，並且爭取上天安門廣場去接受毛主席檢閱。我立即慫恿他趕緊回北京，並且把我也帶上，然後再找機會去天安門接受毛主席的檢閱。可問題是，我哥哥是有清華大學學生證的，只要家裡不反對，他回北京沒有問題。但是我沒有學校的證明，恐怕是通不過火車站等重重檢查的。

我哥哥到底比我大好幾歲，也見過大世面。他勸我不要焦急，並且問我，能不能想辦法請學校開個探親的證明，就說他還在清華大學沒回來，家裡要我到北京探望他這個哥哥。這樣就可以應付檢查了。

我立刻想到，過去一向很喜歡我的語文老師林綱現在是我們班的班主任，並且因為他出身工人，很受學校紅衛兵組織的器重。我就悄悄地到學校找到林老師，央求他一定要幫我開張進京探望哥哥的證明。林老師過去因為我是許衛院長的兒子，一向很尊重我的。文革開始前夕，他還到我家裡作過一次家訪，我父親接待他，一點架子也沒有，還請他抽聽裝的紅牡丹香煙。所以後來我父親雖然被打倒了，林老師卻並不相信他會是黑幫分子。聽了我的要求，林老師也真的幫我從校文革領導小組開出了一張「學生進京探親證明」。幾天後的深夜，我就和哥哥兩個人偷偷來到吳東火車站，經過幾乎是生死搏鬥的努力，總算實現了上北京的夢想。

你問我為什麼不告訴你？你不想想那是什麼時候啊，馬路上兵荒馬亂人山人海的，車站上也是水泄不通，火車上更是連腳都插不進，我哥哥不會同意帶上你的。不能帶上你，也就不能告訴你，就怕你傳出去讓學校和眼紅的同學們知道後，說我有家庭問題什麼的，反而可能連我也走不成了。

其實我也懸得很，儘管有了學校的證明，我也差點去不成北京。因為我這時剛滿十五歲，身高只有一米四十五公分，體重四十一公斤，又瘦又弱。父親一聽哥哥說要帶我去北京接受毛主席檢閱就大喊胡鬧，說這個時候還給父母添亂。我們好說歹說，他還是只同意哥哥去，不讓我去。我母親更是有許多擔心。我急得沒辦法了，衝到廚房裡摸了把菜刀出來，把菜刀擱在自己脖頸上，委屈地也真地嗚嗚地哭開了。我說你們不讓我去我就死給你們看。而且，我因為你們的連累，紅衛兵也當不成，走哪兒都讓人看不起，現在有可能獲得特殊的光榮，進北京爭取接受偉大領袖毛主席的接見，你們憑什麼還要反對？而且你們現在是什麼人？批鬥對象，反革命修正主義分子，居然還敢反對兒子要求進步，積極投身偉大的無產階級文化大革命？

在這麼大的政治旗號和心理威脅下，父母都誠惶誠恐地不吭氣了。哥哥又及時撲上來奪下我的菜刀，反覆向他們保證說，他會特別小心謹慎，並且看護好我的。最後，父親一甩手進了他的房間，我母親也只好喃喃地說：「你怎麼這麼倔啊，你又不是紅衛兵，怎麼能進北京？進去了也說不定會讓人趕回來的。」我一逞脖子說：「要是沒趕回來呢？」她只好不作聲了……

記得我和哥哥學著許多紅衛兵的樣，穿上舊軍裝，還每人背上個軍人用的黃帆布背包，擠到吳東火車站時，是下午四點鐘左右。在「熱烈歡迎紅衛兵革命小將免費乘火車進行革命大串連」的巨幅橫標下，人山人海的紅衛兵將小小的吳東火車站圍了個水泄不通。許多人說他們已經等了三四天了，也沒能進站上車。虧了我哥哥往返北京坐過好幾次火車，有經驗有膽量也熟悉吳東車站的情況，他當機立斷，拉著我擠出人潮，悄悄地從月臺西邊一個郵政車通道潛入了月臺。幸運的是，這時候月臺上剛好停著一輛將要開往北京的「替毛主席接紅衛兵進京的專列」。不過令人失望的是，我很快就意識到，你就是混到了月臺上，也沒有辦法上車——「替毛主席接紅衛兵的專列」從頭到尾，每一節車廂裡都早已經是臉貼臉、背挨背地擠滿了滿頭大汗的紅衛兵，還有許多人堵在各車廂門口大叫大吼。無論下邊的紅衛兵怎麼高呼毛主席語錄逞威施壓，車上的紅衛兵就是不開門，照樣用雷霆萬鈞的「最高指示」堅決拒絕。

那種混亂又刺激的場面，你沒經過是沒法想像的。只聽得兩種毛主席語錄嗡隆嗡隆地在耳邊針鋒相對。下邊的喊：偉大領袖毛主席教導我們：「你們要關心國家大事，要把無產階級文化大革命進行到底！」「革命不是請客吃飯，不是繪畫繡花……」上邊的就笑哈哈地回敬：最高指示：「革命軍人個個要牢記，三大紀律八項注意……」「加強紀律性，革命無不勝……」

那時候我想想好不容易得來的機會，眼看就要泡湯，那個焦急呀，眼淚都掉下來了。還虧了我哥哥，他冷靜地前後觀察了好多車廂，明白在這樣非常的局面下，想正常上車，絕無可能。於是他找到幾個和我哥哥差不多高的紅衛兵，對他們建議說，只有採取革命行動，用磚頭砸開玻璃窗，才有可能上。這意見立刻得到贊同，於是幾個人一起動手找來好幾塊大磚頭，一個高個子紅衛兵在眾人抬舉下，舉起磚頭狠狠地砸一扇窗戶。而車上面的人怕被玻璃砸傷，主動搖下玻璃窗，想勸我們不要硬上。但這時候我因為個頭小，已最先被人抬到了窗口，於是我不顧一切伸進頭去。就聽見車上的人說，「進不得了，再進就要擠死了！」但我仍然拚命地爬了進去，果然是站在人身上了，一步都動不得。只好與車上的人一起勸下面的人：「上不得了！真上不得了！」

可是，我猛然意識到哥哥還在車下面沒上來呢，正急得沒辦法，身邊一個滿頭虛汗、臉色刷白的紅衛兵卻在向窗外爬，一邊爬一邊喊：「你們不要上了，等我下來後你們再上！我向毛主席保證：車裡要憋死人了！」

他的話還沒說完，下面的哥哥就拉住他雙臂把他拉了下去，同時又和另一個人一起，在別人抬舉下，硬生生地又擠了上來。哥哥剛上來不到一分鐘，列車猛烈晃動一下，緩緩地開動了……我熱淚盈眶地抱住哥哥，長長地吐出一口氣，慶幸自己終於上了車！我在心裡一遍遍地高呼著：「毛主席啊毛主席，感謝你的保佑啊，我許誠終於也可以到北京，接受您的檢閱啦……」

可是，巨大的興奮沒能持續幾分鐘，我就開始感覺到難以忍受的種種痛苦了。這輛「替毛主席接紅衛兵的專列」不僅僅是行李架、座椅下、廁所裡全都擠滿人，又悶又熱，空氣嚴重污濁，還沒有水喝，沒有飯吃，更不能「方便」。而且它還是一輛走一站停一會的「特慢車」，從吳東開到北京千把公里的路程，這輛列車竟然走了兩夜三天六十個小時。我和車上許多男女紅衛兵，因為幾乎動彈不得，所以熬得沒辦法了，只好站著在褲子裡尿尿，任憑北風捲走濃重的尿臭味。起先我還有點難為情，後來聞聞身前身後，誰的身上不是一股子的騷臭味？於是對這個問題也就順其自然了。可是沒吃沒喝的滋味卻實在不好受，一路上只能在又渴又饑的狀態中昏昏然地時睡時醒，卻又因為車子顛晃、人身擠動而沒辦法真正入睡。因此我途中也曾經深深後悔自己的魯莽，好幾次都想擠下車回吳東算了。可現實是，你連逃跑的願望也變成奢望了，因為車到任何一站，非但車上人別想擠下去，月臺上還總是圍著滿滿的紅衛兵，都在妄想擠上來……幸運的是，我居然沒有休克，也沒有餓壞，最終像條氣息奄奄的死狗一樣，被拉到了北京。

記得到北京是第三天傍晚時分。火車停在永定門火車站。剛下車好長一段時間裡，有好多人都雙腿麻木得走不動路了。可喜的是，車站上設有好幾個「首都紅衛兵革命串連接待站」，接待站的人員還都比較熱情。他們用卡車將我們帶到一個大廣場去。我哥哥因為父親的情況不佳，又不瞭解現在學校運動的情況，所以不敢貿然帶我回學校去。於是他自己回學校，我就跟著別人上了卡車。卡車把我們拉到了北京工人體育場，讓我們每一百人自願組成一個單位，等待依次接待。我一打聽又大失所望，據說那廣場上黑壓壓的已有了超過六千個單位，幾十萬人！有的人來了三天了，還在廣場等候毛主席接見的消息。人群情緒倒都很好，大都嗡嗡喧響著，圍住一個個火堆吃接待站送來的饅頭。那些東一簇西一簇的火堆，都是靠我們自己到廣場四周偷偷拆一些單位的門板、桌椅來當燃料！

但總的來說，我這回去北京，還真是幸運極了。我和別人所組成的一個單位裡面，有一個從昆明來的大學生。他身材高高的，穿著一身新軍裝。他那佩帶著鮮紅的紅衛兵袖章的長胳膊，不斷在頭上揮舞著，手裡居然捏著一封昆明軍區的特別介紹信，高叫著說：「我是有緊急任務的，請你們一定要優先安排一下！」就憑著他的頑強申請，接待人員真的就優先將我們這一個單位的人帶到北京延安路小學住了下來。說實在的，當我跟著別人在天色朦朦的黎明中，離開那還有幾十萬人雖然烤著火，夜裡仍然要靠跳腳驅寒的「中轉處」時，心裡真是既感到幸福，又有一種享受了不正當的特權的羞愧感覺。

北京延安路小學就在天安門附近不遠的地方。具體到底是北京原來的什麼路段，我不清楚。因為延安路這個地名也是北京「破四舊、立四新」後剛剛改了的。就像我們吳東市，大多數街道和地名都改成了「忠東」路、「反修」街、「向陽」巷什麼的一樣。不過我記得，我們住的延安路小學是在原來的北京西單附近。學校裡的教室全是平房，裝有鐵火爐取暖。還有一個可以站上千把人的泥土操場。我們那一百個人按部隊一個連隊來編制，屬於毛主席第八次接見紅衛兵某師某團四十一連。連隊裡又分為三個排九個班，在一個軍代表的領導下，大家毛遂自薦加推選，產生了連長、指導員、排長、班長。那位對我們立有大功的、揮舞著昆明軍區特別介紹信的高個子，到了延安路小學就不知不覺地失蹤了。有人說他是招搖撞騙被公安部門帶走了，也有人說他是被有關部門祕密帶到黨中央去了。反正，如果他不失蹤的話，大家一定會公推他當我們連長的。後來我們選定的連長是連隊裡年齡最大的一個三十六歲的新疆某中學的男老師。我是全連最小的一個，而且連紅衛兵都不是（我一路上都謊稱自己出來得匆忙，忘了帶上紅衛兵袖章了），所以就事事躲在人後面，毫無出頭露面的意思，只想著能夠早日受到毛主席接見後回家去。

在焦急地等待毛主席接見的日子裡，那個三十六歲的新疆中學老師，除了每天組織大家高唱〈毛主席的話兒記在我們的心坎裡〉等等當時流行的革命歌曲和毛主席語錄歌外，就是帶著我和一些人到北大去抄了兩天大字報。到北京和各個其他城市抄大字報，是各地學生紅衛兵進行所謂「革命大串連」的主要內容。雖然等許多四處雲遊的人回到本地的時候，那些大字報內容早就成了明白黃花了。你知道的，我根本沒有任何組織，也沒有任何大串連的任務要完成，跟他們去抄大字報，就是想見識一下北京大學是什麼模樣，還有就是想看看有沒有可能在這裡碰上我哥哥。結果我都失望了。北京大學和任何大學都一樣，除了人擠人和鋪天蓋地的大字報外，沒有什麼特別的風景。後來我就不願意去了，天天和一些假裝身體不舒服的人一起，在教室裡圍著火爐閒聊天，經常還互相幫忙捉各人身上的大蝨子。飯則幾乎一天三頓都吃接待站提供的冷饅頭和大燒餅（碰到好的時候，接待站還會提供一點大白菜肥膘湯什麼的菜），把它們放在火爐上烤烤吃，味道還真是很香的。

突然有一天，大約是晚上九點鐘光景吧，軍代表和連長一臉嚴肅地向大家宣布：從現在起，全連任何人都不得離開延安路小學，北京城從今晚十時起要全城戒嚴。什麼時候可以自由行動，要等待通知。大家都興奮地猜想，毛主席要接見我們了。可是第二天一整天，我們都被連長關在教室裡，躺在地鋪上。只聽得外面遠遠地人聲鼎沸，不斷傳來「毛主席萬歲！毛主席！毛主席！」的一陣又一陣歡呼聲……這分明是毛主席在接見紅衛兵！為什麼沒有通知我們去呢？難道說我們連被取消了接見資格？連長、指導員和我們一樣急得團團轉，卻又故作鎮靜要大家耐心、安心、安靜！最後大家只好一起爬起來，圍著火爐，眼淚汪汪地一遍又一遍地高唱著剛剛學會的新歌——〈紅軍戰士想念毛主席〉：

抬頭望見北斗星
心中想念毛澤東
迷路時想你有方向
黑夜裡想你照路程
湘江岸你燃起火炬沖天亮
號召工農鬧革命
井崗山你率領我們打天下
紅旗一展滿地紅
抬頭望見指路星
心中想念毛澤東……

激動人心的命令終於還是降臨到我們身上！那就是一九六六年十一月二十六日的凌晨三點多，正在熟睡中的我，耳邊亂哄哄地響起叫喊聲：「快起來，快起來！全連緊急集合！毛主席要接見我們了！」

剎時間，教室裡睡覺和一直沒有睡覺的人們，全都一跳而起，先比賽一樣扯著嗓子高呼了一大通「毛主席萬歲！」，然後也不洗臉，就湧到操場集合列隊，準備出發。沒想到接待站的人，還給我們每人發了四個凍得像石頭的小饅頭，和一根三寸長的紅香腸。最後，軍代表像戰前動員一樣，威嚴地宣布了紀律：所有人除了必須帶一本毛主席語錄和剛發的食品，任何東西都不許攜帶。特別是小刀、鑰匙等鐵器，全部要放在住地。否則，查出違紀者，取消接見資格，嚴重的要交北京紅衛兵保衛部論處。

發令完畢，於是全體人員列隊出校門，沿著馬路以急行軍速度小跑向前。只是誰也不知要到哪裡去，問連長連長不知道，問團長團長也不知道。可能連師長也不見得知道，大家只知道一個跟一個，隨著最前面的軍代表走。因為有個誰掉隊誰就不能見到毛主席的紀律在，人人都拚命跟緊隊伍。我一會感覺是到了天安門，一會又覺得到了北京郊區，隊伍整個像是在搞拉練。一口氣走了五六個小時，我們才在一條比較寬闊的馬路旁邊停下來，並讓大家上了下廁所。不久，又開始緊急出發，還是沿著北京的大街小巷轉圈子。我又累又餓，一邊呼哧呼哧地瞎跑，一邊把四個凍得像石頭的饅頭全塞進了肚子。一直捨不得吃的香腸也在口裡含化了，不得不吞下肚去。大家很快都開始口乾舌燥，饑腸轆轆了。還有一些人的鞋襪也跑掉了，卻仍然不知道什麼時候可以見到毛主席。老實說，我那時候心裡已經充滿了懊悔和恐懼，早知道會是這樣，我真不想來了。可是這時候，你想退回去也沒可能了，因為你不跟緊大部隊，連回家的路在哪裡也一頭霧水。想到這個，心裡又充滿了擔心和恐慌。

終於，到了下午三點吧，我們的隊伍總算在西郊機場停了下來。大家沿著跑道兩邊東西方向對面排列而坐。跑道大約二十米寬，兩邊的前排都是三四列解放軍戰士，我緊靠著解放軍，身後大約有二十多排人。這時前排的解放軍又派代表來對每一個紅衛兵進行搜身檢查，有兩個蒙古族中學生被查出了帶有蒙古小刀，立即被帶走。雖然大家一起為他們求情，但也沒有用，不知將他們送到哪裡了。大約四點鐘時分，灰濛濛的天空開始降下北京冬季常有的霧氣，能見度大約只有幾百米。一些人開始急得跳腳：再晚一點，毛主席就是來了，我們也看不見！但就在這時，我左手前方的人群開始傳來噪動的聲音，原來是有兩輛灑水車過來灑水了。正在奇怪這是為什麼的時候，緊接著便看見好幾輛站滿武裝戰士的軍用卡車以中速開了過來。再接著，是十幾輛三輪的軍用摩托車，摩托車隊後面又是一隊軍用敞篷吉普車──天哪，眼尖的人一下子哭喊起來──第一輛吉普車上就高高站著一個雕像似的魁偉之人，他前後坐著三四個軍人和一個司機：「毛主席，毛主席！」雖然只是一閃而過，我還是像所有人一樣，瘋了一樣噙著眼淚死命高呼著：「毛主席！毛主席！毛主席萬歲！毛主席萬歲！」……

吉普車經過的時候，我離毛主席大約只有三十米遠。儘管我使出吃奶的力氣往前擠，還踮起雙腳，全力睜大眼睛，也只能看見他老人家戴著軍帽、穿著軍大衣的灰濛濛的模樣，雕像似地微微轉動了半圈；完全看不清他的眼睛，表情更是一團模糊。山呼海嘯的狂歡聲和年輕紅衛兵們的哭聲笑聲喊聲中，也根本沒有辦法聽見他老人家到底出沒出過聲音……

直到毛主席的背影完全消失，我才注意第二輛軍用敞篷吉普車上還站著林副主席，但這已經是他矮小的背影了。後面的周總理等人，我更是毫無印象……整個過程只有三分鐘左右，毛主席和中央領導檢閱紅衛兵的全部車隊，就都消失在霧朦朦的灰沙和暮色中了。我後來萬分慶幸的是，我是整個被接見隊伍中離毛主席最近的紅衛兵之一。我身後還有海潮一般隨波逐流的無數紅衛兵，他們可能連誰是毛主席都沒看清……

還有一個記憶也讓我永遠不會忘記。就是在毛主席檢閱的全部車隊忽然間都消失之後，全場突然像個碩大的氣泡被誰紮了一針似的，令人感到有點奇怪甚至不可思議地靜場了好一陣子。世界彷彿被突然凍住了，一切聲音，甚至一切人都瞬間消失了。那種異常的寧靜讓人感到的絕不是寬慰或者舒心，而是怪異，而是恐怖！幸好這種異樣很快被打破了。隊伍中不知是誰先叫了一聲：趕緊的，再不上廁所就要爆炸啦！——整個隊伍倏然間就重新喧嘩起來，人群也一哄而散，自覺不自覺地形成了許多個圓圈，每個圓圈裡圍著上百個人；要麼全男，要麼全女。男的一圈，人都站著刷刷地放尿……女的一圈，人都是站一圈，蹲一圈；站著的掩護蹲著的小便……男圈和女圈之間相距不到十米吧，兩個圈子都能清楚地聽得到對方的尿水聲。整個西郊機場一時間響徹了尿尿的聲浪——真的，我毫無誇張。那回接受檢閱的總共有超過兩百萬人哪，機場裡有多少人我不知道，但估計起碼也有幾十萬人！

有一點尤其讓我感歎，就是在如此盛大擁擠而特異的場面裡，當時竟然沒有一個人想到發笑，也沒有一個人考慮這樣排泄是不是文明。誰都知道，許多人是一整天沒有上過廁所了——老實說，這次進京參加毛主席第八次接見紅衛兵給我留下最深刻的印象，除了見到毛主席的身影之外，就是這沒辦法逼真描述的一幕！

而相比起另一個悲慘的局面來說，萬眾小便就根本不算什麼事了。在這次毛主席接見中，有不少被擠死和踩死的人！許多一同來的人被洶湧的人潮擠散，到處是被擠脫的鞋子、背包和帽子。一些稚嫩的生命當場被兇猛地吞噬。我就在現場親眼看到兩個年輕女紅衛兵的遺體躺在路中間。仍有許多雙腳從她們的遺體上踩過。她們身穿的新軍裝被踩得骯髒不堪，頭髮也極為凌亂，而且面目污穢，五官被踐踏得完全變了形。她們眉頭緊皺，嘴角歪扭，從嘴裡淌出的白沫一直流到脖子上……

記得我返回到市區延安路小學的時候，已經是晚上八九點鐘了，我又學著許多紅衛兵的樣，湧到北京電報大樓去給家裡發電報——我給父母的電報其實和許多人是一樣的內容：「爸爸媽媽：今天下午四點十分，我受到最最敬愛的紅太陽毛主席的接見啦！」

第二天上午，我們被命令全部要離開住地，自行擠公共汽車到火車站，再重新擠進破舊不堪的離京火車——這一天的《人民日報》在刊登了毛主席第八次接見紅衛兵的新聞報導之後，向全國人民宣布：

這是毛主席在明年春暖以前的最後一次接見紅衛兵，是三個多月來革命師生進行革命大串連的勝利總結……

第六章

許誠在向我既自豪又猶有餘悸地誇耀他上北京接受毛主席檢閱的經過時，吳東市正像一隻破木箱一樣，且沉且浮地繼續漂泊在感覺上是世界末日一般的長期陰鬱之中。

今年這個冬天實在是太奇怪了。至少在我短短的十五年生命旅程中，是印象最灰暗的一個。國慶日過後沒多久，感覺那天氣就沒有晴朗過。鉛灰色的濃密得讓人透不過氣來的雲層，彷彿永遠翻不了身的大鐵盆一樣低低地扣在頭頂上。成天看不見太陽也罷了，雨也沒下過一滴，雪更沒有蹤影。風倒一直很大，所以感覺很冷。晚上躺在父親在我墊褥下加墊了不少稻草的床上，我還是感覺背心發寒。就是因為耳邊經常地有一陣陣嗚哩嗚哩的夜風呼嘯。白天儘管有不少四類分子被罰天天拿把竹絲掃帚掃馬路，但大街小巷的角落裡，仍然隨處看得見香煙殼和煙屁股、破碎的大字報殘片、菜葉、雜物等垃圾在陰嗖嗖的冷風中翻滾。人們都怕什麼似地躲進了家裡或者一切建築裡去，大中午的時候，巷子裡和磚橋上都看不到幾個人影。倒是有不少人家趁亂大養的雞鴨三五成群、搖搖擺擺在招搖過市，或者在被誰扔在門外的爛菜葉上啄來啄去，或者擠在被陣風吹出一道道淺溝的黃沙堆上撲扇著翅膀洗沙浴。

在這種情形下，當許誠出現在我們院子裡，並和我繪形繪色地描述他的傳奇經歷之前，我的心情並不好。已經有好些天了，做什麼事都提不起興致來，也沒有任何到哪裡去看看、玩玩的心思。事實上我已經好一陣子都像那烏雲密布的天空一樣，沒有了笑臉。可是，隨著許誠興致勃勃的講述，我的心扉好像被什麼東西捅開了一個口子，有一種莫名的激動像潮水一樣滾動起來，並且越來越洶湧。我張口結舌地、充滿羨慕、妒嫉也有些怨艾地聽著許誠的話，一個早幾天就隱隱約約萌生了的欲念，現在越發清醒和堅定了起來。而當許誠結束他的描述的時候，我的這種情緒也達到了頂峰。而且，彷彿是為了堅定我的這種欲念一樣，我相當驚訝地發現，接近傍晚的天空上竟然裂開了一道長長的口子，越來越亮堂的大口子彷彿一面映著太陽的大湖一樣迅速地擴大開來。口子週邊雖然還是黑氣沉沉的，口子中間卻越來越龐大，越來越鮮豔；吳東老百姓久違了的晚霞，竟然就這麼不聲不響地閃現在西天之上。不出意外的話，明天的吳東市應該開始晴朗起來！而且，可能是聽許誠的講述太激動了，我感到自己的心口裡奔湧著陣陣暖流。身上也明顯地溫暖了許多——這不真就是「毛澤東思想像太陽，照到哪裡哪裡亮」嗎？

我的那個越發清晰而堅定起來的欲念就是：我也要立刻行動起來，我也要參加大串連。就是到不了北京，見不了毛主席，我也要到別的地方去看看。比方說，那些留下過毛主席的呼吸和戰鬥足跡的革命聖地，延安、井岡山、韶山、桔子洲頭，湘江之畔，哪兒不是令人神往的好地方？能到那些地方的哪怕一個地方去一下，親眼看看革命勝跡，大好河山，我這輩子就是死了也值了呀！

我這麼想並不是空穴來風。許誠他們溜進北京接受毛主席檢閱的時候，一股又一股全國紅衛兵交流戰鬥經驗，深入開展「革命大串連」的風潮，早已席捲了全國各地，尤其是各個大中城市。走在吳東街頭，你隨時隨地可以看見三個五個、十個八個甚至幾十個一隊的紅衛兵，身著軍裝，頭戴軍帽，臂纏袖章，還有腰束軍用皮帶的，打著一面面紅旗走在馬路上。什麼某某市「東風吹」毛澤東思想戰鬥隊，什麼某某大學「八一八」革命造反兵團，什麼某某中學「風雷激」戰鬥團等等，一個個英姿颯爽地招搖過市，令人尤其是令我這種父母被批鬥而無緣戴上紅衛兵袖章，更沒有資格受學校或單位委派到外地進行革命大串連的人，滿心羡慕和沮喪。不過，這都是大串連前期的狀態，到了後來，大串連的聲勢越益壯大，群眾積極性也越發高漲，許多紅衛兵組織都不再限制大串連的人數，越來越多的紅衛兵就自發組織成一個個小團體，打上一面旗幟就到天南海北亂串去了。這就讓我們這些人看了更眼紅也隱隱地動了一絲渾水摸魚的心思。

紅衛兵外出串連，按當時的習慣，乘座車船都是不用買票的，許多地方還為了顯示支援，由地方紅衛兵組織和工廠、商店等成立了許多接待站，歡迎各地的紅衛兵來「點革命之火，興革命新風」，所以都是管吃管住。雖然條件差點，但卻也更刺激了各地紅衛兵踴躍進行革命大串連的積極性。很快，由於全國的鐵路、輪船、長途班車都因嚴重超員而引起了中央文革領導小組的重視，再三下令進行革命大串連要有組織，有紀律，後來更是宣布停止免費乘坐交通工具，提倡紅衛兵們學習紅軍二萬五千里長征的光榮傳統，進行步行串連和革命交流。

這倒更讓我看到了希望。免費乘車乘船、「公派」進行革命串連我們沒有資格，學習紅軍，步行串連我們總可以參加了吧？

事實上，身邊和吳東學院已傳來不少紅衛兵們甩開雙腳，南下廣州、桂林，北上北京甚至哈爾濱、長春進行大串連的消息。我雖然年紀還小，可能走不了多少遠路，可是鼓足幹勁，積少成多，慢慢走，天天走，堅持走到北京去，總不是不可能的吧？

這個願望在聽了許誠的故事之後，再也遏止不住地，必欲成為現實了——恰好我又發現第二天下午姐姐的臉上浮現出難得的紅暈，表現得相當興奮，正在裡屋和幾個來我家找她商量什麼事的同學，你一言我一語地竊竊商議著什麼。我隱身在隔壁，伸長耳朵留神一偷聽，不禁大喜。原來她們五個最要好的女同學（其中包括我姐姐，有兩個人不是紅衛兵）在興奮地商議著要沿京滬鐵路，步行到北京去。路上且行且串連，到途經的幾個主要城市抄點大字報，順便看看當地風光，爭取一個月內到達北京，參加風傳中的新年後毛主席將要第九次接見全國紅衛兵的盛典（事實上，黨中央雖然承諾毛主席開春還要接見紅衛兵，但許誠有幸參加的第八次接見紅衛兵已是絕響）。

這個消息讓我的心底裡暖洋洋的，霎時開出一朵鮮豔的大花來。我差點想衝進裡屋，當場要求她們讓我一起去。但是畢竟和姐姐的同學都不熟，我還是不好意思冒失。好不容易等到她們「密謀」定了，姐姐的同學都散去了，我一把抓住剛送同學回來的姐姐的衣袖，急切地要求她讓我和她們一起去步行串連。沒想到姐姐一口回絕了我：「你這人怎麼這麼卑鄙？竟敢偷聽我們談話？而且，你才多大？我們都是初三學生了，你剛升初一，又是個男生，不行不行。」

男生怎麼啦？初一生又怎麼啦？我氣急敗壞地反駁姐姐：「我的個頭跟你們長得也差不多高，力氣保證也比你們這些女生大！不信你現在就跟我掰掰手腕看。再說了，一個隊伍離鄉背井滿世界跑，裡面全是女生才不行呢，那多不安全呀？」

姐姐看我死乞白賴地找盡理由要去，語氣漸漸地也軟了。她沉吟了好一會，把我拉進了裡屋。老實告訴我說：「不瞞你說，現在的問題不是我們帶不帶你去，而是，我自己能不能去的問題——我們有這個想法也有幾天了，昨天我認真試探過爸的態度，我還只是說了句，現在有好多同學都在用實際行動投身於無產階級文化大革命，紛紛組織起來，到全國各地進行步行串連，他沒聽我說完就沒好氣地說：

『什麼步行串連，分明是美其名曰，藉機遊山玩水！』我不高興地說他，『爸爸你別忘了你的身分，怎麼能這麼評論紅衛兵的革命行動呢？』爸爸當時怔住了，但還是臉漲得通紅地說我：『我就這麼說了，難道你會去檢舉揭發我？』我說：『那怎麼可能，打死我也不會幹這種事。』『我就知道你是我的好女兒，才會那麼說。』不過，爸爸開心地摸了摸我的頭，又嚴肅起來：『我還是把話說在前頭，你的年紀還太小，又是女孩子。千萬不要頭腦發熱，學那些人到處亂跑』——你說，他怎麼會放我去串連？」

我頓時感到渾身發涼。父親不放姐姐出去，就更不會放我出去了。這可怎麼是好？我又不死心地問姐姐：「既然這樣，那你還跟同學鬼鬼祟祟地商量個屁啊？」

姐姐歎了口氣，低下頭陷入了沉思。好一會後，她小心地跑到外屋向門外看了一下，回進來時，又死死地盯著我看了好一會，看得我心裡越發混亂了，她才突然開口說：

「老實告訴你，我是下定決心要破釜沉舟了——昨天夜裡我翻來覆去一夜沒睡好，總覺得我們生在這樣一個特別的時代，這樣一個可悲的家庭，實在是倒楣透頂了。父母在我心目中，絕對不是壞人，現在卻都成了黑幫分子。我自己連個紅衛兵也當不上，還處處看人家的白眼、受壞同學的欺辱。

要是能參加大串連，不僅是我參加文化大革命的一種實際行動，也是這輩子鍛鍊自己、證明自己的唯一機會了。所以我無論如何不能放過這個機會……」

「可要是爸爸就是不同意，你怎麼去？還有錢呢？家裡不同意，你就沒有錢；沒有錢，你膽大包天又有什麼用？」

姐姐壓低了聲音說：「我就給你說實話吧，我這幾個同學都是鐵杆兒姐妹。她們當中有三個同學家裡都同意去了，還有一個和我……我們打算先斬後奏。先偷偷地溜出去，走到一個地方住下來後，再給家裡寫信說明情況，再讓家裡寄錢來——到了這種時候，父母們再怎麼，總不能讓我們一文不名，流落在他鄉街頭吧？」

「啊？姐姐你也太膽大妄為了吧？萬一爸媽就是不給你寄錢呢？難道你打算餓著肚子去進行萬里長征？」

姐姐搖搖頭：「我自有辦法。另外的同學同意先借給我和另一個偷偷出去的同學每人五塊錢。步行串連不需要花路費，到了一個城市，又都會有接待站。我們打聽過了，雖然現在不免費接待了，但還是會提供非常便宜的飯菜和住的地方。

「真的啊？」我覺得渾身的血液都快沸騰了：「姐姐你們也太了不起了，竟然敢想出這種辦法來……」

姐姐得意起來：「這有什麼？現在是天翻地覆慨而慷的革命年代，一個人連這種精神也沒有，那不是活該讓人把你當作沒有用的『黑五類子女』！」

「那我也要去！姐姐你也帶我去吧。」

「你怎麼還是……我自己都是溜出去的，再帶上你的話……要不，這回你就先忍著點，等我出去看看情況，可以的話，下回我一定帶上你，跑更多更遠的地方……」

「不行不行！過了這個村，肯定就沒那個店了。你就要這次帶我一起去！」

我鐵了心要抓住這次機會，死纏爛打地逼著姐姐同意帶我去，甚至威脅她不同意就向父母告密，讓她也走不成。最終，姐姐只好答應了我的要求。

兩天以後，我們就順利地踏上了行程。

我說順利是因為，此後的種種狀態，都好像是在促成我們的決心。首先，自從我們下定決心去串連之後，天氣都彷彿在讚許我們，一直都是很晴朗的。隆冬的太陽本來應該是軟綿綿的，可是那兩天的太陽都有點像秋天的太陽了，又高又亮。從院子裡掉光了樹葉的老銀杏樹枝岔間射下來的縷縷光芒，照在臉上居然也還有點熱辣辣的。風也不知溜到哪裡去了，房前屋角的枯草都幾乎紋絲不動。人家種的拾邊地裡，那些早晨蒙著一層白花花夜霜的青菜上，很快就在明晃晃的陽光下化作了泛著螢光的小水珠了。

家裡也比我們期望的還要正常。我和姐姐小心翼翼，滴水不漏地守護著自己的祕密是一方面，父母那幾天心情不錯從而多少有點忽略我們，也是一個方面。據他們私下議論時說，《人民日報》發表了新社論，說是幹部隊伍中好的和比較好的還是多數，要團結和爭取他們到革命的陣營中來。父母一直在反覆玩味著這張報紙的每一個字眼，興奮地憧憬著自己會被歸入那好的和比較好的中間去，一時對未來又產生了信心。所以他們非但沒有懷疑我們有什麼鬼名堂，反而對我們比以往親切了。動身那天，我們決定的是午後出走，而早上一起來就發現，父親也不知為什麼原因，居然從菜場上用草繩拎回來兩條難得一見的細長的帶魚來，還把家裡這個月剩下的豆製品票全用上，買了兩條我最喜歡吃的素雞來。

他們上班去，由我在家做飯的時候，我看瓶裡還剩下不少菜油，便決定把帶魚直接水煮，省下油來做我最愛吃的油炸素雞。我學著隔壁楊師母的做法，把素雞切成一個個厚薄均勻的小圓片，然後一片片地放在油鍋裡炸得鬆脆，再添上點醬油和水稍稍一煮，滿屋子都是讓人口水直流的誘人香氣。要在以往，讓我燒素雞的話，我一定會偷偷地先吃上兩片。可是今天我剛挾起一片往嘴裡送，心裡忽然就隱隱地一跳。我看見弟弟正探進頭來看我燒菜，立刻把筷子上的煎素雞遞進了弟弟嘴裡。而且，過後一直到我們姐弟三個一起吃完午飯（那幾天父母中午往往不能回來吃飯），我都再也沒吃過一片素雞，只是用一點煎素雞的湯泡飯吃來解解饞。而且，我也只吃了一小塊帶魚。心裡想的是，還是多留點好菜給家裡人吃吧。姐姐也是這樣，我發現她一點帶魚也沒吃，只是吃了一小片素雞和青菜。倒是一反常態，不斷給弟弟挾帶魚，挾素雞。吃得弟弟樂呵呵的滿嘴流油。我覺得姐姐和我的心思是一樣的，儘管是朝思暮想的事，真正要離家出走了，忽然生出一種以前沒有體會過的心情來。總覺得心裡亂紛紛，好像做了什麼壞事的感覺。對這麼瞞著平日裡相親相愛的弟弟一走了之，則彷彿欠了他什麼似的，都不敢正眼多看他幾眼。

後來想想，其實我們走得是根本算不上順利的。

原因就在弟弟身上。可能是我和姐姐對他都太殷勤、也太異樣了吧，弟弟很快就有了什麼預感一樣，一邊吃飯，一邊會偷偷地覷覷我的姐姐幾眼。他還反過來把我們搛在他碗裡的素雞挾一塊到我碗裡，把一塊帶魚硬塞到姐姐碗裡。我們又找理由把菜搛回給他，他卻變得更狐疑了，乾脆把那兩塊帶魚和素雞搛回到菜碗裡。

最糟糕的是，吃過飯後，姐姐匆匆地收拾了碗筷，把剩下的菜放到身後那裝有紗罩的小碗櫥裡，以防蒼蠅。不知是她心慌還是弟弟心慌，倆人意外地碰撞了一下，姐姐手上端著的帶魚碗猛地一晃，雖然差點沒打翻，但有好些魚湯灑在弟弟的鞋肚裡。姐姐趕緊把弟弟的鞋襪脫下來，她去洗鞋襪的時候，便叫我端盆熱水給弟弟洗下腳上的油污。這時候，時間已經過了十二點了，我們和姐姐同學約定在城東門碰頭出發的時間是一點鐘。我們原來的計畫是吃過飯，把弟弟哄睡午覺後，我們偷偷溜之大吉。而現在，弟弟一點睡意都沒有，要是再不抓緊點，別人不等我們走了怎麼辦？

我於是趕緊用腳盆端來盆熱水，叫弟弟坐到床邊，我好幫他洗腳。再也想不到的是，弟弟光著兩隻腳就是不肯馬上去洗，還不知是不是意識到什麼了，一定要我們告訴他，姐姐的大書包裡到底裝的是什麼——吃飯前，他在姐姐床上的被子後面，發現姐姐放在那裡準備帶出去的一個裝了我們幾件換洗衣服的大書包，他剛要打開，被姐姐看見制止了。可是越制止，他就越發好奇，我和姐姐一起打岔，跟他說這說那，才把他的注意力轉移開了。現在他居然又想起了這件事，再次跑到裡屋，要翻看姐姐那書包裡到底裝了些什麼東西。我不得已，一把把他抱起來，放回到外屋我的小床前，硬是把他的兩隻腳浸泡到水裡。可是，剛滿七歲的弟弟，平時相當溫順也相當服從我們的弟弟，偏偏在這個節骨眼上犯起倔來。我把他腳放進盆裡，他立刻把腳從盆裡縮起來，我再按進去，他又縮起來。我只好再耐心哄勸，他就是不聽，堅持要我讓他查看姐姐那只包裡究竟裝了什麼東西，他才肯洗腳。幾個反覆一來，我再看看小書架上的雙鈴鬧鐘上的指標，都快要指向十二點三十分了。一著急便失去了理智，掄起手中拿著的擦腳布，劈頭蓋臉地抽向了弟弟的小腦袋，雖然只抽了兩下，可是我這幾天壓在心裡的渴盼、準備「私奔」的緊張和臨陣不順的焦慮統統在那兩下猛抽中爆發出來——還好我心中還是殘留著一些情感在，抽向弟弟的毛巾在中途選擇了方向，儘管這樣，弟弟的後腦勺和頸脖上仍然立刻現出兩大塊紅暈。弟弟摸著頸項，哇一下放聲大哭。姐姐聞聲趕來，又驚又氣，狠狠地責怪我不該動手打弟弟，弟弟於是哭得更凶了。但是，卻也就此不再犯犟，很快在姐姐細聲細語的哄勸下，讓姐姐把他的腳洗了。

看看，你的小腳腳洗得多乾淨啊。躺在被窩裡會更舒服的，趕緊躺下睡一會吧，等你睡一覺起來，鞋襪也都該乾了，穿上去也舒服得很哩。也許是姐姐的態度讓弟弟得到了安慰，也許是我的暴力讓他更意識到了什麼，反正他居然不聲不哈地聽憑姐姐把被子攤開，再也不說什麼就躺了下去。當然，在這過程中，他始終回避著我的目光，並且一上床就把身子翻過去，把臉朝向牆那邊。姐姐像個小母親一樣，輕輕拍著他的身子，嘴裡還低聲說著：「睡吧，睡吧，別生哥哥的氣了。等你睡醒了，我一定要他給你道歉……」

弟弟仍然不作聲，只是偶然會渾身搐動一下，發出一聲低沉的抽噎。這反而使得我的心裡突然湧起了一股巨大的潮流。想到自己剛才的粗暴，心裡老大的不忍，尤其痛恨自己，居然在馬上就要偷偷地把小小年紀的弟弟一個人撇在家的時候，還動手打了他……

不知為什麼，我眼前又清晰地閃現了一個很久以前真實發生的情景——

那是幾年前，一個也像今天一樣陽光燦爛的星期天。也是我們姐弟三個孩子在一起的情景。那時，不僅是弟弟，我和姐姐也絕望地哭泣著，地點則是在市裡光明影戲院的檢票口。

那時姐姐大約是十二歲，我十歲而小弟四歲。這本是個幸福洋溢的日子。父親難得地給了姐姐一塊錢，讓她帶我們去看電影。一塊錢在我們眼裡是鉅款。一張電影票兩毛錢，我和弟弟可以買半票，這樣買票後還能剩六毛錢。姐姐說，每人再吃根奶油雪糕，三根一共一毛五。路上再吃點苦，來回都走路而不坐公共汽車，剩的錢就還能買個小玩具。壞就壞我身上了，我們買好電影票，到附近的小商場看玩具的時候，我非要買輛放地上摩擦幾下便會竄的小汽車。可它要四毛七分錢。本來很想買飛行棋的姐姐盤算一會便說，那就這樣吧，每人吃根四分錢的赤豆冰棒吧，剩下錢剛夠買你的小汽車。

怎麼也沒算計到的是，我們姐弟三個喜洋洋地拿著玩具小汽車，人手舉著根冰棒進場時（我們是特地熬到快進場時才買的冰棒，為的就是可以邊看電影邊吮冰棒，感覺那會更過癮），檢票員一把攔住了我：「他要買全票了！」

天啊，這可怎麼辦？

姐姐和我面面相覷，都愣住了。現在我們身上只剩下一分錢了！

姐姐乞求地向檢票員陪了個笑臉說：「阿姨，他以前看電影都是買半票的呀。」

「他現在長這麼高了，還想買半票？」

「哦。可是我們沒有錢補票了……」

檢票員白了我們一眼，冷冷地說：「沒錢你們還買冰棒吃啊？」

姐姐張口結舌，再也說不出話來。

這突如其來的障礙，讓我們三姐弟一下子陷入了困境。面如土色的弟弟眼巴巴地望著我和姐姐，見我們一籌莫展的樣子，哇地一聲哭開了。我和姐姐趕緊勸慰他，勸著勸著自己也絕望地掉下了眼淚。我意識到是我的錯誤造成的結果，雖然很是難受，但還是對姐姐說，「那我就不看電影了，你們進去看吧。我在外面玩小汽車，等你們好了。」

姐姐卻說：「這怎麼行？我是老大，爸媽是叫我帶你們出來看電影的，怎麼能讓你在外面等我呢？還是我不看了。你們快進去吧。電影馬上就要開始了。」

沒想到的是，小小的弟弟居然也搶上來說：「姐姐，哥哥，你們要寫作文的，還是我不看好了……」一句話，反而讓我和姐姐更加激動，一齊哭出聲來。

忽然，我發現身邊出現了一位穿著件藍色背帶工作服的年輕女工，她從幾個看熱鬧的人身後擠上前來，輕輕拍了拍姐姐的肩，笑咪咪地從胸前掏出一個小小的布錢包，從裡面摸給一毛錢紙幣，遞給姐姐說：「不要哭了，不要哭了。你趕緊再去補一張全票吧，時間還來得及的。」

姐姐驚訝地瞪著她，身子反而往後面縮，可是那年輕女工卻追上一步，硬把錢塞到了她手裡。姐姐不知說什麼好，激動地把手中的冰棒塞給那女工：「阿姨這根冰棒給你吧，我保證還沒有沒吃過。」

那女工咯咯地笑了，連說不要緊的，不要緊的，推開姐姐的手，並搶先檢票進了場……

親愛的大姐呵，而今你在哪裡？你過得好吧？我想是的，好人一生平安。只是，多想有機會再見你一面呵，好讓我真誠地道一聲那天被感激堵住了的「謝謝你」……

這件事給我印象最深的，無疑是那位好心的女青工。可是每當想起來，我還是會由衷地感到，我們姐弟三個，從小以來，互相之間的情愛都是很深的。尤其是小弟，他還那麼小，就知道對我們謙讓了，可我這個混蛋卻做了什麼？

這件事嚴重地敗壞了我的心境。離開家好一陣，心裡都在深深地懊悔。小弟悲傷的淚容老在眼前晃動。但是沒有辦法，事情已經出了。我只有反覆想著，這次回家的時候，一定要給小弟帶點好吃的東西！今後，我絕不再碰弟弟一個指頭，還要對弟弟特別好一點，以彌補我的過錯。

這麼想著，心情才漸漸好了起來。

只不過，整個串連的過程，除了開始的一兩個小時之外，幾乎完全沒有預想的那樣浪漫、那樣有趣，甚至有太多出乎意料的麻煩和壓力，讓我和姐姐越漸洩氣，甚至後悔起來。

我們這個小小的隊伍，加上我一共是五女一男六個人。其中三個人是學校紅衛兵組織的成員，她們自然而然地走在隊伍的前頭，一個個昂首挺胸地，還在一根小竹竿上綁了一面臨時找旗幟店印製的小紅旗，上面大字印著她們學校紅衛兵組織的名稱。我和姐姐及她的另一個女同學都不是紅衛兵，但也一人在路膊上戴了個和那三個紅衛兵同學一樣的紅衛兵袖章。這是那三個同學私自給我們的。實在說吧，這讓我好一陣子興奮不已，感覺自己真的成了紅衛兵似的。而且，當前面打著旗幟的紅衛兵同學走累了以後，我又自告奮勇把旗幟接了過來，還把旗幟舉得更高。從此我們這支隊伍裡，就一直是我這唯一的男生，姿勢作得十分標準地打著旗幟，自我感覺彷彿是個領導一樣，神氣地走在最前面。

雄糾糾，氣昂昂，跨過鴨綠江。
保和平，衛中國，就是保家鄉……

出城之後，我們唱的頭一首歌，就是這首抗美援朝歌曲。因為感覺它太符合我們的心境和狀態了。後來，我們又學著路上碰上的南來北往的一支支串連隊伍，唱了好些首文革中最流行也最符合我們心境和狀況的毛主席語錄歌。比如這首：

我們都是來自五湖四海，
為了一個共同的革命目標
走到一起來了……

還有這首：

我們，共產黨人
好比那種子
我們到了一個地方
就要和那裡的人們
結合起來……

可是唱著唱著，慷慨激昂的歌聲就慢慢地變了味，起先是聲音逐漸低落，而且那聲音裡有了些氣喘吁吁，再後來就七零八落，有氣無力地消停了。到底都是些才十六、七歲的女學生，平時又一個個都嬌生慣養沒吃過什麼苦的，一個個都把步行串聯想像成了一次浪漫的野營，或者把自己想像成了當年爬雪山過草地的紅軍戰士，他們在敵人的圍追堵截、槍林彈雨下還走了兩萬五千里，我們在太太平平的紅太陽照耀下，走上個千兒八百里還不是小菜一碟？真正走起來才知道，徒步遠行的滋味完全不是那麼一回事。體力的消耗竟然有那麼快，還有許多意想不到的細節不停地在挫磨著我們的意志。比如，出城以後，我們沿著鐵路線走了沒多遠，就有人停住歌聲，並哼哼著腳疼，要求休息一下了。休息了十來分鐘，又走了不到二十分鐘，又有人說要想方便一下。可是這長長的路軌上除了偶爾有呼嘯而過的列車，一眼望出去，根本看不到一所房屋，更別說廁所了。我是男生還好，那些女生都哭喪著臉說以前從來沒想到有這個麻煩，這下可怎麼辦呢？還好，我們看見有別的串連隊伍都四散開來，躲到路基下的小樹林裡去方便。於是也學著他們找小樹林方便，上上下下，你等我等的，於是又等於休息了一回。就這樣，每走十來分鐘，我們就要休息差不多同樣長的時間。這讓從小在運河裡游泳，又到郊區農田裡捉蟋蟀、摸河蚌、玩官兵捉強盜慣了的我，很不習慣，也漸漸地煩躁起來。

根據原定的計畫，因為不認得路，所以我們要一直沿著鐵路線向西、北方向走。這樣就不會迷路了。路上根據情況看，到了個中大城市，就進城去逗留幾天，抄大字報，或者看看當地的風景。這計畫不能說不合理，也不能說沒有詩意。問題是，訂計畫的時候根本沒想到消蝕我們意志和體能的意外越來越多。就如喝水的問題，我們有人帶了家裡的水壺，有人背了裝滿白開水的鹽水瓶。可是走了沒多久，就有人把水都喝光了，除非你到比較大的車站上，否則，冷冰冰地蔓延向無邊無際的遠方的鐵軌兩邊，除了些雜樹林或因為冬天而光禿禿的田地外什麼也沒有了。小水塘倒也看見不少，可誰敢喝那裡的生水呢？當然，鐵路上來來往往的串連隊伍還是不少的，我們交會的時候，總是會互相問候，打招呼，緊緊地握手，並且說一些鼓勵對方的話。可是，想想人家也只有一個小水壺或者鹽水瓶，我們怎麼好意思向人家討水喝呢？

再比如藥品什麼的吧，除了有個女生帶了一小紙袋黃連素外，誰都沒有再帶任何藥品了，可是走了不多會，就有個女生坐在鐵軌上脫下了鞋子，那細皮嫩肉的腳後跟上，竟已被磨破了一層皮，要是有塊橡皮膏貼一下還好，沒膏藥貼，姐姐把自己的手帕給她裹了一下，這樣鞋子又穿不進去了。她就趿拉著那只鞋，一歪一拐地慢慢地走，眼裡還撲嗒撲嗒地滾下淚來……

我們原來是想在傍晚時分走到距吳東最近的城市吳西市的，很快就發現這是完全不現實的。因為兩者之間相差四十多公里，我們才走了十公里就一個個哼哼唧唧、臉紅汗潮地恨不得馬上找張床躺下來。姐姐和同學們商量後改變了主意，說反正又沒有人拿槍拿刀在後面逼著我們，幹嘛這麼趕啊？於是決定，當天到吳西市最靠東邊的一個區的望潮鎮過夜。這地方離兩個城市差不多剛好是一半的路程。就這樣，我們唉聲歎氣地挪到望潮鎮唯一一個紅衛兵大串連接待站時（設在望潮發電廠內），已經是晚上八點多了。萬分幸運的是，望潮發電廠設立的這個接待站裡，在這麼晚的時候居然還有溫溫的飯菜供應——蒸好的飯都一摞摞地焐在大棉墊子裡，菜則燜在加了蓋的大木桶中。而且，他們的伙食居然是免費的。而根據路上碰上的別的串連隊伍說的，這時候因為全國來來往往的串連隊伍太多了，許多地方的接待站雖然還有不少能提供教室、企業會議室什麼的大通鋪住宿，但都開始收取飯菜費了，幸好，收費還是很便宜的。

我們憑著學生證和紅衛兵袖章，每人領到了一份蒸在瓦缽裡的米飯，和一勺子直接由炊事員打在飯缽上的小菜——統一的白菜煮肉片，雖然我那缽子裡只撈到兩小片白膘，可我吃得津津有味，不，那簡直是我這輩子裡吃過最美味可口的一頓飯了。這首先因為我已然又累又餓，見了口剩飯菜也會兩眼噴火。同時也和我那時幾乎沒吃過家中以外口味的飯菜，更難得吃到這種用瓦缽蒸的雖然有點偏爛，但都是粳米飯，以及大鍋燴出來的白菜有關，雖然幾乎沒有肉，畢竟是有葷味的，菜和飯拌在一起，還溫吞吞的，滋味特別美好，我完全就是風捲殘雲地吃完了自己的一份。這才顧得上抬頭看一眼周圍的人，居然發現，他們幾個女生還都在細模細樣地連一半也沒吃完。姐姐有點驚詫地問我為什麼吃得這麼快，我毫不掩飾地說：好吃呀，難道你們不覺得這地方做的飯菜特別好吃嗎？不料他們幾個女生都面面相覷，沒人對我的話表示贊同。姐姐也沒再說什麼，把自己瓦缽裡的飯菜撥了不少給我，說她沒胃口。我也不顧真假，呼嚕呼嚕又全吃完了。撐得我到後半夜還不斷地噯氣、放出一串串長屁。

我們睡覺的地方除了男女分開外，都是一樣的，望潮發電廠騰出他們的禮堂，用木板隔成一個個隔斷，每個隔斷裡都鋪上厚厚的稻草，報到的時候發給每人一床被單，大家把被單往稻草上一鋪，二三十個人就那麼席地而臥了。姐姐她們幾乎個個叫苦不迭，我倒感到很滿意了。畢竟有一個暖和還免費的地方睡覺，而且還有一種特別的新鮮感，你還想怎麼樣呢？不理想的是因為禮堂只有一個廁所，所以主要供人大解時用，兩個隔間門口則另放一個大木桶供晚上小便用。雖然有蓋子，但在密閉的空間中馬桶的騷臭味還是熏得我陣陣噁心。

我睡的這個隔斷裡這晚人沒滿，加上我一共是九個男學生，大多數人臉不抹、腳不洗，闖進來倒頭就睡。我挑了個最靠近窗的地方睡，還悄悄地把窗戶開了一條縫透氣。幸運的是挨著我睡的是一個相當隨和的大男生，而且對我很關心。問長問短的。他說他已經上高二了，問我為什麼這點點小就出來，還盡跟著些小女生。我心裡一陣莫名的酸楚，不由得就把自己的真實狀況告訴了他。他聽後哦了一聲，默默地坐了起來，歪著頭，就著窗外走廊透進來的微弱燈光看了我一會，問我們有沒有學生證。我說這個是有的。他又問我和姐姐她們是不是一個學校的，我說是的，只不過她們都初三了。

他忽然狡黠地笑了笑，大聲說：「告訴你個好辦法吧。」

「什麼好辦法？」我不禁也從草鋪上坐起來，疑惑地望著他。

「借錢呀。」他從貼身的內衣口袋裡摸出自己的學生證，翻開前面一頁，指著他照片上加蓋的鋼印給我看：「你的學生證上有沒有這種鋼印？告訴你啊，蓋紅圖章的是不管用的。」

我趕緊也把自己的學生證掏出來給他看，他一翻就搖起頭來。惋惜地說：「這就完蛋了。人家只認蓋了鋼印的學生證。你這個只蓋了個紅圖章，能混到今晚上這頓飯，算你運氣了。」

我更疑惑了，催問他到底是什麼意思。他便告訴我說，他們也是在路上從別人那裡學到一個訣竅，就是拿正規的學生證，向一些接待站借錢用，理由就是實在走不動了，想坐車回家又沒有路費。雖然有些地方不吃這一套，但也有不少地方就可以。比如望潮發電廠，人家到底是大廠，他就憑學生證借到了十二塊錢「路費」，當然，你要留下地址姓名，再簽名領錢，還要保證就此坐車回家，回家以後馬上把錢寄還給他們。

而且，他又咯咯地笑起來：「他們還要我們簽上家長的名字，說是擔保人，我簽的是我們校長的名字！哈哈……只要錢到了手，鬼才還他們呢。讓他們到牛棚裡去找我們校長要錢好啦……」

笑夠了，他想起了什麼，俯身從枕邊的黃挎包裡摸出一隻油紙包裝的雞蛋糕請我吃：「這就是我用借到的錢買的。你嘗嘗吧，好吃得很，又很有營養。」

我不好意思要，他硬把蛋糕塞給我，我拿著蛋糕說了聲謝謝就把它放在了枕邊，我要趕緊到隔壁去問問姐姐的學生證有沒有蓋鋼印，有的話，不也可以學他一樣去借錢了嗎？我們要是也能借到十二塊錢，就是家裡不寄錢來，也足夠我們用上好些天了。

姐姐的學生證居然真是蓋的鋼印——後來才瞭解到，因為我進中學的時候，文革開始了，學校裡一片混亂，停課好些天，等到要我們恢復上課的時候（後來又因武鬥等原因全面停了課），學校的鋼印已經給一派紅衛兵給收走了。暫時復課以後發學生證的時候，我們這一屆學生的學生證就用普通公章代替了。

可是大大出乎我的意料的是，姐姐聽了我興奮的建議後，非但沒有表現出開心的樣子，反而憤憤地瞪大雙眼，像個大人似的一口回絕了我告訴他的妙計：「你別瞎說了！這怎麼可以呢？你這不是要欺騙組織嗎？人家發電廠已經不要錢給我們吃了飯，還讓我們有個不要錢的睡覺的地方，你一點不知道感激，還想著要去騙人家的錢？太不像話了！」

「誰不像話啦？不就是告訴你一個聽來的辦法嗎，你怎麼罵起我來了？再說，人家告訴我這個辦法也是好心，怎麼是欺騙呢？」

「怎麼不是欺騙？我敢肯定你那個同住的人將來肯定不會還錢的，要不然他怎麼簽什麼校長的名字？人家那個校長現在肯定像爸媽一樣，給學生們鬥得半死不活的了，以後追查起來，說不定還要讓他替你那個壞同學賠錢。」

「我覺得他不是壞同學！他還給了我一個很高級的雞蛋糕呢。」

「你看你，太沒有用了，陌生人一個雞蛋糕就把你收買了。不過，他好不好是次要的，我們不能做不好的事情才是主要的。」

「那我們不學他的樣就是了，擔保人我們就填爸爸的真名實姓，回去以後爸爸肯定會把錢寄還發電廠的，這樣的話，和我們借你同學的錢有什麼兩樣？」

「有兩樣。姐姐仍然堅持不肯去借錢，人家肯借錢是看我們步行串連的學生辛苦，讓他們可以買票坐車早點回家去，這是好心，懂嗎？可是我們剛剛出來，還要走很多地方。再說，我瞞著家裡借同學的錢出來，心裡已經很後悔了，絕對不能再動別的歪腦筋了……」

說到這裡，我發現姐姐的眼眶竟然有些濕潤，聲音也變得有些發顫。我忽然意識到，我們倆到底是姐姐大，這麼偷偷摸摸的出來，她的心理和她的同學們比，總歸是很不踏實的。而姐姐為此擔的心思肯定要比我重得多。我不禁也有些不安了。於是我不再爭辯，反過來安慰姐姐說：「好了好了，我們不借這個錢就是了。反正到了吳西市，我們要寫信回家要錢的。可是，你覺得爸爸會給我們寄錢嗎？」

「你覺得呢？」沒想到姐姐會反過來再問我。出來之前，她可是信心十足的，可見她現在的心理已經不像出來前那麼有信心了。

我頓時有點慌了：「我覺得會寄的。但很可能只寄一點車票錢，然後逼我們趕緊回家。」姐姐默默地抹了把眼淚，抽嗒著有點發嗡的鼻子，好一會才歎了一口氣說：「那倒說明他們是原諒我們了。我們大不了就早點回家好了……」

天哪，這才剛剛出來呢，姐姐怎麼就這麼想了呢？我心裡老大的不願意，卻又不知為什麼，沒心思和姐姐爭議這個話題。灰溜溜地回到自己睡覺的隔間裡。

那個被我認為是好心人的學生，已經和衣蜷縮成一團睡著了。

我卻好長時間睡不著。他送我的那只雞蛋糕在我枕邊散發著誘人的香氣。我拿起來想吃了它，眼前忽然浮現出姐姐憂鬱的神情，便又放下了。我想留著明天給姐姐吃。不過，第二天我真的拿給姐姐吃的時候，她卻只掰了一小塊在嘴裡嚼了嚼說，「什麼破蛋糕呀，一點兒也不好吃。」一非要我把它吃了。其實這個蛋糕又甜又香還很酥鬆，非常好吃，她這麼說不過是為了讓我吃而已。她就是這個脾氣，從小就這樣，事事讓著我，從來不跟我和小弟急吃爭穿的。於是我也不再客氣，三口兩口就把雞蛋糕吞下了肚。那滋味呵，到現在我還回味得起來！

房間裡本來感覺蠻溫暖的，我們都是不脫衣服睡覺，身下的稻草也很厚，但隨著夜深起來，睡得時間長一些後，還是越來越覺得身上輕飄飄地冷起來。我也學著鄰鋪同學把身子綣緊，無意中發現先前還透過那扇小窗照在草鋪上的月光已經被一片濃厚的烏雲遮擋住了。靜寂的屋外也逐漸響起一陣大似一陣的風聲，嘘嘘作響，還發出種種讓人心慌的怪音，間或還有哪裡沒關緊的門或者窗戶咣鐺一響，聽起來有一種讓人產生莫名壓抑和不安的感覺。我爬起來，把先前開了條縫的窗戶關緊。又輕手輕腳地從對面的空鋪上抱了好些稻草到自己鋪位上，然後把那床薄被單抽起來，迭成雙層當被蓋，身子則直接睡在稻草上。這樣雖然感覺被蓋太單薄，到底比剛才有了一些暖意。只是，我還是好一會兒睡不著覺，腦子裡老是在想著，這個時候父母在想什麼。他們也睡覺了嗎？他們到底是在生我們的氣，還是在為我們著急呢？……

對了，要是明天下雨下雪了怎麼辦？我們這些人，怎麼就沒有一個想到要帶把傘的呢？總不能冒著雨雪走到吳西去吧……

真是缺什麼它來什麼。我翻來覆去好久，直到耳邊的風聲漸漸消逝了，才迷迷糊糊睡著了一會。可是沒過多久，就又被窗外一陣陣彷彿是密集的蠶寶寶在竹匾裡啃食桑葉的沙沙聲給擾醒了。我扒著窗戶向外一看，心就沉了下去。這不是下雨又是什麼？這樣的話，我們這些人一把傘也沒有，今天是走還是不走呢？

還好，天光大亮的時候，雨變成了無聲無息的毛毛細雨，只是天上的烏雲還是很濃厚，天氣也感覺比陽光燦爛的昨天陰冷了很多。食堂裡不少人都在說，這雨恐怕很快會轉變成雪或者是雨夾雪的。真要是那樣，就太糟糕了。唉，好不容易出來一次，我們怎麼就這麼不幸運啊？

吃完了接待站提供的一缽稀飯以後，姐姐和同學們商量的結果是繼續走，吳西是比較大的城市，到了那兒再下雨或者哪怕下雪，就多待幾天，反正本來要在那裡抄大字報、遊玩一下的。但是離開接待站後，他們首先到鎮上找了家百貨商店，每人買了一把油布傘。油布傘有黃色的，有暗紅色的，我們買了一把深黃色的。它看上去很土，但是很大很厚實，我和姐姐只需要買一把合用就夠了。但是這卻一下子耗費掉我們一塊二毛錢。萬一家裡不及時寄錢來，我們再往下的行程就難以想像了——我們倆拱在油布傘下的時候，姐姐悄聲對我說：「不要緊的，昨天晚上我把信都寫好了，首先向爸媽深刻檢討我們擅自外出的錯誤，然後希望他們原諒我們，寄錢來支持我們用實際行動參加文化大革命。我們保證會特別注意安全，不跑得太遠……」

「把信給我看看。」我伸出手去。

「就這個意思嘛，有什麼好看的。」

「我想看看你到底寫得好不好。」

姐姐不情願地把信從小挎包裡摸了出來。信是寫在一張從她準備用來抄寫大字報的練習簿紙上的，內容比她說得要多，正反面都寫滿了字，我匆匆瀏覽著，卻意外發現信中有好幾處地方字跡模糊，像是被水洇過了，我有些吃驚地問姐姐：「你哭啦？」

姐姐的臉忽然紅了。她一把奪過信紙，裝進信封並迅速塞進了書包。半晌，她才很不自然地露出了一絲笑容，說：「這是策略。以前我從外國小說上看到的辦法，有的外國年輕人寫情書，就往信箋上滴幾滴眼淚表示深情——我蘸了幾滴水在信上，假裝流了眼淚。這樣，才能感化爸媽呀——等一到吳西，我就把接待站的地址填上去寄走。這麼近的地方，快的話，估計明天下午就會有回信了……」

「萬一他們太生氣，你就是真哭又有什麼用？要是他們根本不理我們，或者就寄幾塊錢路費讓我們馬上回家，我們怎麼辦？」

姐姐臉上掠過一絲慌亂，但仍然作出鎮靜的樣子對我說：「不會的。我反覆想過了。他們不會不理我們的。少寄點錢逼我們回家是可能的，那樣的話，我們就精打細算，爭取能走到南京看看再回家去。今後如果能說服他們的話，我們再正大光明地出來好了。」

我想反對，但又覺得說不出什麼理由來。再看姐姐的神情很堅決，一副主意已定、不容置疑的樣子。我只好默不作聲了。

唉！後來的事，我簡直就不知道怎麼說是好了。因為只剩下不到二十公里路程，我們在當天下午兩點多鐘就趕到了吳西市。經過打聽，我們選擇了老市委接待站住了下來。這裡和望潮發電廠不一樣，吃飯住宿都要收錢，但是每天五毛錢一個人，很便宜。只是吃的都和望潮發電廠差不多，一天三頓都是大搪瓷盆蒸飯加一大勺水煮菜。住的稍微好些了，也是多人間，但是每人有個加了鋪蓋的床。不過那床要我看來，還不如睡稻草鋪舒服，因為被子都很髒，一抖開就是股膻臭味，枕巾上滿是頭油味，把它翻過來一看，更髒。

但是我們顧不上這些了。姐姐到了接待站水沒喝一口，就忙著找郵局買郵票寄信。還好，那時候的郵政系統還勉強正常。他們收寄了我們的信。這樣，從吳西到吳東五十多公里距離，應該很快就能得到回音的。

唉，等待回音的滋味真是一言難盡呵！天還是陰雨綿綿，冷沏肌骨，於是大家誰也不想出去玩，也更不想抄什麼大字報。尤其我和姐姐。她同學有時候還結伴在附近街巷裡東遊西逛瞎轉轉，我們命運未定，口袋裡也沒剩幾個錢了，因此哪兒也沒心思去。無聊加心神不寧的結果是，我也開始陷入了後悔。再加以前沒走過長路，到吳西時感覺更累了，渾身酸痛、兩腿綿軟。兩隻腳掌上都打了亮晃晃的水泡，到哪兒去看看的興趣也像冰凍了一樣，更加提不起來。更要命的是，我和姐姐一天好幾次到接待站大門口的收發室裡去查信或匯款單，卻一連兩天毫無回音。我擔心姐姐是不是把地址寫錯了，或者是不是沒看仔細（插在牆上裝信的格子裡的信件是很多的），於是忍不住再去查對一番。姐姐卻怪我為什麼非要跟著出來，如果我不跟出來，爸媽一定不會生這麼大的氣……

可是捱到第三天下午的時候，我簡直不敢相信自己的眼睛，我們居然真就盼到了一封來信。我是喜歡郵票的，正想當心點不撕壞信上的郵票，姐姐已經伸手將信搶了過去，刷一下就撕了開來。不料她看了沒幾眼，立即發出一聲尖利的叫聲，拿著信的手微微地哆嗦起來。我急忙湊上前一看，也呆掉了——原來這封信不是父親、也不是母親寄來的，居然是我們那七歲多的小弟，背著父親找到我的好朋友許誠，央求他寫來的！

許誠在半張練習簿紙上草草地寫道：

……你爸爸說，寄了錢你們就跑得更遠了。你弟弟急得哭，偷偷來跟我借錢，好讓你們坐車回家。我只有兩塊錢……

抖抖地攥著那張凝聚著小弟深情的、菲薄又分外珍貴的兩塊錢紙幣，尤其是又想起出門前我用毛巾狠狠抽小弟的情形，我愧疚悔恨又不知說什麼好，不禁和姐姐相顧失色，抑不住的哭聲蓋過了沙沙淫雨——此後的許多年裡，只要在某種和那天相似的雨天，我都可能清晰地回到當年愣在吳西市接待站收發室門口的場景中去。而當我現在在電視或網路上看到，一些兄弟姐妹為房子或遺產大動干戈的消息，總覺得不可思議。天下還有比血緣更可靠更珍貴的情感嗎？細細回味一下，誰的人生和兄弟情誼中，會沒有一些永難磨滅的細節，珍寶般閃爍于時光與情感的深處？念及於此，兄弟也好，姐妹也罷，還有什麼不可調和的矛盾，不可謙讓的利益？

第二天天黑的時候，我和姐姐就到了家。

我們沒有坐火車，一大早就爬起來趕路。我們先在接待站把鹽水瓶灌滿白開水，用手帕和布片把來時磨破後還在滲血的雙腳裹住，又在街上買了一些燒餅油條當乾糧，然後，還是沿著鐵路線一瘸一拐地走了回去。奇怪的是，就這樣我們的行走速度反而比來的時候快了很多，路上還斷斷續續飄著細雨，地上又濕又滑，好幾次我都差點滑倒在鐵軌上。但儘管這樣，我卻並不怎麼感到苦和累。這就是歸心似箭的作用吧？

踏進百里街十八號院的那一刻，我和姐姐都停下了步子，兩人互相看著，都想從對方臉上找到坦然自若的表情。實際卻是我們的心都莫名地亂蹦起來，還能清晰地聽見彼此的呼吸——父母會責罵我們嗎？這是一定會的。他們會打我們嗎？母親是不會的。父親就不好說了，從小到現在，父親幾乎沒有動手打過我們姐弟，但在一次蹺課到南園農村捉蟋蟀被老師家訪之後，父親砸在我頭上兩個「毛栗子」的痛楚，清清楚楚浮上頭皮……

我們探頭瞭望，家門口沒有人影，廚房小披棚那兒也沒有燈亮，這時候家人也應該在家裡吃晚飯了呀？我們越加慌亂起來，迅速交換一下眼神，深吸了一口氣，躡手躡腳地走向家門口。那年頭為省電，家家屋裡的燈光都很暗。但我們大房間裡那盞十五支光的白熾燈還是把微弱的光線投射到了門縫外——「他們真的在吃飯。」姐姐輕聲對我說。我其實也早已嗅到了此此刻突然變得異常誘人又異常怪異的飯菜香氣。我們又站住了，小心翼翼地屏住呼吸，互相又對視一眼，忽然像將要面對刑罰的囚徒一樣，不敢跨進門去。

我儘量把身子靠近房門，側耳傾聽屋裡的動靜。但是除了有輕微的好像是咀嚼的聲音，屋裡沒有任何別的聲音，尤其是說話的聲音。

我蹲下身去，輕輕將門推開一小點，極為謹慎地探了一下腦袋，卻挨了一記打一樣迅即縮了回來——裡面的三個人，母親背對著門，小弟側坐在南邊。而父親，他的臉正對著門呢。昏暗的燈光下他的臉半明半暗，毫無表情，不，分明有一絲冷酷甚至憤怒在呢；看那嘴巴，似動非動的蠕動得那麼慢……

「要麼，」我貼著姐姐的耳朵小聲說：「我們等他們吃好飯再進去吧？」

「不要。」沒想到姐姐突然口氣堅定地說了聲：「你別怕，要怪也讓他們怪我好了。」說著竟一扭身子，推開家門走了進去。我也就不再膽怯，緊跟著她進了門。

「爸爸」──姐姐輕輕地向正對著我們抬起頭來的父親打了聲招呼。

可是父親彷彿沒有聽見我們的聲音，略有些驚訝地瞟了我們一眼後，他竟收回視線，一點也不吭，反而埋下頭去，大口大口地扒著飯，完全一副狼吞虎嚥的模樣。母親和弟弟則完全是喜出望外的表情，同時跳起來，激動地迎向我們倆。

第二天我們才聽母親說，父親對我們回來是非常高興的，說是幸虧他堅持不寄錢，否則我們不知要瘋跑到哪裡去，也不知還能不能回得來。此前他每天都在嘮叨說，我估計他們最遲明天就該回來了……

「啊呀，姐姐、哥哥你們回來啦？」

看到我們最開心的還是小弟，他一下子從對他來說太高了一點的長板凳上蹦起來，並且由於動作太魯莽，他把長板凳帶倒在身後，自己也差點摔倒。可是他卻不管不顧，搖晃著大張雙臂，撲向我們。抱住小弟的那一剎那，我和姐姐都嗚嗚地哭出聲來……

姐姐一邊哭，一邊從書包裡摸出一包糖來，塞到弟弟懷裡──我們把小弟向許誠借來的那兩塊錢，全部買成他最喜歡吃的高粱飴糖帶給了他。

第七章

誰也預料不到，百里街十八號大院裡，也有應運而生，春風得意之人，不，簡直就可以說是烏雞變了鳳凰。他就是鍾健。

有天上午，天氣很好，陽光把院裡的花花草草映照得分外鮮豔，那些橫一塊、豎一塊、寬寬窄窄的拾邊地上的泥土和青青綠綠的蔬菜，也散發出土腥、草葉和糞水混雜的氣息。我們的大院裡還有著幾棵生長多年的桂花樹，這時候正在怒放。那特別的幽幽香氣更讓人那彷彿淤塞了的心情變得通暢了許多。這樣，當我碰到同樣也因文革而休學在家、無所事事的許誠，就和他在門廊裡玩起了「砸銅」。砸銅是我們很愛玩的遊戲，既有趣味，更有實惠。具體就是在地上用粉筆或石灰塊劃出一個小方塊，然後用包剪子錘方式決出先後次序，輸的人在方塊內放上一塊碎器皿上的小銅塊，或者電線中剝離出來的銅絲捲壓成的的小捲，贏的那個人則踮起腳來，儘量站直身子後，用自己手中的小銅塊或銅絲、銅皮捲壓成的小塊去瞄準對方的東西，然後一鬆手，讓它垂直落下，如果把對方的東西砸出小方塊去，那塊東西就是你贏得的了。如此循環，誰最後贏得的銅塊多，則可以賣到廢品站去，有個五分錢，就可以買一副燒瓶油條了。有七分錢，就是一碗陽春麵或者小餛飩了。所以那時候玩這種遊戲時，我們都全神貫注，十分認真。畢竟輸贏的實質是錢哪。而為了想辦法獲得銅塊或銅絲，我們簡直是走火入魔，挖空心思。有時會到學院中、別人的院子甚至垃圾箱裡去到處尋覓，發現一截廢銅線則欣喜若狂。有時候甚至不惜鋌而走險，把一些好端端的建築窗門上的銅插銷，用石塊偷偷敲掉，去和人「砸銅」或直接去換錢。

我們在門廊裡正玩得投入的時候，耳後突然響起一串響亮的叮鈴聲，我回頭一看，頓時愣住了。許誠也瞪大雙眼，一臉的驚訝。原來那是自行車的鈴聲，而摁鈴的人，竟是鍾健！這一見他，我才想起，鍾健在我們院內消失起碼有個把月了。此時卻見他彷彿從天而降般騎跨在一輛半新舊的十三寸的永久牌自行車上，一隻腿支在地上，正得意地看著我們，等我們給他讓路。

在那個年代，自行車的意義甚至可能是超過汽車時代的寶馬的。因為那可不是隨便誰家有的，我們百里街十八號院內，只有許誠家有過一輛，就在不久前因為怕造反派給抄走，許誠把它寄存到好同學家裡去了。因此我做夢也不會想到，一貫是院內最普通甚至可說是最底層人家的鍾健，竟會有一輛牌子也響鐺鐺的自行車！更讓我眼中出血的是，鍾健居然已是個頭戴軍帽，身穿軍裝，腰紮牛皮帶，胳膊上還套著只寬大的紅袖標的紅衛兵！而那軍帽上和胸口上，竟然還分別綴著個特別大的毛主席像章——這可是當時剛剛興起的「革命象徵」，後來很快風靡全國，哪個人不戴個毛主席像章，根本就不敢出門，因為那無疑是落後分子或者牛鬼蛇神的標誌。而有毛主席像章的人，則日益追求更大、更美、更新奇的；以至單是製作像章的材質，就有銅的、瓷的、鋁的、塑膠的很多種。人們像集郵迷一樣瘋狂地收集各種各樣的像章。吳東市歷史最悠久的觀音廟廣場，原先是全市最為繁華的集市區，現在每天人頭攢動，聚集著數千人在那兒交換或悄悄買賣著像章。據說後來許多工廠不再從事主業生產，光是互相攀比著研製毛主席像章了。所以毛主席還不得不專門為此題詞：「還我飛機」（製作像章耗費太多造飛機必須的鋁材）。而在像章剛流行的初期，誰能有一枚紅底黃像的，僅有大拇指蓋大小的毛主席像章別在胸前，已經夠神氣的了。再也沒想到，我和許誠連這樣的小像章也沒有，鍾健居然戴上了兩隻大像章！

「鍾健……」我彷彿覺得自己矮了半個頭，說話也有點僵舌頭了：「怪不得好長時間沒看見你。你……你怎麼也當上紅衛兵啦？」

鍾健笑著說：「是啊。這陣子忙得不得了，所以我一直住在學校裡。」說著將手一抬，多少有些誇張地向我們敬了個標準的軍禮。

「你是──」我湊前一步，看了看他的袖標。袖標正中印著「紅衛兵」三個鮮豔的黃字，上面有一圈小字，我看著，念出聲來：「吳東市第四中學衛東兵革命造反指揮部──你是……」

鍾健朗聲說：「市四中紅衛兵毛澤東思想宣傳隊的隊委。」

說著，他從胸前口袋裡掏出個小紅本本遞給我。我見封皮上燙金印著「紅衛兵證」幾個字，打開看，裡面貼著鍾健頭戴軍帽的半身像片，寫著他名字，職務一欄裡果然寫著：毛澤東思想宣傳隊隊委。

我驚歎：「乖乖，還是個官啊？佩服，佩服！」

鍾健這人向來有些個小聰明，笛子吹得好，二胡也拉得很出色。所以他能當上宣傳隊委，我雖然羨慕得很，暗中倒也挺服的。只是，他又是從哪兒混來的自行車呢？

於是我說：「這部腳踏車（吳東人管自行車叫腳踏車），是你買的，還是……？」

一直歪著頭不拿正眼看鍾健，也不吭聲的許誠，突然冷不丁地插了一句：「買個鬼！一輛破車，不是偷的就是搶的！」

鍾健漲紅了臉：「瞎說八道。這是指揮部的車好不好？」

「指揮部又是從哪來的？」

「從走資派家抄來的。」

許誠重重地哼了一聲：「抄來的不就是搶來的？」

出乎我意料的是，一向在許誠面前說話低聲下氣還陪著笑臉的鍾健，今天卻毫不示弱，提高嗓門道：「你反動！查抄封資修是革命行動！毛主席教導我們說：革命無罪，造反有理！」

許誠說：「那要分什麼人！就憑你這種慫腔貨，也想到我跟前來裝腔作勢？」

我見兩人越說越逼近，虎視眈眈像要打起來了。趕緊站到兩人中間，把他們分開。然後轉移話題，以免他們真打起來。只見鍾健狠狠瞪了一眼許誠，單腿一蹬，自行車吱地竄了出去，一邊騎去，一邊昂首挺胸，響亮地唱起了流行的紅衛兵歌曲：

拿起筆，作刀槍，集中火力打黑幫。

革命師生齊造反，文化革命當闖將……

我和許誠相互看了一眼，都不想再玩砸銅了。於是把各自的銅塊收了起來。許誠明顯還在惱怒中，他順手把自己口袋中的碎銅塊都掏了出來，往我衣袋裡揣：「都給你了。以後我不玩這種小把戲玩的鬼名堂了。」

我也感到很不愉快。心裡氾濫著一種莫名的壓抑感。鍾健的得意無疑也觸痛了我的內心。當初學校成立紅衛兵組織的事情，其實我也早就知道了，也很想能有個紅袖標套套，但打聽下來，誰都可以參加，就是我和許誠這些人不能參加。因為我們是所謂「黑五類」子女，不批判「幫助」我們就算客氣的了，還想加入革命造反組織，門也沒有。而且，那幾天還剛聽父母在家中議論過，說是北京流行一種非常激進的血統論，叫做「老子革命兒好漢，老子反動兒混蛋」。說是下一步沒準就會把鬥爭矛頭指向地富反壞右和走資派、反動學術權威之類人的子女，所以父母每天都憂心忡忡地叮囑我和姐姐少往外跑，少惹人注意。以免再給自己和家裡添麻煩。想到那凶多吉少的未來，我心裡怎能不沉甸甸的？

許誠顯然也和我一樣的心境。他好一陣悶頭不語，若有所思地倚在牆壁上，一直在用鞋後跟蹭蹭蹭地「刨」著腳下破裂的水泥地，顯然是在發洩著憤懣的情緒。

後來，他抬起頭來對我說：「我們也去當紅衛兵，怎麼樣？」

我說：「那當然好呀，可是紅衛兵怎麼會要我們我們這種人呢？」

許誠哼了一聲說：「為什麼不會要？全市的紅衛兵組織多著呢！總會有人要我們的。」

我聽出他話裡的意味，興奮起來：「你怎麼這麼有把握？看來是……」

許誠有些故作神祕地笑了笑：「當然，這事包在我身上。只不過嘛……」

他告訴我，前兩天剛剛在路上碰到學院裡的一個青年講師，叫沈黨生。沈黨生是個根正苗紅的烈士遺屬，也是個很有思想的人。他非常看不慣現在的狀況，認為毛主席的革命路線在吳東市和吳東學院被歪曲了，文化大革命變成了一小撮反動分子向黨反攻倒算的機會。他們假借革命造反的名義，把一大批黨的幹部打成修正主義分子，為的就是實現自己的狼子野心。因此，他結合了一批志同道合者，成立了吳東師院「捍衛毛澤東思想紅衛兵」組織，後來又整體加入了吳東市的紅衛兵總部，他還被選為紅衛兵總部的副總指揮。許誠說，沈黨生還要他問候他爸爸，說是叫許院長別灰心，要經得起鬥爭的考驗，要相信黨，相信群眾，一旦時機成熟了，他們會將那些受冤曲的革命幹部解放出來。

許誠說：「這樣的紅衛兵組織，我們這些受迫害的幹部子弟不參加，誰參加？」

我也感到眼前一亮，忙說：「這真是太好了，就是不知道怎麼參加法呀？」

許誠說：「本來我還不在乎這個。現在，連他媽的鍾健這種小爬蟲也耀武揚威起來了——我們去找沈黨生，他會批准我們的。不過，醜話要說在前頭，我爸爸說了，這種紅衛兵現在被另外一些人多勢眾的紅衛兵造反派稱作是保皇派組織，他們面臨的困難和壓力都很大，造反派已經多次對他們口誅筆伐，殺氣騰騰的。你到市委市政府大門前去看看，好多大字報都是針對市紅衛兵總部的。說不定哪一天會有什麼想像不到的殘酷鬥爭。所以我們要是加入他們，就要有毛主席說的一不怕苦、二不怕死的精神準備——反正我是想好了，就是為了打擊鍾健這種人的囂張氣焰，為了保衛我們自己的父母們，我也要挺身而出！」

我不禁也熱血沸騰，大聲應道：「我也不怕！與其這樣窩窩囊囊地泡在家裡讓人看不起，還不如爽爽辣辣地衝出去幹上一場！」

說幹就幹，第二天上午，我和許誠就帶著從學生證上撕下來的一吋照片，到學院裡的工會辦公樓，去找沈黨生。那兒的大門邊倒是貼著條長長的標識，上面寫著「吳東師院捍衛毛澤東思想紅衛兵總指揮部」，可是裡面卻沒有人。正在沮喪的時候，從外面走來兩個拎著漿糊桶、胳膊下夾著一大捆大字報的紅衛兵，看他們的袖標，正是沈黨生他們那個紅衛兵組織的。向他們打聽後才知道，因為最近學院造反派的聲勢越來越囂張，學院的指揮部已經遷到市少年宮的吳東市紅衛兵總部去了。這兒只剩下幾個留守人員。

我和許誠決定下午到市裡去找沈黨生。結果中午吃飯的時候，許誠的姐姐和妹妹，還有我姐姐都吵吵著要和我們一起去參加紅衛兵。於是我們五個人就悄悄相約，下午一起到了市紅衛兵總部。

這裡原來是市少年宮的建築，現在掛上了吳東市紅衛兵總部的牌子。這是一幢帶閣樓的哥德式洋房，周邊是一個有著兩棵巨大的老雪松的院子。樓上雖然只有四層，但裡面每一層的走廊都很長，房間也很多。地上、樓梯都是紅漆木質的。我們有些忐忑地上到三樓上時，果然看見一間辦公室門口貼著吳東師院捍衛毛澤東思想紅衛兵總指揮部的標牌。這時候門正開著，裡面不斷有佩著紅袖標的紅衛兵出出進進。我們小心地從門邊側身探望，許誠一眼就見到了正在一張寬大的辦公桌上埋頭寫著什麼的沈黨生，立刻激動地叫了聲：「沈老師！」

沈黨生一抬頭，見是許誠和他姐姐、妹妹，笑呵呵地走到門口，伸手握住許誠的手，把我們一起請了進去。我以前沒見過沈黨生，心裡多少有些因陌生而起的不安在。現在我一見到他，就和姐姐交換了個眼色，感覺心裡一下子安穩了。

沈黨生是那種讓人一眼就會產生信任感的人。他穿著一件有些發白的解放軍幹部服，沒有戴軍帽。腳上套著一雙像工廠裡翻砂工穿得那種翻毛皮鞋。他的年紀也不大，看上去有三十來歲的樣子，長得健壯而高大，四方臉上，一副炯炯有神的大眼睛，眉毛也很濃。而且說話時操著一口相當標準的普通話，但尾音裡也約略聽得出一絲北方腔，這使他的語音更顯得中氣十足。他還總是笑呵呵的，給人一種爽朗、隨和的感覺。房間裡很大，正中有好幾張辦公桌，地板上牆角裡到處堆著油印的報紙、大字報等雜物。靠牆則有兩個大大的鐵皮文件櫃。我們在沈黨生對面的長沙發上坐下後，許誠立刻表明了我們的來意，說：

「沈老師，我們是來要求參加你的紅衛兵的。」

沒想到沈黨生張口就說：「好啊！連你們都想加入，我們的隊伍就更壯大啦。」

許誠的大姐叫許善，妹妹叫許美。她們異口同聲地說：「你不會嫌我們爸爸媽媽都是走資派吧？」

但她們的話還沒說完，沈老師就使勁地揮揮手說：「別提那個，我們不承認！你們父母是什麼樣的幹部，我們心裡有數。所以，回去也請你們轉告我對他們的問候。但是有一點，你們看上去都這麼小，這場運動雖說叫文化大革命，實際上可一點不比普通革命來得容易，甚至一樣可能會有鬥爭、有犧牲。所以我希望你們暫時不要性急，等兩年長大些了——」他捏捏許誠的胳膊，眨了眨眼睛：「到時候再來，怎麼樣？」

我們都叫起來：「我們不小了，都是初中生了。我們也不怕犧牲。」

許誠特別說了鍾健的事，說他和他是同年級的，卻已是學校的紅衛兵了。

許誠姐姐也說：「我們學校的紅衛兵特別歧視我們，說我們是走資派子女，不讓我們參加，還對我們翻白眼、罵罵咧咧的。現在我們一般都不敢到學校裡去。就是在家裡，街坊鄰居都看到我們父母給造反派鬥的慘狀，背地裡對我們也經常指指點點，使我們走到哪裡都抬不起頭來。越是這樣，我們越要加入紅衛兵！沈老師你就批准我們吧。我們一定會好好幹，絕不給你丟人！就是有什麼問題，哪怕是生命危險，也是我們自己負責。」

沈老師一邊聽，一邊緊緊皺起了眉頭。後來一拍桌子，大聲說：「既然這樣，那還有什麼說的？入！這就入！我馬上讓他們給你們辦手續。」

說著，他拉著許誠胳膊，把我們都帶到隔壁一間辦公室裡，叫裡面的人給我們辦手續。我和姐姐一看，頓時開心地笑起來。原來裡面有一個人，正是父親系裡那個曾經來我們家通風報信的小肖。他也一眼就認出了我們，再聽沈老師一介紹，立刻表示歡迎，並和另外兩個人一起，讓我們填表格，領取紅袖標，並給我們每個人都發了一個蓋上鮮紅的「吳東市紅衛兵總部」大印的紅衛兵證。

好些天沒見到小肖叔叔了，這回看上去，他雖然精神還好，但氣色明顯比較差，臉色黃黃的，眼泡也有些浮腫。這可能是休息不夠的緣故吧？出門後，姐姐忍不住回頭對送我們到樓梯口的小肖說：「肖叔叔，你要好好休息啊，怎麼看上去比以前瘦了？」

小肖淡淡一笑說：「沒有呀，我自己感到挺好的。吃得下，也睡得穩。就是近來累一點，沒什麼大不了的，你們放心好啦。」

姐姐又說：「我爹媽一直非常感謝你的。」

小肖說：「替我向他們問好。我知道，他們可是受大罪了。我呢，暫時也不太方便去看他們。但是，一旦形勢好轉了，我們一定會想辦法幫助他們和所有被打擊迫害的好幹部的。請他們一定要相信，不光是我，學院裡和社會上都會有很多群眾，是真正執行毛主席革命路線的，是會明辨是非、正確把握鬥爭大方向的。我們絕不會放過一個階級敵人，也絕不會冤枉一個好人！」

小肖還告訴我們，他也是不久前因為觀念分歧，正式退出了系裡的造反派組織，加入了沈老師他們的組織。現在他也是學院的「捍衛毛澤東思想紅衛兵」的副總指揮。

聽了小肖叔叔的話，我們心裡更踏實了。同時也更感到小肖叔叔的可敬。那回造反派來抄家時候，小肖叔叔機智地幫我挽留了圖書，我和姐姐一直很感激他。父親也特別給我們說了小肖叔叔的一些情況。他出身於蘇北一個貧困鄉村，雖然從小學習就很優秀，但因為家庭貧窮，所以儘管以他的一貫成績，報考北京上海的名牌大學都完全可能，但他還是選擇了報考師範，就是因為師範生有經濟補貼，可以減輕家庭的負擔。小肖叔叔在家中是老二，上面有一個姐姐，下面有一個弟弟、一個妹妹。不幸的是，妹妹和他母親都在「三年自然災害」中得浮腫病餓死了。他來學院報到時的行李，只是一床席子裹著的一條破舊毛毯。入冬以後，他居然還是蓋著那條毯子，睡在席子上，只是在席子下鋪了層稻草，並且不脫衣服就入睡。當時還是系副主任的父親知道這個情況後，就為他向系裡和院裡申請了最高的助學金，還從家裡拿了一床厚被褥給他。或許因為這個原因吧，小肖對父親一向充滿感激，學習十分刻苦，還特別願意幫助同學，所以在大三就入了黨，大四又擔任了年級支部書記。父親落難後，他對父親的暗中關照，以及現在轉入保皇派紅衛兵組織，可能就有他重情重義，和對父親及許多學院幹部的好感在吧？

雖然還沒有軍裝（後來，對我們加入沈黨生和小肖他們的紅衛兵很支持的我們兩家的父母，都給了我們錢，讓我們到當時有賣舊軍裝的舊貨市場，每人買了一件半新舊的軍裝），可是我們五個人一出市紅衛兵總部，就把紅袖標都套在了胳膊上。起先心裡還有點膽怯，唯恐別人會笑話我們年紀小，或者是碰上什麼對立派的人來挑釁。結果並沒有異常情況發生，一是因為當時街上戴紅衛兵袖章的年輕人已經不少了，二是街上人不算多，又是特殊時期，許多人都行色匆匆，無暇關注別人。反而是一些和我們差不多年紀的同齡人，他們多半也還無所事事地晃蕩在街上，看到我們都戴著紅袖章，一個個都流露出羨慕的神情，讓我們很快就昂首挺胸，步履也無比輕快起來。好些天以來充滿著自卑和悲哀陰雲的心情，難得地雲消霧散，洋溢著自豪和驕傲。

可是，我那剛剛振作起來的心情，幾乎是一回家就像被刺破的汽球一樣，泄了氣。

猶在興奮之中的我，有意戴著紅袖章，想到鍾健家去，讓他好好看看，我們也是紅衛兵了。可是走了幾步後，又想起先前他那副神氣活現的樣子，不知道他現在對我的看法如何，直接去找他可能不太合適，我便假意閒晃蕩，到了後院就從鍾健家門口慢慢遛過。結果他馬上從屋裡跑了出來，大聲招呼我。我裝作漫不經心地回過身來，像他一樣，對他敬了個盡可能標準的軍禮。

鍾健卻重重地拍了我一下說：「少來這套啊。我怎麼覺得你這個袖章是假的？」

我很生氣地把胳膊朝他一伸：「你才是假的！你給我好好看看，這還是市紅衛兵總部的袖章。哪像你，混了個什麼第四中學的紅衛兵，就跟我們神氣活現了！」

說著，我還掏出剛辦的紅衛兵證給他看，不料他卻把我的手推了回來，同時揪住我的袖章看著上面的小字說：「我說呢，你這種人家的子弟，怎麼可能當得上紅衛兵？原來是保皇派啊？這也好算紅衛兵？早晚要給我們強大的革命造反派給打倒、砸爛！不信你去問問看，四中也有人想打出市紅衛兵總部的旗號，牌子還沒掛好呢，就給我們砸了個稀巴爛！」

我的心一陣緊縮，無名怒火也呼地燃燒起來。我一把推開鍾健揪住我袖章的手，大叫道：「你他媽的胡說八道！我們才不是什麼保皇派，你們也不是革命造反派，中央文革承認你們嗎？毛主席承認你們嗎？誰對誰錯，就憑你們說嗎？還砸爛呢，有本事你們把市紅衛兵總部去砸了！」

鍾健卻依然冷笑道：「你當不可能嗎？不相信你走著瞧，我們學校紅衛兵總指揮就說了，現在市裡的革命造反派都在醞釀大聯合，要成立全市統一的革命造反兵團，並且和市工人革命造反總司令部建立同盟關係。到了那一天，我們革命造反派的大旗，一定會插到你們那個所謂的市紅衛兵總部的大樓上去！」

聽他這麼說，我嘴上不肯服軟，心裡卻怦怦跳開了，因為在我的印象中，現在真的是工農商學兵，到處都在喊著毛主席的造反有理的口號，大批大鬥的，聲勢十分浩大。從市委、省委到全國，好像也沒有什麼反對他們的聲音。他們真要是聯合了起來，紅衛兵總部恐怕是難以對付他們的。這麼一想，沈黨生和小肖叔叔的面容忽然在眼前閃過，我頓時心亂如麻，深深地為他們捏了一把汗。同時我恨恨地推開鍾健，掉頭就走。

可是，鍾健卻把我拉住了，連聲說著：「算了算了，不管怎麼說，我跟你還是出窠兄弟，沒仇沒冤的。別生氣了，到我家坐坐，我給你看點好東西。」說著就把我硬拉進他家中。

說實在的，鍾健和我真是從小就很玩得來的好朋友。許誠一向瞧不起他，他也就暗中記恨許誠。可和我一直很談得來，因為我倒從來沒有因為他父親身分低微而歧視過他。所以他以前就經常請我到他家來玩。我對他家很熟悉。可現在，幾個月沒來，他家忽然發生了明顯的變化。房子雖然還是原來那樣，只有一間三十來平方的長方形的平房，他父親自己把它用磚分隔成裡外兩間，正門進去是外間，放著一張床和一張陳舊的課桌，是鍾健睡覺和做作業的地方。裡間是他父母的臥室，也只有一張學院裡租用的大床和一張漆水剝落、灰撲撲的五斗櫥和一個放滿小藥瓶和茶水杯的床頭櫃。他們的臥室後面還開了扇小門，通出去是像我家一樣的一個自己在河岸圍牆下搭的小披棚，作為廚房。他家裡最顯眼的變化主要有兩個，一個是鍾健的小間牆壁上，新貼滿了許多張不知他從哪兒弄來的宣傳畫和招貼畫，有幾張是毛主席在天安門城樓接見紅衛兵的，還有工農兵高舉紅旗並肩前進，或者高舉鐵拳砸向一小撮牛鬼蛇神的。雖然看上去有點不倫不類，倒也讓過去那僅僅用白灰刷過的牆、又因為時間長了而變得灰暗斑駁的小房間裡「蓬蓽生輝」。而且，鍾健的小課桌上，新增加了一個很大的毛主席站立揮手的石膏立像；像旁邊還平擺著一頂讓我一眼看去就羨慕得眼珠差點掉出來的軍帽。因為那不是頂普通的軍帽，上面琳琅滿目地綴滿了大大小小、各式各樣的毛主席像章！見我目瞪口呆的樣子，鍾健又拉開小課桌中間的抽屜，讓我看裡面一塊大手帕，手帕上面同樣密密麻麻綴著毛主席像章。想到自己家到現在只有幾枚最小最普通的那種毛主席像章，我覺得自己的腰桿都一下子矮了下去。這還不算，鍾健拉起搭拉在床沿的床單，更讓我豔羨的一幕出現了，他的小床下竟滿滿當當地推摞著好幾排各種書籍，許多書的書脊上都貼著明顯的標籤，一看就是學校或者哪個圖書館的藏書，我粗粗拿出幾本來看，其中居然還有《紅與黑》、《簡愛》、《莎士比亞戲劇選》、《家》、《春》、《秋》和《外國民歌三百首》之類「毒草」和「黃色小說」！

我從小就喜歡看書，尤其喜歡看外國文學名著。看到鍾健家居然有這麼多好書，眼紅得東西南北都快分不清了。先前勉強保持著的矜持也幾乎在一瞬間就土崩瓦解了。我迫不及待換了副懇求的腔調，向鍾健央求能借幾本書來看看，鍾健卻毫不留情地將我推開，並迅速將床單放下去。說：「不行不行，這種書你怎麼能看？」

我非常失望，也很不滿：「你能看，為什麼我就不能看？」

鍾健一本正經道：「你想想，現在是什麼形勢啊？你把這種書拿回家去，讓萬一再來你家抄家的紅衛兵造反派們看見了，會是個什麼結果？把書抄走還是好的，把你爸媽罪加一等怎麼辦？再說，你爸媽現在也不會敢讓你在家看這種書啊？」

我泄了氣。不得不信服現在的鍾健頭腦明顯比我成熟了許多。我只好悶悶地歎了口長氣，又不甘心地問他從哪兒弄來這麼多書和毛主席像章的。

鍾健嘻嘻地笑了：「當然是抄來的。你去看看，學校圖書館表面被紅衛兵封起來了，其實裡面早就空了。有些教工家裡也有不少好看的書。我們去抄家的時候，那幫多數是窮小子出身的傢伙們大多數是沒腦子的，想的就是怎麼撈到值錢的東西和錢跟糧票，我就把好書都偷偷藏起來，分批慢慢帶回家來。」

聽他這麼說，又看著他那一副小人得志的嘴臉，我不由得又生出一股憤懣來。忍不住便刺了他一句：「哼，你們這些人啊，說起來都是頂天立地、無產階級覺悟高明的革命戰士，實際上還不是一幫掛羊頭賣狗肉，說一套做一套、比我們這些黑五類子女黑得多的傢伙嘛？」

「哎，話也不能這麼說嘛，我們的主要方面還是正確的，革命的嘛。」

我悻悻地說：「那麼你那麼些毛主席像章呢？也都是抄來的？可是現在哪個牛鬼蛇神家裡能有這麼多毛主席像章？」

鍾健說：「這你就老土了吧？市中心不是有好幾處毛主席像章的交換點嗎？多的時候有好幾千人在那裡。我們總指揮就帶著紅衛兵敢死大隊殺過去，先把裡外出口一堵，然後再派幾十個人，人人手拿一根白生生的白臘棍，一聲大喝，從天而降，安他們一個交換毛主席像章是對偉大領袖的大不敬的罪名，把那些本來就是些社會青年、投機倒把分子嚇得一個個屁滾屁流；誰要乖乖地交出像章就放他走，稍微嘴硬一點的，我們揮起白臘棍就打。結果，我們一次就繳獲了好幾百枚像章，還維護了毛主席的光輝形象……」

說到這裡，鍾健顯然是為了安撫我的失落，又打開書桌的抽屜，拿出裡面那綴著毛主席像章的手帕，慷慨地對我說：「這上面的像章，你隨便挑一個吧。送你的。」

我大喜過望，為防他再反悔，我趕緊挑起來。雖然手帕上的像章都不如他軍帽上的看上去高級，但也有些相當精美的。我一眼看中一個瓷質的、中等大的像章，迅速解下來塞進衣袋裡。

鍾健並無反悔之意，還說：「回頭要是許誠問起來，你就說是我送給你的。還要告訴他，我家的像章有得是，看看他是不是也想問我要一個。」

我以為他也願意送給許誠呢，就說：「鍾健你這就對了，到底都是鄰居和朋友，現在你得勢了，也應該大方一點……」

「狗屁！」沒想到鍾健大聲吼起來：「我跟他大方點？從小到大，他什麼時候跟我大方過了？告訴你，這就是毛主席說的，我跟他永遠只能是兩個階級、兩條路線、兩個陣營的尖銳鬥爭，絕沒有調和的餘地！起碼，讓這種人和所有那些以前自以為是慣了的牛鬼蛇神子女——我不是指你啊，你和你爸爸給我感覺還是蠻好的——好好吃上幾年苦頭，等他們嘗夠了當黑五類子女的滋味，才可能低下頭來，平等待人！」

我雖然不同意他的說法，但也明白是說不服他的。而且，他對我這個牛鬼蛇神子女，分明是高看了一眼的，我還要如何？於是我又敷衍了他幾句後，趕緊離開了他家。不過，我並沒有像他希望的那樣，和許誠談到他給我毛主席像章的事，我連這次和他見面的事都沒有和許誠提過。一是我不想讓許誠不愉快，甚至可能因此生我的氣。二是，我更不想讓許誠受到鍾健的刺激。不管怎麼說，我心目中對許誠還是比對鍾健更親近一些。這可能正像是報紙上說的，親不親，階級分吧，我們現在都是黑五類子女，鍾健卻成了趾高氣揚的造反派，雖然他對我還不錯，可我想起他，總覺得有點不舒服。何況我現在和許誠是一條戰線裡的紅衛兵戰友呀！

對了，離開鍾健家之前，有個插曲還應該說一下：

可能是看我神情不太愉快，想要安撫我一下吧，鍾健忽然露出一絲詭異的笑容，又取出鑰匙，打開了右手下的一個小抽屜，從裡面取出一個黑漆封皮的筆記本來。筆記本裡夾著幾封舊信件，他翻開其中一封信遞給我說：「讓你開開眼界，看點好玩的東西吧——跟他們去抄家真是太有意思了，有時候簡直是五花八門，什麼都有。」

我疑惑地展開那封信，看了好一會才明白過來，這是一個不知什麼人寫給她的戀人的一封情書。而這封情書的字裡行間，雖然沒有任何肉麻或者刺激人的內容，卻明顯帶著鮮明的當下印跡。看起來也讓我忍不住要發笑：

尊敬的光玉同志：

你好！你的來信收到了。知你在單位政治上進步很大，我們家裡人都很高興，我也很高興！家裡一切都好，請安心工作，別惦記。

毛主席教導我們說：「世界上沒有無緣無故的愛，也沒有無緣無故的恨」，列寧也教導我們說：「從來的愛，都是一定階級的愛；從來的恨，也都是一定階級的恨」。我們生在紅旗下，長在甜水裡，是沐浴著黨的溫暖陽光長大的無產階級革命後代，我倆的感情也是無產階級的革命感情。這種感情是世界上最純潔、最偉大的感情，有了這種感情，我們做革命工作的積極性會更高，工作熱情會更加高漲。今年冬天，公社為了配合轟轟烈烈的無產階級文化大革命運動，召開了大搞農田水利基本建設動員大會。我們大隊的任務是在積極開展文化革命的同時，展開幫助李家溝修水渠的錦標賽。大家幹得熱火朝天，工地上，一輛輛小車推得飛一樣的快。想到我是基幹女民兵的排長，又剛剛交了入黨申請書，我就主動提出女民兵也要和男勞力一樣幹重活累活。公社文革領導小組的王組長到我們工地上來檢查，還特別表揚了我。幾天下來，雖然人很勞累，還病倒了兩天，但我的精神是愉快的，心裡是甜的。在床上躺著的那兩天，一想到你，我就覺得病好了很多。

現在春節剛過，地裡活不多，正好有時間可以好好讀完毛主席的書。只是我文化程度不高，有些字還得查字典對著看。你在廠裡學習毛主席著作學得透，對毛澤東思路領會得深，你一定要多幫助我。我想讀完了毛選四卷後，再讀《馬恩選集》，我們一起學習，一起進步，做又紅又專的革命接班人……

最後祝你學習進步！工作順利！身體健康！精神愉快！

此致革命的敬禮！

——下面的署名是一個叫「玉梅「的農村婦女。看完信，我果然覺得有趣。便問鍾健筆記本裡剩下的信，還有沒有好玩的可以看。誰知鍾健卻拍拍手中的筆記本，賣關子似地盯著我看了一會說：「好玩的當然有。不過這東西跟剛才那封信放在一起看，正好像一個天上一個地下，內容絕對是你做夢也做不到的！可是，你要先向我保證，給你看了以後不許對任何人瞎說什麼。」

我一聽心就癢癢了，趕緊說：「怎麼會呢？我是什麼人你還不知道？我不光向你，還可以向毛主席保證，肯定不會出去亂說。」

鍾健這才嘻嘻一笑說：「有一本奇書，你一定沒看過吧？」

「奇書？你能有什麼奇書？你也不是不知道，我看過的書很多的。」

「《少女之心》呢？你大概聽都沒聽過吧？」

「《少女之心》？是沒看過。」

「哈哈，所以毛主席要號召革命青年到社會的大學堂去經受鍛鍊啦。我也是走出家門，住在學校裡的時候，從別人那裡抄來的。告訴你吧，這種書就是外國也不可能出版的！我的個乖乖隆嘀咚啊，真是大毒草！不不，它首先是一本超級大黃書——你要是看了，保證會心跳加速，恐怕當場就要「跑馬（指遺精）」。」

其實「跑馬」這個話題，我也是沒幾天才剛剛聽說的。那是我和鍾健在他住到學校去參加造反派之前，有過的一次私下談論。那天，我們到學院去遛噠，大操場邊上豎立著三根有我們拳頭粗的很高的鐵杆子，供人練習攀爬。我和鍾健心血來潮，要比賽誰先爬到頂。下來的時候鍾健一臉神祕地問我：「你爬到一半的時候，有沒有一種非常非常特別的……就是下面，有一種說不出來的感覺，但是特別舒服，還會像夜裡做到黃色的夢一樣，流出一股粘兮兮的東西來？你知道不知道這會不會傷身體啊？」

雖然我那天在爬鐵杆的時候並沒有他講的那種體驗。但卻也已有過一兩次因為做了很刺激的夢而遺精的體驗。而我之前也聽許誠說過，他哥哥告訴他，這是人人都會有的現象，叫做「精滿自溢」，是男孩到了發育期的正常標誌。所以我便把這情況告訴了鍾健，鍾健放心地歎了口氣：「是這樣啊，以前發現褲襠裡有這東西，我當自己要活不長了，嚇得好幾天也睡不著覺呢……」

一邊說著，鍾健就站起來，跑到前門後門都向外看了看，確信沒有旁人後，他才把一直捏緊在手中的那個黑皮筆記本遞給了我。但在我剛要接到之前，他又把手縮了回去，再一次強調道：「吶，這就是《少女之心》。我可是費了九牛二虎之力才抄來的。你只許在這裡看，不許帶回家裡去，不然給你家裡人看到，首先要把你的屁股打成四瓣！而且，你以後尤其不許告訴許誠他們這些人，我有這麼一本書。」

「我不是向你保證過了嗎？」急不可耐的我，哪還有耐心聽他囉嗦？趁其不備一把將手抄本奪了過來。只見這本練習簿封面和內文都磨得毛兮兮的，一看就不知道多少人看過多少遍了。我更好奇了，急忙翻開來——鍾健的字雖然並不好，但抄寫得卻是相當認真，一筆一劃都很端正，清楚。幾行字一觸動眼簾，我的心就呼地一下沸騰起來——

……姑娘十八一朵花，我十八歲也正是姿色迷人、分外漂亮的年月，就拿我的身姿來說，不是誇口，比電影明星有過之而無不及。我一米七五的高個，一頭黑亮的披肩髮，鴨蛋臉，兩道細細的柳葉眉下水汪汪的大眼睛，還有一雙豐滿的乳頭向上翹翹，走起路來微微抖動，高高的鼻樑配著櫻桃紅的小嘴唇，全身都放射出少女特有的誘人媚力。我的性格也很活潑，有些小夥子愛接近我或者說一些挑逗的話，當時我總是紅著臉故意不理他們，他們還經常在背後議論我。其實，我們少女在一起時談論的和小夥子們沒什麼不同，都想早點和異性接觸，什麼親吻哪、擁抱呀，也想親身體會一下男女在一起的滋味。

……在這段不尋常的時光裡，朦朧之中我開始對我的表哥少華產生了莫名的愛情。他是從福州回來度假的。那年他正好二十二歲，臉上總是帶著讓人著迷的微笑，瀟灑的高個，嘴上已長出黑色的鬍子，顯示出男性成熟的象徵。他那健壯發達的體魄更是給人以堅實和依傍的感覺，爽朗的談吐也無不給人留下難以忘懷的機敏印象。

說實在的，表哥吸引我的並不只是所有的這一切，而真正最誘惑我的，說句不好意思的話，其實是他那鼓鼓的下身。在兩腿之間夾著，透過緊身褲子還能隱隱約約看出他胯下那雄壯的陰莖的輪廓，讓人產生一種說不清楚的嚮往和好奇心，感覺到它如猛虎潛伏般的雄風和隨時都會爆發的能量……

第八章

我從鍾健家出來，天邊已是一片昏黃的晚霞。熹微的紅光裡，有人家裡炒菜的氣味濃濃地灌滿了我的鼻腔。我那長期缺乏油水的胃裡，頓時咕咕翻騰開來。可我剛走幾步，眼睛的餘光無意間掃射到一個人影。定睛一看，鍾健家的窗根下果然蹲著一個人，見我扭頭看他，馬上低下頭，裝作沒看見我，拿根枯樹枝在腳邊的泥土裡胡亂撥弄著。我見是住在後院的錢小金，隨口便叫了他一聲：「錢小金，你在幹什麼？」

錢小金沒好氣地白了我一眼說：「不幹什麼，怎麼啦？」

我忽然意識到，錢小金和我不說話有好長時間了。於是哼了一聲顧自走了。可是心裡卻還在疑惑，總覺得錢小金可能是想到鍾健家去的，看見我在裡面，就沒進去。這小子也太那個了，自己的父親前幾天也讓學生批鬥過了，還成天躲著我算什麼意思？

前面大院正中那幢洋房的拐角處，圍著洋房有一圈碎石子鋪築的小通道，拐角處靠河邊，河邊的圍牆前長著一大叢高大茂盛的芭蕉樹，綠油油的葉片像宮廷裡的太監搖著的大扇子一樣，在微風中搖來晃去。我假裝拐過彎去了，卻一閃身躲在芭蕉叢後面悄悄窺探，果然看見錢小金鬼頭鬼腦地看了我這兒一會，一個大步躥進了鍾健家去。

這小子！我心裡更不是滋味了。從小到大，你小子都是我的跟屁蟲，經常向我貢獻梅餅、桃片、動物餅乾等給我吃；我長這麼大唯一吃過的一次大有齋的牛肉粉絲湯（要二毛錢一碗呢），也是錢小金請我去吃的。有一陣子他還成天司令、司令地叫著我。現在我父母落難了，你就翻臉不認人了。而過去你經常跟我面前說鍾健的壞話，還笑話他父親在圖書館裡收拾書架，一看見院裡那些比他高級的教授、書記什麼的，就滿臉上開出大花來，點頭哈腰、一口一個教授、書記、領導地叫個不停……可是現在，一見鍾健當上造反派、紅衛兵了，你他媽的就去舔他的屁眼了？

不過，儘管這麼想，我對錢小金還是沒有太大的反感。畢竟過去對他並沒有什麼不滿，現在這種形勢下，他這種人成為牆頭草好像也是很正常的事。因為他從來就是這麼個人嘛！

仔細幫錢小金想想，他這人活得也是夠窩囊的。他從小就因為長得很瘦小，沒什麼力氣，在同學和小夥伴眼裡向來是個可有可無的小角色，呼來喚去讓他做這做那或者開他玩笑，算是看得起他；不高興起來，似乎誰都可以不帶他玩，甚至向他橫眉豎眼，輕蔑地喊一聲「滾」。不過，在家裡向來十分嬌慣的錢小金，在小夥伴中雖然如此沒有地位，卻也是有點小聰明和他的生存之道的。他善於察顏觀色、見風使舵。誰對他好些，或者強勢些，他就巴附誰，依靠這個人的影響混日子。我們這些院裡的子弟中，許誠和鍾健他們雖然都和我蠻玩得來，但因為大我一歲，不屬一個年級，也都另外有自己同學的小圈子來往。我和錢小金是同齡人，但身體和頭腦都優於他一籌，因此在院中小一些或差不多大小的一些夥伴中，我自然而然地成了相對比較有號召力的一個。而且，我一般不會因為錢小金弱小而瞧不起他，所以他一向喜歡和我來往，有時候甚至一放學就跟屁蟲一樣粘著我。一起在我家或者他家做作業，一起到附近農田裡去捉蟋蟀，一起躲在小披棚裡，用家裡的黃草紙捲成香煙一樣的圓柱形，偷偷點上火，嘗試吸煙的滋味。而只要我們在學院的大草坪上玩官兵捉強盜遊戲，他總是當然自己也心服口服的「犧牲兵」（即作為人質被遊戲對方扣住，我方則設法去解救他。通常，我方總是派最為弱小者扮演這樣的角色），只要我們肯帶他玩就很高興了。後來，我在大院中間的洋房下面的通風層裡用稻草、磚石塊和紙箱板等搭了一個「司令部」（後文詳述），他也是我欽准可以在那兒坐一會的少數人之一。當然，他也為此作了不少貢獻，比如剛才說的，請我吃零食甚至牛肉粉絲湯。司令部裡的小油燈、蠟燭頭、鋪地的席子，還有經常可供我們在裡面解饞的炒黃豆、爆米花和小餅乾等，他就提供了不少。我還因此而封了他一個後勤部長的官銜。

吳東人有句俗話叫「七石缸，門裡大。」七石缸是舊時民間家庭使用的最大陶器，高約齊腰，膨大的肚子，徑口總有一點四、五米，因能盛七石穀物而名。此語常被用來形容一些人在家裡稱老大，作威作福，狠天狠地，一出家門就沒用或沒威勢了。就像七石缸一樣，放在屋裡固然碩大無比，但在外面，比照物是廣闊的天地，它能算得了什麼呢？

錢小金就是典型的一口「七石缸」。別看他在我們面前很是謙恭、自卑，在家裡可是個頤指氣使慣了的小皇帝。他那同是農村出身的父母是那種嚴重的重男輕女者。雖然錢小金上面有個相當聰明而爭氣的姐姐，去年一舉考上了讓全吳東學院都嘖嘖稱羨的北京大學；但因為在她之後隔了好幾年，他家才終於要到了錢小金這個寶貝兒子，他父母對錢小金真是捧在手裡怕摔著，含在口裡怕化了，疼愛到無以復加的地步。別的不說，那個年代小孩子穿衣服，一般人家都流行一句俗語叫：「新老大，舊老二，縫縫補補給老三」。可是從小到大，我印象中從來沒見錢小金穿過一件打補丁的舊衣服。他家訂的一瓶牛奶，只歸錢小金一個人喝。姐姐和父母每天早上一樣吃蘿蔔乾泡飯，錢小金雷打不動多一個荷包蛋，想吃燒餅油條或者工農麵館的陽春麵了，只要他哼一聲，父親總是二話不說給他買回來。在這種氛圍下長大的錢小金，卻可能因為他父母都是小個子吧，總也長不高，也長不胖，脾氣倒是一天天見漲。他很小就摸到了父母的心理弱點，逐漸成了家裡說一不二的主兒。

我至今還記得他剛上小學一年級的一件事。開學那天，一般同學都是背個姐姐哥哥用過的舊書包，他卻背個黃色的新書包，還穿著一身新做的學生裝。偏偏別人臉上都笑嘻嘻的很開心，只有他，大概怕見那麼多比他強勢的學生吧，他一進校門就哇地一聲哭開了，縮著身子、逞著脖頸，兩隻腳在泥地上使勁抵著，怎麼也不肯進教室。送他上學的他媽媽蹲在他身邊就差叫他老子了，可憐巴巴地哄了半天，甚至當著大家面連聲叫他：「小祖宗，求求你進去吧。」他就是不進教室去，甚至還偷偷地踢了她一腳。他媽實在沒辦法了，只好把他抱起來往裡走，沒曾想他伸出雙手，死命揪住她媽的頭髮，揪扯得他媽一個勁地求饒，他就是不鬆手。弄得他媽沒辦法，像匹馬一樣歪著頭，被他驅趕著掉過頭來往回走。幸好迎面碰到他的班主任，上前來一聲大喝：「錢小金同學，你怎麼好抓你媽的頭髮？你媽媽生你來，養你大，你還有點良心沒有啊？」

錢小金認出那是他報名那天見過的老師，立刻大氣不敢出，鬆開他媽的頭髮，掙下她的懷抱，一溜煙躥進自己的教室去了。

錢小金這麼驕橫，首先有他父母溺愛的因素在，其次也在於，他父母內心深處可能也有一種見他老這麼瘦小，因而為自己的先天不足而感到歉疚的因素在。還有一點就是，錢小金上小學沒多久，就對父母有了一種特別的怨氣。因為他的名字，再加又長得那麼瘦小，他在學校裡很快得了個「小財迷」的綽號。他起先沒大在意，後來和人吵架被人揪住他的名字大加嘲弄一通之後，他也意識到自己這名字確實有些問題，為此在家裡狠狠地發了好幾通脾氣，說得他父母既無奈又遺憾，深憾是自己沒給兒子把名字起好。

那回是錢小金首先出手搧了同學一個耳光，因為對方罵他一家子都是財迷心竅。結果他反而被那同學一拳打破了鼻子，還領著一夥同學大叫小喊著：「錢小金，小財迷！錢根寶，老財迷！……」

錢小金回到家裡，臉上還紅一塊白一塊地結著血斑，他父母驚叫著撲上來大呼小叫，都被錢小金推開了。他們焦急地追問是怎麼回事，錢小金帶著哭腔跺了下腳：「還不是你們給我起的這個鬼名字？讓我天天給同學罵！」

他父親疑惑地說：「怎麼是鬼名字呢？錢小金，錢小金，聽起來朗朗上口，蠻好的嘛？」

錢小金又使足力氣，更重地跺了一下腳，結果又疼得他抱起自己的腳，趴到床上喘粗氣。他父親心疼地撲上來問他怎麼了，他卻把唾沫星子呸了他一臉：「好個屁！人家都笑話我是小財迷。姓了錢還嫌不夠，還想要金子！」

父親忍氣吞聲，一個勁地搖頭說：「你那些同學也真是的，話怎麼能這麼說呢？這世界上姓錢的人多著呢。窮人、農民、叫花子，姓錢的也多得一天世界，這和財迷有什麼關係？再說了，我們起名字哪裡有一點點財迷的意思呀？還不是因為你媽姓金嗎，錢小金，錢小金，又有爹來又有娘……」

錢小金不敢再跺腳，卻用足死命把老子推得老遠，說：「呸！不許你再這麼叫我了！同學們都說我又想錢來又想金子！還有你，叫個什麼錢根寶，土氣得要命，聽上去還真是又想錢來又想財寶。再加姆媽又姓金，誰都笑話我們不是一家子，不進一家門，整個一窩臭財迷！」

「嘖嘖，嘖嘖，你們的同學怎麼都是這種思想觀念？這種屁話說得簡直是……喔，一個人的姓，他們自己的姓，難道還不都是祖宗八代傳下來的，跟什麼財迷有什麼關係？我們學院裡面的學生中間，還有人姓黑呢，照你們這種說法，他不是天生的黑幫分子啦？人家現在是根正苗紅的學生治安糾察隊長！」

就這樣，錢小金父母親儘管深感哭笑不得，心裡頭滿是委屈，也只好好說歹說，又開導，又許願的，總算把錢小金暫時安撫過去了。可那是因為錢小金那時還不太懂事，沒有想到後來還有改名字一說；等到小學一畢業，他和我一樣，就近分配到了附近的第四中學。又趕上文革來了，風潮過處，迫切地想要在新環境裡地位有所改善的錢小金，也像許多人一樣，對自己的名字坐立不安，再也忍受不下去了。於是他萌生了澈底改變的念頭，成了我們大院裡頭一個拿著戶口本，逼著父親到派出所給他改名字的人。至於叫什麼名字，當然他也不能免俗，給自己選了個當時最時尚也最響亮的名字：錢衛兵——他得知學校裡成立紅衛兵組織的當天，就趕去要求加入，卻被人冷冷地拒絕了，說他還沒根白臘棍高呢，「讓你當紅衛兵，不是坍我們四中的台嗎？」失望之餘，改叫個錢衛兵，也在一定程度上彌補了一點他的遺憾。

不過說到改名字，我們院裡許多人家的子女也都像錢小金那樣，用革命的眼光一衡量，無不覺得自己的名字太落後，甚至有封資修的嫌疑，於是一個個滿腔豪情，滿懷真誠地到派出所去改了名字。比如，鍾健改成了「鐘東」（為敘述連貫，日後我們還是叫他鍾健），洋房後的尹處長家的一兒一女則改成了「尹向陽、尹為民」。而我家父母也在我們姐弟三個的軟磨硬泡下，同意我們改成了「永紅」、「永衛」和「永兵」。只是，所有那些改了名字的，基本上都在文革後期又改回了原名字。只有錢小金的名字，我們因為後面要說到的原因，至今無法知道他後來改沒改回來，估計他就是再改，也絕不會回到「小金」這個名字上去了。

值得一提的是，許誠一家都沒有改名字，他的哥哥叫許真，姐姐叫許善，妹妹叫許美。他自己叫許誠。他父母親都覺得，四個孩子叫「真」、「誠」、「善」、「美」，沒什麼不好的。雖然許誠的姐姐和妹妹覺得她們這個「善」和「美」大有封資修的味道，也吵著要改。父親許院長說：「小孩子懂什麼？『善』和『美』怎麼是封資修呢？不管是無產階級，還是資產階級，都有善良之心、愛美之心嘛。只不過我們提倡的是無產階級之善，全心全意為人民服務，對待同志要像春天一樣溫暖，不是善是什麼？我們的美也是無產階級之美，比如勞動之美，革命之美，思想品德之美。而且，文化大革命也絕不是不許愛美呀。比如毛主席就說了，我們的文藝作品裡既有香花，也有毒草，香花不就是無產階級眼裡的美嗎？」

也許是感到文化大革命給自己帶來了某種出頭的希望，也許是受了鍾健的影響，錢小金在文革開始後，一度也像鍾健一樣，精神明顯為之一振，成天風風火火地出出進進，不是到鍾健家裡去聽他發表種種「翻身解放」的宣言和一知半解的政治觀點，就是到市中心和學校裡、學院裡去看大字報，看批鬥；看車站、碼頭、商店、學校門前一堆一堆人跳的忠字舞，看紅衛兵和造反派寫大字報和刷大字報、互相口沫橫飛甚至揮動刷漿糊用的掃把指指戳戳地開展大批判和大辯論。雖然四中的紅衛兵組織不要他當紅衛兵，他卻並不因此氣餒，反而更加向他們靠近，成天追隨著他們。起先是跟在後面到處跑，看他們去抄校長、老師的家，後來就幫他們跑腿買東西或打各種雜，比如搬這搬那，刷漿糊貼大字報，上梯子掛大橫幅。別看他個頭瘦小，過去也一向膽小怕人，現在卻不知突然從哪來了那麼大的勇氣，爬高落低從不害怕，見了任何人也毫不自卑。鍾健有天告訴我們說，學校裡鬥一個老教師，發言的人正在慷慨陳詞呢，錢小金不知怎麼竟能從人堆裡飛快地躥到臺上去，一腳把那老頭踢得趴在了地上。

因為看著他實在是太積極了吧，鍾健就向學校紅衛兵頭兒處說情，結果就讓他加入了紅衛兵。這下錢衛兵——不，我還是不習慣叫這個，還是叫他錢小金吧——可就更不得了了，從戴上紅袖章第一天起，他就沒有摘下過袖標，胸口上和一隻不知哪兒弄來的軍帽上綴著大大小小七八隻毛主席像章（後來因為老是被大過他的紅衛兵搶走，他只在胸口別了一枚小像章），在我們面前走路也明顯地踮起了腳，兩隻膀子一晃一晃地，幾乎不再拿正眼看我們這幾個家裡有人挨批鬥的走資派和黑五類子女；而是成天像個跟屁蟲一樣，校裡校外地跟著鍾健轉，還像以前孝敬我一樣，悄悄地從家裡把他父母省給他吃的小零食甚至難得一嘗的肉包子、白饅頭、花生米之類的孝敬給鍾健吃。

錢小金之所已經常能吃到些我們很少能吃到的東西，一個原因是他父母總是把那些憑票供應的東西大多都留給了他吃。還有一個原因是，他父親是學院後勤處的總務科長，他母親是學院裡的學生食堂賣飯票的，所以不用肉票也能間或從食堂買回幾個肉包子給他吃。

可是，錢小金卻好像總是對他父母親抱著什麼成見，一向對他們愛理不理的，要麼就是這不對，那不好地責怪他們，甚至還常常向他們發號施令。記得上小學的時候，有回天下大雨，他父親急吼吼地挾了把黃色的油布傘送到學校來，剛巧課間休息，錢小金在走廊上迎面碰見他父親，可因為同學多吧，怕他那又矮又穿著很一般的父親給他丟面子，他身子一縮，假裝沒看見他父親，掉過頭來就拱進教室不出來。

自從當上四中的紅衛兵之後，錢小金又自然而然地成了家裡當仁不讓的「司令」。父母親輕易不敢在他面前談論政治話題，更不敢說一句和錢小金觀點意見不合的話，否則，輕則挨他一頓「批判」，重則還會被他推上一把甚至捅上一拳！

而父母終究是父母，無論錢小金怎麼霸道或自以為是，他們從來不會生他的氣。而且，自從他戴著紅袖標神氣活現地回家來後，他們是打心眼裡為兒子感到了驕傲，過去，他們再也沒敢想像，自己這瘦小而不被外人看得起的兒子，也會有揚眉吐氣的一天，也會成了頂天立地、令人望而生畏的革命勢力中的一分子！而且，雖然錢小金母親出身還好，是小市民家庭，可他父親卻出身於小業主家庭，解放前錢小金的爺爺開過一個小煙紙店。這個成份平時還算好，一到文革，也頓時讓他覺得心虛膽怯，見了人，哪怕是兒子，腰桿子也不由自主地彎了幾分，臉上一天到晚掛著討好的笑容，何況他居然還當上了紅衛兵！

錢小金對他父親的出身自然也是諱莫如深。偶然大家談到出身的話題，他總是縮在後面不吭氣。碰到入學升學之類學生要填表的時候，他也總是稱自己父親是「革命幹部」，儘管那時他爺爺奶奶還活著，但社會關係欄目中，他是絕口不提他爺爺的。其實我很清楚，錢小金小時候是很以自己爺爺的小業主生活為榮的。我們百里街南側巷口有家小小的煙紙店，文革前是最令我們這些孩子們垂涎的地方。那裡有一排橫臥式的敞口大玻璃瓶，裡面裝著想起來就讓我直滋口水的橄欖、話梅、朱蘿蔔乾和大大小小的粽子糖之類，還有小桃酥、雪餅之類小甜點。我偶然有幾分零錢，幾乎全都給小店換取了那些零食。其中我的最愛是橄欖，不僅因為它酸甜可口，放在嘴裡滿口生津，能含上好長時間，還因為我們發現橄欖核還是一個很有趣的玩藝兒。也不知是誰發明的，吃完橄欖後，就把核曬乾，然後用剪刀剪掉一個尖頭，往裡面插一截細鐵絲，穿住橄欖核，然後捏著鐵絲，躲進關緊門後一片灰暗的廚房披棚裡，拿火柴點著橄欖核的另一個尖頭；因為富含油脂，橄欖核會很熾烈地燃燒，並不斷迸濺出細密明亮的火花來，在黑暗中就像一個難得在電影上才見到一兩回的焰火一樣，劈劈卜卜輕響著，閃亮好些時候。看得我們心馳神往，滿心喜悅……

那時候，錢小金的零花錢無疑比我要多得多，有一陣他和我關係特別好的時候，下課回家我們總是同行。他也經常會買些橄欖或者小雪餅給我充饑。而每當這時，他常會不由自主地說起他爸爸向他描述過的他自己的童年生活。說他爺爺的煙紙店比這家小店要大得多，食品也豐富得多，除了那些小甜點、小蜜餞外，還有上海出的奶油軟糖，奶油五香豆和伊拉克蜜棗賣。錢小金津津有味地描述著他父親從小吃過的好東西的非凡滋味，還問我注意到他父親嘴巴裡缺了幾顆牙的事實沒有。說是他父親從小就牙齒不好，原因就是吃零食太多了，尤其是每天都要吃好幾顆奶油軟糖和大蜜棗，有時候硬是把牙齒都給粘了下來——我為此還真的留心觀察錢小金父親錢根寶說笑的樣子，果然發現他右邊的上下牙各缺了一顆。只不過這事實讓我困惑了好些天，不明白他父親為什麼不去治他的牙，又為什麼小時候吃糖太多會到了中年還在害他的牙。難道我們也都不該吃糖嗎？可是那種上海產的高級軟糖我這輩子也只吃過幾顆，實在是甜美無比的好東西呀！況且，我的牙齒不是好好的嗎？當然，他父親可能也是太貪吃了吧？不過這也想得通，我家裡要是開了這麼家店，我也肯定會大吃特吃的，比起那份口福來，缺幾顆牙齒算得了什麼呢？

文革一開始，百里街南頭的小煙紙店不知為什麼就關掉了。開店的老闆娘是個估計有七十多歲的老太，起先也跟著消失了一陣子，後來不知怎麼又出現了。只是再也不在小店裡坐著了，而是每天拿著把大竹掃帚，顫顫巍巍地清掃著整條百里街。時而還有小孩子向她吐口水，罵她是反革命家屬。問了父母才知道，這老太的丈夫曾經是國民黨軍隊的海軍中校，解放前帶著小老婆，跟著國民黨逃到臺灣去了。

我之所以不厭其煩的說了錢小金這麼多事，就是為了讓你們有個心理準備，對他的性格有個大致的瞭解，從而對他後來的行為不至於那麼驚訝或以為我在胡編。畢竟，你是當下的讀者，已經沒有了當年那種時勢下所特有的思維方式或心理承受力。許多當時十分普遍和正常的人和事，你都可能感到難以置信，難以想像從而難以接受。更別說那些在當時也算得上驚悚的人和事了。事實上，即使是過來之人，或像我這樣的同時代人，對錢小金這樣的人和事，也不免感到震驚、費解。但仔細想來，我也可以肯定地告訴你說，處在當時那種如火如荼、天翻地覆的特殊背景下，幾乎沒有什麼事是不可能發生的，也就幾乎沒有什麼人是不可能出現的。換句話說，當時之人對錢小金的行為非但不會像今人這麼震驚，這麼恐怖，反而可能有不少人在最初的驚訝之餘，轉而為一種理解甚至某種欣賞和羨慕。至少我，坦白地說，當時就曾有過一種雖然短暫卻分明是自愧弗如的心理。並且，我因此也曾暗中相信錢小金從此將飛黃騰達而覺得自己的前程是越發地黯淡無望了。甚至，我在事情發生的那幾天想到錢小金，還會有些害怕和難為情，因為我感到我過去是多麼地低估了他的人格力量。而他的狠，他的剛，他的含而不露的冷酷無情和陰狠無比的膽魄，以及他對無產階級文化大革命和毛主席、黨中央發動的革命事業之忠誠、之堅決，都是我絕對達不到卻多少有些贊羨的……

說到這點，我還得承認一個當時還無法自我意識到的隱秘心理。即我在那種特異的時潮下，心深處被表面崇高、無私、全心全意的忠誠、利他意願包裹著的，其實有許多愚昧、狹隘、怯懦和自私。尤其在風行一時的血統論興起，自己被排斥於文革主流後，我還深深陷入過恐懼和不甘被孤立、邊緣化和被革命洪流拋棄的憂慮中。因而，當我有一次隨大流去看學校紅衛兵抄一個「資本家」的家，打得那老兩口頭破血流並最終挖地三尺找出了幾根金條時，自己感受到的更多不是同情或恐怖，而是無奈的羨慕，十分嚮往他們所有的這種「權力」！那些天我因此而可說是夢寐以求地希望自己也能獲得這樣一種堂皇的「革命」身分……

那個血腥的事件的發生是必然的。但也可以說是偶然的。

主要原因就是，錢小金家發生了一件對於當時的社會其實是很常見的、但對於錢小金來說，卻是驚天動地的大事情。這件大事情成了後來所有事件的導火索。

那天中午，錢小金照例要去學院的食堂吃午飯。因為他姐姐在北京沒有回來，母親中午要在食堂賣飯票，父親的總務科辦公室就在食堂邊上，所以錢小金中午一般都在學院食堂吃飯。我按理是不吃食堂的，但因為文革的原因，母親天天早出晚歸，根本無暇做飯。父親則成了學院裡第一批被造反派隔離審查的牛鬼蛇神，關在了系辦公室裡。我們姐弟三人有時會自己在家燒點飯，然後由我到食堂買點菜回來，湊合著吃一頓。

至今還依稀記得，那是一個非常晴朗的秋日，天上的雲彩在慌急慌忙、不由自主地隨風遊蕩著，學院裡那些開始泛黃的和越益鮮紅的樹葉在陽光裡不停地顫動。因為風特別大，可能有六七級以上吧，吹得人經常睜不開眼睛。有時候你背過身來，可以仰著身子讓風推著你走。而路邊所有的樹枝和小樹主幹也都在翻來倒去，一派混亂。天上的雲彩很快就不見了蹤影，因此也藍得成了一汪大海，襯著太陽亮亮地站在南天上，把林蔭道照映得暗影幢幢、明處晃眼。這種天氣反而讓人的心裡彷彿有什麼預感似地，莫名地有了一種隱隱的不安。

但我無心多想什麼，畢竟時常感覺空虛的肚子裡又在鬧騰了。看看食堂快到了，我挾著飯盒就小跑起來。可是隨即便聽到一陣對於食堂來說並不尋常的聒噪聲。上前一看，學院總務科門前聚攏著一大堆人，正揮著拳頭此起彼伏地喊著口號。我驀然聽到竟是「打倒錢根寶」、「錢根寶不老實交代，就讓他滅亡」；不由得恐懼地停下了腳步。因為我沒料到錢小金父親這個衣著樸素、貌不驚人的小科長，也會被革命群眾揪出來。我印象中，他一向是個不僅見了許院長，就是見了我父親和其他老師們，也都是一副唯唯諾諾甚至還經常會點頭哈腰的小老頭。而且這是文化大革命呀，文化大革命，不是應該革文化界的反動思想和走資派的命嗎？後勤總務科又不教書，又不管人的，難道也會出走資派或者封資修嗎？我不懂，也就毫無心理準備。雖然這類場面在那時早已是司空見慣的了，但畢竟錢根寶是錢小金的父親，所以我還是感到很吃驚。而且，可能因為後勤和總務科紅衛兵造反派中勤雜工多吧，他們的批鬥雖然開始得晚，暴力性卻相當的猛。亂喊了一陣口號後，便有人衝上前去，衝著已被兩手反剪，頭髮揪得面容扭曲、顯得十分痛苦的錢根寶抽了一個耳光，打得他像個小老太一樣啊呀媽呀啊呀媽呀地慘叫起來，同時又不由自主地聲辯起來：「你們搞錯人啦，怎麼也不能這樣對我呀。我從來都不得罪人，老老實實聽黨的話，跟黨走，怎麼可能是壞人呢？我……這可不能亂說亂話的啊，我要是貪污一分錢，做錯一件事，老天爺也不會讓我活到今天……是是是，這話是不對，是封建迷信，我檢討，我檢討！可是我真的可以向毛主席保證，我一貫勤勤懇懇，正正派派，絕對不敢犯錯誤的，不信你們查我的帳好了……」

可是他的聲音立刻被一陣又一陣口號淹沒了。

口號剛消停，又一個以前到我家來修過下水管的造反派衝上前去，指著錢根寶的鼻子，連珠炮似地聲討起他的「罪行」來。正說得來勁呢，一個黑蒼蒼的大個子，忽然提起洗碗池邊的一個有我家馬桶大小的泔水桶擠過來。酸臭撲鼻的泔水桶裡面裝著半桶剩飯剩菜，看上去相當沉重，他卻打算掛到錢根寶的脖子上去。周圍的人一下子興奮起來，同聲叫好。錢根寶又矮又瘦，哪裡經得起這個，那泔水桶的鐵攀剛掛上他脖頸，他就猛地向前一撲，硬是被後面揪著他頭髮和胳膊的人拖住才沒倒地。人們哄堂大笑，錢根寶卻劇烈地咳嗽開來，還嘶啞地央求道：「不行不行，你們真不能這樣對我啦，這是要出人命的！對了對了，毛主席說過的，要文鬥，不要武鬥——這是最高指示呀……」

可是這有什麼用呢？那黑高個子獰笑著，又要把桶攀往他頸子上掛，卻聽咣嗵一聲，錢根寶身子往後一縮，泔水桶沒掛住他的脖子，翻倒在地上，現場頓時彌漫起一股濃重的酸臭氣，許多泔水還飛濺到黑高個的解放鞋上——「他媽的！」黑高個子越發來了火，握緊拳頭，向著錢根寶的臉，當頭就是一下。

錢根寶喔喲一聲慘叫，緊接著，只聽得噗、噗的悶響，碗大的拳頭接二連三地捶向錢根寶的臉上、肩上和胸膛上，「喔喲媽喲，喔喲媽喲，要死人啦！要死人啦……」錢根寶的叫聲更加淒慘，聽得我渾身戰慄，轉身就想離開這兒了。

忽然看見人叢中躥出一條黑影，兇狠的獵狗一樣猛撲在黑高個的身上，硬是把他推出老遠，踉蹌了好幾步後，一屁股坐倒在地。人群中頓時爆出一陣喧嘩，有怒聲斥罵的，也有拍手跳腳哈哈大笑的。

我如釋重負。定睛一看，那撲上來的黑影竟是錢小金的母親金阿姨。只見這個身子柔弱，個頭比她男人還矮小的女人，這會兒卻像條憤怒的獵犬一樣披頭散髮、不顧一切地緊緊抱住仍在呻吟不已的丈夫，聲嘶力竭地尖叫著：「誰讓你們打人的？誰讓你們打人的？毛主席讓你們打了嗎？共產黨讓你們打了嗎？你們大家說說看，老錢那麼辛辛苦苦、老老實實的一個人，樹葉子掉下來都怕打破頭的一個人，怎麼可能是反黨反社會主義分子？反黨反社會主義，對我們有什麼好處？」

黑大個本來反應很快，一下子就從地上爬了起來，可是他衝到跟前，看清撲倒自己的是金阿姨時，不知怎麼竟遲疑起來，高高舉起的拳頭停在半空落不下去。

相反，金阿姨對他的拳頭卻毫不畏懼，一面用身子護住丈夫，一面扭頭向黑高個說：「打呀，打呀！要打你就打我好了！不要以為你拳頭大，力氣大，有本事你就講道理，打人誰不會？」

「我不跟你個臭女人鬥，你給我滾開！」黑高個子氣咻咻地威脅著：「再敢阻礙革命行動，我們連你一起鬥！」

「鬥吧鬥吧！」金阿姨回過身來，向著黑高個，也向著其他人憤怒地說：「除非你們先把我鬥死，否則休想再碰我男人一根指頭！」

黑高個又愣住了，周圍人雖然仍在卻嘻哩哈啦地訕笑著，卻也沒人敢上前幫黑高個出頭。

我正感到痛快呢，忽然又發生一個意外的變化，只見錢小金也從人叢中擠到了前面來，我以為他也是來幫他父母的，哪知他也不哼也不哈，上去就緊緊抓住他母親的胳膊，一個勁地往人圈外拖。

「你幹嘛，你幹嘛？小金你幹嘛？你沒看見他們在欺負你爸爸嗎？放開我，趕快放開我！」

可是任憑她怎麼掙扎怎麼叫罵，錢小金就是不鬆手，而畢竟是自己疼愛慣也「臣服」慣了的寶寶耔、肉肉耔吧，金阿姨嘴上嚷嚷著，腳下卻毫無定力被個子並不比她高多少的兒子拖扯著，徑直往學院外去了。

圈子裡，又有人在喊口號批鬥錢根寶了。我則無心再看這熱鬧，木木地向食堂內走去。同時，腦子裡卻詫異地迸出一顆火星來。這才意識到，剛才看見的錢小金，胳膊上並沒有套那個自打套上就沒見他摘下過的紅袖章。是他今天沒戴，還是剛才上場之前先把袖章摘了？

這袖章，他趾高氣揚地戴上也沒個把月呢！

錢小金後來向我們解釋過，他把母親拉回家去，是出於保護她的目的。他年紀雖然還小，文革中的種種現象見得卻不少了，無論在他學校還是學院裡，造反派想批鬥誰就批鬥誰，還沒見過誰敢反抗的；就是有敢反抗者，也沒聽說有誰能因此倖免或得到造反派赦免的；而他又很清楚母親的口才和能耐有多大，為了避免她以卵擊石、自投羅網，才把她硬拖了回去。我對他的想法表示理解。鍾健也說他是明智的。

那麼袖章呢，幹嘛摘了？戴著不是還說不定對他們有點幫助嗎？

錢小金的回答是：「沒有用的。那些人還會怕我嘛？弄不好反而提醒了他們，到學校要他們開除我的紅衛兵……」

我和鍾健又覺得他的顧慮也不無道理。

可是他後來的做法，乃至鍾健的態度，就讓我大出意外，也大為驚惶了。

當天晚上，天都黑透了，錢小金父親才一瘸一拐地回了家。他母親一見他鼻青面腫的樣子就大呼小叫起來。她趕緊扶他上床躺下，並端來盆熱水為他洗拭，換衣服並慌裡慌張地開抽屜找藥給他搽。可想而知，錢根寶傷得有多慘，身上累累傷痛就不說了，光鼻子周圍和眼睛附近，就腫脹得烏青一片，水汪汪的，眼睛幾乎完全睜不開。嘴皮也潰破、紅腫，像一朵醜陋的花。錢根寶因此除了哎喲哎喲地呻吟，一句話也不想說，勉強喝了幾口金阿姨餵的米湯後，就哼哼唧唧地躺下了。

錢小金一直沒出聲，也沒幫著母親做點什麼，但卻始終站在父親身邊，怔怔地看著他，再怔怔地看一會牆角，似乎是想幫什麼忙，又插不上手，想說些什麼安慰話，又不知說什麼好。母親則一面忙亂著，一面幾乎一直在憤憤地嘮叨著，發洩著心頭的焦慮和怒氣。錢小金也充耳不聞，像沒聽到似的。

他太失望了。不，應該是絕望吧。剛剛因文革到來而看到的美好前景，剛剛為戴上紅袖章可以出人頭地、揚眉吐氣的憧憬，肯定已像個花花綠綠的紙風箏，在歡欣鼓舞地飛升的過程上，突遇邪風，一頭栽了下來。此前他恐怕再也沒想到，自己竟也在突然之間從自以為的革命動力變而成了革命的對象。巨大的心理落差來得又這麼無情、這麼突兀，他的沮喪和絕望也就可想而知了。

我那時也幼稚，並不明白許多事情，尤其是複雜如黑洞般的人心。所以，起先我有的只是震驚和困惑。好久以後，才慢慢領悟到一些東西。以我後來的揣測，也許正是錢小金實在無法承受自己的失落和巨大的心理壓力，他才會從母親身上尋求發洩，並與她爆發莫名的衝突，從而導致後來的一系列可悲又可怕的結果？當然，也有一種可能是，當時的錢小金真的已在思想上超越了父母。他對這場史無前例的大革命的到來，一點不像他的父母那麼困惑、恐慌甚至有一點兒牴觸，他是由衷地歡迎並熱烈的投身於其中；他覺得世界就應該這樣，他相信凡是毛主席共產黨領導的革命或運動就一定是正確的。所以他必然要全心全意地參與進去，哪怕自己或家人為之付出乃至受累，都是正常的，應該接受而不是抵制或反抗的……

而他的母親金阿姨，顯然沒有發現也不能理解兒子的心理。她對這種突如其來的災變非但缺乏心理準備，更缺乏理解和承受的心態，她內心深處感到的深切的惶恐與焦慮，也是錢小金所無法理解和接受的。而她減壓的方式或本能，就是在一個她自以為是安全的環境裡，向著自以為親愛的人嘮叨或者是自言自語。而在這種兒子的沉默與丈夫的呻吟構成的令人壓抑的異常氛圍下，她的嘮叨又顯得既無濟於事又因分外突兀而令人心煩：

「嘖嘖，嘖嘖，這些人還是人嗎？怎麼下手都這麼狠啊？平常裡不都是抬頭不見低頭見的同事嗎？一兩天前不是還笑咪咪的嗎？有人還是我們的鄰居呢，怎麼突然之間就翻了臉呢？翻臉就翻臉吧，你鬥別人去好了，幹嘛來挑我們的刺呵？你們自己比我們好到哪去了？看你們打人罵人就知道你們是什麼壞東西！還自稱是什麼造反派、什麼紅衛兵，誰批准你們的？誰誰給你們這個權力的？喔，你戴個紅套套就是革命派了？就可以隨隨便便地想鬥誰就鬥誰了？都這樣下去，這個社會還像個社會嗎？老百姓們還活不活了呢？……

現在倒好，市長，說打倒就打倒了，書記，說打倒就打倒了。院長也是，處長也是，主任也是，教授也是。你們打倒他們也算了，到底他們以前都是吃香的、喝辣的，高高在上也都享夠福了。我們算什麼？從來都是點頭哈腰的小老百姓，小螃蟹、小蝦米，小毛小魚，我們怎麼也成了壞人啦？再這麼下去，世界上還有幾個好人哪？……

真是無法無天，太無法無天，太亂了，太不像話了！還天天喊著是毛主席親自發動的文化大革命——我就不相信這亂七八糟的一切真的都是毛主席他老人家允許的！他住在那麼遠的北京城裡，我們住在這麼小的吳東城裡，他肯定是看不見這裡的一切的。他肯定是以為這些自封的狗屁造反派啦、紅衛兵啦都在按他的指示鬧革命，在批鬥那些真正的壞人；誰知道，吳東市實際上是在瞎搞八搞、亂批亂鬥，是這麼一副不分青紅皂白的、無法無天的樣子呀……」

「好啦好啦！你瞎說起來就沒有個完啦？」默然無語的錢小金冷不防地蹦到他母親面前，惡狠狠地指著她說道：「你怎麼知道毛主席不知道吳東的真實情況？」

金阿姨兀地哆嗦了一下，但她顯然還沒有從她的激憤中清醒過來，順口就頂了寶貝兒子一句：「他要是知道，就是他的不是了，怎麼能夠讓壞人們這麼無法無天呢？再這麼下去，這國家還像個國家嗎？共產黨好不容易打下來的江山，只怕也要垮掉了！」

「啊喲！」錢小金情不自禁地揚起一條細瘦的胳膊威脅他媽：「你越說越反動了！還不趕快閉上你的臭嘴巴！」

「我反動？我怎麼會反動呵？我根本不敢反動的。我只不過是想說……」

「還說沒反動？你污蔑吳東市的革命形勢，污蔑革命造反派，還把矛頭指向我們最最英明最最偉大的革命領袖毛主席，說他什麼都不知道，又說他有什麼不是。呸！林副統帥都說了，毛主席的指示是我們的指路明燈，一句能頂一萬句，他怎麼可能有什麼不是呢？」

「哎喲，照你這麼說……」金阿姨猛然覺得害怕了。她大睜著雙眼，嘴唇哆嗦著，不敢相信地盯著眼前這個始終讓他捉摸不透的兒子看了好一會，臉上由青轉紅，又由紅轉白，因為她暗暗感到兒子的神情中透出的果真是一股子凜冽的殺氣。她頓時變得口齒不清，呼吸沉重了。她囁嚅著辯白道：「小猢猻你……我是你老娘哎，你不要這麼凶好不好？嚇煞我了……我的意思真的不是在怪罪毛主席，我的意思是……」不信你問問你老子，他都聽到了，讓他說說我是不是反動了。」

可是，她百般憐憫和奮力保護過的丈夫，卻依然沉浸在自己的痛苦中，或者，根本就沒有聽清他們母子在爭議著什麼，因此他無心參與她和兒子的爭議，他只是更響亮地喊了聲痛呵，身子往床裡一翻，厭煩地說了句：「你們別吵了好不好？我什麼也不想聽，什麼也沒聽見！你們讓我睡一會吧。」

可是錢小金卻不知出於什麼心理，依舊不想放過他母親。也許他是真心憤怒，真心以為自己是在捍衛毛主席的革命路線，也許他也是在為自己的失落尋求某種補償吧，他臉紅脖子粗、寸步不讓地用食指點著母親的臉說：「反正你承認也好，不承認也好，我是聽得清清楚楚的，你確確實實反動了！確確實實污蔑了毛主席，你要是不馬上向毛主席請罪，我……老實告訴你，我也是紅衛兵！我要永遠緊跟毛主席的革命路線！我不能就這麼放過你，我也要像我們學校有個紅衛兵領導那樣，對你開展家庭批鬥會！」

「要好嘞！越弄越像個真的了。」錢小金的母親又氣又怕地哇哇哭開了：「我從小一把屎一把尿把你養大，我一直把你當親娘老子供了十幾年，你倒要把我當作反革命？你批呀！你鬥呀！我倒要看看你到底想要把我怎麼樣？」

「打倒污蔑毛主席的反動分子金玉娥！」

錢小金的這一聲口號喊得又尖又利，頓時把他母親給喊呆了，也把他父親給喊怕了。他忘了自己的傷痛，一骨碌從床上爬起來，正站在床邊的錢小金剛打算喊第二句口號，錢根寶從後面一把抱住他，雙手捂緊了他的嘴巴：「小祖宗！小祖宗！求求你不要喊！你這麼喊，給旁人聽到了可不得了啦……」

錢小金雙肘往後一拱，他老子哎喲一聲又倒了下去。

「怕了吧，怕了吧？你們怕了吧？」他身子轉來轉去，像條蛇一樣扭動起來，一會兒指指父親，一會兒指著母親，毫不妥協地說：「我現在澈底相信，革命造反派批鬥你是正確的！你金玉娥反對革命小將，反對毛主席也是必然的，是由於你的反動本性決定的！」

「要命嘞！你這不是……越說越……越說越……」金阿姨越發恐懼了。她撲上去也想捂住兒子的嘴，卻被兒子使勁推開了。她絕望地喘息著，不認識地看著兒子，聽著兒子又一頓連珠炮般的「批判」，她完全絕望了，眼睛惶急地轉了好一會後，忽然想到一個自以為正確的解脫的辦法，她一把抱住心愛的兒子的胳膊，幾乎是哀求地打斷了兒子的咆哮，哆嗦著說：「這樣吧，這樣吧，你是紅衛兵，我就向你承認我的錯誤吧。我向你保證我以後再也不敢犯這樣的錯誤了，我還可以向毛主席保證，要是我再敢……再敢污蔑他，我就，我就——我這就向毛主席認罪，向毛主席檢討，這樣總可以了吧？」

不等兒子表態，她就急切地作出了她認為是最為必要和合理的舉動，她顫巍巍地轉向身後的五斗櫥，那上面靠牆處，放著一尊那個時候幾乎家家必「請」的毛主席的石膏立像；她想像當時流行的作法一樣，也來向著那石膏像鞠幾個躬，說幾句自我批判的話，以示自己的懺悔和認罪。可是她不知是出於什麼考慮，也許是個頭矮小了些，而由於平房的磚塊地上十分容易潮濕，五斗櫥下面便用幾塊磚頭墊高了，看上去毛主席石膏像也就比較高，比較深；所以她不假思索地順手將五斗櫥邊角的一個小木凳拖過來，雙腳站上去，並伸出雙手去端那櫥裡邊的石膏像，想把他移出來一點——可是，因為心煩意亂，因為頭腦發暈，或者，因為腳下沒站穩，反正，她剛剛捧起「敬愛的紅太陽」時，身子忽地往一邊一歪，腳下那狹小的小木凳則往另一邊一歪，失去平衡的她一下子栽倒下去……

雖然，金玉蛾事後發現，自己這麼一栽並沒有摔傷自己，卻產生了一個她寧肯把自己摔傷、摔殘也不願看到的可怕後果——「我們世界人民心中最最偉大的領袖、偉大的導師、偉大的統帥、偉大的舵手毛主席」的石膏像，竟被她帶落在地上，一下子「粉身碎骨」了！

「啊呀！」隨著一聲聽上去有些發悶的碎裂聲，屋裡的三個人——歪倒在地的金阿姨、本能地張開雙手想去搶救的錢小金，和從床上一蹦而起的錢根寶，異口同聲地發出了一聲充滿驚恐的慘叫。

接著是一個短暫的沉默。

彷彿塵埃落定，似乎汽車急煞，又好像五雷轟頂，小小的昏暗的屋子裡完全陷入了死一般的沉寂。三個人，三張扭曲而恐怖的臉死屍一般慘白，互相之間短促地對視了一眼，又碰上強光一般迅即閃躲開去。

「啊呀啊呀，啊呀我的親娘老子呀……饒了我吧，毛主席你饒了我吧，我真的不是故意的，真的不是故意的啊！」

金阿姨首先打破了沉默。錢根寶也彷彿如夢方醒：

「這下好了，這下好了，這下看你……這下看你怎麼辦吧！」錢根寶像是被誰扼住了喉嚨，嘟噥聲中伴著喘不過氣來似的呼嚕音。

只有錢小金沒再出聲。他一屁股跌坐在地，身子靠著牆，嚴峻地盯注著他的親娘，一隻手哆嗦著，久久地指著他母親，一個勁地點動著。似乎是要說什麼，卻就是不吐一個字。

這本來是個相當晴朗的月夜。天空一點也不灰暗，反而像白天一樣清澈。只是風停了，烏沉沉的雜樹林裡一個葉片也不搖晃，一點聲息也聽不見。而一牆之隔的市河水，波動的水紋映著亮晃晃的月光，發出一絲絲呻吟般的歎息。而從坐在地上的錢小金的視野看出去，一輪幾乎圓滿的新月，剛好爬到小窗的右角上，那麼皎潔，那麼澄明。澄明得完全看得清月宮旁邊的桂花樹。

這個夜真是靜極了。後來不僅連最後一絲風聲都消失了，也沒有任何人的腳步或鳥的呢喃。這反而令那從院牆下的城河中斷續發出的青蛙的呱呱聲，聽起來分外地清亮，而且富有詩意。

第九章

一直折騰到後半夜，這一家子才算是安靜下來。三個人都躺上了床，也關了燈。只是，很久很久以後，還是聽不到一點兒話音。相反，間或卻有一陣抽泣般的、深長而沉悶的歎息聲，打破屋內的死寂。

錢小金很熟悉父母的喘息聲，那粗重一點的是他父親。尾音裡尖尖的、帶著點兒童音的，則是他的母親。而天快亮時，那斷續的喘息聲剛剛被相對平穩的呼吸聲取代不多久，卻突然爆發出一陣尖利的慘叫，「抓小偷！抓小偷！快來抓小偷呀……」

剛剛迷糊了一小會的錢小金倏地從床上挺起身子，心臟又緊緊地收縮起來。還好，隔間很快就傳來父親驚恐而憤怒的反響：「好了好了！你給我醒醒吧，哪裡來的小偷啊！嚇死人了！」

錢小金知道是母親做了個惡夢。不由得扭過身子向隔壁看了看，豎起耳朵聽了半晌。還好，父親干預以後，母親很快就止住了驚叫。屋內又恢復了安靜。

只是，錢小金再也睡不著了。他本來就半夢半醒地迷糊著。儘管此時的屋外異常寧靜而平和。樹梢頭上漏下的月光，還是像溫柔的薄紗一般覆蓋著小床的一角；院牆外河中的蛙聲還是均勻而抒情地吟誦成一片。他又反覆試著數過好幾遍數字，卻總是數不過二十就斷了，心裡實在是太亂了。

怎麼能不亂呢？今天從中午開始，一切都太出乎意外了！一切都好像陡然繃斷了的繩索，完全亂了套。一直以自己父親不像許誠和別家的父母一樣被批鬥而沾沾自喜的錢小金，突然發現他引以為傲的父親居然也莫明其妙地被批鬥了！這一事實本來就夠讓人沮喪的了，母親竟然又發生了分外慘重的反動事件！而和摔壞毛主席石膏像這一嚴重罪行相比，父親的厄運和母親先前的落後、牴觸和懷疑等等，根本都算不上什麼了——這可是天大的反動呵！要知道那寶像可是毛主席呀，毛主席可是全黨、全軍、全國人民，不，全世界人民最最敬愛的偉大領袖、偉大導師、偉大統帥、偉大舵手呵！我們每個人都應該像愛護自己眼睛一樣愛護毛主席他老人家的偉大形象，像保衛自己生命一樣保衛毛主席的安全哪！可是現在……

錢小金強抑著自己不再回憶那個剎那，更不敢想到毛主席寶像碎成一片片的那副慘狀。可是越不讓自己想，那個場景和畫面卻偏偏和他作對似地，一遍遍在眼前閃現，那麼頻繁，那麼清晰，那麼地觸目驚心、令人戰抖！尤其是閉上眼睛想睡上一會的時候，那偉岸地佇立著，揮動著巨手的毛主席石膏寶像，彷彿又復活過來，嚴峻地逼視著他——只是那隻高舉向前的神聖的大手，現在是直直地指向著錢小金！

錢小金嚇得趕緊又睜開眼睛，並且翻轉身子，不再向五斗櫥方向看上一眼。

可是，這又有什麼用呢？事件的全過程，尤其是後來母親嚇得像個孩子一樣，捧著毛主席像碎片哇哇慟哭，父親想幫她卻又束手無策，以致色厲內荏地狂訓母親的窘狀，還是像電影場景一樣反覆閃現出來。雖然，當時母親也拚命向錢小金告饒，反覆聲稱她不是故意的，她只是心裡有點急，踩在了小凳的邊角上。她還淒聲強調，她是自己的身子先著地的，直到這時她才本能地鬆開了手……她趴在地上向毛主席像的碎片一口氣磕了好幾個頭，錢小金清楚地看見母親的額頭上立馬紅腫起來，還滲出絲絲血跡——母親看來是真心害怕和痛悔的，她拚命喊著毛主席我該死，毛主席我罪該萬死，毛主席你大人不計小人過，毛主席你饒了我吧……

實在說，錢小金也相信母親不是故意要摔壞毛主席像的，她後來上床去的時候，一條腿還是靠先前痛得哇哇叫的父親幫忙搬上去的，她也傷得不輕。而且，她這麼一個又矮又小的老女人，有什麼膽量敢把怨氣出在毛主席身上？可是……可是這個女人太不爭氣了！他們批鬥父親，又沒批鬥你，你去枉費心思搗什麼亂呀？我批判你又不是要當你反革命，你瞎急一氣幹什麼事呀？你要檢討就檢討好了，那毛主席像好好的站在五斗櫥上，你又去搬動他幹什麼？

唉……我的親娘老子呵，現在可好了，無論你怎麼說，怎麼想，怎麼找理由，都已掩蓋不了你犯下了天下第一號大罪過的事實了！

哦，你們倒想得聰明，自以為把碎片往河裡一倒就算了事了（想到這個，錢小金的心口就會猛烈地抽搐一下。父親一瘸一拐地先出門望風，母親用一件破汗衫把毛主席像的碎片裹住，鬼鬼祟祟地拋進圍牆下的城河去的鏡頭，又突兀在眼前，讓他益發心驚肉跳）可是這樣子做，你們的心就能安逸得了了嗎？更要命的是，你們這不是在讓我為難嗎？我是你們的兒子沒錯，可是我現在更是一個毛澤東思想紅衛兵，一個向著毛主席畫像宣過誓，一定要誓死捍衛毛主席，誓死捍衛黨中央的革命造反派的戰士呀！我要是在這麼嚴重的大是大非，不，就是反革命事件面前也睜一隻眼、閉一隻眼，我還算什麼紅衛兵？我以後還怎麼面對毛主席的光輝形象？

可是，總不見得我應該去撿舉揭發吧？金玉蛾她再怎麼反動，再怎麼不對，到底還是我的娘老子呔，況且她對我從來都是那麼好，她平時工作上也是很認真負責的，去年還評上過先進生產者呢。她的最大缺點就是說話做事不動腦子，平日裡又不讀書、不看報，不知道緊跟黨和毛主席的革命路線，思想政治覺悟太差了……

可是……人到底有沒有靈魂呵？要是毛主席寶像也有靈魂，那麼他不就能夠知道我們家發生的這一切了嗎？

不會的，不會的，一個新時代的紅衛兵，怎麼也信起迷信來？

可是就算沒有迷信，就算毛主席他老人家不知道，我就應該容忍這種極其嚴重的污辱他、損壞他的反革命罪行發生嗎？

這就是我在從鍾健家裡出來時，意外碰上錢小金的原因。

我後來知道，他正是因為幾乎焦慮了一夜也拿不定主意自己該怎麼辦，才懷著一肚皮心事來找鍾健的。他想聽聽這個玉成他紅衛兵之夢的、近來又特別令他崇拜的堅定而精明的革命造反派戰友，會給他出個什麼主意。

他尤其想聽聽鍾健的判斷，母親出的這件事，到底算個什麼性質的問題，會不會因此也該被紅衛兵批判、關押起來？要是自己寫一張批判母親的大字報，貼到學院食堂去，再讓母親貼出一張深刻的檢討認罪書，是不是可以幫助母親悔過自新，得到毛主席和革命群眾的諒解？

他萬萬沒有想到，鍾健對這件事的看法竟然比他要嚴重得多。

「不得了，不得了，這怎麼得了呵？」起先還漫不經心地顧自整理和把玩著他那一大堆金光閃閃的毛主席像章的鍾健，對錢小金描述的他和母親的衝突，他母親的落後思想之類，分明不感興趣。直到聽到「啪嗒一聲」，他才倏地一震，觸了電一般迅即轉過身來，直愣愣地瞪著錢小金，驚叫了一聲：「碎啦？」

「碎……就是碎了呀。」

「不得了，不得了，這怎麼得了？」鍾健逼近一步，下意識地抓緊了錢小金的右肩，一邊說一邊搡著他：「你媽的思想落後一點也算啦，誰叫她是個沒什麼文化的落後婦女呢？可是這件事情上，她的膽子也太大了吧，竟然敢……竟然敢把毛主席石膏像都摔碎掉啦？」

「是……不是摔的，是……碎了……」

「乖乖！這可是不得了的反革命罪行啊！」

錢小金感到肩膀很疼，一邊往後掙扎，一邊又感到心頭又劇烈顫抖起來。他沒想到鍾健會是這麼樣的反應，他本來以為，鍾健會理解他，安慰他，並給他出個什麼好主意。可是……再定睛細察，鍾健的表情也一點不像是開玩笑或者故意裝出來嚇唬自己的。他的臉色都發白了，眼珠子瞪得像是要從眼眶裡面蹦出來——他剎那間意識到自己可能做了件糊塗事情，不由得便有幾分後悔。可是，話已出口，他想收也收不回來了。他費力地斟酌著言詞說：「罪行呢，是個罪行，是個大罪行！而且，毛主席寶像呢，也是碎了，的確是碎了。不過呢……我媽她這個人吧，雖然思想落後一點，也是沒有文化，可是她對毛主席和共產黨也是擁護的。她也不敢反革命，更不敢存心打碎毛主席寶像的。她這個人哪，殺了她也沒有這個膽量的！所以啊，毛主席寶像也真不是她有意要打碎的，我也是親眼看到的。她是一腳沒踩好，那只墊腳的小凳子呢，又太小了，她的確是滑倒的。真的，手那麼一帶……她也……她一直很後悔，很害怕，昨天夜裡她哭了好長時間啊，哭得我腦子都要爆炸了。她還……她昨天一夜都在做著各種各樣的惡夢，還說夢話，在夢裡向毛主席請罪……我都給她嚇得好長時間睡不著覺。我爸爸也……」

鍾健不耐煩地打斷了他的話頭：「那麼她，當時她有沒有馬上向毛主席請罪呢？」

「請了請了，她不請罪怎麼行？她不請罪我也饒不了她呀。她不光請罪了，還趴在地上磕了好幾個響頭呢。等到把寶像的碎片扔到河裡以後，她還對我爸說，她覺得這樣做也還是不好，河水裡多麼冷，河底下多麼髒呀……她哭哭啼啼說這樣做不但更對不起毛主席他老人家了，還……她說她應該老老實實向組織去自首，爭取坦白從寬，抗拒從嚴……」

「乖乖！」鍾健又一次抓住了錢小金的胳膊：「你媽她……你媽她真是狗膽包天啊，竟敢把毛主席寶像扔到河裡去？」

「不是寶像不是寶像，是……碎片。那是因為……她和我爸都覺得，扔到垃圾箱裡是對毛主席的不尊敬，埋在地裡頭呢，也覺得……不是死人才埋在地裡嗎？所以呢，所以他們就，就……」

「混帳哦！你們把毛主席寶像扔在冷冰冰還永遠見不到太陽的河底下，就好了嗎？」

錢小金一下子抱緊了膀子，呆呆地望著鍾健變得有些猩紅的眼睛，半晌回不上話來。好一會後，他才努力地點了點頭，話音打個哆嗦問鍾健：「所以她後來還是後悔了……那你說要怎麼辦好呢？總不能放在家裡吧？」

鍾健沉默了。但是很顯然，他並沒有停止思考。他嗞嗞地抽著冷氣，有時還響亮地嚙幾下牙花子，眼睛則骨碌骨碌地亂轉著，一會望望窗戶外面，一會看看天花板上，一會又久久地盯著地上不抬頭。這狀況讓錢小金更加感到寒毛凜凜，越來越感到後悔。他很想對鍾健說一句算了，我們就當沒發生過什麼事情吧。可不知怎麼又好久開不了這個口。正當他打算什麼也不說，就此回家時，剛一轉過身去，一條胳膊又被鍾健死死抓緊了。他直直地瞪著錢小金，眼中冒出一種令他倍覺陌生又倍覺恐懼的寒光，好一會，大聲道：「不行，你不能就這麼走。」

「好好，我不走，我不走。那麼你……哦喲輕點，你抓得我這麼痛幹嘛呀……」

「我告訴你，我代表市四中紅衛兵指揮部嚴肅告訴你：在你們家裡發生的，可是一個天大地大的事情！你雖然是金玉蛾的兒子，但卻不是一般的兒子，因為你首先是一個革命造反派，一個毛主席的紅衛兵，對於惡毒破壞毛主席的事情，我們怎麼能夠聽之任之，放任不管呢？」

「我沒有聽之任之，我也沒有放任不管！我來就是要跟你商量，請你幫我出個主意……可是，這個事情會不會對我媽造成……」

「這個你放心，不會有什麼太大不了的問題的。他們頂多會批評她，教育她，要她把毛主席寶像撈出來，要她為打碎毛主席寶像，還把全世界人民都萬分敬愛的紅太陽扔在河裡的罪行深刻檢討……」

「你說的他們是誰呀？」

「紅衛兵呀，學校紅衛兵指揮部呀！碰上這麼重大的反革命事件，怎麼能不向組織彙報？」

「可是他們……」

「錢小金啊，在這樣嚴肅的大是大非面前，我們可一定要站對立場啊！我們都是紅衛兵，我們必須拋棄一切私心雜念，全心全意地、誓死捍衛毛主席的革命路線，對毛主席忠心耿耿、老老實實！所以，這種事情，我們要麼不知道，知道了不報，就是立場問題！所以我們不能心慈手軟，更不能婆婆媽媽，必須立即向上級檢舉，不，是彙報，彙報這件反革命……案件。」

說話間，鍾健不由分說地攥著錢小金細瘦的胳膊，像捏著個小狗爪子樣出了門，快步向學校走去。而錢小金儘管還有些猶豫，甚至好幾次試圖掙脫鍾健的手溜之大吉，但終於還是無可奈何、抖抖霍霍地被他牢牢地牽扯著，越來越不情願地來到了學校裡。

事情至此便再也無可挽回了。而這個秋天，也完全出乎這兩個滿腔熱忱卻仍屬單純和無知的年輕「革命者」的預料，成了一個淒風苦雨，不，是腥風血雨的悲秋。

我不知道事後的錢小金會作何感想，但我可以肯定，這個結局絕對不是錢小金的初衷。但也是他這種人這種性格的必然結果。實際上，在那個怪異而至荒誕的時空環境之下，不止是錢小金，也不管我們許多人當時或後來願不願意承認，在大家心中被誘導被激動而迸發出狂熱的革命熱情的同時，心底最深層處，被崇高、無私、利他主義包裹著的實際上不僅是愚昧、狹隘、怯懦，也有極度的自私。比如長期徘徊在學校、鄰居和文革主流之外的錢小金，不僅深深地懼怕被孤立、被邊沿化，被革命洪流拋棄的境遇，還分外地渴求出人頭地，趁勢而起。這也是他一旦得以被主流的紅衛兵接納後，表現得異常「革命」的內因之一。有一天學校紅衛兵去抄一個資本家出身的老師的家時，挖地三尺找出了金條，同時還打斷了那個老師的資本家父親的兩條腿；作惡者中就有用雙手掄著一根粗壯的白臘棍狠狠地擊打「資本家」的錢小金！而我知道這事，還是聽錢小金自己吹噓的。他毫不掩飾自己的真實心理。他說自己那天特別開心，因為過去只有羨慕、嚮往別的紅衛兵、造反派有這種亂砍亂打、威風凜凜的權利。現在，不僅自己也成了其中的一分子，而且都已經厭倦了批鬥「走資派」校長、「右派」老師們時那種一邊倒的勝利，覺得那已經不夠刺激了。「我希望遭到什麼抵抗，哪怕敵人反駁我一句，瞪自己一眼，反而能激發起我對敵人的更大仇恨。」

錢小金為什麼竟會希望自己有「更大的仇恨」呢？

我想不明白。但隱隱感覺到，他可能是希望這樣可以使自己有一個更加顯示自己革命立場堅定的機會。畢竟，當時多數人夢寐以求的都不僅是不被革命潮流淹沒，更是興風作浪、確認自己的革命身分。而當其時，革命身分與一個人的榮譽、地位、物質乃是密切相關的。

最先發覺苗頭不對的，是錢根寶。他被學院後勤的造反派打倒後，每天除了根據造反派需要挨批鬥或拔草、罰站等，還要打掃學生食堂的廁所。這天下午他剛剛打掃完女廁所，把長長的沖水皮管從女廁所拖出來，準備去沖男廁所的糞槽；無意中一抬頭，竟發現遠遠地有一夥年輕學生，大約有頭二十個人，個個都身著黃軍裝，戴著醒目的紅衛兵袖章，許多人手裡還揮舞著一根白花花、圓滾滾的、我們管它叫白臘棍的木棍子（誰身上挨它一下，估計半條命就沒了），風煙滾滾地衝著學生食堂而來。錢根寶只看了一眼，就認定這是別的什麼系的紅衛兵來揪他去批鬥的。眼前頓覺一片昏暗，兩條腿都嚇軟了。他身上瘡痕累累還沒好呢，再到哪去挨頓折磨，只怕老命也不保了。他急得扔下皮管，返身就躲進了女廁所裡，覺得這裡要比男廁所安全一些。

可是他很快就釋然了。當然，同時也更惶惑了。因為他分明聽見衝進來的紅衛兵們在雜亂地呼喊著的，不是他的名字，而是……居然是自己老婆金玉娥的名字！

「金玉娥在哪裡？快把金玉娥交出來！金玉娥，快滾出來！」

錢根寶大或不解，這些人到底是哪來的？他們是不是搞錯什麼了？這金玉娥不是自己老婆的名字嗎？可是自己的老婆既不是當權派，又不是教書的，一個小小的賣飯票的人，怎麼會惹來這麼一幫紅衛兵？而且——不得了了！他們真的是來抓金玉娥的，還當著食堂那麼多員工的面大聲喊起口號來，而他們喊的竟然是：「打倒惡毒攻擊偉大領袖毛主席的現行反革命分子金玉娥！」

錢根寶本想出去解釋一下，問問這夥人是不是搞錯人了，可是一聽到他們這麼喊，心裡轟地一下，霎時雷電交加，更不敢暴露自己了。因為他已恍然大悟——他們不會是為了老婆把毛主席石膏像碰碎的事情來的吧？可是，這個半夜裡發生在自己家裡的事情，他們怎麼可能知道呢？

他小心翼翼貼著牆角，探出頭去一看，恰好看見一張燒成灰也認得出來的面孔：鍾健。鍾健也穿著件軍裝，戴著軍帽和顯眼的紅袖章，正在和領頭的紅衛兵比比劃劃說著什麼。錢根寶頓時順著牆跟癱軟在地上：弄不好，我家夜裡的事情，都被這小子偷看到了……

很快，一夥人在食堂員工的指認下，把渾身發抖，講不清一句完整話的金玉娥，從食堂的小財務室裡揪了出來。不明就裡的她拚命掙扎著，一條襯衫的袖管也被人撕脫了。她起先還憤怒地抗議著，說自己從來都萬分忠於全世界人民心中最紅最紅的紅太陽毛主席的，紅衛兵說她惡毒攻擊毛主席，要不是搞錯了對象，就是在迫害無辜群眾。可是當紅衛兵齊齊圍著她，明確要她交代打碎毛澤東寶像的「現反」行為，並狂呼「金玉娥不老實交代，就叫她滅亡」口號時，她儘管還急赤白拉地聲辯自己不是故意的，自己如何熱愛偉大領袖，可是那聲音已經蒼白無力，而且顫抖得不成句了。

轉眼之間，她就被紅衛兵們以「噴氣式」押著，不知去向何處了。只剩下一夥臉色蒼白、暗自慶幸著自己沒事的食堂員工圍在一起，緊張地竊竊私議。

嘈雜聲完全平靜下來以後，錢根寶仍然不敢也沒有力氣站起來，走出廁所去。他像一灘稀泥樣癱在地上，無精打采的雙眼直直地盯著對面的牆壁，一口一口接連不斷地把因緊得喉頭痙攣而冒出的大量粘液吐向對面。呆滯了好一會，他又彷彿突然醒悟過來似的，雙手捂臉，嗚嗚地乾嚎開來。

其實，到這時他還沒到最該悲痛的時候。他還不知道老婆後來的慘痛下場，也壓根兒想不到竟是自己的寶貝兒子出賣了他的親娘老子，更不知道從此以後他將再也見不到這個寶貝兒子錢小金了——自從他被鍾健拉扯著到了學校紅衛兵司令部，看見紅衛兵司令和所有在場的成員那驚愕、憤怒的表情後，錢小金猛然醒悟過來，確切地意識到自己闖下了一個多麼巨大的災禍。

但到了這個地步，他已後悔莫及，雖然他也徒勞地為母親辯解了幾句，可是當人們根本不理睬他，齊聲喧鬧著要去揪鬥他母親時，他又絕望而不得不順從地充當了紅衛兵們的帶路人。直到眾人拐進吳東學院，大喊大叫著殺向食堂時，他陡然一個轉身，向著院外拔腿狂奔。像隻驚恐萬狀的兔子一樣，很快就消失得無影無蹤。當然，並不是紅衛兵們抓不到他，而是鍾健勸止了他們。他說：「隨他去吧，反正我知道他媽在哪裡。」

就從那一刻起，直至今後的漫長歲月，無論是鍾健還是別的紅衛兵，乃至我們院裡的小夥伴們，還有他的父親錢根寶，都再也沒有人見到過錢小金的蹤影。

他的母親金玉娥被紅衛兵們揪出來後，立刻押回了她的家中。在口號聲聲和拳腳交加之下，她絕望地指認了自家屋後城河中那拋棄毛主席寶像的具體地點。立即有好幾個會游泳的紅衛兵戰士奮勇地脫下衣服，只穿著短褲下河摸索。那時的河水還不像後來那麼渾濁，忠誠的紅衛兵小將們又堅決以實際行動捍衛偉大領袖毛主席，因此非常勤奮地反覆潛入河底，很快就摸出了大部分毛主席寶像的碎片——鐵證如山。惡毒攻擊、破壞偉大領袖光輝形象的現行反革命分子金玉娥絕望地癱倒在地，披頭散髮、滿口都是白沫地哼哼著，很快就被革命小將揪立起來，推推搡搡地，直接送到了區裡的公檢法系統毛澤東思想戰鬥隊。

區公檢法毛澤東思想戰鬥隊當然也高度重視這一最最嚴重的現行反革命事件，他們雷厲風行，立即以最快速度審清並錄好口供，將金玉娥案件移送到市公檢法毛澤東思想戰鬥總指揮部定案。對於這種罪大惡極的現行反革命分子，市裡還有什麼話好說？很快便特事特辦，嚴厲打擊，判定了金玉娥的死刑。

一個多月後，金玉娥的名字和另外七名地富反壞右分子、歷史反革命分子和強姦犯、現行反革命分子一起，出現在貼滿全城的大幅鉛印佈告上。八個死刑犯的罪行都分別寫得清清楚楚，個個都罪惡滔天，不殺不足以平民憤，他們的名字上也都被打了個大大的紅叉。

我和院裡的小夥伴們，你傳我，我傳他地，都湧到了院子大門口，爭相觀看那莊嚴的佈告。四鄰八舍的人無不扶老攜幼地湧過來觀看。因為金玉娥是我們院子裡的人，所以市公檢法的宣判海報理所當然地要貼一張在我們院子門口。我不清楚院裡的其他人看著這海報是什麼心情，反正我的心情並不因為院子裡出了個特殊人物而興奮，相反，我只匆匆掃了一眼，確認了金玉娥的名字後，便不想細看其罪行介紹，而是扭頭鑽出了人群，一聲議論也沒發。

那本來就是個陰鬱的白天，視野裡灰濛濛的什麼都看不清楚，只有一些枯葉在小風中打著無奈的漩子。我的眼睛也彷彿突然害了什麼病一樣，看什麼東西，房子、街道、人群等等，都好像是失真一樣模糊不清。而且回到家中好一會，我都覺得自己在不由自主地發抖。費了好大的勁，才把如果這要被槍斃的是我的母親，該怎麼是好這種愚不可及的念頭壓抑了下去。

一家人在一起吃午飯的時候，我很想聽聽父親母親是如何看待這件事的，因為在我看來，金玉娥打碎毛主席寶像，確實是罪大惡極的反動事件，應該狠狠批鬥、遊街、判刑、勞動改造……但是，因此而要讓她挨槍子兒，讓錢小金突然之間失去了自己的親娘，則是此前我做夢也沒法想像到的。而且，我總覺得，錢小金自己恐怕也根本沒有料到這種後果。不然，他為什麼不敢理直氣壯地回家來？……

可奇怪的是，父母親都彷彿不知道有這麼回事似的，一言不發，雙眼盯著自己的飯碗，一板一眼地喝著稀粥，又好像比賽似的，兩人都把個毛豆米炒芹菜嚼得卡卡直響。他們的樣子讓我更加心煩意亂，甚至聞到菜碗裡芹菜的氣息都有點想吐。但我不敢發出任何聲息，吸氣也不敢用力。只是和姐姐面面相覷，誰也不敢開口談論這事。可到了後來，還是我忍不住了，小心翼翼地說了一句：「錢小金他媽媽真的會給槍斃嗎？」

母親像聽到雷聲一樣渾身震了一下，幾乎是叫嚷著打斷了我的話：「瞎說什麼！吃飯就好好吃飯，管什麼閒事！」

父親則先把頭扭向窗外看了一看，轉過身來先放下碗筷，深深地吸了一口長氣後，才壓低聲音，異常認真地注視著我和姐姐說：「聽好了，又一個嚴重的事例放在你們面前；我早就說過，以後你們都要特別特別小心，沒事就多待在家裡，別管這管那，到處亂竄的。否則，現在的階級鬥爭形勢變化很快，一不小心，誰知道你們會惹出什麼麻煩來，特別是……」

他可能是想提金玉娥的事，話到唇邊又變了：「以後我們所有人，都要特別特別注意接受這個教訓，千萬千萬不要損壞了毛主席像章或者畫像，就是用舊報紙包東西什麼的，也一定要先仔細看看，正面反面如果有毛主席像或者照片的話，千萬不能用！我們系就有這麼件案子，半張報紙被誰在廁所裡擦了屁股，後來有人發現上面印著毛主席接見紅衛兵的圖像……這案子市公檢法都來了專案組，到現在還沒破。」

父親臉色蒼白，半邊臉頰有時還會怪異地抽動一下。他一邊說著，一邊拿眼睛銳利地盯視著我和姐姐，看到我們連連點頭，他的神情才稍稍舒緩了一些。可是很快又想起了什麼似地，咕嘟一聲，很響亮地把嘴裡的剩飯吞嚥下去，又深深地吐了一口長氣，把碗一推，什麼話也沒說，就走出了家門。

看著他那明顯比以前傴僂了的背影，我忽然感到他現在變得很厲害，成天拉著個臉，要麼就垂著頭，屁也不放一個。他幾乎要讓我感到陌生了。文革之前的父親其實是一個相當能說會道，也不乏幽默感的人。而關於案件之類，那些年他在家裡也講過多少稀奇古怪的話題啊——父親在一九六二年時，曾經被學院派到吳東市一個區的法院去「調研、鍛鍊」一年。回家來的時候，我經常聽到他沒有顧忌、談笑風生地和來家玩的學院同事，說起一些他在法院聽來的奇葩案例，有些連我這一知半解的孩子聽來，也覺得有些好笑。

父親說過，區法院一位法官告訴他，一九五七年他剛到法院工作時，國家根本沒有《刑法》，一本一九五〇年代起草的《刑法草案》，就是辦案參考。沒有經過任何法律訓練的人，比如有關係、有背景的人，部隊轉業過來的人，照樣都可以做法官、辦大案。但由於缺乏法律依據，定罪量刑的隨意性就很大。體現在罪名上，則為了保證政治正確，幾乎任何罪名前都會加上反革命三個字，比如殺人就是「反革命殺人罪」，強姦，就是「反革命強姦罪」。

有一次，郊區公社出了一起姦屍案。應該定個什麼罪名呢？法官們討論了半天，承辦人突發奇想，擬定了罪名：反革命不講衛生罪！起先還有人叫好，後來再想想未免滑稽，最終才決定，乾脆就叫「反革命姦屍罪」。

還有一個案例更可笑，是發生在別的市裡的真實案例。父親說也是區裡法官告訴他聽的。說是有位年輕工人，晚上做夢時夢到和車間一名漂亮女工發生了關係，早上醒來很興奮，到處向廠裡人吹嘘，還繪聲繪色編造了很多細節，弄得像個真事似的。消息很快傳到女工那裡，那姑娘是個烈性子，羞憤難當，居然上吊自殺了。

出了人命，事情就鬧大了。年輕工人很快被保衛科抓了起來，送到公安局，公安局又送到檢查院，檢察院又把這案子送到了法院，要求判刑。可是怎麼定罪又成了問題。有人說該定反革命流氓罪，也有人持反對意見，認為那年輕工人只是做夢，並沒有真正耍流氓，就算說他耍流氓，也是口頭耍流氓。最後，還是那個法院的院長拍了板：反革命夢奸罪，七年！

唉，現在這又是怎麼回事呢？且不管這些案例荒唐不荒唐，有理沒有理，父親早已是判若二人！不知他自己還記得他說過的這些事情嗎？就是記得，他現在也是絕對不會再對任何人說，並且也絕對不會把它們都當作笑話來看了吧？

飯後沒多久，母親也急匆匆地到單位去了。我正在悶悶地想著該做點什麼來緩緩心情的時候，門外嘀鈴嘀鈴響了幾下自行車鈴。我出來一看，是許誠。我們大院裡唯有他家有一輛自行車，抄家的時候是他先騎著它溜了出去，後來一直寄存在同學家裡，否則，保不定也會被紅衛兵搶走。現在他神氣地騎著這輛七成新的「永久」，一隻腿撐著地，向我歪了歪腦袋說：「走，我們看西洋景去。」

我茫然不解：「有什麼西洋景好看的？」

「槍斃人呀！你沒看見佈告嗎？下午在市體育場開公審大會，然後槍斃犯人，裡面就有錢小金他媽呀。」

我大吃一驚：「這麼快啊？可是，他們會在市體育場槍斃人嗎？」

許誠說，「當然不會。但是過去槍斃犯人都在義山公墓後面，我們不是有腳踏車嗎？我帶你先到那裡等等看，說不定就能看到了。」

其實我不想去看那血腥的場景，尤其是金玉娥是我們認識的人，想起來更覺得不是個滋味，而且心裡也直發毛。但是為了不讓許誠笑話我膽小，我還是跳上了他的車後架。

義山公墓離市區並不太遠，許誠騎自行車帶著我，不到半小時就到了。可是我們的願望破滅了。因為入口處平時總是大敞著的兩扇大鐵柵門，今天已經早早地關了起來，門口還圍著十來個身穿員警服裝，臂纏紅袖章的公安紅衛兵，老遠就揮手吆喝著讓我們走開。

許誠說，「不讓進就不讓進吧，我們在這裡等著，槍斃人就在公墓後面的山腳下，公墓又沒有別的門，押送犯人的車子一定要從這個門進去的。我們在這裡肯定能看到車上的犯人的。」

於是，我們倆在離大門口百米開外的樹叢邊的草地上坐了下來。

許誠停好自行車後，向著我詭祕地一笑，從上衣口袋裡摸出個扁扁的白銀色的鐵煙盒，瀟灑地往我面前一攤，學著電影中吸白麵的土匪的腔調，啪地揿開煙盒：「來，打個泡吧」。

我一見裡面真躺著幾枝香煙，高興地摸出一枝「飛馬」香煙，許誠又用帶來的汽油打火機為我點上火，然後自己也點上一枝，兩人有滋有味地吸了開來。

不用說，這香煙又是許誠從他父親那裡偷來的。幾個月前我就知道許誠偷偷吸煙了。他說過他父親許院長「心情很壞」，煙抽得更凶了。家裡馬桶邊和書桌上，經常會有他父親抽了一些的煙捲放著，他因為「心情也很不好」，便想到偷偷地從中抽出一枝兩枝的存起來，沒人的時候或者心情沮喪的時候就到外面抽上一兩枝。後來他還隔三岔五到我家叫上我，說要一起到學院裡去「蹲坑」——我們就走走聊聊地來到離家頗遠的學院的機關廁所，那兒乾淨一些。倆人在那裡抽上一枝煙再回來，便成了我們在那個年代少有的愉悅之一。有些遺憾的是，許誠說，過去他父親抽的都是「前門」、「牡丹」等配給領導幹部的好煙，逢年過節的時候，還會有兩聽「中華」牌高級煙。自從許院長給打倒後，他只好私下裡向鄰居或少數不嫌棄他的老同事、學生要一點煙票了。比如我家，我父母都不吸煙，所以我們的煙票就都給了許院長。但計畫香煙好煙的比例很小，有「飛馬」就算不錯的了。許誠說，他父親煙癮大，現在經常連一毛四一包的「大鐵橋」、「珍珠魚」都抽，甚至抽起來一股子臭臭的怪味的「阿爾巴尼亞」，他也照抽不誤。

不知怎麼回事，許誠突然顯得心事重重。抽煙的時候他一直悶著頭不說話，而且一枝煙抽完後不久，他又把煙盒裡還剩的兩枝煙拿出來，又要我點上。默默地又抽了幾口後，他才開口問我：「你知道我哥哥許真到哪去了嗎？」

我被他這一問，才猛醒過來，的確是有些日子沒有許誠哥哥的音信了。他哥哥許真本來在清華大學快畢業了，文革開始就溜回家來。後來又帶著許誠回北京去參加毛主席接見紅衛兵。那之後，只有許誠一個人回來，我們便再沒見到過許真。而且，也幾乎沒有聽許誠說起過他哥哥的事。那麼，他現在到底是在北京還是哪裡呢？

許誠說：「這個事很機密的。我就告訴你一個人，千萬不要傳出去啊。許真和另外五個同學一起，找藉口要家裡寄去了一些錢，然後從北京寄了封信給家裡，上面只是簡單地寫著『不要為我擔心，我和同學到雲南去幹革命了。有了勝利的消息，一定會向你們彙報！』」

許真到了雲南後，我們才從他又發來的一封信上得知，他們六個學生，除一個得了大腦炎，死在了當地外，其餘人都越過邊境，到緬甸叢林中參加了緬甸共產黨武裝，說是要為解放全人類奮鬥終生！

我目瞪口呆。好一會說不上話來。許誠深深地出了口長氣，又說：「你不覺得他們這樣也蠻不錯的嗎？與其窩窩囊囊地在家裡被社會瞧不起，看不到一星半點前途，還要經常被小人嘲笑欺負，不如到世界革命第一線去轟轟烈烈幹一番大事業。就是因此犧牲生命，也比現在這樣不人不鬼地鬼混有意思得多呀！」

「好是……好像是蠻激動人心的。可是，那樣的話，他的處境也太危險了吧？怪不得你說你爸爸香煙抽得更凶了，你想想你爸媽知道他這樣，心裡會好受嗎？」

「就是因為這個，我才……不瞞你說，我也曾經想過，要到雲南去打聽哥哥的下落，跟他一起上戰場算了。就是夜裡常常聽到父母親唉聲歎氣，悄悄地擔心哥哥的下落。我媽還經常哭得眼泡都腫了，要是我再走了，他們肯定更沒法活了。」

「你想得對，你可千萬不要再幹傻事呵！他們現在成天被批判得焦頭爛額的，已經夠難受的了。」

許誠深深地看了我一眼，又低下頭狠狠地吸了一大口香煙，下意識地吐著一個個小煙圈，然後搖著頭說：「可是你就不覺得，我們自己也夠難受的嗎？老像我們這麼心裡沒有一點陽光地混下去，算個什麼名堂呢？我爸媽總是說，要相信群眾相信黨，可是他們的職務都沒了，名譽也沒了，人格更沒了，連工資都給造反派扣掉一大半了，那他們哪一天才有重新挺胸站立起來的時候？他們翻不了身，我們還不就像解放後的地主富農子女一樣，到現在，不，一輩子也別想翻身了嗎？」

「不一定吧。」我心裡也翻湧著陰鬱的濃霧。但還是儘量安慰許誠說：「不管怎麼說吧，很多事情雖然我們是搞不懂的，但是黨中央毛主席開展文化大革命總歸是正確的。所以我爸媽也經常對我們說，無論在什麼情況下，我們都要相信黨，相信毛主席。等文化大革命取得全面勝利的時候，黨中央和毛主席肯定會發文件，區分真正的好人和壞人。只要我們相信我們的父母不是壞人，不是什麼走資派，就一定會有平反改正的機會的。」

「你真的相信這一套嗎？」許誠不屑地盯著我問。我明白許誠的意思，不禁為他思想的大膽而捏了一把汗。所以遲疑了一會才說：「反正，我爸媽是經常這樣跟我們說的。我想，也應該這麼想吧。」

實際上，雖然我這麼說，心裡卻越來越沒有底氣。一是因為我還小，許多事理本來就不太明白。二是，從越來越糟糕的形勢和父母、許院長他們的處境來看，我也實在看不出，他們將來怎麼還會有揚眉吐氣的一天。至於許誠的擔憂和絕望，我內心深處又何嘗沒有呢？將來要是父母的狀況一直好不了，我們又能好到哪去呢？唉，無論如何，但願這場太出乎想像、太讓人沒法理解的「史無前例」的政治大運動，能夠早點結束吧……

正傷感著，公墓門口的員警紅衛兵們忽然忙碌開來。他們一邊把公墓大門敞開來，一邊揮舞著警棍，大聲威脅吆喝著驅趕越來越多的像我們一樣來看熱鬧的人群。我和許誠急忙向來路方向看去，果然是行刑的車隊開了過來。頭前是兩輛開道的軍用吉普，車踏板上一邊站著一個頭戴鋼盔、全副武裝的軍人，一手攀著吉普車門，一手舉著個喇叭筒，衝著湧上來圍觀的人群哇哇地喊著。他們後面緊跟著兩輛解放牌大卡車。每輛車前面站著四個即將槍決的死刑犯。他們每個人都面如死灰，有的還緊閉雙眼，渾身都被粗麻繩像綁粽子一樣五花大綁著，後背上還插著寫著他們罪名的長條形木板。每個犯人都有兩個員警在身後噴氣式叉持著他們，還把他們的頭臉揪起來讓路人看清面目。在他們後邊，則有七八個可能是準備行刑的人，他們全都是一身新軍裝，背著上了刺刀的步槍。在汽車顛簸的行進中，那銳利的槍刺在陽光下閃著令人恐懼的亮光。

我和許誠一眼就看見了同樣被捆綁並叉住雙臂的金玉娥，因為她是唯一一個女的，被押在第二輛車上靠我們這一邊的卡車擋板邊上。

令我有些驚訝的是，錢小金的母親並不像我想像得那樣恐慌，也不像別的死刑犯那樣幾乎癱軟著，全靠身後人叉持著。她反而一直在挺著身板，竭力掙扎著、逞著頭髮亂蓬蓬的腦袋向人群中左顧右盼著。當她的目光和我及許誠突然對上以後，她頓時像觸了電一樣更加痙直了身板，同時嘶聲大叫起來：「小金，小金，小金你在哪裡呀，小金……」

幾乎與此同時，她身後的人猛地伸出大手，狠狠地捂緊了她的嘴巴，使她的喊聲變成了一長串狼一樣嗚咽的呻喚。但是金玉娥並沒有甘休，她顯然拼盡了全力，居然又把頭從身後人的手中掙了出來，又衝著我們的方向喊出了顯然是她這輩子最後的聲音：

「幫忙告訴小金啊，告訴他我不……」

但她身後一個軍人敏捷地脫下自己的軍帽，揉了揉，狠狠地塞進她的嘴裡。同時，叉持著她的人也把她重重地壓進了車廂底下，而卡車也很快就駛進了公墓。

大門隨即被關閉了。大批湧過來看熱鬧的人見看不到好戲了，嘰嘰喳喳地議論了一會後，也逐漸散去了。

我清楚地聽見了周邊人的議論。他們說的大多是「那個女犯人瘋瘋顛顛地喊些什麼呀？」顯然他們都不清楚其背景；有的說「好像是在喊冤枉吧。」；有的說「是在求政府寬大呢。」；個別聽得比較真切的則說「哪裡，是在喊他家裡人呢，可能她家裡有什麼人在我們人堆裡，給她看見了……」

我和許誠心亂如麻，暗暗交換了個眼色，但誰都無心和他們說什麼。也不知出於什麼心理，一時都不想回去。我們又坐在自行車邊上，交流著我們的感受。許誠嘖著嘴說：「到了這時候，我倒更加覺得錢小金她媽孿可憐的。雖然她犯了滔天大罪，是該死。可是到底她是個女人，是一個孩子的親娘呵；平時她也沒有什麼別的不好的行為，怎麼就會落到這種地步呢？而且，你聽明白了沒有？我簡直不相信自己的耳朵，都死到臨頭了，她還在念著兒子！要是她知道出賣她的人就是錢小金，真不知道她……」

我卻不同意許誠的看法。我說：「你怎麼知道她不知道是誰出賣了自己？這件事會有誰知道，她心裡最清楚。而且，這些天來，她一定受過許多審問，那些審問的人會不說是誰揭發的她嗎？」

「這倒也是啊。」許誠怔怔地看了我一會，還是有些懷疑：「這麼說的話，她也太那個了，竟然還想叫我們帶什麼話給錢小金，而不是她的男人，這可能嗎？」

「為什麼不可能？你別忘了她到底是錢小金的母親呀。我看過很多書，沒有一本書不說母愛偉大的。因為母親到任何時候都有母親的天性的。所以我相信一個母親對自己的子女，有時會打，有時會罵，但是歸根結底是再怎麼也不會真恨他們的……況且，事情都已經到了這個地步了……」

正在這時，從義山公墓深處，突然傳來一聲悶悶的砰響，緊接著，又是啪、啪、啪的一串槍聲，彷彿有誰在放著鞭炮。

「開槍了！」我和許誠同時喊了起來。

這時，太陽已快下山了，望眼之處，好幾隻被槍聲驚起的灰喜鵲，倉皇地飛過山坡上的樹林，很快又淡化在山後的天邊。而天邊，正綻放著一層異常絢爛的晚霞，血一樣鮮紅。

錢小金母親究竟想讓我們帶什麼話給錢小金，隨著那一陣槍聲，永遠地化作了泡影。

事實上，即使我們明確知道她的意思，也是不可能幫成她這個忙的。自從錢小金母親被紅衛兵抓走那一刻開始，錢小金就徹底失蹤了。我，許誠，鍾健，百里街十八號院內所有的住戶，乃至後來的很長時間裡，我們在學校和社會上碰到的任何一個認識錢小金的人，談起他，無不搖頭、歎息，對他當年的舉動深表不理解甚至切齒——反倒是對鍾健，並沒有多少人譴責他，似乎他的行為就是理所當然的、正義的——但是，所有人都說自己不知道錢小金是死是活，也沒有見過他一面或聽到他任何消息。

對此，我們院裡的人起先都相信錢小金是溜到北京，投奔他在北京讀書的姐姐去了。可是金玉蛾被判死刑後，錢小金姐姐獨自從北京回來過。有人當面問過她錢小金是不是在她那裡，她只是沒好氣地回了一句「我沒見過他」，便哭喪著臉匆匆躲開了。雖然許多鄰居都說深夜裡聽到她在家裡慟哭，聲音斷斷續續，就像野貓的呻喚，分外淒慘。但在人面前，沒有任何人看見她落過一滴眼淚。當然，她也沒和任何鄰居來往。進進出出永遠深深地低著頭，溜著牆跟，回避著一切目光。不得不與誰狹路相逢的時候，頂多向招呼她的鄰居輕輕地一點頭，便像一隻怯懦的小貓一樣一閃而過。近處看見過她的人都說這個女孩很可憐，看起來形容憔悴，面黃肌瘦，是那麼地無助。而實際上，大家又都覺得她的內心並不簡單——弟弟闖了那麼大的禍，又不知所蹤；父親自從她母親的判決下來後，一聽說是死刑，深感震驚和絕望的他，當天夜裡便突發中風，從此只能成天歪癱在床上，形同死屍。同父母、弟弟一樣瘦小的錢小金姐姐，一個人跑進跑出，替被處決的母親簽署所有法律文書、交上她被我們學校關押審查時候的伙食費和槍斃她的子彈費等一切雜費，又收屍、火化，料理完一切後事。再後來，她又打電報從他們老家叫來父親的弟弟，和他一起把偏癱的父親送回了老家農村。她再返回百里街家來時，只是把家裡草草收整了一下，就把母親的骨灰盒裝進一隻黃色帆布旅行袋裡，挎在肩膀上，轉身將一把大鎖掛在不知什麼時候裂開了好幾道長長大口子的破木門上，獨自回了北京。

她是什麼時候畢業的，後來又怎麼了，我們也是一概不知。反正我們院裡的人再也沒有誰看見她回來過。她父親也沒再回來過，只有她那個鄉下叔叔每年會回來兩三次。他也不住家裡，就到學院裡領她父親的工資，報銷一下她父親的醫藥費就回鄉下去了。她家的破木門因此而長期空關著，門板上的漆色被風雨吹打成黃巴巴、灰撲撲的。門前的雜草亂紛紛地都長出來一人多高，一天到晚在風雨中打躬作揖。還有些野葛、藤蔓便趁機放肆，爬滿了她家的整個窗戶。

那麼，錢小金沒在姐姐那裡，又能到哪裡去呢？他的年紀還不大，又靠什麼生活，還讀不讀書呢？對了，從來沒有人看見他回來過。那麼他的戶口應當還在吳東市沒有遷到哪裡去。沒有戶口，他別說讀書了，就是工作也根本不可能有任何單位會要他——當然，許多年後改革開放了，就是另一回事了。

總之，雖然都很好奇，但最終還是沒人知道錢小金到哪去了，甚至，是死是活了。人們比較一致的看法是，要麼錢小金姐姐暗暗地收留了他，為了保密而不願意實說。要麼就是他溜到老家跟他父親叔叔那兒混日子去了。

就在所有人全都把錢小金這個人從記憶中澈底抹去之後，突然之間，我居然在一個意想不到的場合撞見了錢小金——屈指算來，這時候距離他失蹤已經過去整整二十年了。

是一九八七年的秋天。我到重慶開了個會，會後選擇坐長江客輪順流而下，以看看三峽風光。不過，那時的客輪條件條實在是很煞風景的。我坐的是三等艙，是那時候普通人能買到的最高等級艙位（二等艙要憑縣團級以上單位證明，是副司局級以上或高級知識份子才有資格乘坐的），但所謂的三等艙裡，也有十來個床位，而且人都滿滿的，氛圍相當嘈雜。所以頭天晚上我幾乎一直處在半夢半醒之間。不僅因為窗隙裡鑽進的嗖嗖涼風，也不僅因為同艙人那呼嘯著酒氣的鼾鬧和小孩的嘶喚；最惱人的是褥具黑污，鼻息中又充滿濃濃的腳臭，再加沒完沒了的吵鬧；下半夜還有人在打牌，喧笑；勉強入眠片刻，卻又被耳畔疾雨狂風般持續不斷的濤聲驚醒——伏窗望去，外面一團漆黑。似乎不甘於江輪的輾壓，江中之水洶湧而前赴後繼地撲上船舷，拚命啃齧、撕咬、撲打著冷硬無情的甲板。其聲之響、之哀，在黑黢黢的靜夜裡聽起來竟如此喧囂激烈！

第二天晚上，我想索性晚點進艙室睡覺，便搬了把椅子，找了處僻靜的船舷，坐在那裡看看夜景。然而呆望了一會江天後，又覺得眼前那混油一般凝厚、灰黃的江水未免單調，而那江空上的點點星光竟也顯得淒清、憂鬱。而且，身上也很快就一陣陣地開始發寒。我沮喪地站起來，想還是回船艙算了。但就在一扭頭的當口，發現我身後正是船上的餐廳，晚上我就在那裡面吃飯來著。現在裡面卻燈火明亮，相當熱鬧，因為有許多沒有鋪位的散客擠在那裡歇息，還有不少人一簇一攤地坐在地上，墊著鋪蓋打撲克。

我看看時間才不到夜裡八點，便信步拐進餐廳去，想轉悠一下消磨時間。剛進門，迎面撞見一大堆人，大約有不下三、四十個吧，一望即多是些平頭百姓或農民模樣的人，有男有女，有老有少地，正圍成一團，津津有味地聽著眾人中間一個胸前挎了個很大的帆布包、正手舞足蹈，口沫橫飛地說著什麼的人，這個人的言語可能比較合乎他們的口味，所以逗引得他們不時咧開傻兮兮的大嘴，發出一陣陣嬉笑，一副興頭十足的樣子。

想來這就是個走江湖、賣梨膏糖或大力丸之類的傢伙吧。我對這類場景從來不感冒，於是便繞過人群想到餐廳裡面去看看。身子轉動的時候，目光也下意識地向中間那人掃了一下，霎時感到一種莫名其妙的震動——這人的臉相怎麼有點似曾相識呢？

我不禁收住腳步，伸長脖頸，從人叢後面細細打量起那個人來。

這是個大約有三十來歲的小個子男人，穿著一件黑褐色的夾克衫，腳上套著雙看上去髒兮兮的旅遊鞋，頭上卻有點多餘地套了頂皺巴巴的鴨舌帽，帽簷下鑽出許多亂糟糟恐怕有半年都沒剃過的花白頭髮。臉上也毛蓬蓬地呲著一片鬍渣。這人的神情並不俗，只是他的身形明顯瘦小，因此挎在胸口前的那只鼓鼓囊囊的布包看上去幾乎有他的身子一半大。但他那黑蒼蒼的臉上卻顯得相當有神采，說話時眼睛瞇花花的看上去還頗有幾分精幹。這會兒，他正眉飛色舞地操著一口夾著明顯吳東腔和不少方言俚語的所謂普通話，在向大家推銷他手裡拿著的一瓶開了蓋的洗頭膏：

「……那位喜歡看電視的朋友肯定曉得了，這種洗頭膏上海電視臺天天都在做廣告，中央電視臺也會做——哎，對哉對哉，就是海鷗洗頭膏，大名鼎鼎的海鷗洗頭膏——牌子老！品質好！人人喜，人人愛。用它汏上一次頭，十天半月也香噴噴，頭髮滑溜黑又亮。女人用過麼，男人天天要纏牢她。男人用仔麼，女人要拚命看牢俚——為啥體？你這個人真是沒腦子——一不當心就要被別個女人拖仔去哉……」

人群又發出一陣快樂的喧笑。賣洗頭膏的顯然受到人們情緒的鼓舞，他伸出一根細長枯乾的手指，從洗頭膏瓶裡摳出一小點膏體來，在自己手背上抹開來，自己先用力嗅了一下，作出副深深陶醉的模樣說：「大家都曉得，火車不是推個，牛皮不是吹個，我這只海鷗洗頭膏呢，也完全是廠家出來的正宗貨，半點不來假的。你就是聞聞它的香氣吧，也實實在在地叫做各別，不光有點像茉莉花，又有點像玫瑰花，還有點像薔薇花——其實不管是玫瑰花、茉莉花，還是薔薇花，加起來也不比我的海鷗洗頭膏香！不相信哪，你們只管來聞聞看——」

說著便走向一個站在前面的農村姑娘，把手背直伸到她的鼻跟前讓她聞，那姑娘害羞地扭過臉一個勁地躲開他，身邊的人卻一個個伸出腦袋去搶著聞。賣洗頭膏的索性又從瓶中摳出些膏液來，一下一下地往那些伸上前來的腦門上抹，人群頓時亂哄哄地樂得更來勁了。而且，很快就有人真地掏腰包要買那人的洗頭膏了。而一見有人出手，眾人便也不由自主似地紛紛下了決心——

「不要急，不要急，大家都不要急。啥人叫我們有緣份呢？今朝我們就像是毛主席說的，我們都是來自五湖四海，為了一個共同的革命目標，相聚在這長江輪上了，所以我不光要給大家帶來絕對正宗的原廠出產的海鷗洗頭膏，還要給大家打一個大得你想都想不到的大折扣……」

「幾折？幾折？打幾折？」

「五折！一律五折——本來要賣四塊錢一瓶的貨，今朝我因為馬上要下船了，乾脆敞開供應，兩塊錢一瓶，賣光算數，先買先得！」

一時間，竟然有好些隻捏著錢幣的手，紛亂的樹枝般舉向那個人——就在他抑制不住地眉開眼笑的一瞬間，我的腦海中也突然像電光火石一般迸出一個人的名字來——錢小金！

我脫口叫出錢小金名字的同時，錢小金也像觸了電一樣，倏地痙住了身子，猛地向我的方向扭過臉來：「誰？誰叫我？」

這張臉和印象中烙印的那張臉，幾乎還是一模一樣，差別的，只是歲月和經歷！

我清清楚楚地聽到他的聲音，看到他的反應，完全確信我沒有認錯人。但不知為什麼，我卻就在那一個瞬間突然失去了與他相認的興致。而且我也意識到，他是不會為今天與我在這種地方的這種邂逅而感到慶幸的。

我迅即縮了下身子，讓自己掩沒在擁擠的人頭後不出聲。

透過人縫，我看見疑惑的錢小金在片刻的愣怔後，因為並沒有人應答他，便如釋重負地揮了下手，很快又恢復原先的神情，樂呵呵地賣起他的洗頭膏來。

我悄悄地退出餐廳。在門口我又打量了興致勃勃的錢小金一眼。暗想：這小子還蠻能混的啊。只是不知道他是怎麼走過這二十年的，總不見得一直在跑江湖、賣洗頭膏吧？而且，他現在住在哪裡，又成家了沒有呢？關鍵是，他為什麼始終不回老家看看？難道他打算永遠這麼漂泊下去嗎？

但我還是不想和他相認。倒不是自己有什麼，而是想到這一相認，幾乎必然要讓錢小金再一次面對那個二十年前的殘酷時刻。誰知道錢小金現在能不能面對他那個也可說是因他而慘死的母親呢？

這一邂逅之後，我和錢小金再次失聯，直到今天。

第十章

是時候了，該說說煥煥的事了。雖然我本來是不想寫到她的。然再想想，蒙住自己眼睛，不等於蒙得住記憶，更不等於世界會如你願望存在。不如直面現實，至少能活得真實一點。

事實上，儘管過去了許多年，我仍然會想起煥煥。有時是在夢中，有時是在一本書或一個電視畫面，甚至是某個人一句無心的言詞中，她總會像一隻不期而至的紅蝴蝶，翩然擾動我的記憶。

改革開放初期，還在上世紀八〇年代，我就離開吳東，輾轉到了省城定居。但是每當回到故鄉時，我也常常會找時間到吳東學院去走走。遠遠地看見高高的西式鐘樓上的大鐘，尤其是古羅馬城堡般的物理樓，或者，漫步在物理樓後花木掩映的假山上時，看著那除了漆色煥然而其他幾乎一成未變的紅亭子，我的呼吸便情不自禁像耳畔的清風一樣悠長，我的眼前便會清晰地閃現煥煥腦後那會隨著她的話音輕輕晃蕩的紅頭結。我常常會驚異於幾乎是滄海桑田般的巨變後，學院裡怎麼還如此完好地保存了這座陳舊的大樓和古老的五角紅亭；更會嘆惜我那不聽使喚的記憶。我不想記住的許多東西，它記得那麼清楚，我極想反覆再現的人事，怎麼就再也不能完整地復原？比如煥煥，哪怕我能有那麼一小會兒清晰地重溫煥煥那最動人的音容笑貌呢？

也許是煥煥的紅頭結太搶眼了吧？

如果不是某種特殊的原因，我和煥煥也許算得上是青梅竹馬的小夥伴。煥煥也住在我們百里街十八號家屬院裡，家長輩都是學院的教職員。但她的父母親都在北京生活，只有她隨著爺爺奶奶在吳東生活。她爺爺是從美國留學回來的著名教授。雖然我和煥煥沒在一個班級，畢竟也是同一所小學同一年級的同學。很小的時候，比如三四年級時，我和她一度玩得很近，最多的是課後和同院的孩子們在院子裡或門廊那裡一起嬉戲。當然，她經常是和別的同院女孩跳橡皮筋，我則和許誠他們玩盯銅、打玻璃彈子。不過有時候我們也會在一起玩跳房子。記得我經常是贏家，那時候煥煥看我的眼神裡總有些讓我心裡暖絲絲的東西。因為她跳房子輸得多，並還經常會拉住我要我教她些竅門。星期六晚上，我和煥煥還經常會和其他院裡的小夥伴們一起，成群結夥地溜到學院裡去，在大草坪上玩我那時最醉心的「官兵捉強盜」。有時也會在在物理樓後的假山上玩捉迷藏，直到哪家的家長來大呼小叫地催喚。由於煥煥年紀小（她比我小半歲），又是女孩，就常常和錢小金一樣，成為我方待人來解救的「犧牲兵」。有一回就是我藉著夜色和個子小而不為人注意的優勢，從假山後的竹叢中一躍而出，成功將煥煥救出。那一刻，她衝我發出的狂喜的尖叫聲，以及她死命攥緊我的手，吃力地隨我撕脫「敵人」堵截圈時粗重的喘息聲，總會在當晚入夢前的遐想中，和此後好些時日的回憶裡不斷閃爍在我的腦海中，讓我熱血沸騰，品味不已！

還有許多片斷也已成為我記憶中不可磨蝕的亮點。

上小學四年級以後，大約因為彼此都大了，學校裡也有一種固有的慣性氛圍在吧，我覺得我和許多同齡人一樣，心裡都彷佛是在一夜間突然產生了男女的意識；以至我和煥煥，煥煥和院裡的其他小夥伴們的交往日益淡了下來。到後來我們幾乎不再在一起玩，在學校或院子裡的路上碰上一面的時候，也頂多互相不太自然地點個頭，笑上一笑，經常連個招呼也不打了。

可是煥煥的性格畢竟要比我活躍開朗得多的。她不知從什麼時候開始，成了我們院裡一些大多是一二年級的小小孩們的領頭羊。而一般大點的孩子是不願意和比自己小的孩子玩耍的。煥煥倒怪，她很少和比她大的像許誠的姐姐一樣的女生玩，反而喜歡像個小大人一樣，下課回家做完作業以後（她的學習成績總是我們年級中的佼佼者，院子裡的家長們都會以她為例訓導自家的孩子），她便領著好幾個小小孩一起跳房子、跳橡皮筋，甚至還在小竹林裡躲貓貓地玩得不亦樂乎。

對了，煥煥還受她爺爺影響，特別喜歡集郵。她爺爺的好郵票就不能說了，她自己也有兩大冊收滿漂亮郵票的集郵簿。另外，她還在幾大本畫報裡面夾了許多花花綠綠的糖紙頭。她經常把那些漂亮的郵票和糖紙頭拿給她的那些小朋友們欣賞，高興起來還會送幾張給他們。這也是那些小朋友喜歡圍著她轉的原因吧。當然，我還知道的是，煥煥最能夠吸引那些小朋友的是她那個連我都暗中佩服的本事：她經常會在我家廚房披棚後面的芭蕉叢邊，給那些小朋友講一些聽起來很有趣的神話故事和外國童話——我家披棚緊挨著的芭蕉叢下，有一個不知是誰家放在那裡的小陶台，邊上有幾個木頭疙瘩或水泥墩子。有空的時候，大人們會在那裡下盤象棋或者打回撲克。沒人的時候，煥煥就領著三五個小小孩圍坐在陶台邊上，一個個懷裡抱著書包，聚精會神地聽伶牙俐齒的煥煥講故事。煥煥的嗓音脆生生的，很有感染力。而他們坐在這裡，無形中也給了我一個不為她注意的、近距離打量她的機會——我家父親自搭的廚房披棚上有許多自然的木板縫隙。我看到煥煥在那兒講故事了，只要有空，也會躲進小披棚，從縫隙裡窺看煥煥。平常時候，我可是從來不敢這樣近而毫無顧忌地直視煥煥的。而煥煥講起故事來相當認真，眉毛一聳一聳、腦後小辮子一跳一跳地，手勢、表情也特別生動而豐富。怪不得那些小小孩們一個個都凝神屏息，聽得十分神往。而且，她特別擅長模擬那些從老巫婆到醜小鴨等各種各樣神話或童話中的角色。聽起來惟妙惟肖，不由你不很快就陷入故事意境中去。我從小喜歡看課外書，煥煥講的故事，像安徒生童話，格林童話我都看過，但聽她手舞足蹈地講起《小克勞斯和大克勞斯的故事》、《賣火柴的小女孩》和《海的女兒》等故事，我經常還會像剛聽過一樣，不知不覺入了迷。

煥煥愛看書，有一肚皮故事是不奇怪的。她在北京的父母也都是大學教師。她從小到現在主要是和在學院當教授的爺爺奶奶生活的，而她爺爺儘管是物理系的教授，同時卻也是全學院和全市都赫赫有名的藏書大家。她家和許誠家是緊鄰，也住在院中的大洋房裡，房間比許誠家還要多。而且她家的閣樓是最大的，裡面從地板到天花板上全都摞著她爺爺的藏書。她家的藏書多到什麼程度，鍾健曾經說，他在學院圖書館工作的父親說過，起碼她家的文史類書籍，學院圖書館的藏書都比不上她家的多！

除此之外，還有一些細節在我的印象中，也是深不可磨的。

有一回，是我們小學三年級畢業的時候，學校在教師大會議室裡舉辦了一個畢業典禮。學生們都按照劃定的區域魚貫入座。因為人多地方小，學生們都擠坐在一排排低矮的長木條椅上。意外的是，雖然不是同班，但輪到我排隊入座後，緊靠著我右手坐著的，竟是煥煥！

煥煥看見我笑了笑。我也和她點了點頭。雖然我們是鄰居，但在學校是有男女之防的，所以簡單打了個招呼後，我們就都顯得毫不在乎彼此，再也沒說過一句話。然而我的心卻逐漸陷入了恍惚、迷亂之中——起先是有一絲淡淡的卻好聞的氣息，穿透大教室很多人的呼吸形成的混濁氣體，一陣一陣地飄進我的鼻子來。這氣息裡有一點兒雪花膏的味道，也有一點兒汗味，更多的是一種類似吃奶的嬰兒身上特有的奶香味。我知道這是煥煥身上的氣味，眼睛的餘光中，也瞄見煥煥雪白細嫩的臉龐上因室內悶熱而沁出的微細汗珠，把幾小綹微微有點發黃的細長頭髮粘在她頸邊。而頸後的耳垂下方，還有些微更細更軟的毫毛——不知怎麼，我的心裡更加波動了。很想和煥煥搭幾句訕，說點什麼，但看看她專注地望著講臺上的樣子，這種念頭很快就消散了。當然，這也與我的另一種奇異的感覺有關——我忽然意識到，原來我的右腿從膝蓋到大腿部分是和煥煥左腿的大腿靠在一起的。而且因為大家都坐得擠，我們的腿也靠得相當緊。時令已是夏天，我和煥煥穿得都是白襯衫、藍短褲。所以我們靠在一起的腿部有相當部分是沒有衣物阻隔的。這樣，我不僅能清晰地感覺到她腿的粗細、膚肌的細滑，還能明顯感覺到她腿上的溫熱。一旦意識到這點，我本能地把腿往回縮了一下，然而畢竟人多，不一會我和煥煥的腿又靠上了……

令我暗自歡欣的是，也許煥煥沒有意識到這種狀況，她的腿並沒有象我一樣退避過。於是我也不再試圖縮回自己的腿來。而且，伴隨著腿部的溫熱感，有一種令人暈眩的愉悅，也隨著洶湧的血液迅速蔓延到全身。我又緊張又沉醉，完全不知道臺上的老師們在說著什麼。這期間，我左手的同班同學附在我耳朵上說了句什麼悄悄話，被我使勁推開，指了指臺上說：聽老師講！其實我自己的注意力，幾乎全在煥煥身上，和那大腿處溫熱而異常美好的觸覺。我也擔心過煥煥會不會察覺我的心思，可是我發現她並沒有異樣或不安的反應，甚至也從不朝我看上一眼，而她的腿，也還是沒有縮回去過。這就是說……我暗暗猜想：要麼她根本沒有意識到什麼事情，要麼是意識到了也不在乎，要麼就是……希望她也是感覺到了什麼，但卻仍然願意和我就這麼腿挨著腿地坐下去，坐下去，一直坐到地老天荒……

令我有些洩氣和不安的是，典禮結束的時候，煥煥看也沒看我一眼，扭頭就隨著隊伍走出大教室。

還有一個細節，也讓我永遠不可能忘懷。

我說過，我們家屬大院裡有一道特殊的風景，那就是院子中央，那幢在那些年代裡不可多見的歐式洋樓。它有三樓三底，東、西、南三個門，各住著一戶人家。每戶人家門前還有一個百把平方米的獨立花園。其中兩家住著許誠即許院長家和學院裡另一位老教授家。還有一家就是煥煥家，住著煥煥和她爺爺、奶奶一家。煥煥的爺爺是解放前從美國留學回來的博士，也是吳東學院裡兩個級別最高的教授之一。我家和其他各家的大人們包括許院長，見到煥煥的爺爺莫不謙卑而恭敬。部分原因還在於他的月工資竟有二百七十五元之多，而我的父親作為系科領導，工資只有七十元出點頭，剛剛夠上他的零頭！

那座洋房修得很高級，本來是民國初年創辦學院的英國傳教士的住宅。磚砌紅牆、尖頂，還有帶著幾座老虎天窗的閣樓。底層下面還修著有一個約有一米高點的隔空層，以防潮和通風。隔空層四面有八個可容一個人鑽進去的小方口，以便於檢修和通風。我們玩捉迷藏的時候，院裡這幫孩子們中膽子大些的躲進去後，發現裡面相當廣大，以後便經常會有人鑽到裡面去玩。裡面的面積，怎麼說呢，房子有多大，它就有多大。在我們孩子的眼裡，就可以說是大極了。不過就是太矮，裡面除了有幾個地方高一些外，大多地方都只夠一個個子不高的孩子坐著。進出則要爬行，而且越爬越黑，有時頭頂上還有彎彎曲曲的管道。但捉迷藏時，這是個再理想不過的藏身處了。

有天放學後回到家後，我又鑽進一個口子去玩。沒想到身後有什麼聲音在響，回頭一看，再也沒想到，居然是煥煥。她也拖著個紅布書包，兔子似的一躥一躥地緊追著我爬了進來。我不想暴露自己的祕密，就想趕她走，說裡面都是灰，你衣服爬髒了，回家要挨罵的。她卻向我翻白眼，還揀小石子砸我。我只好暴露了我的「司令部」。

所謂司令部是我自己命名的。我在一個比較高敞些的隱秘角落鋪了些稻草，還放了一小截錢小金從家裡偷出來的蠟燭和半包火柴。我經常會在下課後領幾個聽命於我的院裡同伴或院外的同學到司令部來。大家點上蠟燭在那兒待一會，說說話，向烏黑的四面張望一會，都會沉浸於一種充滿神祕和偉大感的滿足之中。因為那是一個沒有干擾的、僅屬於我們的獨立世界。有時候，我還樂於將自己想像成威虎山上的座山雕，還將其他人封為八大金剛。

這回，只有我和煥煥兩個人，圍著微微顫動的燭光相對而坐。四面黑暗像帳篷一樣圍裹著我們。神奇的燭光光暈和淡淡的但有些人很喜歡聞的蠟燭煙氣也誘人遐想。頭一回鑽進這裡來的煥煥很是興奮，特異感和神祕感讓她平時有點蒼白的臉上浮泛著鮮潤的紅暈。她不停地問這問那，還用手好奇地扇動燭光，說那和賣火柴的小女孩劃亮的火柴光暈應該是一樣的吧？我想到的是威虎山的眾匪幫們在彈冠相慶，她卻說她彷彿來到了愛麗絲漫遊的奇異仙境。她甚至還深深地嗅幾口我覺得有些嗆人的燭煙，說是真好聞，我要是從此就住在這裡哪兒也不去就好啦！可能是為了以後能經常來這裡，她甚至還從鉛筆盒裡拿出一套剛發行的新郵票給我看，說是她北京的父母剛給她寄過來的，一般人她才不讓他們看呢。我那時候也迷集郵，但薄薄的一小本郵票本裡全是跟人換或者賭來的蓋戳郵票。那套新郵票讒得我心都快跳出嗓子眼了。煥煥偏著頭，得意地欣賞著我的貪婪，直到我戀戀不捨地將郵票還給她時，她竟莞爾一笑，大方地說：「送給你好了。」

我大吃一驚，結結巴巴地說：「這怎麼可以啊？這麼高級的郵票……」

煥煥不以為然地揮揮手說：「拿去吧，我不稀奇的。」

我還是不好意思拿她的郵票，半真半假地把郵票遞給她。而她可能為了打消我的顧慮吧，竟笑咪咪地歪著頭問我道：「那這樣吧，你回答我一個問題，答得好，我就把郵票作為獎勵送給你。」

我興奮起來：「那你說，什麼問題？」

「你為什麼經常偷聽我給小朋友們講故事？是真的喜歡那故事呢，還是……想偷看我？」

她收住話頭不再說，還十分俏皮地地笑了一下，但兩隻水靈靈的眼睛裡，卻有一道光波牢牢地罩在我的臉上。我哪想到她會問這麼個怪問題呢？毫無心理準備的臉上，霎時就像火燒一樣，熱乎乎地漲紅了。慌亂中我下意識地反問了煥煥一句：「……你怎麼知道我在偷看你呢？」

「哈哈，你承認啦？」煥煥開心地指著我大笑：「你家那個破廚房，牆板上好些縫，一開燈，你閃動的鬼影不就……老實告訴你，我有時候還能看見你貼在牆縫上的眼烏珠呢！」

「什麼眼烏珠啊？你看花眼了吧。」

「反正我看到過不止一次兩次，隨便你承認不承認好了。嘻嘻……」

我更加窘迫了，支支吾吾地想要抵賴，又無言以對。還好，煥煥又輕輕一笑，為我解了圍：「看你的臉，紅的喔。其實這有什麼啦？人都會有好奇心的嘛。而且我相信，喜歡聽好故事的人，都是好學生。

你也一定很喜歡看書吧？」

這個是的。說起這個我就有點驕傲了：「我不光喜歡看童話故事，還看過幾本外國長篇小說呢，像高爾基的《童年》、《我的大學》；對了，上學期我還看過他的《克里姆・薩姆金的一生》呢。雖然我看不大懂，但是書真的很好看。」

「我說的吧，」煥煥滿是欣賞地看著我說：「我早就聽班主任在課堂上說到過你，說你們老師總是誇你的學習成績特別好。這跟你看書多也有關係吧。所以，這郵票你一定要收下來，這是我真心獎給你的。」

她的話打消了我的尷尬。聽到她居然誇獎我，又看到她硬放在我手上的郵票，我更加心花怒放。於是連聲道謝，還把我的「寶座」讓出來給她坐。其實我的司令寶座也不過是用一塊從家裡偷出來的大毛巾裹著的幾塊方磚而已。但畢竟它是一種權威的象徵，煥煥坐上去還是高興得手舞足蹈，不停地說這說那，還對著我和眼前黑乎乎的虛空故作發號施令狀。我則努力顯示出習以為常的主人氣派來，嗯嗯哈哈地很少說話。

其實，我在煥煥面前向來就有一種下意識的拘謹。這自然因為我自己也還小，生性也不太活潑。可是煥煥也不大。我們那年都剛上完三年級。主要還是因為我和煥煥在身分上的差異，她又是這麼一個出色的女孩吧。在我們這個大院裡，除了這小洋樓裡的幾戶人家有較高地位，其餘都是一般教職員工家屬，我父親那時也還只是系裡的副主任。所以都住在洋樓周邊的平房裡。而眼下這個空間，包括我的這個司令部的頭頂上，實際上都是煥煥的世界。我在她面前免不了就有些當時還說不清道不明的卑怯感。所以當煥煥後來又突然冒出那句更加出乎我意料的話來時，我就澈底地亂了方寸而臉頰又一陣陣發燙。甚至，我有點懷疑耳朵出了問題而遲疑地僵著不動。

實際上，幾十年後的今天，當我想起這句話來，還會感到心血的潮動。

煥煥說的是：「哎，我們可以在這裡睡一覺哩。」說這話時，她已一臉滿足地躺下來，頭枕著我的「寶座」，兩腿在鋪著鬆軟稻草的破草席上啪啪亂蹬。而且，見我僵著不動，她又拉了我一下：「睡下來呀，這種床真舒服，下面軟軟的。我還從來沒有睡過這種床呢，太好玩了。」

可我還是沒敢躺下去。因為我拾來的破草席不大，我要再睡下去的話，就要和煥煥緊挨著了。

煥煥癡癡地笑了，身子往裡讓了讓又說，「睡下來嘛！大人們晚上不都睡在一張床上嘛。」

這個……我的心更加動盪了。但一看到煥煥那明媚無邪的笑容，又覺得自己反而顯得不自然了。於是我鼓起勇氣，小心翼翼地睡了下去。只是儘量不碰到煥煥的身子，頭也歪到一邊不敢看煥煥。沒想到煥煥一個側翻，一手撐起面頰，兩隻大眼睛閃爍著異樣的光澤，活像兩團跳蕩的燭火，就那麼笑盈盈地著看我。這時，我們倆的臉距離得很近，我能清楚地聽到她的呼吸聲，並感覺到細微的氣流和她身上特有的乳香似的氣息流到臉上。我假裝自然，卻不敢正視她的目光。

「你討厭我到這裡來吧？」煥煥有點撒嬌似地問了一句。

我趕緊搖頭否認。

「那你怎麼看都不看我一眼？難道你會怕我嗎？」

「不不不……」我趕緊否認，努力向煥煥笑了一下。

搖曳的燭光在我眼前幻化出一圈又一圈光暈，煥煥的笑容也越來越像是一朵怦然綻放的曇花。我真想就此抱住煥煥，可是終究還是沒有那麼做。我還是太卑怯也太沒有心理準備了。我鼓足勇氣才小心翼翼地將手搭在她背上。可只是一小會便抽了回來。不知是這兒太悶還是怎麼的，她的背上竟是滾燙的，隔著一層輕薄的布衫，我還是能感覺到手上有濕感，沾了一點她的汗。這低矮的地下空間，空氣也太不流通了。於是我下意識地問煥煥是不是感到熱。

可是她好像沒有聽見我的話，也並沒在意我的感受，正撲閃著長長的睫毛向黑暗的四下裡審視，隨後問了個讓我奇怪的問題：「以前你經常會一個人到這個地方來嗎？」

「來呀！經常來。剛才我不就是自己來的嗎？我最喜歡一個人到這裡來。一個人在這裡坐一會，心裡就會變得很安靜。很……」

「哦，以後你還要讓我來啊。不過我可不敢一個人來。這裡太黑了，總覺得蠟燭光照不到的地方會藏著什麼怪物似的。」

「那是你相信迷信吧？我從來不相信什麼鬼啊怪啊的。《十萬個為什麼》上說……」

「我也不相信的好不好？我爺爺是物理學家，他早就說過，世界上沒有任何鬼神，一切都是物質組成的。生就生了，死就死了……可是我就是希望……最好人活著都不會死，或者，死了的人還可以再見面。這樣的話，以後我就可能見到外公了——你不知道，我小時候其實是跟外公外婆過的。外公對我好得不得了——唉，要是有一天能夠再看到外公的話，有多好呀。那樣，我也就不用怕外婆和爺爺奶奶也會像外公一樣死去了……」

我詫異煥煥小小年紀居然會想到這些事，因為我長這麼大，還從來沒想過那麼多的問題。我的爺爺奶奶外公外婆也都遠在山東老家，我很少見到他們，也基本上沒考慮過他們的或者我自己的生呵死的問題。可是煥煥的話，突然像是誰一拳頭捶在我的胸口上，讓我心靈深處產生了巨大的震顫。我背上一陣發寒，突然也不敢向黑洞洞的深處看了。我稍稍扭過些頭來，想看看煥煥的臉色。卻見她已躺平了身子，雙手捂在自己的眼睛上。她怎麼了？她又在想她死去的外公嗎？還是……她不會是在哭吧？

我生出一種莫名的激動，又一次想伸手去摟住煥煥，拍撫她，安慰她，勸她不要哭。可是，實際上我一動也沒敢動。連碰她一下也不再敢，我只是稍微俯向她一些，喃喃地說了聲：「煥煥，要是你害怕什麼的話，我們……我們出去吧？」

「好的。」煥煥抹了把眼睛，坐了起來。

沒想到是，正當我也坐直身子的時候，煥煥忽然身子一扭，把頭重重地靠在了我的肩膀上。

我吃了一驚，同時心底呼地一下湧起一股狂潮——我雖然還小，到底還是看過不少外國小說的，真希望我是生活在小說裡面的人，那我肯定就自然而然地擁抱她，甚至親吻她——可是我不是！我只是個很封閉的社會中的一個還很幼稚、懵懂、膽怯而不解風情的小男孩！所以我就那麼渾身僵硬地怔在那裡。心裡很想說些什麼，或者做些什麼，實際上卻依然不知道說什麼好，也不知道做什麼好——甚至有一個瞬間，我居然生出一種似乎有點嫌厭的感覺，恨不得一扭頭離開這裡……

現在想來，那一刻實際上並不長，因為通風口外恰巧傳來雜亂的人聲，似乎正有人在喊我的名字，並且鬧哄哄地試圖進來找我。但當時我的感覺卻恍若度過了一段夢一般漫長的時間。我被煥煥逐漸深重起來的呼吸包圍著，其中還雜揉著煥煥身上那特有的誘人氣息。這讓我更覺神思恍惚了。

「有人進來了。」我訕訕地說了一聲，便一口吹熄蠟燭，伸手拎起煥煥的書包，領著她迅速從另一個出口爬了出去。

直到今天（恐怕是永遠），我都清楚地看得到煥煥爬出洞後留給我的那個奇怪的表情。我相信那絕不僅僅是因為洞外那晃眼的陽光的刺激。我那時已經不再緊張而自然地伸出手去，想扶她起身。卻被她輕輕地推開了。並且，伴隨著一個嬌嗔的鼻音，她的鼻子和嘴巴緊緊地擠作一團，給了我一個當時只覺得難以形容也揣度不透的表情。

而且，煥煥也再也沒有來過我的司令部。

這也應該和她的突然離開吳東有關。四年級學期開學前，煥煥的父母從北京來吳東，把她帶去北京上學。但兩年後，她不知怎麼又回到了爺爺奶奶身邊，並且還是回到原來的小學上學。這以後，直到六年級小學畢業，我們因文革爆發而待在家裡的一年多裡，我和煥煥還是經常會有在院子裡或學校裡照面的機會，但卻幾乎成了陌人。從北京回來的煥煥個子明顯高了，人也似乎是突然成熟了；也許是意識到了自己的身分與性別和我們的不同。給我的印象是她變得高傲起來，不再參與同院小夥伴的遊戲、也不再給小小孩們講故事。放了學以後，她也很少再出門。令我失望甚至不快的是，有時她就從我身邊擦肩而過，居然連正眼也不給我一個！當然，女孩慢慢大起來，爺爺奶奶對她管束緊了也說不定。

不過，我更願意相信她是瞧不起我了。因為北京是什麼地方？那是世界革命的中心，紅太陽居住的地方，強大而地大物博的中華人民共和國的首都！除了一些紅衛兵和許誠這樣的學生在大串聯的時候有機會扒火車到北京接受毛主席的檢閱，一般人包括我，連做夢都不敢想像自己會有機會到北京去看看天安門。而煥煥不僅爸媽就在那裡工作生活，她還在那麼偉大的地方住了好長時間。現在雖然又回到了吳東這個小地方來，但她的眼界肯定高得多了，心理也肯定驕傲得多了。再看我們這些灰頭土臉、父母都是黑五類、走資派的舊夥伴，她肯定從心眼裡就瞧不上我們了！還有一點也讓我有點自卑的是，就在她去北京後不久，我父親為補家用的不足，在家門口到廚房披棚間的空地上，用竹木樹枝圍起了一個柵欄，在裡面砌了個磚石窩，養了六隻成天嘎嘎亂叫的鴨子。不僅嘎嘎亂叫，六隻肥胖得屁股都快墜到地上的鴨子還把圍欄裡拉得滿地是屎，使人老遠就能嗅到撲鼻的腥臭。牠們一時高興，還喜歡撲撲地亂扇翅膀，結果又把凌亂的鴨絨弄得四處飄飛，空氣裡還充滿灰塵和細小的鴨絨。別說煥煥，別的小夥伴也經常嘲笑我們家成了農民了，我則成了道地的小鴨倌了。

然而我雖然因此而有些自卑，心底裡還是很喜歡我的鴨子的。畢竟在那個貧乏的年代裡，牠們讓我們一家五口有了一個豐富的營養源。六隻鴨子都是母鴨，進入產蛋期後幾乎每隻鴨子都天天下蛋。而這主要是我的功勞，所以我與這夥看著牠們長大的母鴨們有了一種別人難以理解的感情在。牠們也特別喜歡我，每天早上只要我一撇開牠們睡棚的蓋板，六隻鴨子便爭先恐後拱出窩來，團團圍住我嘎嘎亂叫，還一個個雞啄米般拚命向我伸縮著脖頸直點頭，有的還急不可耐地啄我的褲管。

牠們之所以這麼著急，之所以這麼肥胖，這麼會下蛋，原因就在於牠們每天都會吃到我親手為牠們逮來的蝸牛。那些蝸牛個個鮮活肥滿，對於鴨子來說，無疑是最為滋補的美味。一般人都想不到用蝸牛來餵鴨子，我也是偶然看到一隻鴨子生吞了爬到鴨棚裡的蝸牛，才知道它們愛吃蝸牛。豈止愛吃，我的鴨子見了蝸牛簡直是不要命。起先我還怕牠們噎著，每天逮了蝸牛回來先要用錘子將牠們的殼砸碎才餵，後來才明白多此一舉。我的鴨子等不及我砸，早就把嘴伸到我的小鐵桶裡，一口一個，一個接一個地、再大個兒的蝸牛都順著牠們逞得老長的粗脖頸滑進了嗉囊裡。有時候，最貪婪的鴨子，能吃得嗉子到整個脖頸全都鼓脹出來，看上去就像是一串瘤子。六個鴨子每天都要吃掉我用一公斤裝的空漆桶裝回來的一桶蝸牛。

那麼，我從哪兒逮到這麼多蝸牛呢？

自然是吳東師範學院裡了。學院那麼大，樹叢多草地多，房前屋後陰濕地方也多，又沒有旁人和我競爭。所以我每天早起第一件事就是拎上小鐵桶到學院去。蝸牛喜好棲居於陰濕的地方、樹根或亂石堆雜草叢生之處。因此學院物理樓後面的牆跟處及不遠處的假山四周、灌木叢、亭子腳處便成了我的必到之處。

有一天，我剛揀完物理樓後的蝸牛，一扭頭，意外發現假山上的亭子裡有個人。確切地說，首先引起我注意的與其說是人，不如說是個十分搶眼的紅頭結，遠遠看去，宛如一隻碩大的紅蝴蝶，在淡淡的晨霧裡隱隱綽綽地浮動。定睛再看，我認出那個人竟是煥煥。而那鮮豔的紅頭結，其實是一條紅領巾，只不過她把它當作頭巾，挽在了腦後蓬鬆的黑髮上。這時的煥煥，不僅個子比以前高了許多，身材也變得相當窈窕。她站在亭子上，望去顯得更高，細細長長的，真像一棵婷婷玉立的小松樹。她穿著一身白竹布的連衣裙，配上鮮紅的紅頭結，顯得分外漂亮而招人。

我沒指望能和她對話什麼的，卻又不由自主似地藉著樹蔭的遮掩，悄悄向她靠近去，並偷偷地觀察她。因為我奇怪她為什麼會在大清早獨自到亭子裡來。而且表現得也很有些詭祕。只見她緩慢地踱著步，並不時地向物理樓方向張望著，有時還會伸出雙手向那裡招搖一下，好像在和誰打著招呼，可那兒的窗戶大多關緊著，並沒有看見誰在回應她呀？她這是幹什麼吶？我感到納悶。卻不敢再近前去，怕她不理我，更怕給她看見我在揀蝸牛。可假山和亭子一帶石頭多，草木也密，是蝸牛最多的地方，我的蝸牛因此少揀了許多。而且以後的幾天裡，煥煥好像存心要和我過不去似的，居然天天出現在亭子裡，我再怎麼等，她也不會先我離開。有時手裡還多了一本書，看了會就起身徘徊一陣，卻怎麼也不離開那個高高的五角紅亭。

我不得不改變辦法，次日起了個大早，哪兒也不去，搶在煥煥前先去揀假山周圍的蝸牛。果然，煥煥不在。可是正當我拱在亭子邊上那異香撲鼻、垂滿紫色鈴鐺般的紫藤架下撥弄著草叢、搜尋得起勁的時候，耳後忽然感到一股熱乎乎的鼻息，扭頭一看，煥煥正彎著腰，伸長著腦袋打量我手中的鐵桶，一臉的驚訝。我不禁漲紅了臉，倏地跳開去。還把手中盛蝸牛的鐵桶藏到身後。

「你幹嘛老躲我呀！」煥煥叫住了我：「告訴我，你怎麼敢碰這種髒東西的？你天天揀牠們不覺得噁心呀？」

「我沒躲你呀？」我囁嚅著，卻不肯告訴她我揀蝸牛的目的。

煥煥卻把它說破了。她說她早就知道，我家的鴨子都是吃這些渾身粘兮兮像裹在鼻涕裡的蝸牛長大的。還頗有幾分嘲諷地說，「她真不敢想像我們家人怎麼吃得下這種鴨子下的蛋。」

我的自尊心大感傷害，以至忘卻了難為情，尖銳地反駁她：「怎麼吃不下？既然鴨子喜歡吃下肚的東西，會有什麼不好嗎？而且我家的鴨子不是只吃蝸牛，也要餵稻穀和菜葉的。再說，鴨子不管吃什麼東西，下出來的還不都是一樣的蛋？」我還問她，「知不知道所有的菜呵米呵都是用大糞澆出來的？難道你就不吃飯了嗎？」

煥煥怔了一會，開心地笑了。然後用和解的口氣說：「好了好了，我跟你說說玩玩的。何必生氣呢？可是你還要回答我一個問題，為什麼你這幾天一看見我在亭子裡就不過來了？就因為我爺爺是黑五類，你就看不起我了嗎？」

「怎麼會呢？」我連忙解釋：「我們院裡多的是黑五類人家，我爸爸不也被打成了走資派嗎？我不過來，不就是不想讓你看見我揀蝸牛嗎？再說了，是你先不理我的好不好？你從北京回來就不理我了，像個了不起的公主似的」。

這回輪到煥煥吃驚了。她大叫道：「原來你也是這麼想的？我還一直在生你們幾個的氣呢，自以為大了幾歲就看不起女生了！有幾回我向你們笑，你們還把頭扭向別處去，所以我才下決心永遠不再理你們——你在抵賴吧？不然怎麼會這樣呢？」

說著話，我們不知不覺地已在亭子裡的長椅上坐了下來。話一說開，互相間的猜疑和敵意也像縈繞在身邊的清風一樣，在不斷延展的話題中飄逝了。可是，談得正開心的時候，我一不小心又把剛剛熱絡起來的氛圍給破壞了。我問她為什麼這些天天到亭子上來，一坐老半天的，害得我少揀了不少蝸牛。我甚至還問她：「你是不是忘了，紅領巾是烈士的鮮血染紅的，你老把它當頭巾系在頭上，恐怕是有點反動呢……」

「瞎說，你才反動呢！」沒想到煥煥生起氣來，臉色紅一陣白一陣地，扭過頭去好一陣不理我。我解釋了半天，再轉過去看她時，她迅速擦了擦紅紅的眼睛，恨恨地說：「我才不管那麼多呢，反正我現在是黑五類子女，也沒資格戴什麼紅領巾了。我把它繫在頭上，只是為了讓自己看起來顯眼一點。我天天到這裡來，也就是為了讓我爺爺能看到我。他被關在物理樓裡已經有一個多月了，奶奶急得天天在家裡掉眼淚，我不知怎麼安慰她才好。只好天天晚上躲到閣樓上去發呆。過去乾乾淨淨放滿書的閣樓上，現在已是空空蕩蕩，一片混亂，充滿著沒有人呵護的霉朽味。書架上也滿是浮塵。我只有趴在老虎天窗上，向著天上的每一顆星星祈禱，暗暗乞求它們能幫助我。最好能派來一隻飛船，把我們一家都接到天上去，永遠也不要再回到這個鬼地方來……

你不要這麼看著我，我說得都是真話。爺爺奶奶早和我說過，如果運動結束後他們還能活著，一定要申請回鄉下老家種地去，再也不當教授了。外公說，我們老家可美了，水清得能當鏡子，草木綠得像碧玉，新米做出來的飯又香又糯，只要有幾筷青菜，像我這樣的小孩都準會一頓吃它三大碗……」

我興奮地叫起來：「啊呀，怎麼你爺爺說得跟我爸媽是一樣的呀？他們也說過，不行就回老家種地去。」

「你們的老家在哪裡？」

「遠著呢，在山東呢，不過是在海邊上。我還從來沒看過大海呢。」

「真好啊，遠點也沒關係。可是你們老家的親戚是貧下中農，還是地主富農呢？」

「這個啊……」我知道自己爺爺是中農成份，但又想到外公外婆都是貧農，便朗聲說：「當然是貧下中農啦。」

「唉，」煥煥忽然歎了口氣，臉上濃濃地浮上一層陰雲：「還是你有運氣啊！我們就不行了，爺爺後來才知道，我們現在是連老家也回不去啦——爺爺的父親本來是『民主進步人士』、開明士紳，還在縣裡當過政協委員。不料現在也被打成了反革命，說他是大地主，村裡把土改後留給爺爺家的三間瓦房也沒收了。所以，現在就是村裡請我們回去，我們也不敢回去啦……」

煥煥還說，她現在幾乎天天晚上會在夢裡見到爺爺：「而且我清楚地聽到他對我說，煥煥呀，我真想你呀，為什麼你不來看看我呢？可是，我要到物理樓去看他，那些造反派就是不讓我進，說他正在隔離審查，連給他送點吃的也不行！」

我順著她的視線望去，一下子全明白了。煥煥的爺爺是物理樓裡的高級教授。一個多月前，造反派抄了他們的家。並把煥煥爺爺「隔離審查」關在了物理樓裡。而這個亭子地處高崗上，又正對著物理樓她爺爺原來辦公室的窗戶。煥煥到這裡來，就是為了讓樓上的爺爺有可能看見她！可是，誰知道她爺爺現在到底是被關在原來的辦公室還是別的哪間房子裡，能不能看到她呢？

我的心揪緊了。一個月前造反派抄煥煥家那恐怖的一幕，又浮現在眼前。

我說過，煥煥爺爺雖然是個物理學教授，卻也酷愛藏書。抄家那天才知道，他家的藏書，遠遠超出我的想像。一大夥學院來的造反派調來一輛卡車，裝走了滿滿一卡車，又回來再裝第二趟。驚得四鄰八巷的人都來看熱鬧。大家知道，我們這個家屬院像個小型的半島，四面有一圈一人多高的圍牆。好幾戶人家比如錢小金家，就住在圍牆邊上。圍牆外有半圈蜿蜒的河流，河上有一座月芽般彎彎的拱橋。橋下面一頭是我們的百里街，另一頭右手處便是學院的大門。煥煥家也和許誠家一樣，有個小花園，小花園也緊靠在臨河的院牆邊上。抄家的時候，因為我人小，所以就被擁擠的人群擠到了這院牆的邊上。就在這兵慌馬亂的當口，我忽然看到煥煥的爺爺赤著腳，穿著件老頭汗衫，從緊挨花園的一扇窗戶裡跳了出來。我正在奇怪，只見他縱身一躍，一下子就攀上了矮牆，片刻也沒猶豫就跳了下去！緊接著便爆起一片大呼小叫：「有人跳河啦！反動學術權威跳河自殺啦！」

頓時，看熱鬧的人和氣急敗壞的的造反派們潮水般湧向圍牆邊。有人失聲吶喊，有人嘶聲叫罵，還有許多人興奮地拍著巴掌或尖利地吹著口哨，但都眼睜睜地看著煥煥爺爺像個大麻包一樣，在混濁的河水裡浮上沉下地掙扎，就是沒有一個人跳下去救他。

就在這時，又一個更加讓人驚駭的事情發生了──瘦弱而因緊張臉色像一張黃裱紙一樣難看的煥煥，突然不聲不響地從人群中鑽出來，正好擠到我身邊。她的個子雖然比以前長高了，畢竟是女孩，所以比我還矮一點。但她卻不知從哪來的勇力，竟然一下子攀住牆頭，拚命往上躍。我還當她只是想看看河裡的爺爺呢，就喊了一聲，提醒她不要也掉到河裡去。哪知她雙腳猛蹬了幾下，竟然爬上了牆去，隨即便飛身一躍，就那麼穿著一身連衣裙，像隻輕盈的燕子般扎入水中！

我驚呆了。所有的人在那一刻都驚呆了，以至現場出現了一瞬間的靜默。只見煥煥吃力地游向已向水流下方漂去的爺爺，一把抱住了他。我知道煥煥會點水，以前放暑假的時候，我們在學院泳池一起學過游泳。可那時她頂多也就會抬著頭遊個十來米，又是這麼瘦弱的一個女孩子，還穿著裙子，怎麼可能救得起爺爺這麼大的一個人呢？果然，水裡的兩個人剛抱在一起沒多久，很快就撲騰著沉了下去。

但是，煥煥的勇敢還是起了作用。不知是誰帶的頭，撲嗵撲嗵，好幾個圍觀者一個接一個跳進了河裡，有人還找來一架木梯伸進河裡，很快就把煥煥祖孫倆救了上來。可是，倆人的樣子別提有多狼狽了，因為河水很髒，他們滿頭滿身都沾著水裡的浮萍和污物團。而她爺爺已昏迷過去，送到醫院搶救才撿回了性命……

我忽然覺得身上有點涼，抬頭看看天，剛才還神氣地浮遊於亭子東南角上的太陽，不知幾時已被一大團陰雲吞沒了。那些先前還在柳樹梢上「思他、思他」地聒噪不已的知了們，不知為何也都閉上了嘴巴。亭子周圍一下子顯得分外寂靜，靜得能清晰地聽見亭後那兩棵高大參天的白楊樹葉，在漸漸強勁起來的風中颯颯地呻吟。我感到心裡很陰鬱，還有一種莫明其妙的異樣感。再看看亭子周圍和物理樓四邊，竟然一個人影也沒有。今天怎麼啦？都快中午了，學院裡的人都到哪去了呢？怎麼會空蕩蕩的一個人也沒有呢？哦，可能又到學院後面的大操場去開什麼批頭會或者誓師會了吧？可是不對呵，開這樣的大會，學院裡的高音喇叭照例是要一遍遍地播放通知、或者〈造反有理〉、〈革命不是請客吃飯〉等語錄歌的呀？對了，好像今天還沒聽見喇叭響過呢？這到底是怎麼回事呢？

我心裡越發有些發毛。想對煥煥說說我的疑慮，卻又怕她笑話我膽小。於是便提起我的鐵桶，對煥煥說：「我們回家吧，不然恐怕會下雨呢。」煥煥看看天，又站起來向物理樓方向張望了好一會，終於點了點頭。

走出亭子時，煥煥又張開雙臂，向物理樓使勁揮動，並大聲喊著：「爺爺，我回家了。你當心點呵，明天我還會來看你的！」

可是陳舊的、外牆爬滿爬牆虎的物理樓上，大多窗扇緊閉，一片死寂，沒有任何回音。在越來越陰鬱的天光裡，我們也根本看不清任何一扇窗戶後的祕密。

回家的路上仍然沒有碰見一個人。學院裡死一般沉寂。

我越發感到奇怪，並有一種越來越濃厚的不安感，像天上的黑雲般緊緊包裹著我的心。再看煥煥，她顯然沒有我這種奇怪的感覺，反而還有些興奮，一路上都在和我說這說那。特別讓她傷心的是她奶奶的眼睛。因為哭得太多，有一隻已經什麼也看不清了。有一天她陪奶奶到醫院去看，誰知不少醫生也帶著紅衛兵袖章在那兒批鬥醫院裡的「反動學術權威」。眼科只有一個醫生在值班，診室門前圍了好多焦灼的患者。排了好長時間的隊，好不容易輪到奶奶看了，卻又因為一個不知怎麼認出外婆的患者，想擠掉她自己看吧，暗暗對醫生咬耳朵說奶奶是反動學術權威的家屬，結果她不但沒得到檢查，反而還被那個醫生惡聲惡氣地訓了一通……說到這裡，煥煥嚶嚶地哭了，步履踉蹌，一隻手緊緊抓住我的胳膊，簌簌地抖個不停。

我很想安慰她一下，可又不知說什麼才好，只好暗中歎氣，並握緊她的手，牽著她暗暗加快腳步。

我們還是比災難遲了一步。

剛剛拐到學院大門口的傳達室處（我這才注意到，學院的傳達室居然也門戶大開，鬼影也不見一個），一個錐心的叫囂晴天霹靂般炸響在耳畔：「不許動，舉起手來！」

我和煥煥都呆住了。人，一大群我們從來沒有見過的人、怪裡怪氣而分外猙獰的人——全副武裝的造反派和紅衛兵，有的端著步槍，有的舉著衝鋒槍，有的戴著鋼盔，有的戴著柳條安全帽，一個個都是滿臉的兇惡、肅殺，剛好從學院門外的石拱橋上貓著腰小心翼翼地闖進學院來。突然看見我和煥煥，他們也明顯吃了一驚，走在最前面的一個人緊張地盯著我手中的鐵桶，一挺槍跳過來，寒光閃爍的槍刺差一點就刺中了我的鼻尖：「什麼東西？舉起手來！」

我猛然醒悟，趕緊扔掉鐵桶，高高地舉起了雙手。鐵桶落地的鏜啷聲，加上四散滾落的蝸牛，把頭前幾個民兵嚇了一跳，他們驚恐地跳開去，同時所有的槍口都瞄準了我。我從來沒有經歷過這種只有電影裡才見識過的場面——而在電影上你永遠感受不到威脅近在咫尺時的那種肅殺、狂亂和逼真的末日感——我一時魂飛魄散，兩條腿軟綿綿地打顫。眼前只覺得天地亂旋，彷彿自己已被挑起在槍刺上凌空亂舞。我想求饒，卻什麼話也說不出，甚至連哭聲也發不出來。與此同時，一股灼熱的尿流卻順著褲管淌進了鞋裡。

就在這時，啪，啪啪……耳後響起一陣凌亂的槍聲——大隊人馬扔下我，放著槍，殺呵，衝呵地叫喊著，給自己壯膽，同時像潮水一般湧進學院去。

第一陣槍聲是衝著煥煥去的。這幫民兵們以為煥煥是給裡面人報信的。事實上煥煥擔憂的只有一個人——爺爺。剛才，趁著那夥人的注意力在我身上的時候，煥煥突然一個轉身，飛快地跑回了學院，一邊跑，一邊向著遠處的物理樓尖聲喊著：

「爺爺，快逃呀，有人來殺你們啦……」

裡面的槍聲越來越密集，橋上下來的民兵也越來越多，像一大群形狀怪異、尖刺利甲且裹挾著瘮人的血腥氣的大甲蟲，前呼後湧、躲躲閃閃、哼哼哈哈地爬進了學院。太陽恰好在此時又掙出了雲層，槍尖上刺刀的反光暉映著慘澹的陽光，反而讓眼前的一切都顯得格外虛幻卻又格外淒慘。

我驚懼地閉緊雙眼，只覺得地在搖顫，天在旋轉，世界末日嘎嘎獰笑著轟然降臨。我幾乎都忘了呼吸，像具靈魂早已出竅的木偶，身子緊貼在門房的牆壁上，直到那股怪異的濁流四下消逝，學院裡面的槍聲漸次稀落，大地也不再戰慄時，我才敢放下麻木的雙手。

我這才哭出聲來，一邊抹著洶湧的眼淚，一邊趴著牆角向學院裡窺探。民兵們早已散失在學院深處，眼前重又變得像我們出來前一樣，空蕩蕩而死一般沉寂，讓人懷疑剛才是不是只是一場惡夢，什麼事情也沒有發生。

然而，我身邊卻分明少了個煥煥。

她就那麼面朝地趴伏在距大門口幾十米遠的一棵樹冠碩大、孤聳入雲的老銀杏下。腦後那鮮豔的紅頭結依然搶眼，像一隻飛倦了而暫時小憩的紅蝴蝶，一動不動。

我泣不成聲，勉強挪動腳步到距煥煥幾米遠的地方跪了下來。我不敢近前，也無法再近前。我淚流滿面，渾身痙攣得就像發了羊癲的病人。我滿心愧疚，充滿著對自己的鄙恨。為什麼我沒想到要護住煥煥，不讓她亂跑？為什麼我不敢攔住罪惡的槍口，反而卑怯得濕了褲子？

我嘶聲呼喚著煥煥的名字，卻再也聽不到她的回答。只有老銀杏那金黃的落葉，沙沙悄響著，淚雨般飄落在煥煥身上。

老銀杏至少已有上百年壽誕了，可謂閱人無數，飽經滄桑。可是它未必見識過今天這麼一幕。畢竟它始終生活在文化氛圍濃郁的學院裡，呼吸著的、滋養它的，都是所謂的經史子集、人文精神呵！

不，我寧願相信輕撫著煥煥的不是老銀杏的落葉，而是從她嚮往的星空飛來引領她的天使。而煥煥正在安靜地羽化，羽化成一隻即將翩翩飛向天國的紅蝴蝶。因為仍在汩汩流溢的鮮血，眼看著就要將她那潔白的連衣裙洇化成鮮紅的羽翼。

雖然我早已嗅到了彌漫在學院中的某種詭異和危險的氣息，卻絕不可能想到會是這樣一種危險。此後我才從大人們口中得知，這萬惡的一天正是吳東市大規模武鬥拉開戰幕的時候。佔領學院的一派紅衛兵，頭天已探知城外的對立派將來偷襲，挾同他們控制的批鬥對象一起，全部撤到了吳東西郊。那天的學院實際上已是一座空城——如果我們早知道這些，煥煥也不會失控而跑了……

那年，煥煥和我一樣，剛滿十五周歲。

第十一章

差不多和煥煥爺爺被關在物理樓的同時間，我父親和大院裡的其他走資派、反動學術權威等好些人，包括許院長夫婦倆，也都被學院裡的紅衛兵造反派們分別囚禁在各自的系科和部門裡，不許回家已長達一兩個月，當時稱這是「隔離審查」。但這明明是無法無天、限制人身自由的非法囚禁。按說都是普通老百姓，紅衛兵儘管自封革命家，卻沒有任何法制允准他們有權抓人、扣人、關人。何況他們扣的還主要是經過執政黨及其領導下的政府任命的各級領導。可是在那個悖逆時代那種「造反有理」的形勢下，你又能到哪裡去講理、和誰去講理？況且這並不是一院一市一地的怪象，而是由最高權威支持的、席捲全國所有城鄉、所有領域的「歷史性的、史無前例」的大革命，誰又能夠螳臂擋車？

為使讀者們能對當時發生的這一切有個更直觀而深入的瞭解，我覺得有必要就那時的大背景、大形勢多說幾句。

一九六六年八月五日，北京師範大學附屬女子中學的紅衛兵學生發起「鬥爭會」，把五名學校教學負責人掛了牌子並戴了高帽子遊街。有人強迫副校長、教語文的胡老師敲一隻鐵皮簸箕並說「我是牛鬼蛇神」。她不肯開口。有人再逼她，她還不肯說「我是牛鬼蛇神」，只肯說：「有人說我是牛鬼蛇神。」於是，她馬上遭到毒打，直至被打成重傷骨折。另一位副校長卞仲耘、四個孩子的母親，則被紅衛兵們活活打死。

此後沒幾天，在胡老師拒說「我是牛鬼蛇神」而被毒打之後，卻有一首以「我是牛鬼蛇神」開頭的〈嚎歌〉，被「創作」出來。作者正是北京第四中學的紅衛兵。誰也沒有想到，隨著紅衛兵組織在全國各個地方、各個學校全面興起，亦隨著暴力迫害的全面升級，這首毫無人道的〈嚎歌〉不但立刻流傳於北京的大、中、小學，而且席捲了全國。無數被批鬥、被迫害、被打成「黑五類」的幹部、群眾被關押、被逼迫著唱過這個「歌」。所有這些被無端誣坐為「牛鬼蛇神」者，不但要忍受非人的暴力折磨和羞辱，而且要被迫自我詛咒，自我醜化，以表示他們對自己的所謂「罪行」和對慘無人道的懲罰心甘情願的接受。

吳東學院自然也很快就風靡了這首〈嚎歌〉。作為被迫害者，我父親和所有被批鬥被關押的「牛鬼蛇神」們，都要在第一時間學會並隨時遵命「嚎」這首歌。而作為他們的子女、親屬，我和其他所有家屬、子女一樣，也很快就聽熟並能隨口唱出這首名歌——儘管我沒有那些被迫害者的慘痛恥辱，但我也一樣厭惡並不願意唱它。

且將〈嚎歌〉的詞曲照錄於此，懂樂理的一哼就知道，這是個什麼鬼：

|1512|31|1512|31|

我是牛鬼蛇神，我是牛鬼蛇神

|000|000|

我有罪，我有罪，

|6533|21|3323|55|

我對人民有罪，人民對我專政，
｜6533｜22｜
我要低頭認罪，
｜3323｜55｜6533｜21｜
只許老老實實，不許亂說亂動，
｜33323｜55｜6533｜21｜
只許老老實實，不許亂說亂動，
我要是亂說亂動，把我砸爛砸碎，
｜55｜66｜077｜—｜—‖
把我砸爛砸碎

可見，簡單易學、傷天害理是它的主要特徵。這樣，才能讓哪怕是音樂盲也能很容易學會，以讓他們字字錐心，句句泣血！

這樣，那些被強迫唱過這個「歌」的「牛鬼蛇神」們，感受到的不僅是大侮辱，更是大傷害。今天的人們，僅僅從「歌譜」也可以看出，這種古怪的曲調本身，即意味著一種嚴重的自我醜化和自我詛咒。每個正常的人，如果被強迫長期「嚎」這個「歌」，一定會被強烈的羞辱感、憤懣、恐懼所異化、壓抑而變態甚至發瘋！

不僅如此，當時還把「嚎」這樣一個自我侮辱的「歌」，和其他折磨如遊街、體罰、剃「鬼頭」（陰陽頭）、勞改、毆打甚至打死結合起來施行，這在古今中外的歷史上都難見先例。在我們傳統的戲文中，被下獄、被殺頭的囚犯，有的還能慷慨陳詞，或者大喊大叫說一番二十年後又是一條好漢之類的話。卻未見有記載說，古代施刑之外，還要強迫囚犯寫無數的自我檢討或認罪書，還要強迫他們用古怪難聽的腔調主動要求「把我砸爛砸碎」。曾幾何時，在希特勒的集中營和史達林的「古拉格群島」勞改地，在虐殺生命方面當然是同樣殘暴的，但卻沒有強迫囚犯作這樣的自我詛咒。把心理的摧殘和肉體的折磨這樣結合使用，是前所未有的對人作為人的起碼尊嚴的澈底毀害。

那時，中國的報紙雜誌寫到「文化大革命」，總是要千篇一律地在前面冠以「史無前例」四個字，以標榜其偉大。如果文革確有如此特性，那麼對人的生命的蔑視和對人的尊嚴的蹂躪程度一定是其中主要的特徵之一。心理的創傷也許不像肉體的創傷那樣有明顯的疼痛，但是對人的傷害卻遠較肉體的創傷為重。

還有一個「著名」的詞彙，「牛棚」，也很有典型意味。

「牛棚」也是風靡全國的一時「盛況」。顧名思義，就是專門關押牛鬼蛇神的地方。它們多半是利用一些破舊平房、倉庫之類臨時辟出。其建築十分潦草，比臨時搭起的棚子略勝一籌。綜合各種當事人的回憶來看，牛棚裡面多半是塵土累積，蛛網密集，而且低矮潮濕，霉氣撲鼻。許多地方還因此而常見老鼠、壁虎、蜘蛛甚至蠍子之類。地上還爬著多足之蟲，還有土　，以及其他許多的小動物。總之，這種地方實際上是無法住人的。但是被迫入住的，本來就是已經被剝奪了「人」籍的牛鬼蛇神，讓你們在任何地方住，都是天恩高厚。你們還想如何？

許多牛棚裡還有《勞改罪犯守則》，這等於是這裡的憲法。在它和許多任意口頭補充的律令約束下，牛棚人的生活刻板有序。早晨六點起床，早了晚了都不允許。一聲鈴響，穿衣出屋，第一件事情就是繞著院子跑步。監改人員站在院子正中，發號施令。別以為這是為牛鬼蛇神們的健康著想，這跑步也是折磨「罪犯」的一種辦法。讓他們在整天體力勞動之前，先把體力和精神消耗淨盡。

跑完步，到院子裡的自來水龍頭那裡去洗臉漱口。洗漱完，排隊到食堂去吃早飯。走在路上，視各種牛棚大小，人數少則幾十個、多達一二百人。隊伍雖然浩浩蕩蕩，人卻個個垂頭喪氣，如喪考妣。根據口頭法律，誰也不許抬頭走路，誰也不敢抬頭走路。有違反者，背上立刻就是一拳，或者踹上一腳。當時牛鬼蛇神的工資全都被造反派非法扣發，每月連家屬只給每人十二到二十塊生活費。這點錢能吃什麼，可想而知。牛棚食堂裡當然有桌有凳；但那是為監管者準備的。牛鬼蛇神們只能在屋外樹底下、臺階上、或蹲在地上「進膳」。

早飯以後，回到牛棚，分配勞動任務。在出發勞動之前，還必須到樹杆上懸掛的黑板下，抄錄今天要背誦的「最高指示」。這指示往往相當長。每一個牛鬼蛇神，今天不管是幹什麼活，到哪裡去幹活，都必須背得滾瓜爛熟。任何監改人員，不管在什麼場合，都可能讓你背誦。倘若背錯一個字，輕則一個耳光，重則更嚴厲的懲罰。因此，牛鬼蛇神們就邊幹活，邊背語錄。身體和精神都緊張到要爆炸的程度。至於參加的勞動工種，那還是非常多的。搬磚、運煤、裝運貨物、打掃衛生，反正原屬於單位工友或勤雜人員的活，牛鬼蛇神們全包了。在此過程中，監改人員在管理這些牛鬼蛇神們時，也會湧現出許多發明創造。這些人除了個別職員和一些工人以外，有一多半是學生。這些學生平常學習成績怎樣，誰也說不清楚。但在管理牛棚時的表現，卻讓人不能不給他們打很高的分數。他們表現出來的才能是多方面的：組織的才能，管理的才能，訓話的才能，說歪理詭辯的才能，株連羅織的才能，等等，簡直說也說不完。而他們表現出來的剛愎和霸道，說打人伸手就打，抬腳就踢，絲毫也不游移遲疑，正規監獄的管理者恐怕是是望塵莫及的。而他們發明創造表現得最天才的地方，卻是晚間訓話。

每天晚上，吃過晚飯，照例要全體牛鬼蛇神集合在牛棚外，由一個監改人員站在隊列前面訓話。這個訓話者常換人，訓話的內容也每天不同，主要做法是抓小辮子。小辮的來源大體上有兩個：一個是白天勞動時一些芝麻綠豆大的小事；一個是牛鬼蛇神們每天的書面思想彙報中一些所謂問題。在中國這個文字和刀筆師爺之國，挑誰點小毛病易如反掌。一頓痛斥後，還要你挑燈夜改，以觀後效。

晚訓時，有的人身體不行，比如吳東學院有位西語系的歸僑教授，年齡早過了花甲，而且重病在身，躺在床上起不來。但想不參加也是不允許的。造反派對於這個行將就木，根本不能勞動，連吃飯都起不來的人，照樣逼他躺在床上「改造」。他住的床鋪門外就是晚間訓話時排隊的地方。每次點名，他都能聽到自己的名字，就掙扎著從屋中木板床上發出一聲：「到！」聲音微弱、顫抖、蒼老、淒涼，震動靈魂。許多難友們聽了都想哭上一場。

更令人悲哀的是，牛棚這種晚間訓話，成為許多地方最著名的最有看頭的景觀。牛棚外的空地上，小樹林邊，總是會影影綽綽地站滿了人。這都是趕來欣賞這難得又富刺激性的「景觀」的……

上述種種現象，吳東學院也有過之而無不及。

有必要說明一下，當時學院所謂的「隔離審查」，和後來整個學院的黑幫們全部被趕進牛棚，以後又進一步趕到鄉村或所謂五七幹校去「勞動改造」是有所不同的。被隔離審查的人通常都是被紅衛兵看押著，住在各院系學生宿舍或者是院系辦公室騰出來的房間裡，一般人都是兩個或者三個一室，自帶行李鋪蓋，睡木板床。「首惡」分子，如許院長這種院裡領導，和我父親這種系裡領導，大多被單獨關押在一間。他們每天的主要任務就是學習馬列著作和毛主席語錄等，並一遍又一遍地反反覆複地寫著各自的檢查和揭批材料。這種檢查無論你寫到什麼程度，修改了多少遍，幾乎是沒有通過的時候的。而通不過被紅衛兵頭頭叫去訓斥一頓，命你怎麼怎麼改寫，算是幸運的。頭頭們一惱火，通常又來一個針對你並由別的牛鬼蛇神陪鬥的批鬥會。批鬥會就少不了要帶上高帽子，挨幾下拳腳，有時還要拖出去遊一回街。父親「解放」後，和我們談起過當時的滋味。據他說，寫檢查其實還是容易的，因為你認認真真寫了幾遍後很快會明白，無論你寫得多麼深刻，多麼嚴重，反正是通不過的。乾脆把自己上綱上線、痛潑污水，或者把以前寫過的內容改改再塞回去，儘量搪塞應付就是。最難弄的是逼你寫批判、揭發別人的材料。批判還好些，把院領導或省市甚至全國的黑幫分子反動集團之類死老虎拿來作靶子，空對空地叫罵一通就差不多了。揭發材料，尤其是逼著你揭發舊日同事或領導，還要你「有理有據」，說明他們幹了些什麼反動事情，說過什麼反革命言論等等，是最難弄的了。照實「揭發」別人，於心不忍；無中生有（多半如此，不如此也要逼你如此），更是內疚萬分。而無論寫檢查還是寫揭發材料，造反派們最感興趣的是「真實細節」，尤其是檢查你自己或揭發別人「腐化墮落」或涉及「生活作風」問題的，往往被反覆打回修改，要求不得躲躲閃閃、遮遮掩掩，一定要詳細交代，深刻反省。

寫的看了不過癮，於是便來「提審」。

外語系有個文革前夕剛剛留校的女研究生，本來還只是助教，家庭出身也沒問題，夠不上任何被「揪出來」的標準。就是因為外語系主任董陽在檢查材料中為避重就輕，想以承認自己生活作風問題而回避「反革命」罪名，就坦白了自己以幫助該女研究生留校為名，與其「腐化」過。這一下不得了，那些多半連性生活是怎麼回事也還不明白的年輕紅衛兵們，三番五次逼迫董陽重寫檢查，越細、越「老實」越好。這還不過癮，乾脆把那個本來已因無課可上而躲回家中的女助教從家中揪回學院，三番五次逼她交代與走資派通姦的細節，怎麼說的，怎麼挑逗的，怎麼寬衣解帶又怎麼上床的，問了個通體透明。這也罷了，逢到批鬥董陽時，必定把又女助教拉上臺陪鬥，還在她脖子上掛了一串破鞋——以最民主、最先進、最正確、最偉大、最光榮的革命家自居的紅衛兵們，幹出的卻是最醜惡、最封建、最卑劣、最荒謬、最下賤、最令人髮指的勾當！

被隔離審查者，都有個吃飯問題。這本來好解決，雖然許多學生和教職員工都因停課回家了，留院鬧革命的紅衛兵們也還要吃飯，學院的教工食堂就還開著。被隔離審查的牛鬼蛇神們日常作息和蹲監獄幾乎無異，一般都不許家人送飯或探望，到了飯點上，就會由紅衛兵押去食堂吃飯。煥煥的爺爺當時就屬於這種情況，所以煥煥無法借送飯名義去看看爺爺、說幾句話。而我父親和許院長則相反，因為是重點審查對象，一旦在被關起來「隔離審查」期間內，為防與別人有串供機會吧，從不許他們與別的牛鬼蛇神見面，連下次樓買點日用品或上趟食堂也不允許。因而反倒允許他們的家人來送飯或日用品，這也無意中給了家人和他們稍微見上一面的機會。

我說稍微，是因為送飯時，家人，比如我家，基本是我來送飯（因為母親在她工廠裡雖然沒被隔離，也必須天天到廠裡去「監督勞動」，家裡剩下姐弟三人，姐姐就負責做飯，我則負責送飯）。這時候，我總可以和父親見上一面，並趁看押者不備時，多少說上幾句話。不過，這也是時間長了以後才有的機會，開始看押者都鐵面無情，我把飯送到原系總支書記辦公室，即現在父親的囚室門口時，坐在門口的看管者並不讓我進去，而是由他們把飯拿進房間，等父親吃完後再由他們把飯盒遞出來，期間我頂多可以在門口探頭看上他一眼。

去的次數多了，有些看押者尤其是父親被打倒前對他沒有太大看法的人，或者碰上個把脾氣溫和些的人，便會和我說上幾句話，甚至允許我直接進屋，把飯菜給父親。當然，這種機會並不多。有些人也怕自己會擔責任。

說實在的，我那時並不希望能進屋到父親身邊去。父親鬍子拉碴、面黃肌瘦、沉默寡言的模樣不看還好，看了總讓我滿心酸楚。室內還籠罩著一層莫明其妙的氣味，因為怕父親逃走或跳樓吧，兩扇窗戶都被造反派釘死不能開，門上的氣窗也是用鐵絲絞死的，這種鬼地方，我一進去就感到沉悶而壓抑，真不知一天二十四小時關在其中的父親，心裡是什麼滋味。又是如何熬過那漫長的每一個陰森、絕望的日子的。

有一天我進到室內去時，看見父親正歪在鋼絲床上，一臉的虛弱。床前原先的辦公桌上，則堆著亂七八糟的臉盆、牙具、茶杯等，還有一套毛澤東選集四卷。桌子中間玻璃墊板上則攤著沒寫完（恐怕也永遠寫不完）的檢查材料。看見我父親有氣無力地從床上掙起來，勉強向我一笑，說：「你來啦。」我嗯了一聲，把鋁飯盒打開，推開他的檢查材料，放在桌上並說：「你吃飯吧，今天姐姐蒸了點香腸。」

今天的菜除了一小截香腸，還有一些炒青菜。父親看了飯盒一眼，臉上的表情變得溫柔了些，說：「今天你們也吃這個嗎？」

我說是呀。其實是在撒謊，我和姐姐、弟弟其實都只有炒青菜，沒有香腸吃（那一截香腸還是以前沒捨得吃完留著的）。因為自從被打成走資派後，父親和母親的工資都被並無此權力的造反派擅自扣了一大半，每人每月只能拿到十二塊生活費。全家五口人，全指著這點兒錢和母親想方設法藏下來的一點過去的積蓄勉強度日，所以指望全家人天天吃到葷菜是不現實的。而父親之所以問我們是不是也吃的香腸，是因為他很清楚家中的處境。正因為如此，當他狼吞虎嚥地吃完飯菜後，那一小截香腸還留在飯盒中沒有動。我說：「爸爸你幹嘛不把香腸吃掉？」他搖搖頭說：「我今天身體不大舒服，有點泛胃。帶回去你們吃吧。」

我不相信父親會連點香腸也吃不下，但也知道勸他吃是沒用的，住進來以後，他經常會把我們帶給他的一小塊肉或者帶魚什麼的留在飯盒中讓我帶回去。

我默默地把飯盒裝進竹籃，打算離開，父親突然向我使了個眼色，自己迅速走到門口，響亮地清了清嗓子，向門邊的痰盂裡吐了口痰，趁機從門上的玻璃小方框向外張望了一下，回過身來後，他貼著我的耳朵，低沉而一字一字儘量清楚地對我說：「你一定要告訴你媽，他們一時半會是不會放我回去的。但是我不會喪失信心。我會永遠相信群眾相信黨，無論什麼時候，無論什麼情況下，我也絕不會像有些人那樣——萬一我發生任何意外，你們都要堅定地相信，那不是正常的結果！我，是絕不可能自絕於黨、自絕於人民的！明白了嗎？」

因為靠得很近，我清楚地看見父親的耳後上方鼓起一個很大的血腫，兩邊面頰也一大一小，很不對稱。我心潮狂湧，卻不敢張口，因為怕一張口就會嚎啕出聲，只好咬著牙關，拚命點著頭，表示我明白父親的意思了——事實上，幾天之後，我才更加明白父親對我說那番話的涵義，也確認了他耳後那個很大的血腫的成因……

那天中午我照例去給父親送飯，可是去得早了些，系科大樓門前站崗的紅衛兵說裡面在開會，不讓我進去。我只好在外面閒逛，過一會再進去。不知不覺就遛到了大樓前面的花圃前坐了下來。

那是個晚秋的大晴天，天空特別澄淨，深藍色而廣闊無垠的天宇上，有些雲片像馬一樣飛奔在大草原上，讓我生出一種久違的自由而寬慰的胸懷。而眼前的花圃裡，那一叢叢好久沒人打理卻依然紅豔得燙眼的美人蕉，綠嫩得令人心悸的叢草和盆景之榮，又讓我莫明其妙地感到了一種深不可測的傷感，以至久久不忍離去。我暗中驚歎這些植物生命力的強盛。運動開展以後，學院裡一切都不正常，這些以前有人精心伺養的花卉、盆景，後來也都像是被人遺棄的流浪兒一樣，變得蓬頭垢面，萎靡不振，有的花盆也早被人打碎了，泥土鬆裂分崩而露出枯萎的鬚根，奄奄一息。可是前兩天因為有雨吧，這些稍得滋潤的植物們便立刻舒展葉片甚至開花吐蕊了。望著它們現在的模樣，我心裡也隱隱地有了些信心。然而，隨著視線無意的移動，我驀地跳了起來。因為我忽然回想起來，就在這小花壇的對面不遠處，大樓入口處的水泥地坪上，幾天前還橫躺著一具死屍。不是死於自殺，而可說是它殺——他是系裡的一位六十歲出頭的老教授，那天被造反派逼著爬上高梯，去扯那些爬滿樓壁、經年曆久已堅牢如鐵的爬牆虎的藤蔓（那些茂密的爬牆虎使大樓看起來十分美觀，完全沒有破壞的必要，逼人去扯它純粹是造反派為施虐而找出來的理由），恐怕一輩子也沒爬過高梯的老人，一不小心從高處摔落了下來。聞訊和許多人一起趕來看熱鬧的我，到那兒時，老人還沒有死，但已頭破血流，腦漿迸濺了一地，血污像漆一樣濃厚。我清楚地聞到了一股濃重腥澀的怪味。而他雖已不能出聲，半邊手和腿卻還在斷續地抽搐……

雖然已不是第一次看到這種慘狀，但當慘不忍睹的死亡，又一次以這種異常殘酷的方式血淋淋地楔入我的魂魄時，多少天都讓我驚魂不定，寢食難安。而那天中午，雖然距此事已過去有好些天了，但一旦憶及，先前剛有些舒緩的心境立刻像突遭嚴寒一般冰凍起來。

正好那些天我生吞活剝地看過幾本鍾健抄家弄來的外國小說和哲學簡明手冊，腦海中始終纏繞著一些關於人生和死亡的念想。聯想到當下這恐怖而絕望的現實，不禁滿心哀傷，好一陣都無可遏制地沉溺於一種對於自身命運和可怕的現實及生與死的痛切聯想之中。而在我印象中，那是我第一次似懂非懂卻十分認真地慮及這種形而上的問題。它給我帶來的第一個感受就是，人類對於死亡之恐懼恐怕是與生俱來的，永恆不可更移的。無人可以抗禦。人們富極貪生，窮極依然怕死。對生的渴望炮製出多少對死的離奇古怪的惶恐、幻覺、臆想？凡此種種又演繹出多少關於世界、人生、宇宙的哲思、信仰、觀念？

我從小就讀過不少文化書，潛移默化的結果吧，漸漸養成比較多愁善感，比較喜歡胡思亂想的性格。所以那天的我，呆立在花圃前，面對著許多天來生活周遭發生的種種無法理解的現實，儘管年齡還不大，卻也彷彿一下子成熟了。我甚至朦朧地猜想到，世界上的一切哲學，所有的宗教，都是不同歷史時期的人類對生之幾乎相同的留戀、和對死之恐懼的自然產物；人類的所有理想，都隱含著超脫生死的潛意識，所有的藝術都飽含著對生死的無奈……

看看眼前的花木吧，還有河湖中的魚蝦、山頂上的蒼松之類，它們的生命不也同樣不易，同樣可貴嗎？那麼，它們也會有生死之思，或者，對於生的渴望，和對死亡的恐懼、無奈嗎？

這類問題其實我先前已想過很多了，但總也得不出讓自己完全確認的結論來。然而那天我卻忽然意識到：生而為人，我們也許永遠無法確信死後是否可能續存，但軀體會腐爛、分解、從而轉化為草木魚蟲卻是必然的、確切無疑的。而念及此，我竟有一種開懷之感：假如我現在就是花草，我也會留戀生命嗎？想來是必然的。既然如此，為花為草不也就如同為人了嗎？如果我不執著於一種固定的生存形式，那麼死亡也不過是生命的某種轉化而已呵……

——應該說明，我畢竟還小，上述的想法在當年的那個中午的花壇前，並沒有那麼明確，只是一種朦朧的回憶。但類似的揣想和思考，我在後來的不同的人生歷程中，卻反覆念及，並最終形成一個相對清晰的並在很大程度上支撐著我的「人生觀」。我把它錄入了我的日記，不妨也將其袒露於此吧：

……人生在世，生則生矣，死則死罷，一切隨遇而安吧。唯求生得輝煌，死得壯麗。一旦撒手人寰，我們「化作春泥更護花」，不亦快哉？

或曰：「我思故我在」。誠然。人死後不能思，從此意義言，的確如燈滅。因而，企求靈魂不滅，終究靠不住。問題是不「思」，我們就真的不在了嗎？不在人世思而已矣。終究仍在大自然間。一旦化而為泥、為草、為花，為魚，焉知其不思？不思人間事罷了。既已非人，何必作人之思？只要它也有感知世界、時空的方式與知覺，如何「思」有何本質上的兩樣？或許它比我們的思更悠然、更超脫、更快樂也未可知呢；或許它們此刻正在為我們人類世世代代千思百慮著生死而不得其終解而暗哂呢！

那麼草木也會有死的恐懼嗎？我想會有的。唯其恐懼，它們才會生得更努力，更紅豔，更有品味，從恐懼之於人類的這一獨特功用，我可確信無疑地推知這點。恐懼是自然間一切生命的催化劑。考察一切生命現象，我們都可以得出這樣的斷論。風雨襲來，草木伏俯；雷電擊去，蛇竄狼奔；一矣雨消風息，植物攀援拔節，奮力向上；動物交歡追逐，竭力繁殖；一派欣欣向榮！由此也可見，此生也罷，彼生也罷，便恐懼又何妨！萬幸的是，恐懼也罷，坦然也罷，我們作為生命之一分子，果真是永恆不滅的！

大千世界，生生不息，演化不已，壯或，美或！生於斯，化於斯，足矣！

——正沉浸在自己澎湃不已的冥想中而激動得身子都微微顫抖之際，一陣又一陣不斷強烈起來的喧嘩忽然鑽進我的耳中。我心一緊，下意識地擔心起父親的安危來。我提起飯籃，三步兩步跨躍著跑上父親所在的三樓，果不其然，吵罵聲是從囚禁著父親的那間辦公室裡傳出來的。裡面分明有不止一兩個造反派在，而且男聲女聲都有。這時候，有人正扯著嗓子，不知為什麼事在厲聲訓斥著父親，具體訓斥些什麼，我在外面聽不太真，但大致知道，無非又是些反黨反社會主義並死不悔改、對抗審查並頑固不化，陽奉陰違並敷衍檢查等等。我在樓道裡猶豫了一會，不知道該不該現在把飯送進去，突然又聽到裡面有個女聲開始領呼口號和一片回應的聲音：

「章宗道必須老實交代！」

「章宗道不老實就死路一條！」

「堅決打倒死不悔改的反革命修正主義分子章宗道！……」

口號的間歇中，我忽然聽到一個微弱的聲音回了一句：

「不對，我是有錯誤，但我不是反革命修正主義分子……」

這顯然更激怒了造反派們，他們像一群瘋狗一樣幾乎同時狂吠起來，亂哄哄的詈罵聲中，突然又傳來父親清晰的抗議：「要文鬥，不要武鬥！」

我知道這是有人在動手打父親了，渾身的熱血一下子湧上頭頂，使我全然忘了先前的怯懦，脫口喊了一聲「不許打人」，便往屋子裡衝去，但兩個站在門口的把門人一伸手把我擋在了外面。我掙了幾下沒有用，恨恨地道：「那你們把飯給他，他有權利吃飯！」

我的用意是想借此好中止裡面對父親的折磨，哪知道那兩個人惡狠狠地推開我，也不接我遞過去的小飯籃：「章宗道對抗審查，就不給他吃飯！」

我不知所措地愣住了，眼淚水也開始在眼眶裡打轉，正想再往裡硬闖時，從屋裡竄出一個女紅衛兵來。她個子不高，長得有些微胖，皮膚也有點黑。她剪了個齊耳短髮，穿著一身洗得有些發白的黃軍裝，胳膊上套著個看上去特別大而顯眼的紅袖標。而更顯眼的是她腰間紮著一條寬寬的、帶個不銹鋼扣頭的軍用皮帶，看見它，我一下子想起父親耳朵上方的那個大血腫，說不定就是用這種皮帶扣給抽出來的！當然，我不知道是不是就是這個女紅衛兵抽的。但是我稍微定了定神就發現，這個滿面凶光的女紅衛兵我認識！雖然我不記得她的名字，但文革開始前，她至少到過我家兩三次，是放假從家鄉回來後，給父親送土特產來的。有一次是一斤白糖，還有一次是許多她家中自製的醃青豆筍乾，我到現在還記得那份特別鮮美的味道。可是，卻不敢相信自己的記憶，難道她真的會是那個當時笑咪咪、有一點兒村姑味兒、一說話還會臉紅的女學生嗎？

（後來我才從父親口中得知，這個女紅衛兵的戀人在運動開始前那年畢業，他想留校，但父親沒同意。且根據哪裡來哪裡去的原則分配他回了原籍。難怪女紅衛兵會如此變臉了。）

我不能不懷疑自己的記憶了，因為這個女紅衛兵顯得對我毫無印象似的，一從室內出來就拿根指頭定定地戳著我尖叫：「你什麼人？敢到這裡來破壞我們的文化大革命？」

門口的紅衛兵輕聲向她說：「劉常委，他是章宗道的兒子，來送飯的。」

女紅衛兵怔了一下，定睛看了我一眼後，嘀咕了一聲：「這小子也長大了……」突然又提高聲音，嚴厲地說：「不行！章宗道對抗革命，拒不老實交代，今天沒有資格吃飯。」說著竟來搶我手中的飯籃。

我頓時失望之至，也對這個女人厭惡之至，於是我一把推開她的胳膊，側轉身護著飯籃，同時氣憤地大叫：「不行！監獄裡的犯人還有飯吃呢，你們有什麼權力不讓我爸吃飯？」

「呵，你個黑五類子女還蠻囂張的嘛？敢跟我們對抗？趕快滾回去，不然我們連你一起關起來。」說著她上來狠狠地推我，但我雖然年紀比她小，但以她一個年齡也並不大到哪去的小個女子，也並不能占什麼上風，我怒氣洶湧，死死地站定腳步，儘管渾身簌簌戰慄，就是不肯後退。

她見推不動我，竟解下了腰間的軍用皮帶，拎緊中間，把鐵扣頭向著我，高高地舉過頭頂道：「你滾不滾？再不滾我要不客氣啦！」

淚水嘩嘩地順著臉龐往頸子裡淌，但我已豁出去了，決心死也不向她屈服，於是我反而向前迎了半步：「我就是不走！你打死我也不走！」

「好哇，你竟敢對抗革命小將！不給你點厲害嘗嘗，真不知天高地厚啦！」說著，她竟真的將皮帶扣向著我掄了過來——還好，畢竟我是個孩子吧，她還是有些節制的，她抽向的是我手中的飯籃——只聽啪的一聲，皮帶扣生生地抽在飯籃裡的鋁飯盒上，籃子應聲落地，蓋子被砸出一個凹坑的飯盒震出飯籃，裡面的飯菜也灑落一地。

我心疼又憤恨，完全不顧一切了，哇地一聲怒吼，撲上去就抱住了她。但她身後的兩個把門者一齊撲上來，把我抱住並連推帶拖地架下了樓去，有一個人還死死地揪緊我一隻耳朵不放，疼得我哇哇慘叫，心裡則塞滿茅草一般，滿是屈辱與憤懣，還有一層深深的困惑與絕望。因為眼前這些凶神般對待我的紅衛兵們，不久以前還都是一臉純樸，正氣洋溢的年輕學生呵！像那個女紅衛兵一樣，他們可能不太認得我，但從小就在學院玩耍長大的我，對父親的幾乎每一屆學生都多少有些印象，他們有的在學院和系科的活動或會議上嶄露過頭角，有的也到過我家來，看見我無不熱情親切；就在上一年的新年聯歡晚會上，父親把我和弟弟帶去看學生表演，我記得自己被許多同學逗引過，抱坐在懷裡，還塞給我好多糖果……誰曾想才過去幾天呵，竟然已滄海桑田，恍若隔世！更不可思議的是，這些學生豈止是翻臉不認人？簡直一個個突然從令人親近的天使變成了毫無人性的惡魔，這究竟是怎麼回事？

屈辱和悲痛像開水一樣在我心頭沸騰，壓力逐日增加而又無可宣泄。百里街十八號院內的大多數學院家屬子女們，也無不像我一樣，絕望於中，憤恨於心，為自己的父輩蒙受的凌辱和苦難，為自己遭受到的株連和虐待，幾乎不約而同地想到要做些什麼，要復仇！

依著我們許多孩子的心性，當時真的連殺了那些對待自己父母最為兇悍的紅衛兵的心思都有；但畢竟我們不是壞人，年紀又還普遍太小，誰也不敢真的做出些當面刀對面鑼的抗爭來。幾個平常圍繞著許誠和我轉，並在我們洋房地下隔空層「司令部」裡向我俯首稱臣的小夥伴們，都慫恿我想些別的法子來報復，我欣然同意。

要說復仇的武器，其實我們也有，起碼誰家都有幾把菜刀，而且許誠他哥哥上大學前還買過一把正宗的汽槍，用來打鳥。造反派抄家前，這把汽槍和自行車一起，被許誠轉移到別人家而得以倖免。但我們畢竟還是有理智的，也知道彼此的力量對比，所以這種動刀動槍的戰爭式並最終必然吃虧的復仇，我們想都沒敢想。但我們自有我們的辦法。我和許誠拿著家裡的老虎鉗，趁夜黑到學院裡尋找為學生曬衣被而在宿舍樓前一排排紮起來的粗鐵絲，偷偷絞斷一些帶回來，做成巴掌大的鐵彈弓，綁上粗皮筋。又把十號鐵絲剪成約兩釐米長的一截一截，彎成一個個V型，套在皮筋上作為彈弓子彈。這種子彈聽上去不怎麼地，實際上十分了得。當它被拉滿了的彈弓射出去後，完全是疾如流星，飛出去嗖嗖有聲，遠遠地穿過樹梢，依舊令落葉紛紛。那麼，如果射在人臉上，哪怕是手上、腿上，不皮開肉綻也得鼓一個大瘤包出來！而這種效果正是我最需要的，既懲罰了仇人，又不至於出人命，更妙的是，由於這種武器的隱蔽性強，被擊中者往往還丈二和尚摸不著頭腦，搞不清自己被什麼人或什麼武器給揍了。

此後，經常在學院裡和百里街十八號院四處閒遛逛，發現學院紅衛兵造反派中我們認得的仇人，然後躲在暗處或樹叢、牆角等一切可以隱身的地方，用我們的鐵子彈去射那些我們痛恨的人，便成了本來就無所事事的我們每天的基本目的。

在我們百里街的院裡怎麼可能襲擊到我們的仇人呢？

別忘了，我們大院那環著城河的半圓形圍牆並不高，而隔著不太寬的城河對面，就是學院裡學生宿舍們上食堂吃飯和水房打水必經的一條磚石小道。這小道和我們院牆間十來米左右的間距，正在我們銳利如箭的鐵子彈的射程之內。而我們踩在磚塊或木凳上，趴在院內圍牆後面射擊，對面小道上的行人也是很難發現的。即使有誰發現了我們，等他們轉出學院大門尋到這兒來，我們也早就逃之夭夭了。當然，我們也不是亂來的，因而在能確保自身安全隱蔽的前提下，發現和襲擊仇人的機會也並不多。

然而，機會不負有心人。一個暮雲漸合，天色昏沉的傍晚，我和許誠、小三子直接進到學院裡，隱身在學生上食堂必經的那條小路邊的樹叢裡，搜尋著目標。此時較學生出入食堂的時候已稍晚了些，但小道上斷續還是有人來往。可是我們守了好久，仍然沒有發現打算襲擊的目標。正當我們失望地想要作罷的時候，我突然發現有個穿著黃軍裝、個兒不太高的女紅衛兵獨自端著個飯菜盆向宿舍走去。而不看別的，單單看她那顯得特別大的紅袖標和腰間那顯眼的軍用皮帶，我的心就呼地一下狂跳起來。她，正是那個我去送飯時正在折磨我父親，後來又粗暴羞辱我的那個造反派的女常委！這無疑是我必欲打擊的目標之一！而她竟然如此近而毫無妨備地暴露在我的視野之中，豈不是天賜良機麼？我向許誠他們使了個眼色，強抑住狂亂的心跳，果斷地向她射出了一發子彈，但卻沒有射中。然而，可能是掠過她耳旁的子彈穿透樹葉的嗖嗖聲響驚擾到她，她本能地向著我的方向側了一下臉，這下我更清楚地看見了她的面相，也更確定了她就是我最仇恨的人。我迅疾又摸出發鐵子彈再次拉滿彈弓，盡力瞄準後，猛一鬆手，中了！

隨著一聲驚叫，小道上又響起飯盆落地的聲音，只見那曾經不可一世的女造反派突然雙手捂臉，蹲在地上呻吟開來。

「好喔！」許誠和小三子歡呼一聲，拔腿便逃。唯獨我卻待在原處沒動。因為我完全沒有料到，那一瞬間充塞我胸臆的，竟毫無快慰或欣喜，而是一陣不期而至的尖銳的刺痛：我射中她眼睛了嗎？

刺痛又變成更加強烈的恐怖：如果她瞎了，我不是成了傷害別人的罪人了嗎？

我伏下身子，用蹲步悄悄地挪到緊靠她的樹叢後面，想看看究竟。

透過葉片中漏下的綿軟的暮色，我看見她軟軟地站了起來。那天，在父親囚室前我其實並沒有怎麼留意這個凶神般的女造反派的面目。而這一刻，我卻忽然意識到，她其實也只是個大不了我幾歲的小姑娘呢！不知是否光線的原因，這時候她的臉看上去黃黃的、糙糙的，齊耳短髮也顯得蔫巴巴的。那件有些泛白的舊軍裝，也並不怎麼合身，看上去，令她渾身依然充滿了稚氣。

天哪，我都幹了些什麼？少年的我彷彿第一次品嘗了懊悔……

此後幾天裡，我每天早晚都要到那條小道邊去徘徊一會，一直想再看到她卻看不到。我幾乎連日都悶悶不樂。直到有一天，我終於又看到了額頭上貼著塊紗布的她，心上的一塊石頭才怦然落地！

或許是我盯著她看的緣故，她也仔細地盯著我看了一會。我以為她會認出我是誰的孩子，或者，那天她就發現了射擊她的是誰；可是她什麼也沒說，轉身離開了。

不久，席捲全市、規模巨大的造反派之間的大規模武鬥開始了。而我，也早已停止了復仇。

當然，這並非全因武鬥開始，或者沒了機會的緣故。

第十二章

當歷史的車輪以前所未有的巨轟，隆隆輾進文化大革命開始一週年的一九六七年之後，形勢並非朝著穩定、有序、理性的運行軌跡前進，而是像發了狂的列車一樣，咣鐺咣鐺地呼嘯著，勢所必然地衝出了軌道，陡然拐向萬丈深淵。

產生這種原因有其必然的、客觀的政治基礎：經過一年多時間的揭、批、改的鬥爭，此時全國的絕大多數黨政機關都已被打倒或癱瘓。「奪權」的必然結果就是，權力真空就像一盤盤令人垂涎欲滴的特大蛋糕，激起了各種各樣前期目標一致，現在各懷鬼胎的紅衛兵、造反派組織攫取和瓜分權力的巨大欲望。新的矛盾、新的政治格局就此產生，這些一度以最最革命、最最正義的理由打倒舊政權的「英雄」們，突然之間撕下了偽裝，露出猙獰的本來面目。搶骨頭的必然結果就是大狗小狗一哄而上，大狗大叫，小狗狂吠，你死我活，勢不兩立……

某種導火索，就是過來人都知道的，毛主席在天安門城樓上接見紅衛兵時，紅衛兵代表宋彬彬給這位活著的紅太陽戴上了紅衛兵袖章。紅太陽饒有興致地問這位尚不失斯文地戴著副眼鏡，一身黃軍裝，臂纏紅袖章的女紅衛兵叫什麼名字，聽到的回答是：「宋彬彬。」

「彬彬呵，要武嘛！」

據後來鋪天蓋地的報導，紅太陽就是這麼不知是有心，還是無意地對宋彬彬說了一句「最高指示」，於是，受寵若驚的宋彬彬就此改名宋要武。而以林彪和江青為首的中央文化革命領導小組，就此對分歧不斷、幾近箭拔弩張的全國紅衛兵組織們提出了一個「文攻武衛」的要求。一夜之間，大江南北，全國上下，到處傳遍這個貌似正確合理、實際卻極具煽動性的口號。大大小小的紅衛兵、造反派組織異口同聲地高唱起文攻武衛歌，義正辭嚴地聲稱自己受到了對立組織的攻擊，聲色俱厲地嘶喊著要以牙還牙，進行「武衛」！衝突不斷升級，矛盾日趨尖銳，「武衛」的形式也不斷翻新，終於在全國許多地方爆發了槍對槍、炮對炮的真正戰爭。震驚世界的全國性大規模內亂——「武鬥」就此展開。

山雨欲來風滿樓。

如出一轍的紅衛兵、造反派之間的大規模武鬥，也不可避免地席捲了吳東全市。根本原因也是一個：爭權奪利——由市紅衛兵革命造反總司令部為首、聯合了市工人革命造反總司令部為一方的組織，突然在深夜衝到市委市政府大樓前，喇叭高叫，紅旗招搖，鞭炮齊鳴，一舉摘掉市委市政府的大木牌，宣布自己奪取了吳東市委、市政府的大權，並立即在原市委、市政府的大樓前掛上了「吳東市革命委員會」的大標牌。此後，他們又以新生的革命委員會的名義，在市廣播電臺和改版後的市報上接連發佈了好幾個關於整頓秩序、深入開展文化大革命的所謂「通令」，大有君臨天下的氣勢。這一局面頓時激怒了原來就被稱作保皇派的吳東市紅衛兵總部為首的紅衛兵組織，他們本不贊成對老市委一棍子打死，後見奪權、造反已成不可阻擋的天下大勢，便也企圖奪權。遲了一步後，便聯合吳東市郊區的農民革命造反總司令部，通令宣告不承認上述組織奪權的合法性，堅決表示要砸爛「吳東市革命委員會」。後來，他們便被稱為「砸派」。而聲稱自己合法並要「誓死保衛吳東市革命委員會」的一派則被稱作「保派」。兩派勢同水火，勢不兩立。

但衝突也經過了一個量變到質變的過程，一開始雙方還僅限於引經據典，以大字報、大喇叭、大辯論的方式大打筆墨官司。

一方高叫：「你們單方面奪權是破壞文化大革命的反動行徑！」

另一方吶喊：「奪權是推動文化大革命的正確行動，好得很！」

一方高叫：「你們奪市委市政府的權，我們就去奪區委、街道辦事處的權，把你們變成空架子。」

另一方吶喊：「你們不服從市革命委員會的領導，我們就以新政權的名義取締你們！」

「你們是偽政權！是假革會，我們要砸爛你們！」

「我們是紅色革命新政權，誰敢不服從，就砸爛他的狗頭！正義在肩，長纓在手，不砸爛『吳革會』誓不甘休！」

「青山不老，紅旗不倒，『吳革會』永遠垮不了……」

新一輪鬥爭又以新的內容展開了更加劇烈的震盪。鋪天蓋地的大字報重新刷滿吳東市內外所有的建築，甚至馬路上也用白汁淋漓的石灰水刷出一條又一條巨幅標語。聲嘶力竭的宣傳車上，四面八方裝著高音喇叭，不分晝夜地在大街小巷穿行、喧囂，互相謾罵。兩派各種名號各種標誌的下屬組織，什麼兵團、什麼戰鬥隊，什麼指揮部五花八門，橫衝直撞，真把個天下聞名的美麗城市，攪得個天翻地覆，雞犬不寧。而這種針鋒相對的情勢，隨著季節的演變，從春到夏，越演越烈，到了八九月份，終於在北京「文攻武衛」的號令下，升級為刀對刀、槍對槍甚至炮對炮的壁壘分明、你死我活的全面武鬥了。

那麼，兩派都是平民組織，他們從哪兒來的槍炮、武器？

一個字「搶」！

而這個所謂的搶，實際上就是送！

因為這兩大派組織，都有自己的靠山或曰幕後支持者。其中一方就是駐紮在吳東市郊區兵營裡的一個陸軍野戰師，他們在觀點上和行動上明顯傾向盤踞市郊的「砸」派。而保派的支持者則是市裡的軍分區和武裝部系統。兩方都有充足的常規武器彈藥，但按照中央關於支左支工支農的命令，軍隊只能調停和化解矛盾，不能直接捲入地方衝突，更不能輸送一槍一彈給任何一方。但是，這已是什麼年代？作為共和國主席的劉少奇都被「革命群眾」不經任何司法程式，「打倒在地，再踩上一隻腳了」，所謂的憲法、法律、政策，還可能有多少實際的意義呢？

於是，不知哪個地方先發明，但很快就風靡全國的「搶槍」行動，便如普通武鬥一樣，迅速波及全國。幾乎每一個城市，每一個對立的組織都能得到當地軍事系統的暗示或默許。他們明目張膽地開著一輛輛大卡車闖進部隊或軍分區等，在部隊指戰員們排著隊，齊聲呼喊著「制止」的口號聲中，打開軍械庫，把無數槍枝彈藥大搖大擺地搬上卡車，揚長而去……

一夜之間，吳東內外，槍聲震天，街壘遍地。工廠隨之停工，商店紛紛關門，路上行人幾乎絕跡。以城河和舊城牆為界，分別割據了城內和城外的兩大派，一方挑動大批農民，不停地向城內襲擾，企圖奪回市區；一方則脅迫大批工人和學生，不斷地向城外反攻，企圖站穩腳跟。槍聲、手彈彈甚至迫擊炮的爆炸聲晝夜不息。許多電杆，被流彈打成了密集的馬蜂窩，歪的歪倒的倒；大批民房，被強佔打通，成了武鬥工事；大卡車，載著一車車武裝人員衝向前線；救護車，裝著一批批傷患送進醫院。到處在流血，到處在廝殺，到處充滿了恐怖與血腥，到處聽得到鬼哭狼嚎。什麼踏平吳革會，什麼以戰爭制止戰爭，什麼堅守吳東城，保衛新政權；甚至林彪在戰爭年代說過的一段話，也被適時地譜了曲子，在大樓頂上、電線杆上，反正隨處都是的大喇叭裡徹夜播放：「槍聲一響，老子死也要死在戰場上……」

整個吳東市的社會秩序就不必說了，百姓的生命財產也受到了極大的威脅。而那些不明真相、不辨是非的武鬥人員，則像吃了什麼興奮劑一樣莫名亢奮。又像某個神話裡說的那樣，被魔鬼換了一顆心，這顆心瘋狂燃燒著，使一些原先聰明的人變得糊塗，原先膽怯的人變成了亡命之徒。他們一個個自以為威風地頭戴柳條帽或軍用頭盔，臂戴著紅袖章，肩挎著半自動步槍或揮舞著亮閃閃的古巴刀招搖過市。要吃嗎？衝進開著的或撬開關著的商店，見有人就把刀往櫃檯上一拍：「他媽的，老子前方賣命……要喝嗎？」操起一瓶汽水，啪一聲，用刀砍去瓶頸，喝上幾口，隨手往地上一摜……

在這樣的環境裡，這樣的背景下，什麼樣的罪惡不會產生，什麼樣的壞事幹不出來？何況權慾之火和派性之火本來就是最具破壞性的。於是，一場又一場震驚四方的槍林彈雨和烈焰滾滾的「攻堅戰」，也肆無忌憚地在昔日美麗安寧的吳東大地上燃燒、蔓延開來。

有句話叫因禍得福。用在此時還真有一點道理——因為兩大派矛盾日趨尖銳，兩邊的紅衛兵、造反派都一門心思把精力投入打派仗和摩拳擦掌準備武鬥上去了，那些早已被「批倒批臭」的革命對象們，反倒成了兩方都暫時不想搭理的「垃圾」。尤其是處於吳東市最東面運河邊上的吳東學院，隨著形勢一天天吃緊，這裡逐漸變成了城內一派和城外一派尖銳對立的必爭之地（後來，武鬥開始前夕，砸派因勢力不及，主動撤到了郊區，學院就成了保派的前線大本營），學院裡的兩大派紅衛兵不約而同地放出了許多他們認為已無控制價值的牛鬼蛇神走資派們，這些人自然也暗暗地喘了口長氣，一個個躲回自己家中，暫時逍遙幾天。

但實際上家中也並非安全之地。尤其是我們百里街十八號院。這裡緊靠學院南門，也緊靠城河和運河，作為兩方的前線，形勢和氣氛也是日緊一日。武鬥正式開始就不用說了，百里街上的水泥電線杆都被密集的子彈打斷了好幾根。交戰開始前夕，空氣裡也日夜充滿了令人焦躁不安的氣息。一會兒聽說學院裡兩派動了手，有人被打得頭破血流了；一會兒又聽見窗外有大卡車一輛接一輛向城外駛去的轟隆聲。卡車上不是站滿了頭戴柳條帽、手舞白臘棍或背挎上著刺刀的步槍的工人和學生，就是裝滿了到運河對面城牆上築工事用的麻包、沙石和樹段子。有時我正在家裡吃著飯，忽然就聽見窗外的巷子裡傳來聲嘶力竭的嚎叫聲，或者是許多人急步奔跑的雜踏聲；甚至，冷不丁還會有零星的槍響從運河對面傳來，而這種零星的槍聲終於在某一天突然變成了疾風暴雨式的對攻戰……

前面我說過，我到學院裡撿蝸牛時和煥煥在五角紅亭邊相敘，並一起回家那天，就是武裝衝突正式爆發的時候，原先佔據了學院的砸派，因為這裡太靠前線而於前一天全部後退到了東郊外，學院便短暫地成了座空城。而毫不知情的我和煥煥在院門口遭遇到的，正是全副武裝、小心翼翼地「攻入」學院來的保派隊伍——我被這突如其來的恐怖場面嚇得尿了一褲子，煥煥則因想救爺爺而向學院裡面跑去，結果被這些神經同樣緊張的武裝人員，誤以為她是要去報信而開槍打倒在老銀杏樹下……

就在這一天的前三天，我還差一點就捲進了這場持續近兩個月的武鬥之中。雖然到這時我還不滿十五周歲。

那是一個非常陰鬱而悶熱不堪的夜晚。正是一年裡最熱的七月初，被稱為火風的西南風，連續多日在吳東上空遊蕩。氣溫表上的紅柱連日上抬，最後徘徊在午後三十七到三十八度的刻度上。白天和晚上的溫差也不斷縮小，最低溫度逐漸高到三十度。空氣裡從早到晚都好像氤氳著火氣。別忘了那是個既無空調也無風扇的年代，這樣的氣候是會讓人在喘息時感到絕望並經常聯想到死亡、中暑之類可怕字眼的。事實上我們院裡的退休教師楊師母，就在半夜三更發作了「熱中風」，家人的驚呼把包括我父親在內的好幾個年輕些的男人全都驚醒，可當四個男人抬著竹榻上的楊師母出門不遠的時候，父親暗暗地摸了摸楊師母的手臂，發現它已經變涼了……

在這種彷彿終日被關在熱氣蒸騰的混堂裡的日子裡，人們唯一的希望就是風向趕快轉變，或者從遠方來一陣大颱風，好痛痛快快地下一陣大雨降降溫，這樣，至少可以有一個不用再輾轉反側、心神不寧的好覺睡了。除此之外，就只有盼望天快點兒黑下來，我們好早點沖個澡，擦上點清涼的痱子粉，然後在各家門前的空地上潑上幾盆自來水，架起竹床或搬來竹椅，稍稍享受片刻的舒坦。我說的片刻是毫不誇張的，因為氣溫畢竟悶熱，潑上水的地上升騰起來的仍然是澳熱的氣息，剛擦洗過的身子不一會就又被汗水濡濕，使得貌似涼快的竹床上不一會就熱乎乎地沾了一層汗漬。而且，夏夜最惱人的東西，蚊子也哼哼唧唧地從草叢或牆角冒了出來，叮得人不僅是癢，還惱出一身一身的汗來——在屋外點蚊香也毫無作用，只好點上含有敵敵畏的艾葉條來熏，結果是人也被那濃濃的煙霧嗆得更加心煩意亂……

這一夜卻有所不同，天擦黑時西天就響起了幾聲悶雷，隨後便斷續有幾道電閃劃破夜空，老天彷彿在揮舞著金蛇般的長鞭，無情地抽打著人世。人們則反而心生期盼，幾乎都頻頻地抬頭望天，希望隨之有幾陣大風來襲，或者多多少少飄幾滴雨水下來。可是老天彷彿只是在捉弄世人，就是光打閃不見其他動靜，到後來雷聲也好像生什麼氣似的，再也不出聲了。人們只好失望地歎幾口氣或者罵幾聲娘，匆匆放下碗筷，開始例行的乘涼準備。

我剛剛幫著父親把竹床和一張竹靠椅從屋裡抬出來，架上床架時，身後的暗影裡傳來幾聲輕輕的蟋蟀叫，我敏感地回頭一看，果然見許誠在不遠處那條通向院門的甬道邊的棗樹下，貓著腰向我招手。蟋蟀叫是我們倆約定的信號；這時候他來找來，不是要我陪他上學院裡的操場上去乘涼，就是有什麼特別的事情了。於是我向父親說了聲許誠好像在叫我呢，就想向許誠那兒跑去——以往形勢正常的時候，我可不敢輕易暴露動向。父親除了星期六晚上，平時幾乎從來不允許我以任何理由離家出去的。運動來了以後，他可能自顧不暇，也可能是天天在禁閉中學毛選什麼的，終於明白了毛主席關於要讓革命青年「經風雨、見世面」的指示精神是怎麼回事吧；再說我也沒在外面惹過什麼大麻煩或出過什麼紕漏，他幾乎不再管著我的行蹤了。尤其是他關在學院時，我經常去給他送飯，雖然不能說什麼話，但眉目之間的默契和交流，明顯拉近了我和他的心理距離，他似乎越來越把我當個成熟的男人來看待，很少再對我吆三喝四，從此不干涉我的行蹤了。而且，在我和姐姐也加入了紅衛兵之後，只要我說是市紅衛兵總部有活動，他連晚上也很少限制我的行動。無疑，他對沈黨生他們那些「保皇派」是有好感的。可是，今晚的父親卻似乎又變回了過去。他哼了一聲，制止了我的腳步，有些猶豫地清了幾下嗓子，才對我說：「今晚……現在外頭太亂，造反派一天到晚喊打喊殺的，你把許誠叫過來，就在我們這裡乘涼吧，別出去亂跑了。外面隨時可能出什麼事情的。」

我看著他那副憂心忡忡的模樣，不忍讓他擔心，便回頭向樹影下的許誠揮了揮手，叫他過來。許誠也不知為什麼，猶豫了一會才慢吞吞地過來了，藉著屋裡透出來的燈光一看，我頓時明白他為什麼猶豫了。這麼熱的天，他居然又穿上了早已難得一穿的黃軍裝，胳膊上又戴上了市紅衛兵總部的紅袖章。我正想開口，父親先發話了：「許誠啊，你這是要幹啥去？你們可不能輕舉妄動啊？」

許誠有些不自然地叫了父親一聲叔叔，低下頭沉吟了好一會才抬起來頭來說：「剛才，我姐姐的同學來通知，說今天晚上在市紅衛兵總部要召開誓師大會，堅決捍衛毛主席革命路線。我想叫他……一起去。」

我一聽就急了。雖然我心裡很願意跟他同去，可他這麼一說，父親怎麼還會同意我出去呢？果然，父親盯著許誠問為什麼要在晚上開會，許誠說他也不知道。父親又問他，「紅衛兵總部現在屬於『砸派』吧？」許誠說，「是的，和吳東市市貧下中農革命造反總司令部大聯合了。」父親沉默了。好一會後說：「你們最近看到過我們學院的沈黨生了嗎？」

我和許誠同時說，「看到過，他現在還是市紅衛兵總部的副總指揮。」我又補了一句：「他對我們還是很親熱的，還經常問到你和許院長呢。」

父親明顯有些欣慰，他對許誠說：「這些天你爸媽都好吧？」

許誠說還好。父親點點頭：「現在我們之間不方便，你回頭跟他們問聲好。就說我說的，一定要咬緊牙關，放長眼光，吃好，喝好，千萬保持健康，好跟這些人鬥爭到底。請他們無論如何要相信，毛主席、共產黨不會冤枉真正的好人。總有我們重新揚眉吐氣的一天！」

沒等我們再說什麼，他就一擺手，對我說：「去吧。別太晚回來。」

我高興極了，立刻進屋去，把姐姐的舊軍裝找出來穿上，並且也戴上一直壓在枕頭底下的紅袖章，拉著許誠興沖沖地走了。

出了門我才知道，實際情況並不像許誠剛才說的那樣，是去開什麼誓師會，而是有消息說，形勢越來越吃緊，就在最近幾天，市裡的「保派」組織揚言要「派重兵」來砸爛市紅衛兵總部，許多人都自發地匯合到市紅衛兵總部去，發誓要眾志成城，保衛革命堡壘！

我不禁停住了腳步：「這還得了，我們才這點大，真要有壞人衝過來，我們哪裡是他們的對手？」

許誠卻不以為然：「看你看你，還沒去呢就膽小了？年紀小怎麼啦？要是有槍，我馬上打給你看！再說了，他們喊打喊殺的又不是一天了，我不相信他們真的敢來。況且，實在情況不妙，我們就溜唄。現在去看看情況，給總部壯壯聲勢也好啊。」

聽他這麼一說，我的膽子也壯了點，於是又跟他走了。可沒想到剛走出幾步，就聽身後傳來一陣急促的腳步聲，黑暗的小道上，有人像一陣風一樣，腳步嚓嚓響著，從我們身邊擦肩而過，快速超了過去。我定睛一看，推了推許誠說：「那不是鍾健嗎？」許誠重重地哼了一聲，說：「媽的這小子越來越洋乎了，背把槍有什麼了不起的，還假裝不認得我們了？」

我倒覺得鍾健未必是假裝不認得我們，一是天黑，二是他可能有什麼急事，走得十分匆促。只是我仔細一看，心裡暗暗叫了聲不得了，看來這形勢真的到了一觸即發的地步了。不然，怎麼鍾健今天也這麼不同尋常呢——他非但穿著軍裝，戴著袖章，肩膀上還挎著一把貨真價實的軍用步槍，步槍上的刺刀隨著他的身子的顫動，在路燈下閃著寒光！

我正在想著要不要叫住鍾健的時候，他主動停下了腳步，但沒有回過頭來，而是站在那裡等我們來到他身邊。我這才確信，剛才他真不是沒看清我們，而是故意不理我們的。而現在，他為什麼又停了下來呢？我正想開口問他，鍾健已側過臉來，口氣一反常態，半句客套也沒有，異常嚴肅地對我們說：「你們這副打扮，是想到哪裡去？」

我剛要開口，許誠毫不客氣地反駁道：「喔喲，到底是有把槍了啊，這麼大的口氣！我們到哪去，關你屁事？」

鍾健似乎預料到許誠的態度，臉上的表情沒有一點變化，依然像個大人似地沉著臉，並不理睬許誠的話，而是把臉朝向我，不緊不慢地說：「如果你是要到市紅衛兵總部去的話……我勸你不要去。」

我急忙問他，「為什麼？」

他白了許誠一眼說：「別問為什麼。反正，他要是不怕死的話，儘管去。你就算了，千萬別出去湊任何熱鬧。留給『砸派』的太平日子不多了。」

說完，他握住槍上的皮帶，有意將槍往上拎了拎，邁開大步，嚓啦嚓啦，頭也不回地徑直走了。在他身後，許多在家門口乘涼的街坊們，無論大人還是小孩，誰曾見過一個熟悉的鄰居背過槍呢？他們一個個都縮頭縮腦地緊盯著鍾健那神氣的背影，人過去好久了，才回過神來，一個個摸著胸口竊竊私語起來。

我收回眼光，只見許誠正冷冷地盯著我，一副不屑的神情：「怎麼啦，你真想當縮頭烏龜嗎？隨便你，反正我是去定了。」

「可是他的意思……」

「他什麼意思？自以為是、故弄玄虛罷了。別看他裝得神氣活現的，不過是去找死而已！」

我心想，我們學校的紅衛兵是屬於「保派」的。鍾健既然這麼說，肯定是真有「保派」要去砸我們的紅衛兵總部了。

「你沒看見他還背著槍嗎？可是我們有什麼？我們什麼也沒有，萬一……」

「萬一也不怕。我聽說『砸派』這幾天也要去部隊搶槍了。了不得就跟他們真槍實彈地幹一仗，看到底誰是真英雄！」

「你……真的一點也不怕？」

沒想到，許誠狠狠地瞪了我一眼，再不理我，一甩手大步流星地向前走去。我知道他的脾氣，他這是真的瞧不起我了，而我……再怎麼也不能讓他笑話我呀。於是我狠了狠心，大叫了許誠一聲，疾步追了上去。

這真是一個極不平常的夜晚。我的意思並不是說這天我們真的在市紅衛兵總部碰到什麼驚心動魄的狀況，而是，我在那裡的所見所聞確確實實是我從來沒有見識過，也是從來沒有想到過的。

現在的市紅衛兵總部還在原來的市少年宮樓上，院裡有著兩棵參天老雪松，還有座豎著尖尖坡頂和老虎天窗的四層洋房。現在，它們一如既往地站在稀薄的星光下。但周邊的模樣和裡面的氛圍卻早已和我們以前來過的大不一樣了。我和許誠幸虧穿了軍裝，戴了市紅衛兵總部的紅袖章，要不然，根本別想踏進裡面一步。遠遠地就可以看見，這座小院子四周所有的街口，都被用鐵絲網、鐵架子、裝滿沙土的麻包和桌子、櫃子等築成的圍欄嚴密地擋住了。每個路口都有好些個紅衛兵在站崗和維持交通。而院子門前及四周一大圈，都用層層疊疊的麻包壘成一人多高的一圈工事，僅門前留下一人多寬的出入口。麻包工事後面，現在已密集地站滿了衣服各異，紅袖標也不大一樣的紅衛兵和一些工人模樣的人（雖然「保派」市工人革命造反總司令部等組織宣稱奪了吳東市委市政府的權，但實際上，並不是全市所有工人組織都擁護他們，也有兩個區的工人組織和市交通系統和飲食服務系統的對立派組織加入了砸派），他們有的頭戴鋼盔，揮舞著長長的古巴刀（一種主要出口到古巴砍甘蔗用的鋒利長刀），有的則手持白臘棍、自製長矛甚至民兵練習刺殺時用的長木槍；一個個都是副誓與總部共存亡的神態。但是這副氣勢雖然看上去還不小，但總讓我有些失望。保派那邊連鍾健都背上了步槍（雖然可能還是少數人），砸派卻只有這麼簡陋和低級的裝備，真要有人來攻擊，頂個屁用呢？

看到這一點，連許誠也無法掩飾自己的失望和不安。我們進到裡面，看見裡面的人雖然更多，但同樣都沒有一個人有槍的時候，他不禁也一個勁地喃喃自語：「這怎麼行啊？不是說也要去搶槍的嗎？怎麼連根槍毛也沒有？這要是打起來，這裡有再多的人，還不都是保派的肉靶子呵？」

聽他也這麼說，我不由得眼前一陣眩黑，兩條腿也有點發軟。

許誠說的怎麼不是？我們沒有槍，光靠門前那些土麻包和古巴刀，恐怕三分鐘也抵擋不了，這要是讓他們衝進來，還不是甕中捉鱉、削瓜剁菜一樣輕易嗎？而且，這樓上樓下擠滿的人，越多越不好啊，對方只要閉著眼睛亂開槍，哪個跑得了？

眼前頓時浮現一片屍體橫陳、血流成河和鬼哭狼嚎的慘狀。我不由得在人群中一個勁地擠，直到靠近有窗戶的地方，覺得萬一不行，可以從窗戶裡往外跳，心裡這才稍稍感到幾分安慰。卻又更加懊悔自己太衝動，跟著許誠跑到這種危險地方來。偷眼看看許誠，他也沒了先前那種豪氣，臉色蒼白地東張西望，一隻拇指豎在嘴邊，一個勁地瞎啃著指甲，久久不發一語。

不過，隨著時間的推移，很快就過了夜裡十一點，卻始終沒有聽到外面有什麼異樣的動靜，我和許誠懸著的心慢慢地放鬆了許多。想想也是，保派就是再兇殘，到底也還都是平民百姓，雖然他們有了槍，但不到萬不得已，真的就敢向赤手空拳的平民百姓開槍嗎？

而且，還有一個振奮人心的好消息像清風一樣瞬間吹遍了樓上樓下、樓內樓外所有的「保衛者」，說是有人接到總指揮的電話了（怪不得我們在樓裡沒見到沈黨生和小肖等熟悉的領導們），說是前往郊區野戰師「搶槍」的戰友們，已經順利搶得了大批最新式的半自動步槍和子彈、手榴彈，甚至還有一輛裝甲車；正在向砸派在郊區新設立的大本營運送。然後還要派一支武裝起來的隊伍殺回來，堅決保衛市裡的總部……一時間，悶熱不堪，讓人汗流浹背、昏昏欲睡的樓道裡，立刻群情振奮。一陣嗡嗡的竊竊私語後，有人帶頭接二連三地喊起口號，並又異口同聲地唱起了「下定決心，不怕犧牲，排除萬難，去爭取勝利」等毛主席語錄歌，以及慷慨激昂，分外令人熱血沸騰的「國際歌」和「國歌」——說真的，這種革命歌曲還真有鼓動性，又是在這樣一種特殊而莊嚴的時刻。平生雖然唱過許多遍國歌和國際歌，但我從來沒有像這天晚上一樣投入和激動，一邊幾乎要喊破嗓子般嘶聲高歌，一邊真就有熱乎乎的淚水從臉龐上連串滾落。我看看許誠，他也淚光閃閃，再看看身邊的人，許多人尤其是女生，差不多都是泣不成聲了。怪不得革命戰爭年代，那麼多年輕的工農、知識份子都會為了理想而不惜拋頭顱、灑熱血而衝上前線，信仰和理想的力量真是可以排山倒海的呀！

在這過程中，外面還不斷響起歡呼聲和鼓掌聲，原來，儘管夜已深了，卻仍然不斷有新的成員聽到消息而趕過來加入我們。到後來，大樓裡擠得可以說是水泄不通，所有的梯階上都坐滿了人。而且，區裡飲食服務系統的戰友們，還和區交通系統三輪車大隊造反組織一起，陸續蹬著一輛輛三輪車，給我們送來好多裝在一個個麻袋裡的、還有餘溫的燒餅，以及成箱成箱的正廣和汽水。於是，人們都吃著燒餅、喝起了汽水，還用汽水瓶互相「碰杯」；所有人的情緒振奮而樂觀到了頂點，大有一種梁山好漢大口吃肉，大碗喝酒的豪邁氣概……

可是，時間也因此過得飛快。當我再一次看著樓上牆上的掛鐘，時針已經指向午夜十二點時，不禁和許誠悄悄商議起該怎麼辦來。許誠的意思是乾脆不管它，多數人到幾點撤，我們也到幾點撤。我很猶豫，因為父親在我們來時再三要求我們別回去得太晚，現在都已經太晚了，再不回去，只怕他和母親會十分焦急，也一定不會睡覺等我們的。許誠想想，覺得也是，但再看看別人，大多數還沒有離去的意思。雖然有些人已經困乏得蜷縮在樓梯上，倚著牆壁打起了瞌睡。許誠便說，要不我們再等一會，看看到底今天有沒有搶到槍，要是帶槍的隊伍來了，我們再走，也顯得有理由呀，否則，是不是有點像從火線擅自開溜的意思呢？

我雖然覺得這麼晚了還沒有「敵人」來，估計也不會來了。但又覺得許誠的話也有道理，尤其是大家都不走，我們先走，總覺得不太像話，於是便點頭贊同他的意見。誰知我們到底還小，平時沒有熬慣夜，擠在樓梯上又悶不透風，頭腦便一陣陣地昏沉，竟也打起瞌睡來。可是這一迷糊不要緊，再睜開眼睛，睡意惺忪地到樓上一看掛鐘，時間都快到凌晨三點了。這時再看四周，雖然樓梯上和地板上還橫七豎八地亂躺著不少人，但已明顯比先前少了許多——既然別人能走，我們也能走呵，於是我推醒許誠，態度堅決地勸他回去。他揉了會眼睛，默默地點了點頭。於是我們輕手輕腳地下樓到院子裡。院子裡站崗的人還有不少，可能是輪班的，一個個都像個真正的解放軍戰士一樣，強打著精神，來回徘徊著，一點不敢怠慢的樣子。

我和許誠不免有些慚愧，不由自主地低下頭，縮著身子快步溜出了「堡壘」。還好，那些值夜的並沒有難為我們。有兩個還笑咪咪地向我們招了招手，顯然是很理解我們的，因為此吧，我對他們印象特別深，也特別好。當然，我們看上去也比他們小多了——但是，事後我總是不敢再回憶那幾張純樸的笑臉。真希望他們後來也走了。因為，據後來得到的消息，就在我們走後不到兩個小時，大批荷槍實彈的保派武裝分子就分乘八輛清一色的軍用解放牌大卡車，乘著黎明前的黑暗，選擇人們最容易困倦和放鬆的時機，殺氣騰騰地撲向了市紅衛兵總部，遠遠地就用大喇叭向樓上一遍遍地播放言詞狂妄又充滿血腥氣的「哀的美敦書」，勒令樓裡和樓前的人員全部離開——誰要不投降，就讓他滅亡！

雖然有人離開了，但也有相當多的人拒不投降，還用事先準備好的石塊向樓下投擲，但是雙拳豈敵四手，又是幾乎手無寸鐵。而對手卻是幾乎武裝到牙齒的敵人。在一陣陣爆炒豆子般的槍林彈雨之後，保派上百人挺著上了刺刀的步槍，齊聲吶喊著衝進樓裡，很快就押出了大批俘虜——據說，有好幾個俘虜在後來被虐待至死，還有幾個人被亂槍放倒。這也是我始終為那幾個臨走時向我笑吟吟招手的戰友，捏著一把汗的緣由……

吳東市的大規模群眾鬥群眾的武裝衝突，就從此夜爆發！

第十三章

我清楚地記得，離開市紅衛兵總部的時候，由於已近凌晨，天氣比白天涼爽得多了。然而還是沒有什麼風，空氣仍然有如凝固了似地讓人不停地想喘口長氣，而且那天空上不時閃現的彷佛要撕碎蒼穹的閃電，終究無可奈何地消逝了。它白白忙乎了幾乎半夜，仍沒能給吳東的苦夏帶來一絲細雨。好在像厚棉絮一樣沉沉地捂在吳東上空的層積雲也消散了許多，抬頭望去，有時會有幾顆閃爍的星星，在薄弱處的雲後露出臉來。

因為極少有在後半夜出來的經驗，我和許誠一面快步向家中走去，一面都不禁面面相覷，為這城市裡意想不到的沉靜感到幾分驚異。由於整體上處於兵荒馬亂的特殊時候吧，平時就車輛不多的馬路上，此時幾乎看不到一輛汽車或者自行車。甚至像我們這樣的步行人也廖廖無幾。那年頭的城市本沒有什麼高樓大廈，也談不上什麼亮化，你舉頭四顧，都是些默然佇立在粗壯的法國梧桐後的三四層樓的普通房子。其中民宅不多，主要是商店和作坊、工廠和機關的地方，此刻它們也都在沉沉入睡。許多馬路上還十分昏暗，因為本來就稀疏的路燈中，還有不少被孩子或者什麼人，也許是造反派組織打碎了。整個亂了套的城市裡，顯然也沒有什麼人會有心思管到這些。我們幸虧不是一個人，要是就我一個人的話，獨自走在這夜深人靜幾乎靜寂到沒有生氣的街道上，真不知會嚇成什麼樣呢。

也許深夜狀況太特異，那些白天早就司空見慣了的、鋪天蓋地糊滿一切高大些的機關、工廠、商店建築的大字報，橫幅、標語，甚至許多馬路上也被人用掃帚或大排筆寫下的巨幅口號，此刻看起來分外觸目驚心。至於其內容，其實也不外乎是什麼：「正義在肩，長纓在手，不砸爛「吳革會」誓不甘休！」、「青山不老，紅旗不倒，『吳革會』永遠垮不了」之類尖銳對立的名堂……但這一切在如此暗夜看來，分明有了一種白天感覺不到的殺氣，像那燠熱的空氣一樣，逃無可逃地緊逼著你。還好我和許誠都有個同感，就是儘量穿小巷回家。比起肅殺、冷酷、混亂、怪異的大街上，那些以住家戶為主的小巷子裡，明顯少了許多悖逆感，多了幾分煙火氣和人情味。因為天氣太熱，許多人在家裡睡不著，就搭了竹榻、竹床，上面臨時張一頂蚊帳，睡在露天裡。沿街的小河裡，這時候已經停著不少從郊區搖來城裡收糞或者趕早賣蔬菜的小木船和水泥船——世界再亂，人總要吃飯、過活。所以郊區雖然也陸續興起造反、奪權之風，畢竟還是比城裡安定一些。因為鄉村有鮮明的季節性，許多早春種下去的莊稼要搶收搶種，許多天天要上市的蔬菜不能不及時地採買——走在這樣的巷子裡，你才會短暫地感到一些正常生活的氣息，心裡的安全感也增加了幾分，雖然遠處的大馬路上，有時仍會突然響起某種異樣的雜訊，嚇得人心驚膽戰。

就是這樣，第二天我還是感到深深的慶幸。如果那夜我們再晚走一兩個小時，無疑也會被有備而來的偷襲者們包圍在紅衛兵總部裡面。雖然對方也通過喇叭喊話，給人留下了主動撤退的機會，但當你猛然看見果真有一大隊卡車，滿載著全副武裝還都戴著陰森的鋼盔和在昏暗的路燈下閃著寒光的槍刺的隊伍，團團包圍了自己，大喇叭裡還震耳欲聾地反覆播放著殺氣騰騰的「通令」、「勒令」；那會是怎麼一種感受？而且，從後來的各種造反派的報紙和電臺消息來看，雖然說法不一，但當天晚上紅衛兵總部的屋頂上被多枚手榴彈炸出好幾個大窟窿，裡面至少有三個守衛者被密集的流彈打死。還有不少負隅頑抗的人被抓了俘虜。這些人根據保派的「戰報」炫耀的，有上百人之多。而根據砸派的戰報看，人數雖然有出入，但他們受到的酷刑和虐待是毫無疑問的。而且據說到武鬥結束，雙方交換俘虜時，砸派方面還控訴說，至少有十七個人「下落不明」！

但是，相比後來的幾場「戰役」的激烈和殘酷。持槍襲擊市紅衛兵總部，只能算是武鬥的一個導火索。尤其是後來的「火燒郊革會」和「攻打定勝門兩大戰役，其程度之酷烈，其損害之嚴重，都不亞於同時期全國其他城市發生的任何一次惡性武鬥事件。

「赤日炎炎似火燒，野田禾稻半枯焦。」

八月上中旬，正是一年中最為炎熱的時節。「秋老虎」上竄下跳，遮天蔽地，政治風雲，日甚一日。平民百姓無不焦渴難安，天天巴望著能有幾天平靜的日子。最好下點雨，最好來點風。偏偏全國的文化大革命運動進入了勢不兩立的膠著狀態，武鬥也日趨白熱化。口頭上聲稱自己是最最革命的革命者、實際上無不醉心於爭權奪利的造反派們，既無心去管「農夫」心內是不是如湯煮，也無暇去學「公子王孫把扇搖」，更顧不上清醒一下，看看自己是不是已然熱昏了頭。他們心裡只有一個意願，吃掉對方，擴大自己的勢力範圍！

吳東市也不例外。從打響第一槍以後，保派和砸派在不幾天裡迅速形成以古城牆為大致分界，保派踞守在城裡，寸土不讓，砸派則虎視於城外，試圖困死保派的局勢。兩派來回拉鋸，終日槍林彈雨。期間還騰起一股舉世震驚的沖天烈焰！

這場名為「火燒郊革會」的「大戰」，是由企圖向城外打通一條出路的保派發起的。

七月三十一日一整天裡，被保派占為前敵指揮部的吳東市輕機廠大會議室裡，幾乎沒有停頓地彌漫著嗆人的香煙霧氣，天氣熱得人發暈，這裡卻依然緊閉大門。雖然頭上的六台吊扇都在吃力地旋轉個不停，室內還是悶熱不堪。正在緊張地開著戰術研討會的保派頭頭和一些所謂敢死隊成員，個個汗流浹背又個個無暇顧及，一邊狂喝著汽水，一邊圍著一大張全市地圖和一張臨時畫出來的城東地區對陣示意圖，大著嗓門吆喝著甚至還有人拍桌子打凳地爭搶著發表著自認的高見。

當時，以砸爛吳革會為宗旨的砸派已基本都被驅趕或自行撤退到了城外，但尚在城內外交界處保有吳東師範學院的醫學院和原來的市糖煙酒公司大樓（現郊區革命委員會所在地）兩處據點。這兩處據點，一個在城西，一個在城東。城東的郊革會大樓就在一段雖已破敗失修，但仍有大約三公里長距離的老城牆前面。它附近兩百米處是五路公車的起點站，周圍是些此時早已人去樓空的商店、住家。其中許多房屋已經被城裡擠壓出來的保派武裝佔據成堡壘。馬路上橫一段豎一段地到處壘著裝土麻袋和拆毀的城牆磚石堆砌成的工事。工事後蠢動著槍刺閃亮的大批武裝人員。而就在他們正前方數百米開外，現郊革會大樓前面也用麻包磚石築起了長長的防衛線，工事後也成天趴伏著全副武裝的砸派武裝人員。大樓的頂上也築起了工事和臨時堡壘，附近的人用肉眼也可以清晰地看見，樓頂平臺上還有好幾架簇新的機關槍虎視眈眈地瞄準著保派的陣地。

一場雙方都志在必得的生死決戰一觸即發。

而這一片戰區，距我家所在的百里街不到兩公里。戰鬥打響後，那幾乎爆響了一夜的槍聲、迫擊炮和手榴彈爆炸的聲音，如風呼嘯，如雨狂瀉，鬧騰得周圍數公里範圍內無處可逃的居民都膽點心驚地整天趴伏在方桌下或櫥櫃後，徹夜難眠。

當然，這是後話。眼下除了幾聲此起彼伏的零星槍響，正式戰火還沒有燃起。周邊居民還一邊互相打聽著戰區的消息，一邊幻想著不會真的發生什麼大的衝突。雖說文化大革命會這麼發展，就是個先前任何人做夢也想不到的事情，可是再怎麼說，到底還是共產黨毛主席的天下，你們說搶槍就搶槍，說打仗就打仗，真是一點王法也沒有啦？還有，吳東周圍地區至少駐紮著解放軍的兩個師。他們作為無產階級專政的鋼鐵長城，就會眼睜睜地看著那些人無法無天，大打出手而讓人民群眾受苦受難而不管嗎？當然，這只是平頭百姓私底下的瞎揣摸，真正的局勢是根本由不得他們的。所以，目前只有輕機廠大會議室裡的人個個可以確信，一場惡戰已勢不可免，只在於它是以何等形式開始爆發。因為他們早已被所謂革命造反的思維澈底掌控了頭腦，因而，他們就是這場自以為正義和革命的、實際卻性質惡劣、後果慘痛的戰爭的策動者。

而眼下，最最緊要的是，砸派雖然退出了市區，卻還在郊區關鍵部位向市區伸著一條腿，硬擋著大門不讓關上。具體來說，郊革會大樓就是那條死硬的腿。無論如何，哪怕要付出再大的代價，也要把這條腿給他斫斷！

決心既定，會議就進入具體實施方案的討論了。保派前敵總指揮部的三員大將許林泉、張定貴、周森生三個人雖然各有看法，但並沒有太大的差異，議著議著，很快便定下一個方案：趁夜深人靜，天亮些天氣涼爽，人容易昏睡之際，從南、西、北三個方向，集中優勢人馬，同時發動突襲，一舉端掉大樓。

可是，正當三人要分配三路人馬的具體人員時，一個黑蒼蒼的漢子突然從椅子上蹦起來，一屁股坐在大會議桌上，說：「我覺得這個方案不牢靠。犧牲也會很大。」

「為什麼？」大家一齊把視線射向這個名叫劉守成的黑臉漢子臉上，交口問道：「那你有什麼好辦法嗎？」

劉守成是上午剛成立的敢死隊隊長。這個三十來歲、膀大腰圓、出身於起重工的黑臉漢子，正是心高氣盛的時候，但卻並非沒有頭腦的魯莽之輩，他說起話來雖然也很有些粗魯，實際上卻彷彿上過真正的戰場似的，相當有道理。他冷冷地掃了眾人一眼說：「你們仔細察看過地形沒有？糖煙酒公司大樓背靠城牆，前面是一大片開闊地，你強攻他可以，但前面那幾道圓形工事易守難攻，樓頂上還有好幾挺機關槍對著你。就算你好容易突破工事，想佔領大樓時，樓背後城牆上還有機槍、小炮；這樣就是我們的弟兄大批傷亡，恐怕也還是沒辦法真正占住大樓……」

「這倒也是。」總指揮許林泉說：「可是這個據點對我們太重要了，總不能因為傷亡而不攻呀？」

不少人明顯有些洩氣：「要不再派人偵察一下，看看有沒有別的辦法，或者再抽調更多隊伍來？」

「這怎麼行？我們的力量足夠了！」誰也沒料到，劉守成忽然從腰間拔出把鋒利的匕首，噌地一聲，直直地插在桌子上，一臉殺氣地說：「我的意思絕對不是膽怯畏敵，而是要採用更厲害更有效的方法——火攻！」

「火攻？」有人失聲笑了起來：「這又不是赤壁之戰，你好靠火船順風順水地靠近敵人。現在我們根本沒辦法靠近敵人，怎麼放火？還有，用什麼放火？扔汽油瓶嗎？誰有本事扔那麼遠呵。」

「嗨呀！」劉守成哈哈大笑，指著眼前幾個人譏諷地說：「你們啊，到底不是軍人——也說明根本沒有開動腦筋好好想想！我們有我們的優勢明白嗎？還當是一窮二白的八路軍武工隊打鬼子呵？我們可是現代人，城裡有那麼多現代化的消防車，弄兩輛過來，滿滿地灌上汽油、或者化工廠的酒精，車子前面裝上厚鋼板，就像裝甲車一樣往前衝，靠近大樓就打開水龍噴大樓，後面的機槍再一頓掃射，怕它媽不竄起沖天大火？那兩道工事裡的人要是膽敢抵抗，也照著那裡噴它個娘的，看不把他們燒成炭灰！」

全場的人忽然間都像吃了什麼噎住了似地，一個個大眼瞪小眼地面面相覷，分明有人想說些什麼不同的看法，卻又怕被人笑話而重新閉緊了嘴巴。

大家一個個等著看許林泉、張定貴、周森生三個人怎麼表態。

三個人可能也多少感到這戰術好是好，是不是太殘酷了些。但終究已是權欲蒙心的他們，只是低下頭竊竊私議了幾分鐘後，幾乎同時往桌上猛拍了一巴掌：「就這麼定了！對付無產階級革命的絆腳石，就要像秋風掃落葉一樣，毫不留情！」

這種心態無疑會令與會者受到感染，也不知是誰領的頭，全場頓時怒潮噴發一般爆出一陣陣口號聲來：

誓死保衛毛主席的革命路線！
誓死捍衛無產階級文化大革命勝利成果！
誓死保衛革命政權吳革會！

口號聲一落，許林泉又以吳革會和吳東市革命造反聯合司令部的名義宣布：「任命劉守成為

『火線總指揮』」。

至此，一場喪心病狂的矛頭直指人民群眾的大屠殺，已成離弦之箭，錚錚獰笑著飛了出去。是這年的八月十二號凌晨。當大多數周邊居民在夢鄉中暗自慶幸著又度過平安一天之際，一支由劉守仁揮舞著五四式手槍指揮的、分乘多輛大卡車和公共汽車的武鬥分子，殺氣騰騰地馳入城牆邊砸派控制區前面的郊區人民醫院。門診部和住院部的所有值班和住院醫護人員和病人們被粗暴地驅趕出去，武裝人員迅速衝上這南北向的兩座樓頂，一挺挺機槍和無數支半自動步槍齊刷刷瞄準對面的吳東市郊革會大樓。同時，附近不遠處的一座早已人去樓空的居民院落、幾家中小商場的房頂上，也都伸出了密集的槍枝，使得不遠處的郊革會大樓落入半圓形的包圍圈中。只見醫院大樓頂上那頭裹濕毛巾、光著一副膀子的劉守成大喝一聲給我打呀，率先向對方射出了第一發子彈。瞬間，密集的槍聲暴風驟雨般掃向對方，兩邊幾乎同時響起了瘋狂的呼號聲、喊打喊殺聲。幾乎已被圍困在對面樓上的三百多名砸派武裝分子卻並不屈服，他們也自認為自己是正義的，正在以生命捍衛毛主席的革命路線，捍衛自己的正確性。所以他們非但不因對方勢力大火力猛而畏懼或撤退，除了拚命開槍還擊外，還從樓頂上向敵方衝進來的戰鬥人員大量拋擲預先準備好的石塊和硫酸瓶。本已濃得令人窒息的硝煙中，頓時又摻進了讓許多人都忍不住狂咳的酸性氣體。戰鬥很快進入一種僵持狀態……

早已預謀的保派武裝見無法突破，隨即便按計畫召集早已作好準備，埋伏於後方街巷中的三輛消防車。此時，天光已然大亮，這些裝滿酒精和乙醚的消防車像隆隆的坦克般推進到郊革會大樓前時，對方一時還不以為然，以為敵方想以此掩護人員進攻而已。不料三輛消防車的水龍中，幾乎同時噴出令人恐怖的酒精雨、乙醚雨，很快就把郊區革會大樓噴了個遍，而樓上的人們都還沒反應過來的時候，被保派槍彈擊中的易燃液體就已開始爆燃。霎時間，火光沖天，濃煙滾滾，幾乎半個吳東市的百姓們，都能看到那吞沒了剛剛冒出的太陽的沖天烈焰——郊革會大樓頓成地獄，那些被火燒及的彈藥箱、手榴彈、硫酸瓶緊跟著發出接二連三的爆炸聲，剛才一分鐘前還發誓要抵抗到底的砸派武裝人員無不信心崩潰，鬼哭狼嚎。火光中，保派的暴徒們在劉守成的命令下，齊聲呼喊著衝啊、殺啊、繳槍不殺的口號，一窩蜂般湧進對方大樓。卻不料裡面居然還有人從沒燒到的樓道上向下射來密集的子彈，一下子就有好幾個狂妄的暴徒被打倒在地，猝不及防的先鋒們又驚慌地退了出來。

正當隊伍將要潰亂之際，也已衝到郊區革會大樓下的劉守成奪過裡邊退出來的一個人的步槍，朝著樓門上突突突地連扣了好幾下扳機，狂喊著：「誰他媽的再敢退，老子槍斃誰！」說著，他竟領頭衝進了煙霧越發濃重的樓道內。於是，那些一度膽寒的暴徒在其激勵下，重又鼓起勇氣，呼喊著衝上大樓。

與此同時，被大火吞沒的大樓裡面，也有一些砸派中的不堅定分子開始恐懼而企圖跳樓逃命，但剛爬上窗臺就被一個渾身赤裸，後背上被火烤出一串燎泡的死硬派頭頭一槍打倒。於是，其他人只好嘶聲呼喊著躲進暫時沒有被火的空間，瘋狂抵抗。

槍在響，火在燒；人在死，血在流——郊革會大樓身披濃煙烈火，像一個披頭散髮的巨人在痛苦地痙攣著。堅守在大樓裡面的人打開了所有能打開的水龍頭，企圖滅火降溫。但是，水源很快就被察覺了的保派人員切斷了。這本是熱不可支的盛夏時節啊！在這烈焰灼烤的樓室內，一個人再堅強也無法堅持，他即便不被燒死，也會被活活熱死、烤死，更何況還有蝗蟲般上下亂飛的密集流彈！

為了潤一潤乾渴的喉嚨，樓內的人有的從先前救火時濡濕的棉胎裡勉強擠出些水來喝，還有的則連前幾天洗碗、洗腳殘存在盆中的髒水也一飲而盡……

大火從上午一直燒到接近傍晚時分猶未滅盡，縷縷黑煙漫上雲霄，整個吳東市的人民幾乎都目睹了這場大火。人人目瞪口呆，個個戰戰兢兢。而那些暴戾的縱火者們，卻是格外的興奮。保派方面的總頭目，市革會主任許林泉在下午親自踏著餘燼，向攻佔了郊革會大樓的保派隊伍表示慰問，他洋洋得意地說：「我要深深地感謝你們！火燒所謂的郊革會，是軍事戰略的需要，也是捍衛毛主席革命路線的正確行動！」

據事後保派報紙《紅色政權》報報導，這場大火不僅完全燒毀了市糖煙酒公司即郊區革委會大樓，還把與之毗連的一大排商戶、民房化為灰燼。雖然大都在事先撤退了，但仍有無辜群眾上百人受了流彈和火傷，樓內的抵抗者雖然多數最終逃離了火場，但仍留下四十七具屍體和上百個焦頭爛額的俘虜。至於市糖煙酒公司及其倉庫內的貨物、財產、用具及大樓的毀損，其價值根本無法計算，也根本沒人覺得需要計算！

更有甚者，郊革會之火餘煙未消，第二把更大的邪火又沖天而起。

這把邪火燒在吳東市西城區，也是城內城外兩派拉鋸地區——定勝門附近一帶。而這塊數萬平方米的大魚形狀的地區上，主要是密集的居民區和中小商店，雖然有不少人家在戰鬥打響前撤離了，但仍有相當多人被雙方的「戒嚴」困在了家中。戰鬥開始前，兩派都在這片地區兩邊加強了兵力，構築了大量工事和堡壘，嚴密到幾乎連鳥兒也飛不過去，老百姓則如困孤島，生計都日漸困窘，危殆。

這把火的策劃者，仍然是市內保派一方，他們急於改變被圍困的不利局面，於是不擇手段，喪心病狂地一再實施滅絕人性的恐怖手段。他們在火燒郊區革會後看到了取勝的希望，便決定如法炮製，打通西邊的出口。而導致這一場新的火攻的關鍵人物，仍然是那個死硬的敢死隊長，劉守成！

八月二十二日，保派首領許林泉、張定貴、周森生們在市第二中學召開戰術策劃會，誓言要不惜一切代價，畢其功於一役。考慮到對方的防衛十分嚴密，這夥頭兒們決定組織火線、前線兩套領導班子，設立三個指揮所，具體實施進攻。

這天下午，正當他們還在為一些具體進攻方法爭議不休的時候，一個照例在頭頂上搭著塊濕毛巾，黑蒼蒼的漢子突然又急吼吼地闖進了會議室。他先是指著那群「將領」們的鼻子狂吠：你們這些指揮員都是白面書生，膽小鬼！這麼簡單的事情還討論個沒完沒了？等你們作出決定，人家早把我們端掉了！

許林泉他們一看這個魯莽的傢伙又是劉守成，不但沒生氣，反而都高興地笑了。許林泉一邊招呼他有話坐下說，一邊問他：「老劉你真是個烈性子呵，不在東邊守著，跑這邊來幹嘛？」

「幹嘛？打仗嘛！」劉守成端起張定貴面前的茶水咕嘟咕嘟猛喝了一氣，放下杯子，將身上的帆布工裝一脫，露出胸前一把鐵哨子，下身本來就只穿著條黑短褲，氣昂昂地說道：「城東已經風平浪靜了。我這人是大老粗，不習慣在那裡成天甩撲克，更不喜歡你們這種磨磨蹭蹭開這會開那會的膽小樣。」

「那麼，你來這邊是想……」

「沒什麼好想的，現成的勝利擺在那裡了，還是上火燒它娘的，這樣爽氣得多，也好少死不少弟兄。你們不敢上，就還讓我來當火線總指揮，保證一天之內解決戰鬥！」

有了這麼個邪頭，還有什麼好說的？本來大家議來議去，主要還是沒有一個敢上火線的楞頭青，劉守成既有蠻勇，又有了上次的經驗，讓他去打頭陣，豈有不答應的？幾個頭兒們會心地互相看了一眼，再次火攻的方案就這麼定了下來。

一天之後，即八月二十三日下午兩點左右，見一切準備停當的火線總指揮劉守成響亮地吹了聲哨子，然後命令火線播音室放大音量播送〈東方紅〉和〈造反有理〉等樂曲，頓時，早已布滿定勝門一帶的十幾隻高音喇叭齊聲嘶鳴，意在擾亂對方的視聽。緊接著，劉守成習慣性地扒掉外套和汗衫，赤著胳膊大吼一聲：「機槍掩護，消防車給我上！」

一時間，槍聲大作，鬼哭狼嚎。兩輛早就灌滿汽油的消防車駛進工事前沿，打開水龍向對方工事和民房猛烈噴油。劉守成彎著腰在工事後面煞有介事地揮舞著一面小旗，一會兒「向右一點」，一會兒「向左一點」——「噴啊噴啊，給我狠狠地噴！燒它娘的一乾二淨！」

同時，劉守成還讓工事中的己方人員向噴過汽油的地方猛烈射擊，以催發大火。並且還向對方工事和搆得著的一切地方狂扔手榴彈和土制汽油燃燒瓶。雖然當時天空剛好飄起了一陣小雨，但火勢在汽油和槍彈的助威下，仍然騰空而起。無情的火舌瘋狂地吞食著搆得著的一切地方，對方的房屋、門窗、堡壘，樹木、阻隔板、麻袋工事，頓時沒入火海，騰起滾滾黑煙……

如果說，城東大火燒掉的主要是敵方陣地和國家財產，定勝門這把火的主要受害者卻大都是那一帶老百姓賴以安身立命的房屋和生命財產。

在事前的戰前策劃會上，保派頭目張定貴曾經兩次宣讀了兩封所謂的被砸派欺壓的「群眾要求解放定勝門」的來信。

而當這把大火過後，當地居民究竟是什麼心態呢？

一個叫唐雲媛的居民在後來的公審大會上，這樣控訴保派罪惡道：

「八月二十二號一整天，劈哩啪啦不斷響著槍聲。子彈從保派那邊飛過來，打得屋頂上瓦片破碎，窗玻璃也碎了一地。我們一家十來個人都躲在一間牆壁厚一點的房間裡，一動不敢動。那時的天有多熱呵，我們卻不得不在身上蓋上棉花胎，怕的是會有流彈。我們的小孩熱得渾身發紅，大人也熱得汗流浹背。就是這樣，槍聲密集的時候，我們還是不敢稍微動一下，一大家子人就這麼半夢半醒地在地上坐到天亮。那是個什麼滋味呵，那時我們是多麼希望北京城裡的毛主席能聽到這裡的槍聲，趕快派人來制止這該死的武鬥！

可是實際上呢，好容易捱過一天，以為下來會好一些，哪知道二十三號下午，突然又聞到一股濃重的汽油味。那味道讓小孩咳嗽個不停，大人都感到頭昏腦脹又不敢呼吸。我急忙衝出去看時，不遠的地方，人家的房子上已經竄起了黑煙。怎麼辦？怎麼辦啊？我嚇得只會死喊亂叫，卻一步也動不了。等我重新回到家裡時，一大家子人都在大火中逃散了。我也用汗衫裹住頭臉往還沒著火的地方跑，可是街巷裡到處是煙和火，到處是哭喊聲。好不突然衝到火勢消停點的地方，我的頭髮都被火燎光了。

幸虧不久之後突然來了一隊解放軍，他們強行分開交戰的雙方，又命令噴汽油的消防車灌上水救火，定勝門這場史無前例的大火才算在夜裡慢慢地熄滅了。我和許多街坊鄰居還在黑暗裡到處呼喊，到處找人，直到天快亮的時候才逐個找到失散的家人。但是，七十多歲的老母親卻怎麼也找不到，急得我到處哭喊。直到第二天才在樂勞坊的公廁裡找到了渾身屎尿的老母親，老母親一見我就呼天搶地地哭開來：『我不想活了！家都給燒光了，往後還叫我怎麼過啊？老天爺，你可有眼睛啊？……』」

另一個叫滕立平的居民也上臺控訴道：

「那一天真是人間地獄啊！大火藉著風勢向四周蔓延開來，濃煙和火焰熏得人根本不敢睜開眼睛。我和愛人帶了三個小孩逃到朋友家裡，忽然發現十二歲的大女兒還在火災區，我急忙返回去找她。那時候槍聲也四處亂響，我剛找到抱著頭躲在一叢灌木下的女兒，一顆流彈飛來，打中了我的下巴。頓時鮮血直流，嘴也歪了。我正恐慌的時候，沒想到女兒也慘叫一聲，面色蒼白地又倒在地上，雙手捧著肚子直打滾，血從她指縫裡向外直流。我顧不上自己了，趕緊上前察看，原來她肚子上中了一彈，肚腸也淌到了大腿上。那時我一下子澈底癱軟了，只好倒在女兒身邊拚命大喊『救命哪，救命哪……』幸虧有幾個解放軍出現了，他們把我們救出火場，直接送進了附近的醫院。可是，大女兒已經沒了氣……」

根據最終的粗略統計，定勝門的這場「火攻」，儘管後來被及時趕來的附近駐軍制止，但仍然有五十多人死於戰火。其中有十九名無辜居民，受傷的超過百人。大火還燒毀了二十五家商店和一百六十七戶居民的全部財產。共計燒毀房屋三百八十餘間，損失無法計算！

據一些倖存的老人回憶，放這麼大的火，流這麼多的血，造成這麼多人傷亡的慘劇，只有日本鬼子進攻吳東的時候發生過。

然而，上述種種，對於我和院子裡，乃至百里街上的所有鄉鄰們來說，相對較遠的定勝門火災的恐怖，感覺上遠遠不如另一個近在身邊的事件來得更可怕、更震撼，更不可思議！

——那天晚上一臉嚴肅而氣宇軒昂地身著軍裝，腰紮軍用皮帶，肩挎著一枝新嶄嶄步槍、大踏步地從我和許誠面前離去的鍾健，再也沒能站著回到百里街來！

他就在進攻定勝門的武鬥中，被子彈擊中，然後倒在火海裡。如果不是同夥及時把他拖出來，他恐怕連屍骨都會被大火吞噬！

更可悲的是，鍾健死後好久，我們才萬分驚愕地得知，當時被學校紅衛兵組織和市革委會認定為「烈士」、樹立為典型，在保派報紙和廣播裡大轟大嗡地吹捧了好長時間的鍾健，實際上竟是死於他身後同派別的戰友們，也即自己人的槍下——熱鬧過後，和他一起參加了「定勝門」突擊的學校造反派露出了真情——不過，鍾健倒也不失為英雄，保派消防車噴射的汽油在對面騰起沖天濃焰之後，作為保派突擊隊小隊長的鍾健，勇敢地挺著槍，高喊著口號，扣著扳機，一路衝在隊伍的前面。可是，畢竟都是沒有上過戰場的學生、工人，戰鬥場面相當混亂。他身後的許多人又是破天荒第一次參加過這種戰鬥，膽子雖然很大，槍法卻沒有準頭，加上煙霧彌漫，槍聲大作，當鍾健躬著背踉蹌著衝到對面一所民房的門口，剛直起身來，就被背後自己人掃來的槍彈擊中後腦。他的身子剛剛僕倒，這房子便被鄰近房子翻滾過來的火焰吞沒了……

其實不管死於誰手，對於還不滿十七周歲，就早早夭折的鍾健來講，都註定是一個大惡夢。雖然在當時，他也一度以自己短暫的生命，換得極高的哀榮，甚至令不少百里街上的人，嘖嘖稱羨！

浩大的哀悼隊伍出現在百里街的時候，正是夜幕初降之際。天氣依然故我，整天沒有一絲風，灰濛濛的天光使燠熱的街巷更其令人鼈悶。所有臨街的人家都擠在家門前，圍著各家的小方桌或小方凳上悶著頭喝粥、吃飯；或者用臉盆接出水來擦身，甚至沖澡。驟然之間，從不遠處的石拱橋後傳來砰砰幾響爆竹聲，緊接著又是一陣急促的軍號響——是兩個我們學校的紅衛兵，用不知他們從哪兒弄來的真正的黃銅軍號，臉紅脖子粗地吹出來的標準的衝鋒號聲——一枝主要由我們學校紅衛兵總指揮部人員組成的隊伍，看上去至少有四五十個人，打著一幅白紙黑字的橫幅，上面墨跡淋漓地大寫著「鍾健烈士永垂不朽」；在軍號聲中，邁著沉重的步伐，緩緩走下橋來。走在最前面、正當中的，是我們學校紅衛兵宣傳隊一個平日裡讓我們好多人都暗暗生戀的女報幕員。她滿面淚痕、兩眼紅腫地手捧著一幅放大到有畫報大的鍾健身穿軍裝、臂纏紅衛兵袖章的全身像，像片鑲著邊框，框周裹著黑綢邊，上方還有一朵大大的白綢花。報幕員身後則圍著好些個把手挽臂、互相撫慰著、並且還有人仍在低頭抽泣的女紅衛兵。而在她們身後，則是好多滿面肅然的男紅衛兵們，扯著幾幅大橫幅，橫幅上有的寫著「為有犧牲多壯志，敢叫日月換新天」；有的寫著「國際悲歌歌一曲，狂飆為我從天落；」等等，反正都是毛主席詩詞。

百里街上的人頭回見識這種場面，幾乎都火燒屁股般從小板凳或者木疙瘩上蹦起來，倉促地將小桌子和粥碗、鹹菜撤回家裡，隨即又緊貼著家門或者巷壁，迅速給這枝悲憤的隊伍讓出一條道來。等隊伍湧進我們的百里街十八號院以後，不論大人還是小孩，又像是這枝大隊伍的尾巴一樣，蜂擁著緊隨他們進了院子。一時之間，院子裡那個混亂和擁擠，你也可想而知了。

至於鍾健家，他們那個小屋子，我以前也說過了，那麼點大的小平房，根本不可能容得下這麼些人。不過辦法總是有的，紅衛兵們紛紛停留在他們家門前，然後從屋裡把鍾健的父親攙扶出來——他媽聽到噩耗就暈過去好幾回，現在還在醫院急診室裡躺著。而說到鍾健的媽，這裡還有一個特別讓我們院子裡的人唏噓不已的細節：就在鍾健死前不到一個星期的時候，他媽因為知道兒子去參加了武鬥，天天在家心驚肉跳惶惶不安，曾先後叫鍾健父親去城東和定勝門一帶找到過鍾健，勸他趕緊回家。可是鍾健根本不聽，還哄他父親說他因為年紀小，只在後面做做宣傳鼓動的事情，不會上前線的。後來，城東發生大規模火攻事件後，他媽終於受不了焦慮的折磨，便和百里街七號一個也參加了武鬥的鍾健同學天明的母親一起，徒步走了一上午，趕到鍾健他們所在的定勝門，四下打聽終於找到了他們那支隊伍的駐地吳東護士學校裡。兩個母親先是看到了天明，天明母親自然一塊石頭落地。鍾健母親則迫不及待地問天明說：「我家捲毛呢？（鍾健同學們習慣叫他的綽號）」偏偏天明打了個「磕巴」：「啊，捲毛啊，捲毛他……」鍾健母親眼前一黑，腳一軟，幸虧有天明母親扶著才沒倒下。但她還是哇地一下大放悲聲，以為兒子一定出事了。幸虧天明趕緊說出了下句：「他沒事呀，我剛剛還在這裡看到他的……」這時鍾健聽到消息也趕到了，平時一向表現得爽朗大氣的他媽，乍一看到多日沒見到的兒子滿頭是汗，黑不拉嘰的樣子，哭得更響了。同時好像怕兒子飛了一般，死命拉緊兒子的胳膊，嗚咽著吐出幾個字：「健健你怎麼瘦成這樣啦？你還是個小孩子呢，趕緊跟我回家吧。」沒想到鍾健的臉一下子板了起來，一向對他媽還是比較順從的他，大概怪母親在大庭廣眾面前要他當逃兵，讓他沒面子吧，竟脹紅著臉，張口就對母親好一陣呵斥，怪她大驚小怪，拖革命戰士的後腿；並且反過來拖著她往護校外面走。他媽完全是是被鍾健生生地趕走的，連一口水也沒給她喝！結果沒幾天自己就變成屍體回了家。他媽的心情也可想而知了……

這時，女報幕員捧著鍾健的遺像站到鍾健父親這個面色枯槁、兩眼無光、佝僂著背，要靠人撐著才勉強站住的中年人身邊，我們學校紅衛兵總指揮部的副總指揮走上前來，向著鍾健父親深深地鞠了一個躬，回過頭來，突然揮舞拳頭，沙啞地高喊一聲：

「鍾健烈士永垂不朽！」

這口號來得有點突然，副總指揮的嗓門也未免太大，以至並無心理準備的人們多半吃了一驚，停頓了幾秒才醒悟過來，便也高舉右拳跟著喊了起來。

「向鍾健烈士學習！」

「向鍾健烈士學習！」

「誓死捍衛毛主席革命路線！」

「誓死捍衛毛主席革命路線……」

一連串口號餘音猶在，副總指揮大步跨到鍾健父親面前，唰地一下，向他行了個標準的軍禮，隨即雙手握住烈士父親的手，使勁搖著。我看見突然老朽了的鍾健父親的身子，也都隨著副總指揮雙手的搖動而晃蕩起來。正有點為他擔心的時候，副總指揮身子一閃站到邊上，其他紅衛兵們便一個一個地跑過來，輪番緊握烈士父親的手，並個個都向他行了一個軍禮。現場隨即又出現一片泣聲，女報幕員哭得肩膀都在顫動，以至手中遺像上的鍾健笑微微的大照片，在越來越濃的暮色中，一時又彷彿動了起來，活了過來……

鍾健父親也老淚縱橫。但也看得出來，他的靈魂在這一刻得到了莫大的安慰，他一遍遍泣不成聲地回應著和他握手的紅衛兵們：「我叫他不要去，他非要去；我叫他早點回來，他答應我的……他沒有白死，他對毛主席多忠啊！他沒有白死……」

後來我們聽說，這位「烈士」的父親儘管萬分悲痛，卻還是相當有頭腦的。因為學校紅衛兵指揮部提出，要把從殯儀館取回來的鍾健的骨灰埋到市裡的烈士陵園去，鍾健父親堅決不同意。理由是我要把兒子放在家裡陪我們。而實際上，幾年後他就把兒子埋到了青山公墓去。幸虧這位長期泡在圖書館裡的父親還算清醒；若是在群情激昂之中，昏了頭，懵了心，將兒子葬進烈士陵園，誰知道以後會是什麼下場？

第十四章

印象中的那個夏秋天，即一九六七年的夏秋天，似乎沒有一點兒值得高興或者慶幸的事情。儘管自然的天氣並沒有什麼特別不正常的，晴空萬里、陽光燦爛的日子還占了多數。但我們的生活卻多半過得怪異、鬱悶、昏暗而混亂不堪。好像一河漲滿浮萍的臭水，上面泛著泡沫，浮懸著死雞、死鴨甚至是死豬腫脹不堪的屍體，遠遠地就能聞到撲鼻的惡臭。有時候又突然變得無比怪戾、悖逆、危機四伏而殺氣騰騰，比如突如其來的喊打喊殺和聲嘶力竭的大辯論、緊拉著又是一場接一場的武裝衝突，一個接一個的所謂戰役，攪得血光沖天、人心驚悸，沒有一天睡得成安穩覺的。

氣溫也陷入了持續的瘋狂。尤其是七、八月份，始終維持在三十五到三十七度之間（大人們都說，有幾天的真實溫度肯定不止三十七度，但是氣象臺不報，說是有規定，頂多報到三十七度）。印象中，這個夏天也幾乎沒下過一場透雨。些微的西南風和氣象預報中那令人不安的「副熱帶高壓」簡直就像個無賴一樣，始終盤踞在吳東一帶，久久不肯消退。與之一樣瘋狂的只有一樣生物，那就是在教課書和古詩詞裡頻頻出現、頗受稱道的，而在彼時的我看來卻從來沒有那麼討厭過的鳴蟬（古詩竟還說什麼「蟬噪林愈靜」）。那些大個頭的知了幾乎是從早到晚一息不停地喳……喳……地哼哼著；小一些的知了則跟在它們後邊時斷時續地「司它、司它」地呻吟著。

這麼熱的天，這麼一種只能給人帶來更多熱感和煩躁的鳴聲，怎麼能讓人不討厭？卻又拿它無可奈何！

更無可奈何的還是那人人驚懼，日夜盼望它早點結束的武鬥。它像一張無形的網，撒在所有人心頭，感覺自己就是隻很快就要動彈不了的蜘蛛，在盲目而無望地掙扎著。或者就像是污水中的游魚，艱於呼吸卻又不得不使盡渾身力氣拚命地吧唧著嘴巴。

流言也紛紛揚揚，讓人驚心。特別是在傳說兩派武裝都搶到了很多槍炮，正在厲兵秣馬，隨時就要真刀實槍地開戰的那幾天裡，人們個個愁眉不展，惶惶不可終日。大人們成天想著怎麼能夠盡可能囤積一些可能弄到的米麵（實際上附近的米店早就關門或者被造反派佔據為「營房」了），或者是考慮著萬一受不了時可以投靠的地方及親友。孩子們則從父母的哀傷緊張中感到了莫名的壓抑和不安。但畢竟還是因為不太懂事，心態要安穩一些。甚至，有些人還經常會有些莫名的振奮，那從來只在課本上和電影上聽聞的「戰爭」，真的也會在我們的生活中再現嗎？放槍的聲音，聽起來是不是比放炮仗的聲音更響？殺人的時候，殺人的人真的會殺紅了眼睛；被殺的人真會像電影裡那樣，掙扎著不肯倒地，還是哇哇慘叫著滿地打滾？會不會還有炮彈飛過來？飛機呢？要是有飛機來投炸彈的話，我們的家豈不是也要電影裡那樣被炸成廢墟了嗎？對了，我們不是可以躲進洋房的地下隔空層裡去嗎？可是那裡面小孩還馬馬虎虎，大人呢，他們連坐著都只能勉強直起腰來呀……總之，那些天我們對於即將到來的「戰爭」，充滿了恐懼的想像和不無浪漫的「期望」！

不過，我可能是太敏感了，幾乎很少浪漫感。每天都在絕望地想著，當戰鬥打響以後，我們家要是被炸彈炸毀了，我們能住到哪裡去？如果這兒成了「淪陷區」，我們會不會給趕到什麼沒吃沒喝的地方去？甚至，會不會像小說中說的那樣，和國民黨潰敗時一樣，把我們抓成壯丁，逼我們到前線去賣命？

對於我們這一片來說，真正的戰爭就是八月初那場震人心魄的「火燒郊革會」之役。它的到來完全就是突如其來的，因而它開始很長時間了，還讓人感到這完全是不可思議的事情。當我們還都像平時一樣，猶在黎明前的黑暗中半夢半悸地閉著眼睛時，砰砰啪啪、轟轟隆隆的異響無情地打破了每個人的僥倖。從我家來說，我、父母和姐弟彷彿聽到鬧鐘響一樣，幾乎是不約而同地一齊醒轉來。張惶四顧片刻後，經歷過真正戰爭的父母親先後從床上跳下地，跑到我們身邊來安慰我們。母親把我和弟弟攬在懷中，雙手輕輕拍打著我們的後背，不停地低語道：「不要怕，不要怕，它還遠著呢，遠著呢。」

我的心稍稍得著了安撫，但很快又悸動起來，因為我能清楚地感受到母親身子的哆嗦和聲音的顫慄。而那密集的、有點像颱風過境時產生的呼嘯一樣的槍彈聲響，也沒法讓人感到絲毫安然。

這種異常的狀態持續了沒有多久，一聲巨大的轟動，活像一聲悶雷一樣沖天而起。在看見窗玻璃上映現的紅光之前，我們先感覺到的是窗戶的震顫和房子的戰抖，隨即，窗戶上泛起耀眼的紅光，東天上也彷彿突然升起了朝霞。而這短暫的彩霞，轉眼間又被濃黑如烏雲般的沖天黑煙所吞沒……

終於，槍聲漸漸稀疏。但仍劈劈啪啪地持續了很長時間。

而當又一個毒太陽剛剛升起來的時候，一個更大而更現實的恐怖場景，突然出現在窄窄的百里街上。所有看到的人都驚呆了——一隊有的穿著軍服，有的穿著工人的工作服的保派武裝分子，大約有二十來人吧，清一色地戴著鋼盔或者柳條帽，平端著上了刺刀的半自動步槍（也有端著鐵管焊成的紅纓槍的），吆喝著、斥罵著，押著用繩子捆住雙手並拴成一長溜的砸派俘虜，從城東方向過來，通過我們百里街往學院裡去。相比起來，那些俘虜的衣著是五花八門的。穿軍裝的、穿老頭汗衫的，穿著農民打扮的短袖黑府綢衫的，還有乾脆只穿著條短褲而光著膀子的，反正一個個都是滿頭虛汗，狼狽不堪。而且個個灰頭土臉，有的頭髮都快被火燎沒了，有的滿面煙灰，脖頸和後背布滿被火烤出來的一片水泡。很顯然，剛才一場大火，已經嚴重摧毀了他們的意志，而成了俘虜後，他們的精神也完全崩潰了。他們一個個都佝僂著身子，哎喲連聲地呻吟著，歎息著，完全不顧一切尊嚴的哀求著——因為不斷有看押人員用槍托狠狠擊打他們的腰腿，甚至用鐵制紅纓槍橫過來劈頭蓋臉地打向他們的頭或肩背。每挨一下，那被打的人便會撕心裂肺地慘叫起來：

「哎喲喂，哎喲我的媽哎！」

「哎喲不能打啦，要死人啦……」

「哎喲哎喲，饒了我吧……」

那些打人者便也會惡狠狠地斥罵道：「饒了你？你開槍打死我們弟兄的時候，怎麼不說這個話？」

「我沒有開槍，我真的沒有開槍！我是往樓上送東西的……」

「送東西的也該打！你們站在砸派一邊就該打，就該燒！就是反革命！就是……」說著便又是重重地一擊！

「哎喲哎喲，沒得命了，真的沒得命了呀……我給你們跪下了，千萬千萬饒了我吧，我家裡還有兩個小囡要養呀……」

真有人不管三七二十一地跪了下去，因為繩子把人拴在了一起，這一跪，一下子帶倒好幾個，別人也都順勢跪下了。幾個人一片聲地拚命哀求，還往地上磕頭，嘶啞地哀求著：「饒了我吧，饒了我吧，革命小將饒命呵，我們都是受蒙蔽的呀！以後再也不給砸派賣命了，我們堅決擁護吳革會……」

鮮血、泥巴糊了俘虜們一頭一身，血腥、汗臭撲鼻鑽進我們心裡。事先橫猜豎想，再也沒想到真正打起仗來會是這副模樣，這種慘狀。那些打人的人，和被打的人，不多久前還都是穿著工作服在機床前或者田地裡幹活的普通老百姓；怎麼就成了互相殘殺、要死要活的敵對者了呢？

而且，更讓我寒心和困惑的是，這些被俘的人，幾個小時以前不還手握武器，和打他們的人一樣，大義凜然地守衛在郊革會大樓上，義正辭嚴地高喊著誓死保衛毛主席革命路線，誓死保衛文化大革命，誓死砸爛吳革會云云，可一旦嘗到了戰敗和被俘的滋味，轉瞬間都成了貪生怕死的軟殼蟲。那些課文上大力宣揚的革命英烈們，在這些人中怎麼一個也沒看見哪？可見這些人天生就是混進造反隊伍裡來的投機分子，或者是混混子，流氓。而且，他們以前對付起走資派和反革命分子來，一個個不也是如狼似虎的嗎？

可是再想想，要是我也被這些人抓住了……不不不，我根本就不敢往下細想。尤其是在這個情景下！本來嘛，是個人誰不怕死，誰不怕痛？誰不怕受辱受罪？可是，到底是什麼原因讓這些人都一個個成了要麼受辱受難、甚至自覺不自覺地喪失頭腦、衝衝殺殺，不把別人性命當性命，要麼竟成為捲進漩渦掉了自己腦袋的可憐蟲；要麼又成了兇狠狂妄，抓人鬥人或者殺人放火都不眨眼睛的惡魔？

這世界到底怎麼啦？

這人心到底又是怎麼回事啊？

可這又豈是我，一個剛滿十五周歲的孩子搞得懂的呢？

而且，現在也根本不是考慮這些問題的時候。一個晴天霹靂般的兇險事實，突然也猝不及防地降臨在我們這些戰戰兢兢看熱鬧的人的頭上！確切說，是這一批押解俘虜的隊伍剛剛從百里街上過去沒幾分鐘，居然從後面又出現一枝荷槍實彈的隊伍。這支隊伍自然也是保派的武鬥人員，而且，從他們蓬頭垢面、渾身汗臭的樣子來看，也是從剛剛結束的火線上撤下來的隊伍。他們人雖不多，大概有十來個，但可能因為剛得了勝仗，一個個倒背著步槍，或者拖著長長的鐵矛、掄著粗壯的白臘棍，高高地昂著頭，視若無人地從遠處的橋上大搖大擺地走了過來。而且，讓我差一點魂飛魄散的是，這夥人經過我們十八號院的時候，居然都停了下來。大概院子裡有不少樹蔭，給人的感覺也比較大吧，只見他們一個個伸頭探腦地向門裡張望了一會後，紛紛對一個戴眼鏡的頭兒模樣的人說：「高隊長，這個院子裡人家不少啊。弟兄們進去歇一會再走吧？」

「是呵是呵，玩了一夜的命，嗓子都冒煙了……」

我的心嗵嗵亂跳，縮在牆角邊緊張地關注著那個被叫做高隊長的眼鏡的表態。這個隊長相當於什麼級別什麼職務，我不清楚，但是知道這是某個造反派組織中有點影響的職務。這個眼鏡也不例外，他在這一夥人中明顯是個主事的。這個個頭高高但身形很瘦的中年人，戴著的是副斷了條腿的黑框眼鏡，斷的地方用白色的橡皮膠纏了起來，看上去就很顯眼。但眼鏡雖然不怎麼樣，但卻讓這個隊長和身邊這些舉止粗俗的工人模樣的人有了明顯區別。他更像是哪個中學的教師，或者是哪個工廠的技術員一類的人，而不像個能領兵打仗的指揮員。不過，他那看上去總是皺緊的眉頭，和不用手拿而總是粘住一樣在他嘴角上歪叼著的香煙，卻又讓我不由自主地對他多了幾分畏懼。

他那叼香煙的本事真讓我佩服，說話的時候也不拿下來，香煙卻並沒有從嘴邊掉下來，雖然這使他的發音有些含糊，但我仍然清楚地聽到他回了一句我最怕聽到的話：「歇歇就歇歇，賣了一回命，也該乘乘風涼了。」

一聽這話，我的心便徹底涼了。趕緊搶在他們前面溜回院中，一進家門就對母親大叫起來：「媽媽，不得了啦，有一隊保派到我們院子裡來了，還有人背著槍！」

這時候，父親正在屋外的廚房裡忙乎著什麼，母親伏在姐姐身後，戴著副老花鏡在縫她短袖衫肩背上的裂口。聽見我的話她哆嗦了一下，同時也說了聲：「別怕別怕，有我在呢。你們都在家裡別動。」

說著她使勁咬斷手中的線頭，扯了扯自己的短布襯就往屋外走。我不安地尾隨在她身後來到門邊，探頭一看，母親剛好和那些凶巴巴的武鬥分子迎頭相遇。那些人雖然不久前還是平民，畢竟現在進入了戰鬥狀態，一個個雖然進了院子來，卻都顯得十分警惕。猛一見母親，明顯都嚇了一跳，亂哄哄地叫起來：「你是什麼人？」有的人還把槍端起來，對準了母親。

事後想想，母親到底是從解放戰爭的戰場上走過來的人，她突然面對這些武裝分子，就顯得相當鎮靜。而且，她的笑聲和話語裡的熱情，一下子化解了對方的疑懼。她彷彿沒看見指著自己的槍口，呵呵笑了笑說：「我是老百姓呀。就住在這屋裡。這個院子裡還有好些戶人家呢，都是普通老百姓，沒有一個壞人。我們也都是堅決擁護新生的吳革會的——來來來，革命小將們，你們是剛從前線下來的吧？看看這一身的汗，快到樹蔭下歇歇吧，我這就給你們拿涼開水。」

母親邊說著，邊作著手勢把這夥人往離我們家遠一些的一棵老白果樹下領。這樹下有一圈因為常年有人在此閒坐、乘涼而磨出的空地，光潔、堅硬，寸草不生。母親把他們帶過來的同時，也向屋裡人聲叫我的名字，要我拿幾張板凳出來讓他們坐。當我搬著兩隻條凳經過她身邊的時候，她壓低聲音對我說：「告訴你姐和小弟，一個也不許出來，躲在裡間不要說話！」

我明白母親的心思，姐姐是個女孩，弟弟則太小，我感到一種被器重的感覺，手腳麻利地把家裡有的條凳、方凳都搬到老白果樹下讓那些造反派坐。母親則把家裡每天都會涼好的一大缽白開水端出來，配了幾個杯子讓那些人喝。這些人看見涼開水，個個眉開眼笑，幾乎是你爭我搶地就把一缽涼水都喝完了。然後都敞開衣襟，摘下安全帽，七歪八斜地坐在大樹下乘涼。隔壁鄰居陳師母見狀也把自家的涼開水端出來。母親又拿出好幾條毛巾，和我一人端了一大盆涼水給這些人洗臉。老實說，我心裡其實是不太樂意母親這麼巴結地對待這些人的，雖然他們現在看起來不像想像得那麼兇惡。但是在戰場上端著槍的時候，可不就是些殺人不眨眼的人嗎？而且，他們殺的，全是我的「戰友」呵。那些撤退到城外去的砸派中，有許多就是我們市紅衛兵總部的人，我沒敢參加他們的「革命行動」，心裡已經有點兒慚愧了。現在還這麼一副媚態地向他們獻殷勤，未免也太那個了吧？

可是我看見母親向我使的一個眼色，心裡也就明白，她這麼做還是有道理的。說到底我們是平民百姓，只想有個平安的生活。現在又是這麼混亂不堪的時候。這個院子裡近一半的人家都有種種不幸的遭遇，我的父母親不是因為這場武鬥，現在還會被關在牛棚裡。突然間就面對著這麼多武裝到牙齒的人，你可能和他們抗拒什麼嗎？不光不敢抗拒，還得提防著點，萬一被他們知悉身分會遭遇什麼厄運；更得為自家和院中所有孩子們的安危而焦慮。虛與委蛇一下，算什麼大問題呢？

而到底也不是天生的「惡魔」吧，母親這般忙乎得滿頭大汗的殷勤，倒讓這些人有些過意不去了。他們中便有人對母親說：「好了好了，大嫂你們太客氣了，也去歇一會吧。看你這一身汗的。」

「哪裡哪裡，比起你們算得了什麼呀，為了保衛文化大革命的偉大成果，你們出生入死，槍林彈雨的，我們小老百姓的，也只能表示一點心意罷啦。」

「不拿群眾一針一線嘛……」說這話是那個戴眼鏡的頭頭，說著他就斜睨著別人嘎嘎地笑。這個人從我見到他的時候起，嘴角上似乎永遠叼著一截香煙屁股，無論說話還是放聲開笑，那截時長時短的煙屁股就是牢牢地粘在他的嘴唇上，不會掉下來。看得我暗暗奇怪。他那一條鏡腿纏了圈白橡皮膏的眼鏡，也像是粘在臉頰上的，居然就穩穩地不會掉下來。

母親聽他那麼說，趕緊陪著笑臉說：「喔喲，看你說得，喝幾口白開水算什麼呀？一不是針，二不是線的……」

沒想到這傢伙居然飛快地接了一句：「那麼香煙也不算一針一線吧？」

一聽這話，母親紅了臉：「哎喲真的，我們家沒有人吃香煙，要不然也該請你們吃一枝的。」她怔了片刻，忽然拍了下大腿，轉身跑回家裡去。不一會就又轉了過來，手裡拿著兩張小紙片，我偷眼一看，是香煙票。母親把香煙票遞向他們，立刻有好幾隻手伸上來想接，但還是被那眼鏡隊長一伸手先接了過去。母親說：「我們家的香煙票都送給鄰居了，幸虧還剩這兩張。我也不懂好買什麼煙，你們看看行不行？」

「行行行，當然行！太行了！」眼鏡隊長眉開眼笑地把煙票塞進工裝褲袋裡，一隻手還怕人搶似的牢牢按住袋口，滿口向母親道著謝。看來，這一定是個煙鬼。而這年頭，香煙票也真是特別寶貴呢。

氣氛變得更加輕鬆了。先前始終蒙在母親眉宇間的不安也煙消雲散了。她又和他們說笑了幾句，放心地回家擦洗去了。我也以為這些人並不像開始想像得那麼可怕，他們也不過是一些普通老百姓，偶然背起了槍，讓人覺得可怕罷了。等他們再歇一會，就會離開了。

再也沒想到，正當我也想抽身到院子外頭去玩玩時，忽然有個他們中的人，雙手緊緊攥著槍把子，從院子深處匆匆小跑著來到眼鏡身邊，貼著他耳朵說了幾句什麼。只見眼鏡突地從凳子上跳起來，神色大變地看著院中那座洋房。叼在嘴角的煙屁股，也被他噗地一聲吹在了地上：「怎麼可能有這種事情？你有沒有搞錯啊？」

那人急忙說：「我也仔細看了，那裡面黑漆麻烏很深很深的，真要是躲些人的話……」

眼鏡突然扭過頭來問我：「小老弟，他說的是不是真的？裡面那座洋房下面真有暗道機關？還有個很可能是砸派分子的司令部？」

我一聽就明白他們在說什麼了。心裡暗暗恨起後院哪個多嘴又瞎說的小孩來，一定是他向那個傢伙胡說什麼了。

我便問那個來報信的人說，「是不是聽到哪個小孩子說的什麼。」

他說：「是個小孩子。不過他說得有鼻子有眼睛的，我也仔細察看過地道口了，蠻像那麼回事的。」

我便趕緊向他們解釋，說他們誤會了，「那座洋房下面是有個蠻大的地下隔空層，但那是國民黨時候外國人修的房子，他們特別講究，所以弄了個通風層，裡面空空蕩蕩什麼也沒有的。別說大人，小孩子在裡面也站不起身來的。」

「那麼司令部怎麼說？」

「沒有什麼司令部的！我沒敢說那就是我鼓搗的玩藝兒，只說那都是小孩子們玩捉迷藏時亂說的。那種根本待不了人的鬼地方，怎麼可能有什麼司令部？」

可不管我怎麼解釋，眼鏡隊長都一臉狐疑地瞪著我，還從短袖衫口袋裡又摸出根香煙來點上，嗞哩嗞哩地一口就幾乎吸下去大半根。我注意到，他那半截香煙叼在嘴唇上也沒了先前的氣勢，分明在不停地哆嗦著。這時他身邊那些人早都站了起來，一個個緊張地端起了手中的武器，有人還輕輕地說了一聲：「高隊長，要不我們撤了吧？」

「撤？現在城牆內外都是我們的天下了，怕什麼怕？」說著他竟一把抓住了我的胳膊說：「這樣，你帶我們去看看，到底是什麼暗道機關。」

我本能地掙扎了一下，不想跟他們去，沒想到眼鏡把我的胳膊抓得生疼，我根本掙脫不了。而他們越是這樣一副緊張樣子，我也就越發害怕起來，唯恐沾上什麼麻煩。可我越說我不想去，他們也反而更當真了，非要我帶他們去。我的眼淚不由得流了下來，大聲哭喊著說：「你們幹嘛逼我呀！要看你們自己去看好了，誰跟你們瞎說八道的，你們就找他們去好啦……」

我沒想到，這一幕都被躲在我家燒飯披棚裡的父親聽到了。這夥人進院子來的時候，他正在裡面做什麼，聽到人聲，為了怕惹麻煩吧，就躲在裡面沒出來。現在窺見了這一幕，他為了保護我，便趕緊從裡面出來了。因為天熱，又在家裡，他只穿著條那時候大多數男人們都穿著的洋細布白短褲，上身赤著膊。他陪著笑臉大步插到我和眼鏡中間，說：「小將們，小將們，別生氣。小孩子不懂事，所以才害怕。不過他說的話還是不假的，這院子裡住的都是普通老百姓，又不是什麼重要地方，是不可能有什麼軍事機關的。這樣，你們真要看的話，我帶你們去看好不好？」

眼鏡冷冷地打量了一下父親說：「你是誰？」

父親指指我說：「我是他父親。剛才在廚房裡忙事呢。」

眼鏡的神情緩和了一點，卻仍然斜著眼睛問父親：「你是幹嘛的？」

父親怔了一下，回答說自己是吳東師院的老師。眼鏡哦了一聲說：「人民教師呀？老實說，是人民教師，還是黑幫分子什麼的？」

父親略有些緊張，但顯然早有某種準備了，儘量很自然地回答：「真是普通教師。要是黑幫，這時候還不被革命群眾關起來嗎？」

「不見得吧？還有人昨天不是黑幫，今天就因為站錯隊變成黑幫的呢。不過你就是黑幫，也不關我們屁事。自有人會來管你。」

「是的是的，不過領導你放心，我是堅定地站在保派一邊的。舊市委迫害了多少人啊，我也是深受其苦的，就應該奪他們的權。」

「真的？」眼鏡不以為然地瞪了父親一眼，口氣卻明顯鬆動了。他一扭頭，向父親作了個手勢說：「那好吧，你還是帶我們去看看的好。」

父親點點頭，便帶他們向院中去了。我愣在原地，正在猶豫要不要跟過去看看情況。母親從屋裡出來，把我拉進了家中。叫我別再出去惹麻煩了。可是父親暴露了自己，又被他們裹挾著，我怎麼放得下心呢？正在焦灼不安的時候，猛然聽到洋房那邊傳來一聲悶響，緊接著又是幾下凌亂的槍聲。我大為吃驚，深為父親的安危捏了一把汗。於是也顧不上害怕了，掙脫母親的手就向後院跑去。

老遠地，我就聞到一股濃重的槍煙氣味，那些造反派們正如臨大敵般齊齊地端著槍，圍在洋房下一個四方形的通風口邊。我以前說過，這種通風口頂多一米見方，有點頭腦的人應該清楚這裡面根本不會藏什麼人，更別說把什麼司令部設在裡面。可是這夥人居然真的相信了哪個孩子的話，煞有介事地朝那個通風口裡亂開了好幾槍，然後還扔了一個手榴彈，搞得現場氣氛緊張萬分。問題還在於，手榴彈也扔了，槍也放了，裡面鬼的動靜也沒有，他們卻還不放心，仍在那裡大呼小叫、亂哄哄地吶喊著：「出來，裡面的人快出來！我們已經把你們包圍了，再不出來，我又要扔手榴彈啦！」

「放把火燒了他娘的算了！」

「繳槍不殺！投降是你們唯一出路！」

父親則被兩個人在身後叉著膀子站在洞口前，不許他後退。只見他臉色煞白，仍在不斷地扭著頭，竭力地向躲在他身後的眼鏡勸說，要他們千萬不要放火，也不要再扔手榴彈了，因為這房子裡還住著好幾戶人家呢。他甚至說：「我敢用我的腦袋擔保，這裡面就是一個空空的低矮的通風層，絕對藏不下成年人，更不會有槍有炮有什麼司令部。」

可是先前來報信的人卻還是強調，說他親耳聽人說，裡面就是有一個司令部，而且還有通往別處去的地下通道云云。我聽得又好氣又好笑，忍不住就問他：「說這些的不是個小孩子嗎？那個什麼司令部，也都是我們這些小孩平常做遊戲躲貓貓亂喊的，裡面根本就沒有什麼暗道機關，不相信，我這就帶你鑽進去看好了……」

我的話沒落音，父親大聲喝止了我，並向我拚命眨著眼睛說：「你怎麼又來了？小孩子家懂什麼，趕快回去。」我安慰他說，「爸爸你放心好了，裡面我太熟了，絕對不可能有人有什麼的。」

可是父親更焦急了：「混蛋，叫你走你就走——要是你進去了，他們再向裡面開槍扔手榴彈的話……」

萬萬沒想到，一直在一邊冷眼觀察著我們父子倆的眼鏡隊長，突然一步插到我和父親中間，先擺擺手，制止我們說話；然後不慌不忙地又從短袖衫裡摸出一枝已經被汗濡濕而軟不拉塌的香煙，把它在指甲蓋上墩了幾墩，取下嘴唇邊的煙屁股，三捏兩捏地就對接在了一起。他狠狠地吸了一口煙，伴隨著鼻孔裡冒出的一股綿長的細煙，一個令我大吃一驚的命令，也終於從他嘴裡蹦了出來：「就這樣，你進去！往裡爬！要是五分鐘裡面沒人打槍，這事就算了結。要是……」

他指著的，是我父親！

父親煞白的臉忽然脹紅了，他勉強擠出一絲笑容來說：「領導啊，這可使不得呀，你想，這麼點大的洞口……你行行好吧，我這麼大個人，根本進不去呀，再說裡面也不可能會……」

「你不進是吧？」眼鏡一下子又摸出了他的汽油打火機說：「不進去我們就放火！」說著他四面轉著找可燃的引火物。

「我進去！」儘管緊張和激動已使我渾身打顫，嗓音也哆嗦不已，但為保護父親而豁出去的決心還是給了我巨大的力量。我嘶聲喊著說：「你們都躲起來看好了，要是我進去以後有人打槍，就讓他打我好了。要是我能夠從這房子對面的通風口出來，你們就放了我們！也不許燒這房子！」

「不行不行，你不能進去，要是你進去了，他們真的會向裡面開槍或者扔手榴彈的……」

可是父親的話又被眼鏡喝斷了。他冷冷地把父親推向身後說：「你把我們革命戰士看成什麼人啦？嗯？這小子既然有這個膽量，你憑什麼不讓他進去？」說著，他又把我向洞口推了一下：「就你了，進去吧。我把話說在前頭，要是裡面有人開槍打死了你，別怪我們無情。要是你能平安從對面口子裡出來，一切拉倒！」

「好，我們說話算數。」我說著，推開撲上來抓住我一隻胳膊的父親，蹲下身去，麻利地往通風口鑽了進去。

身子剛進半截，我回頭偷看了一下，那夥人居然又一次緊張起來，一個個側著身子，把好幾條槍對著洞口。這時候，裡面要真有人或者有什麼動靜的話，不要說裡面，外面人亂放起槍來，我也逃不了一死。然而我只是這麼一想，心裡卻一下子寬鬆了許多。因為我進了洞口，心裡就有底了，知道不用再怕外面的人了。對裡面地形地況瞭若指掌的我，迅速轉了個向，向側面爬去，這樣就是他們開槍也不可能打到我，扔手榴彈，我趴著匍匐前行，估計也炸不到我，頂多是讓煙氣嗆個半死罷了。

這裡面是一個很廣大的空間，頂上是縱橫交錯的框架和房間的木地板，地上則是建房時用夯土機夯實的泥土地，爬在上面光溜溜的，有些高一些的地方，我這麼大的人完全可以半蹲在在裡面挪步，因此跑起來是很快的。而在進口不遠處，就有一條我以前和小夥伴們用紙箱板和廢舊麻袋鋪起來的通道。通向的，正是那個我親手用磚塊木板等搭起來的、差不多處在房屋正中的「司令部」。

裡面很黑暗，尤其在遠離洞口遠的地方，但依稀仍然可以看得出一些大概的樣貌。我順著麻袋和紙板鋪就的「道路」，半挪半爬地很快就來到了我的「司令部」。老遠地看見它，我的心就一陣陣泛潮，說不出是一種什麼滋味。文革開始以後，我畢竟也大了不少，好長時間裡，我只是心境不好或者百無聊賴的時候，偶然還會一個人爬進來，在司令部裡靜靜地坐上一會，陷入紛紜的憧憬與沉思之中。煥煥出事以後，我曾在一個心情極度低迷的傍晚，悄悄地躲到這兒來，點起蠟燭，看著這裡的一切，撫著煥煥坐過和躺過的稻草墊子，竭力回憶著她那純真誠樸的音容和笑貌，我忍不住還在我們一起躺過的草墊子上躺了一會，回味著她當時的氣息；心情卻更加悲憤，情不自禁地放聲嗚咽，久久不想離開這裡……後來，直到現在，我就再也沒有來過這裡了。

現在，「司令部」裡的一切依舊，未燃盡的半截蠟燭、裡面還剩下幾根火柴的火柴盒都還靜靜地待在原處，我曾經的「寶座」旁，我上次遺忘在這裡的一本《十萬個為什麼》還一如原樣沒有人翻動過。我的心卻七上八下、風吹海浪般一點兒也平靜不了。我拿過火柴盒，劃亮一根火柴，想把半截蠟燭點起來，靜靜地坐一會，可一想外面，父親肯定在焦灼萬分地等著我出去，便又放棄了點蠟燭的念頭，靜靜地看著火柴那搖晃著的小小焰頭自己熄滅。要是它也能像賣火柴的小女孩的火柴光一樣，讓我能看到煥煥重新出現，那該有多好呵……可是，微弱的火苗轉瞬就熄滅了，我的眼前什麼奇跡也沒有發生。我深深地歎了口氣，加快動作，向著對面的洞口爬去。

就在我快要接近對面洞口的時候，突然聽到啪的一聲悶響，居然有人在向裡面開槍！幸好我有所防備，一直貼著側面的牆跟向洞口爬，子彈才沒傷著我。但這是什麼意思？裡面並沒有任何敵人或動靜，他們憑什麼開槍？我幾乎魂飛魄散，好一陣子抱著腦袋伏在地上一動也不敢動，可能就是有了這麼一個間隙，外面的人居然又向裡面接連打了兩槍，我清晰地聽見子彈向裡飛掠時產生的啾啾聲，有一顆子彈可能正中通風層頂端的木梁上，我看見深處有一絲火花閃爍，隨即是一股木頭燒焦的氣味鑽進我鼻子。我驚恐萬分，便使勁地向外面叫起來：「別開槍！別開槍呀！裡面根本沒別人，只有我一個人，我就要出來了！」

與此同時，我聽見父親憤怒的喊叫聲：「你們這是幹什麼？怎麼可以開槍啊，要是傷了我兒子，我和你們拚命……」

有人哼哼著回答：「你兒子騙了我們，我們當然要開槍！要是他再過一分鐘還沒出來，我還要扔手榴彈！」

「你敢！有本事你往我身上扔好了……」父親的聲音突然啞掉了，只傳來一陣呼哧呼哧的喘息聲，我加快動作靠近洞口一看，原來是父親蹲趴在洞口，雙手抓緊洞口的邊壁，不讓那夥人再向裡開槍或扔手榴彈，而他身後則有人箍住他的脖頸，試圖把他從洞口拉開。就在父親被他們拉開的時候，我猛地一躍將頭探出洞口：「我出來了！」

頓時有好幾枝黑森森的槍口幾乎貼著我的鼻子，指向了我。我麻利地站起來，自己也不知道是高興還是怎麼，居然哼哼地冷笑了一陣，衝著眼鏡說：「這下你們可以放心了吧？不相信的話，你們自己進去看看好了……」

話還沒落音，父親一步衝上來，張開雙臂就把我抱了起來：「我們走，別跟這些人囉嗦了！」

說著，他甩開大步，抱著我一陣小跑，迅速離開了這個無聊又兇險的是非之地。想來是因為有些覺得理虧吧，眼鏡那些人倒也沒攔住我們。只是罵罵咧咧地又向洞口裡胡亂開了幾槍，不久也三三兩兩地離開了洋房那裡。而且，他們也沒再來老白果樹下乘涼，而是無精打采地倒背著步槍和長矛，灰溜溜地出了我們的院子。

這一年我已經長了不少，個子超過了一米五，塊頭呢，雖然營養不佳，起碼也有七、八十斤了，沒想到父親抱著我居然還噔噔地邁著大步。他的上身是光著的，又滑又膩全是汗，頭髮上也濕濕的，濃重的汗酸氣直往我鼻孔裡鑽。我自己也好不到哪去，渾身上下也早就汗透了，地道裡的泥灰早把自己蹭得滿頭滿臉的黑污。而且，父親把我抱得那麼緊，我都快喘不過氣來了，他的身子也和我一樣，因為先前過於緊張吧，現在仍在簌簌地顫抖。我忽然意識到自己該下來了，便掙了一下要求父親把我放下來。可是父親卻沒出聲，反而更緊地抱住我，加快了步子。我還想說什麼，突然又感到脖頸和後背上有點熱乎乎的，偏頭一看，父親眼裡竟無聲無息地糊滿了淚水，喉嚨裡的喘息聲也越發地粗重了……

我全身像過了電一樣，說不出是什麼滋味。

說實在的，我從小就對父親比較畏懼。也幾乎不記得他在文革之前什麼時候抱過我或親過我。我總覺得他先是偏愛姐姐，後來又偏愛小弟，對我從來就是不冷不熱，連說話也總像是對個大孩子一樣。大約從兩年級開始，凡是家裡費些力氣的活兒，到糧店買米、到煤球店買煤球，後來又每天到菜市場買菜，差不多全是我的事。我並沒有怨言。我也習慣了並常常以此為榮。我生病的時候，母親倒是經常會抱著我，為我餵藥，問我要吃什麼好吃的東西。發高燒的時候，她甚至會使勁地抱緊我，親我的臉，脖頸甚至頭髮。父親頂多會問我一聲好點了吧？連伸手在我額頭上試試體溫的印象，在我心目中也是一片空白……

現在，父親居然把已這麼大，這麼沉重的我抱在了懷裡，還抱得這麼緊，走得這麼快。他的淚也是因為我而流的嗎？或是因為恐慌緊張而流的？但不管怎麼說，多少也會和我有關呢。這麼說，父親也是愛我的，只不過在平常的時候，他不大表露出來而已……

可是我畢竟這麼大了，心裡還真的很不習慣呢。我覺得難為情。當然，也覺得心裡一陣陣地泛著什麼，酸酸地、暖暖地。

第十五章

我忽然意識到，記述那個怪異的年代，我是不能忽略也避開不了父親的。就是說，我應該多談談我的父親。

他是那個年代很大一類人的典型。

或者說，他是一個集中了那個怪誕而畸異的年代許多矛盾於一身的一個複雜而形象的生命體。那時候的父親在我印象中是特別鮮明而又特別模糊的，特別親切而又特別淡漠的。特別堅強而又特別軟弱的。特別倒楣而又特別幸運的——首先，他嘗夠了一切「走資派」、「黑幫分子」所必須嘗受的一切苦頭、一切侮辱、一切迫害。但他既沒死於非命，也沒死於「自絕於人民」，也沒死於任何病痛。甚至，有一度在我眼裡，他還過得相當自在，相當逍遙，相當充實，相當有滋有味。雖然這一過程並不太長，畢竟也有將近兩年的時光。而這兩年，就足以讓一個人完成他向另一個人異化的過程。但這恐怕也只有那個「五洲震盪風雷激」且「只爭朝夕」的年代才可能發生的現象吧。

這話有些含糊，讓我慢慢說來吧。

少時的父親，在我印象中是一個熱誠積極的，經常笑容滿面而健康樂觀的人。他在我們家人面前話並不多，但一有什麼同事或者朋友上門來，他就顯得十分興奮而健談。說起話來中氣還特別足，且喜歡打手勢，有時候甚至可說就是口沫橫飛。我喜歡這個樣子的父親，也特別喜歡在一邊偷偷聽他講到許多天上地下的宏大話題。當然，他們也時常會聊到一些系科里的事情，有的我聽著很有趣，有的我聽著卻很掃興。我尤其喜歡聽他對人評論某某學生、某某講師的人品之類；因為其中不少人我或多或少見過或者有些印象。而他這麼說的時候多半是在為這些沒有對象的人在作媒人，當紅娘。有時甚至於是親自把某個人叫到家來，幾乎是苦口婆心地作其工作。有一陣我聽到母親不無擔憂勸他以後少摻和些這類事情，說外面有人在說他是紅娘書記（記得後來的大字報和批鬥時，這也是父親很大的一個罪名），這個影響很不好。但父親總是不以為然。他的口頭禪是：「與人為善嘛！君子成人之美嘛！中國人就是太保守了，那些男男女女的都是很優秀的年輕人，可是沒有人幫他們說合一下，硬是誰也開不了那個口，太可惜了。」

那時候，我是說，發生文革之前，父親每天幾乎總是穿著一身有著四隻口袋的藍卡其布中山裝進進出出，似乎他在家裡也總是這麼一身；要麼就是為了做木工活什麼的，換上件總是掛在門後釘子上的粗紡工作服（許誠說過，他爸媽在家裡經常會穿一身綢子的帶花紋的睡衣睡褲，我一直無法想像那是什麼樣的衣服。但是，有時候我是多麼希望我的父母也會每天換上睡衣睡褲呵，那起碼會給我一種他們也是上流社會中人的感覺）。父親的上衣口袋裡也和別的學院裡的老師或者院長們差不多，經常插著兩枝有時是三枝筆；腋下則夾著個似乎從不離身的深咖啡色的皮包，裡面總是鼓鼓囊囊地塞滿了書本和講義；有時還有幾份他視為某種殊榮的、只傳達到他這級幹部看的中共中央或省委的紅頭文件。他走路步子很快，似乎從來都是目不斜視，一往無前的樣子。但他看見人總是笑咪咪地首先向人點頭、打招呼。我們院子裡的小夥伴們偶爾也會議論到各自的父親母親。說到父親他們總會說他人好，見到小孩子都經常會摸摸人腦袋，問一聲吃過啦？最近書讀得怎麼樣啊什麼的。但也有個感覺，說他不太像個系科書記，而更像個天天吃粉筆灰教書的。事實上父親就是天天會上一兩堂課的。但我卻因此也多少有些覺得沒面子。哪像許誠的爸爸走出來，雖然也常會向我們這些孩子們笑笑，偶爾還說上一兩句玩笑話，但那舉手投足，無不是院長的派頭。衣服很是挺括，常年穿得都是皮鞋。哪像父親，經常穿著一雙黃色的解放鞋就去上班，還說這不蠻好嘛，我當兵的時候，開始穿得還是老百姓支前送的布底鞋呢。就是皮包吧，許院長的也都是許誠他媽媽幫他拿著的。許院長的頭髮也是成天都油亮油亮的大背頭。不像父親，我估計他一輩子也沒有往頭上刷過油，頭髮都是自己買回了推子，由母親給他理的。雖然母親的手藝逐漸有些長進，可到底和理髮師不能比，父親的頭髮終年和「馬桶蓋」差不多。而家裡有了這把推剪，連帶著我也跟著倒楣。我和姐弟的頭髮都是父親包辦的。好在後來稍微像樣點了，一開始理得那模樣我是根本不敢出門的。每當我剛理過髮的時候，同學幾乎都要在我頭上摸一把，大笑幾聲「馬桶蓋」……

不過家裡這把理髮推剪後來也起過大用場。就如我前面說過的，文革開始後，滿院子大大小小的幹部和教授們不分男女，幾乎在一天之內都被紅衛兵剃了陰陽頭或癩痢頭。所謂陰陽頭，就是把你滿頭頭髮一半留著，另一半推光。所謂癩痢頭，就是在你頭上東剪一簇，西剃一簇，弄得你的腦袋慘不忍睹。

我清清楚楚地記得那天中午，當父親被剃成陰陽頭回家來吃午飯的時候，從吳東師院南門到家裡這短短幾百米路上的情形。他手裡還拿著個快有一人高的紙糊的有個長長尖頂的所謂高帽子（回家吃飯、睡覺都蒙造反派開恩，可以不戴，但要自己保管好，回到學院就戴上。據說有個「反動學術權威「有天回家時看到路邊小販賣青菜，他買了點，沒有籃子，就讓人家把菜倒在高帽子裡，篤悠悠地托著回了家）。百里街上的大人還有嘻嘻哈哈的小孩子一齊湧到街上看熱鬧，父親臉上還有新潑的墨汁沒有洗，頭上又是那麼醒目的陰陽頭。唉，許多熟悉的鄉鄰還紛紛指著正好在街上玩的我哈哈笑，真讓我又難為情又沮喪，恨不得有個地洞往裡鑽！

但是父親卻顯得很從容（雖然我分明看見他一回到家裡那臉就掛了下來），非但不畏縮，還大大方方地向熟識的街坊揮揮他手中的高帽子，含糊地說上句什麼解嘲的話。

他也確實有應對的辦法。那就是他一到家，就讓母親拿出自家的理髮推剪，索性把自己的頭髮推了個一乾二淨。一個「光浪頭」雖然也不太好看，比起陰陽頭來，到底沒那麼讓人感到好笑了。更重要的是，這無疑也是一種對抗的姿態，一種無言的反擊。

可是，自從被「揪」了出來，打成幾乎人見人棄的「黑幫」分子之後，父親就一天比一天明顯地變成了令我日益感到陌生的另外一個人。這種變化，首先自然體現在精神狀態上。過去多多少少總會掛些在臉上的笑容，幾乎蕩然無存。眉目之間憔悴而悒鬱，似乎總是蒙著一層翳，顯得迷迷濛濛的。眼睛裡絕無光彩且很少正眼看人，成天是一副心思重重若有所思的模樣。我還經常發現他會呆呆地站在家裡某個地方或角落裡，悶著頭喃喃自語，有時還伸出手來比比劃劃，彷彿在和什麼人理論。這時候，別人沒有很大的聲音，他是不會有所察覺的。而且，他以往會客時那種神采飛揚滔滔不絕的狀況一去不復返了。首先在於根本就沒人再上家來看他了。其次是他即使和母親之間，也也幾乎沒有什麼話說。有什麼要緊的事，倆人間的對話也總是極其沉悶的嗯哈然後是長時間的發怔而已。

這是正常的，那個年頭的這些人，哪個不是這樣日漸一日地絕望、恐慌、困惑、迷茫而又十分不甘、十分委屈地捱著日子？起先還好一些，是因為大家都覺得文化大革命少則幾個月，多則一兩年就會過去的，到時候該檢討檢討，該怎麼怎麼，然後一切恢復常態，上學的上學，教書的教書。誰知道非但越益看不到盡頭，還大轟大嗡地鬥人、關人、殺人，甚至互相鬥爭，大打出手……

就是在衣著上。那時候類似父親的這票人，也個個失去了一切神采，什麼破舊穿什麼，什麼灰暗穿什麼，彷彿這樣就能多少顯得自己不那麼「封資修」一些，不那麼為人注意一些吧。因此父親在那幾年裡給我的印象就是，不分去學院還是在家裡，成天都裹著他那身母親廠裡發的舊工作服，而且是不灰不藍的那種粗劣的混紡布工作服，上面還毛刺毛刺地起了不少線球。以至於有一回我有個以前沒上過我家的小學同學，偶然隨我回家來玩的時候，看到一個正在家門口空地上弓著腰，踩在長凳上，用一把木工鋸吱嘎吱嘎鋸木板的人，問我他是什麼人；我紅著臉嘀咕了一聲，告訴他那是我父親。這同學不無驚訝地看著我說：「原來你爺是木匠啊？」

難怪他要吃驚，因為小學時我都是很自豪地告訴同學，我父親是個大學教師，系科領導。實際出現在他眼前的卻是這麼一個灰不溜秋、鬍子拉茬甚至頗有些委瑣的人，他自然要以為我以前是在騙人了。

這都是小事。父親在挨了一通批鬥又關了一陣禁閉，因禍得福地因為武鬥而回到家中，眉頭深鎖，兀自發呆了好些天後，不知從幾時開始，居然真成了一個相當投入的「木匠」——用母親的話說，他近乎瘋狂地迷戀上了「窮倒騰」，即到處尋覓、翻找一些廢舊木料，為此甚至經常光顧附近的一個垃圾轉運站。或者拆掉家裡一些現成的舊家具，然後敲敲打打地做這做那。這本也沒什麼，那年頭社會服務基本沒有，所以很多人家的基本家務都是自己或請三朋四友幫忙做的，比如換燈泡，修門窗，縫補乃至自製衣物，維修家具、水龍頭甚至種些拾邊地等。父親原本就出身農民，喜歡做些粗活，家裡常備有一把木鋸、一把斧子和一把鉋子等簡單工具。我家那用廢舊油毛氈和斷磚碎瓦倚著牆拼搭起的披棚廚房，和養鴨子的鴨棚，圍欄，雞窩，都是他的傑作。可是現在的他，哪是在修修補補啊，他是真把自己當木匠師傅了！不知從哪兒又弄來好些木工器具不說，因為實在缺乏木料吧，他把家門口兩棵棗樹都在深夜裡偷偷伐倒晾乾，自己吭哧吭哧苦幹多日，全都鋸解成厚薄不均的板子；然後野心勃勃地說要做一口大衣櫃。這也罷了，他還把家裡好些舊凳子、舊桌子、甚至一張舊木床都拆散成原料，吱哩嘎啦、敲敲打打地重新加工成所謂的桌椅、五斗櫥、立櫃、碗櫃。如果這都是有模有樣的脫胎換骨也罷了，問題在於，至少就我看來，這些傑作，即這些新桌椅新櫥櫃非但遠不比原先的好看或好用，其外觀也多是七歪八斜，有的簡直是不堪入目。不是木條粗細不勻，就是櫃子上寬下窄，而且油漆技術也嚴重不過關，有的深，有的淺，有的黑不溜秋，有的又暗黃無光……

我本來對這些木家具什麼的並不感興趣。可是當我偶然到哪個同學家串門回來，對比人家堂堂正正亮鋥鋥的家具，總不免心生悲涼，簡直不敢再帶任何同學回家來了。但我不敢當面指責父親這無異於胡搞的作派，私下裡向母親發過好幾回牢騷。直到有一回她歎息著叫我別生氣，說：「我們就隨他去吧。他能有興致倒騰倒騰這些，比起那些想不開跳樓落井的，甚至瘋了癡了的人來說，不是好得多嗎？」

「也是呢……」我心裡一酸。從此就再也不說什麼了。

回頭再看，母親的話不無道理。父親能從那場後來被定性為史無前例的「浩劫」的運動中捱過來，而不是像許多人那樣含冤而死，或者沉淪萎靡，他迷上木工活是一個很要緊的原因。

另一個原因則是，他後來又受到某種很奇怪的流風影響，而在武鬥開始前後一段難得的時間裡，幾乎是脫胎換骨地成為一個兩耳不聞窗外事，一心只顧保安康的人。那段時間還不短，持續了至少有一兩年吧。而那股子流風，居然會盛行於那樣一個漠視生命、藐視人格乃至唾棄人的尊嚴並視幾乎一切對自身的關注為反動的年代，實在也不能不說是一種發人深思的奇跡。

這種流風，就是在廣泛的政治和精神死亡的背景上，不知何因引發出的一種對於個體生命的酷愛。這種酷愛和當時宣導的集體主義精神和為解放全人類而奉獻一切的意識，以及為保衛毛主席，保衛共產黨，保衛無產階級文化大革命勝利成果而不惜「誓死」的氛圍，形成了極其鮮明而尖銳的反差！

沒有疑義的是，這股可以稱之為養生運動的風潮，不知從幾時開始，短時間內就迅速席捲了全國。蔓延最烈的，竟然就是派性和武鬥最烈的一九六七年左右。那是文革最酷烈的時期，國家的權力機器從上到下幾乎全盤癱瘓。廣場革命、大字報、大批判、大辯論和大對決甚囂塵上。一些人不甘受辱或看不到前景而沉淪於自殺的深淵。而另一些人卻因為種種偶然因素或個性因素，更因為這股奇怪而不無益處的流風而倖免，且日益沉溺於斯，最終因疲於對層出不窮的養生妙法之沉醉，而得到了某種近乎於宗教式的自我救贖。

父親也「理所當然」地成為了這股流風中的一枚盤漩不已卻相當深入的枯葉。

頗有意思的是，本應戰鬥在文化大革命第一線，忙於「支左、支工、支農」的解放軍，不知怎麼成了風行一時的養生運動的推波助瀾者。或許是因為軍隊竭力擁護和踐行毛主席「卑賤者最聰明，高貴者最愚蠢的」斷言，努力證明在幾乎所有反動醫學權威被打倒後，他們能夠承擔起保證甚至強化人民健康的歷史重任吧。許多風行全國的養生和醫療大法，比如針刺麻醉、雞血療法、甩手療法等竟都出自某某部隊醫院甚至某某部隊衛生所。這種狀態的間接結果是，在後來的很長時期內，「老軍醫」成了令人崇敬和信賴的人物和健康的象徵——直到它最終淪為廁所和陋巷電杆上專治性病皮膚病的小廣告的主要依據時，前後深入人心達十年以上。

記得在當年，那時唯一的中央新聞紀錄片廠隆重推出的：《千年的鐵樹開了花》中，有過「老軍醫」們經過無數次以自我為對象的針刺實驗後，終於成功地用一根小小的銀針，令手術臺上的病人含笑輕鬆地接受刀片劃開肚皮甚至胸腔的鏡頭。還有聾啞學校的孩子們被軍醫們紮了幾針後，就無比幸福地喊出了毛主席萬歲的時代最強音。看到這些，誰個心裡不激情澎湃、情不自禁地為自己能生活在這麼一個神奇而偉大的時代而由衷地應上一聲：「戰無不勝的毛澤東思想萬歲！」

在這樣的背景下，當父親有一天凌晨照例去東門外的下塘街集市上買菜，看見一個留著一綹乾枯的黃鬍子的老頭，從挎著的一個當時最「名貴」的軍用挎包裡取出一本本油印的小冊子，聲嘶力竭地向人叫賣的時候，他的眼睛一下子放出異樣的光輝來。並不是因為小冊子上印著的「雞血療法」幾個黑字，而是下面那行稍小些的署名「中國人民解放軍某某醫院研究所」——曾經也是軍人，又剛剛為新聞電影上軍隊醫生神奇而高超的醫術深深折服的父親，雖然以前對這些跑江湖者從來不屑一顧的父親，那天竟鬼使神差地立定腳跟，從老頭手裡接過一本油印的小冊子急切地翻閱起來。

正苦於那一階段沉墮地獄般的非人遭遇而經常突發心慌、胸悶，神志鬱悶，多夢而失眠的父親，起先還能從學院醫務室開到幾粒安眠藥，後來就被取消了開取這類藥品的資格；醫生說是防止他這號被打倒的走資派用來自殺。而這本手冊宣稱的雞血療法的主要功效中，赫然列著失眠、多夢、神經衰弱的內容。豈止如此。這個讓人滿懷希望的「雞血療法」，據稱是解放軍某醫院為向文化大革命獻禮而集體攻關、終於獲得偉大成功的研究成果，失眠多夢只是它幾乎所不包的治療內容中最普通的疾病。對於其他諸如高血壓、腦中風、心臟病、胃潰瘍、感冒咳嗽、支氣管炎、婦科病、牛皮癬、腳氣、脫肛、痔瘡和陽痿等，它都具有神奇的療效。

當即掏出一毛錢買下這份神奇秘方的父親，還沒注射雞血就好像已獲得了巨大的能量。回到家中的他，一改那一陣萎靡無力、不愛說話且說起來也有氣無力的精神面貌，中氣十足地對母親說：「有救了有救了。我的神經衰弱會好了。你的胃潰瘍也會好的，還有小三子（他指的是我弟弟）的尿床毛病說不定也會好的……」

可是母親卻遠遠不像他這麼興奮。這個文化水準僅僅是部隊掃盲班畢業的女流之輩，在這件事上的頭腦卻遠遠比父親明智。她對父親的狂歡報以的是不屑的哼哼聲：「鬼才相信這種發明呢，又粘又腥的雞血能夠往人血管裡打？你沒有殺過雞嗎？你沒有看見那些殺出來的雞血很快就結成塊了嗎？要是它堵在人的血管裡怎麼辦？反正你不怕死就去打好了，我是不會打的。不過我可要認真告訴你，前幾天我們廠裡還有個鍋爐工剛剛死掉了，就是因為……」

父親大驚失色：「就是打雞血死的嗎？」

母親搖頭歎息：是「喝鹽滷喝死的。明明是鹽滷，偏說是什麼『六八一』科研成果。家裡人怎麼勸也勸不醒，天天喝……」

父親鬆了口氣：「那這和打雞血有什麼關係？鹽滷這種東西……誰不知道鹽滷不能喝？《白毛女》裡的楊白勞不就是喝鹽滷自殺的嗎？兩回事，兩回事！雞血療法絕對有用，這是人家解放軍醫院研究所集體研究的重大科技成果……」

「哼，這個喝鹽滷的鬼療法，不也是什麼解放軍醫院裡傳出來的嗎？也是小冊子印得滿天飛，還有好多大醫院的醫生也都向病人推薦，說是以毒攻毒，對癌症也有奇效。結果呢……」

母親的話並沒有從根本上改變父親那急需某種類似宗教式的信仰來填補的心靈空缺。但卻多少讓父親對雞血療法持有了比較慎重的態度。他暫時放下立即上農村物色健康小公雞以採血注射的想法，而是向周圍人打聽是否有成功的病例，及他們對雞血療法的看法。

幸虧有母親這一干預。幾天後父親就放棄了對雞血療法的幻想。因為同院的劉師母悄悄向他透露，說是自己的姐姐就是打了雞血，引起極其可怕的過敏性休克，搶救了好幾天才撿回一條命來。

不過，父親雖然放棄了打雞血的實驗，但因為看到類似小冊子的老百姓太多，而在那缺醫少藥且極不正常的年代，一些醫院也非但不對這種「流行病」加以制止，還或多或少地推波助瀾，打雞血療法一度還是風行開來。我就看到，在我家附近街道醫院的注射室門口，開始排起長蛇般的隊伍。許多人提著裝只個漂亮精神又倒楣的小公雞的籃子或者網兜，等待護士小姐幫忙抽取雞血注射。注射室的地上和門外，到處遺留著骯髒的雞毛和雞屎，還有小公雞們的尖聲驚叫。

由於療效看不到，副作用又太大，跟滷鹼療法一樣，雞血療法的鬧劇也迅速銷聲匿跡。但是父親因此被點燃的希望之火卻不樂意輕易熄滅。而社會上好像是為了適應類似他的精神需求吧，也是一波未平，一波又起。江湖上更是了得，明明是一個是非顛倒、價值倒懸、人才和科學掃地的荒誕時代，卻不知從哪些荒山野嶺或者海上仙山冒出形形色色的高人大仙。他們普惠眾生的法寶也無奇不有。什麼紅茶菌療法、靈芝療法、醋蛋療法、羊腸線療法等等貌似更加安全、高效的療法層出不窮。甚至像那年頭不斷有人宣稱發明了永動機一樣，一些無需任何添加物的療法，比如飲水療法、甩手療法、倒走療法甚至喝尿療法等等也粉墨登場，吸引著幾乎無窮無盡的信徒。飲水療法是其中最風靡的一種，因為它把養生的成本降到零的地步，而且又不像喝尿療法一樣要克服心理障礙。它僅僅要求參加者每天起床後空腹喝掉三杯涼水，據說能治療各種消化道和尿路疾病，甚至有預防感冒、中風、減肥和長壽的功效。至於甩手和倒著行走，則不僅成本為零，並且沒有任何風險，而且無需頻繁地上廁所。

在我的印象中，父親最為信賴和沉溺的是紅茶菌療法和甩手療法。雖然他也一度每天早起痛飲過三大杯涼白開，但隨之而來的腹痛腹脹甚至是水瀉讓他狼狽不堪。加之有人告訴他過度飲水會有損於腎臟，這種神奇療法便在父親那裡悄悄地降了溫。

我不記得紅茶菌這種柔軟的、看上去很像海蜇的東西，是從什麼時候開始成為那時幾乎家家戶戶都在飲用和養育的必備之物的。它一般會被養在大型玻璃瓶裡，或者是大瓦罐或搪瓷盆乃至舊砂鍋中。這些容器裡面都滿是暗紅色的液體，紅茶菌生成的海蜇一樣的東西則漂浮在液體中，顏色是乳白色或者暗褐色的，質地則是厚而韌的一大塊，用手撕是撕不開的。我初見它就有一種想拿過來大嚼的衝動。後來喝多了那種有股子甜酸味的「仙水」，這種衝動便蕩然無存了。因為我不喜歡它的味道，那股酸勁兒跟醋不同，跟一般果汁的味道更不同。怪怪地，隱含著某種令人不安的陌生氣息。但父親卻在相當長的一個時期裡堅持不懈地喝著，還不斷督導著我們全家人都堅持喝著。我不知道他是怎麼想的，也不知道他獲得了什麼效果。我只知道有時我半夜起來小便，會碰見他孤獨地坐在飯桌前，深深地垂著頭，閉著雙眼。有回我忍不住問他為什麼坐在這裡，他露出一絲有幾分悽楚的笑意說，「睡了一小覺醒了。躺床上難受，就坐坐，能閉會眼睛也是好的。」見我欲言又止的樣子，他又補了一句說：「快上床去吧，當心受涼了。」

我終於說出了心中的疑惑：「一個人怎麼會睡不著覺呢？你不累嗎？你閉上眼睛了嗎？」

父親輕輕地歎了口氣：「等你到了我這個年紀的時候，就明白是怎麼回事了。上床去吧，好好地睡你的覺去吧。小心受涼了。」

其實我當時心裡還有一個更大的疑問，就是父親你喝了那麼多的紅茶菌，怎麼還是睡不著覺呢？

雖然我沒敢問出口，但父親也許自己也對自己發出過這類疑問。再加上培養紅茶菌本身所有的一些問題，比如它的生命有時比人類更加柔弱，它在滋養人類之前，必須首先接受大量糖份的滋養，而這在一切都要憑票購買，尤其是白糖極為寶貴的年代，簡直是一座無法逾越的大山。全家的食糖計畫都給了紅茶菌還常常不夠；而且它還特別懼怕自來水中的氯氣，必須用純淨的井水燒開涼透才能加入紅茶菌瓶罐中，否則它會悄無聲息地死去，把藥液弄成了一罐臭水。這無疑便使得這種過於奢侈的養生法日益變得難以為繼了。

而且，等待療效更是一種漫長的考驗。不僅父親的神經衰弱並沒有在這種堅韌的等待中獲得改善，母親的胃潰瘍也沒有明顯好轉。小三子的尿床就更別說了，大概因為喝多了這種酸不拉嘰的飲料，弟弟的棉被掛上晾衣繩的頻率反而更高了。

無法創造出人們期待的奇跡的紅茶菌，漸而就如同別的療法一樣，壽終正寢了。代替它的醋蛋療法也沒有創造出任何奇跡——很多年以後，我才恍然悟出，凡此種種，包括後來在看病難，看病貴的哀歎聲中陸續登場的生吃茄子療法，綠豆湯療法、薏米仁、何首烏或山藥、葛根粉偏方等等，之所以容易流行開來，只因為它們都有一個共同特點，即容易得到，價格便宜、炮製相對簡易，也不會吃死人，因而也就容易懵事、容易受人歡迎。倘若誰來宣傳燕窩魚翅能包治百病，恐怕也就永遠也不會有多少人去嘗試這種療法，原因無它，這些玩藝太貴了。就如黃金一樣，誰不知道它是好東西，但除非你去偷去搶，誰敢奢望得到它？所以說白了，上述那些個名堂無非都是精神和物質匱乏之際糊弄平頭百姓無奈或空虛的神經的安慰劑而已。它們之所以在特異時候尤為流行，很大程度上是它多少轉移了人們的情緒，也就多多少少地消解了人們對現實和未來的失望，對死亡的恐懼和對生存的疑慮。

或許正是因為如此，父親很快走出對紅茶菌療法失望的陰影，尋找到了新的支柱——甩手療法。相比起來，當時這種療法的風行度比之任何療法都火爆。無非因為它試行起來毫無物質和技術要求，只要有三尺空地，誰都可以站穩雙腳，放手甩去。而據甩手療法的推行者和同樣有一份油印的小冊子上所聲稱的，其靈驗範圍不僅同樣涵蓋了神經衰弱、胃潰瘍、肝炎、高血壓、糖尿病、氣管炎、肺炎、營養不良等常見病多發病，甚至牛皮癬、顛癇、紅斑狠瘡、血液病、各種癌症都有極高的治癒率！

我記得在我們百里街十八號院內，最先引進並推崇甩手療法的是孤獨而絕望的劉師母——她的丈夫劉教授是學院裡第一批戴上高帽子的反動學術權威。有一天凌晨劉師母發現他時，他那懸在布繩上的身體已然發硬，回答劉師母撕心裂肺的哭喊的，只有一雙牛眼一樣不甘心地突出來的眼珠。更慘的是她的一兒一女因為替父親抱屈而上學院抗議，結果被學院造反派隔離審查大半年，又強行押解到學院農場勞動改造，至今沒有回來，也沒有任何音信。而且造反派們還禁止劉師母前往探視。劉師母以淚洗面，還成天到學院大門口向人訴說自己的悲慘和無奈，到後來沒人再理她時，她便站在那裡自言自語，滔滔不絕。我們院子裡的人同情他，送了她一罐紅茶菌，說是喝了其湯可以清心安神。劉師母喝了有沒有安神不太清楚，卻慢慢地不再到院門口等兒女回來或者訴苦了。她非常投入地研究紅茶菌的培養，以至很快成為院裡紅茶菌培養和飲用方面的「專家」。紅茶菌熱退後，她又熱衷過幾天醋蛋療法，但有一天她去菜場買菜時，看見一大群人在河邊像跳忠字舞一樣，整齊劃一地大甩手。還說說笑笑，不亦樂乎。她上前詢問，甩手者一邊不停地劃動著雙手，一邊爭先恐後地告訴她，自從甩了手以後，飯吃得香了，覺睡得沉了，心也不覺得慌了，氣管炎高血壓腰腿痛也都甩沒了……

劉師母當即放下菜籃子，加入了甩手大軍。三天後她就眉飛色舞地在自家門前興沖沖地甩開了手。我家住在劉師母隔壁不遠，劉師母的舉動首先引起了父親的重視。劉師母就像她在學院門口訴苦一樣，雄辯滔滔，還現身說法，稱自己才甩了幾天，本來天不亮就要醒的她，今天一覺睡到了五點鐘！並且，昨天還多吃了一碗飯云云。

父親立刻表示要向她學習。於是便照著劉師母的節奏和講解開始練習起來。以後兩人天天雷打不動，並且邊甩邊切磋、邊閒聊。不僅自己變得精氣神多了，還引起了我們院子裡幾乎所有被「靠邊」、被打倒，被軟禁在家的大多數人的注意和效仿。於是你就看吧，每天清晨和傍晚，我們院子裡幾乎所有中老年人，其中也包括許院長夫婦，還有他們七十五歲的老母親，都彙集到院門前一片比較開闊的空地上，齊唰唰地甩起了手。劉師母則儼然教頭般站在眾人前面，作著領導和示範。

其實這甩手操實在簡單不過，我看幾眼也就會了。作法無非是，身子站直，兩腿微分與肩寬，兩手伸直舉平，然後有力地向身後甩去，甩得越開越好。當然，這要因人而異，以不把自己胳膊甩脫臼為準。當然，我只是這麼一說，再簡單也是不屑於加入這個隊伍的。不僅是我，全院所有年輕人和孩子們無一加入，一開始還有些好玩地看看，後來就對這一道多少有些怪異的風景熟視無睹，老遠就繞著他們走了。

也許是因為我看不見別人回家後是不是還在甩手吧，反正我那時總覺得父親是甩手療法最忠誠的實踐者。除了每天在院子裡和大家一起甩外，他在家裡只要稍有空暇，比如和母親說些什麼事的時候，他便會站開雙腿，一邊說話，一邊甩起手來。母親或許是在工廠工作，雖然也挨了批鬥並被奪權靠邊站，但受迫害的程度和頻度都比父親輕多了，因而她的心理也要比父親平和一些吧；她對父親熱衷的種種養生法術多半不贊成，但也不太反對，似乎是對父親的一種特殊的理解吧。只是無論院子裡的甩手隊伍擴展到什麼程度，她也從來不參加進去。但逢到父親和她討論什麼重要問題的時候，她也會不由自主地跟隨父親的節奏甩弄幾下。父親格外沉醉於此的原因是，他堅稱自己真實地體驗到了甩手的好處，現在晚上容易入睡了。入睡了也不那麼容易反覆醒來了。我猜這話可能是不錯的。一個人成天這麼甩來甩去，終究是要付出力氣的。甩手看似輕鬆，運動量累積起來還是很可觀的。人疲累的前提下，容易入睡自然也是可能的。但後來發生的一件事，讓我又覺得甩手療法對父親的療效還是十分有限的，起碼，這不能平復他內心深處的焦慮和恐懼——有天深夜我起來小過便後，想到廚房裡裡去喝點水。因為是盛夏，父親獨自睡在屋門前空地上的竹榻上。當時萬籟俱寂，所有人都在沉睡中。不料我儘管躡手躡腳，經過父親竹榻旁邊時，細微的聲響還是把他給驚醒了。只見他嘴裡突發嗯地一聲驚叫，隨即身子便上了彈簧般一骨碌翻坐起來，衝著我雙手亂搖：「我交代，我交代，革命小將們，我一定澈底交代！

我嚇懵了，完全不知所措。幸好，轉眼間，父親就清醒過來，睜眼看清是我後，喔地一聲，沉重地倒回竹榻上。竹榻發出的嘎啦嘎啦的呻吟，在這靜寂的夜裡聽起來竟讓我有一種觸目驚心的恐怖感……

不管怎麼說，父親和那麼些人在晨光中和暮色裡不停擺雙臂的姿態，成了一個時代的剪影，也成了我心中永遠不會消褪的陰影。

我那時不明白的是，究竟什麼動力，使得那些人會有如此巨大的毅力，把甩手這個單調的動作從早晨一直延續到傍晚，甚至夜裡。尤其是傍晚時分，他們的身影投射於漸而模糊的夕陽的光輝裡，隨著光線靜謐地顫動著，與整個社會充斥著的革命的喧囂圖景形成尖銳的對比。有時，會有一兩隻不知從哪裡飛來的烏鴉，低低地掠過這些遠看與鬼魅差不了多少的身影，竟讓我的心境也莫明其妙地顫抖起來。

而且，有一個非常奇怪的現象是，無論我什麼時候回憶起那幅特殊時代的剪影時，鼻子裡總會同時嗅到濃郁的桂花香息，而眼前出現的則是一大片混雜著白的、紫的，玫紅的、粉色的花朵的紫薇林。事實上，當時我們院中最多的一種花木就是紫薇，前前後後好像有十來株，每到中秋時分，幾乎所有的花木都凋零或者開始落葉，只有紫薇花會在這個時候紛紜怒放。那時，正是甩手運動最風行的時候，許多人都喜歡站在紫薇樹下甩手。所以我的印象特別深刻吧。而桂花樹，我們院裡其實只有劉師母家門前有一株，不過它的樹冠雖然不算大，開起來卻濃烈而奔放，到現在我還嗅得到它的芳香……

第十六章

遺憾的是，樹欲靜而風不止。在一個社會整體已如傾覆的巨巢般搖搖欲墜的時代，豈複還有完卵可言？或者說，當整個社會都幾乎無法維持起碼的法制和道德秩序、倫理規範的時候，有多少人還能奢望可以主宰自己的命運？

所以，我們院子裡那支甩手隊伍，在城內外時斷時續的槍炮聲中，居然還能於絕望無奈中「偷得浮生半日閒」，相對輕鬆並幻想著健康與安全達數月之久，實在也算得萬幸了。

然而，畢竟這是一種「不正常」的現象。畢竟他們頭上和命運上的「帽子」還在。畢竟他們獲得的只是一種生死未卜的「緩刑」。甚至，用當時大批判的話語中常用的話來說，這種「逆革命潮流而動」的異常現象，必然是要如「兔子尾巴長不了」的。所以，當紅衛兵造反派們緩過勁來，當一波又一波的清算、鬥爭重新襲來之後，這班烏合之眾也就必然地四散飄零了。也就是說，我們院子裡的這道難得地「祥和、安寧」幾乎像是「不知有漢、無論魏晉」的風景，很快就煙消雲散、而且再也沒有重新聚攏或曰恢復過了。

是在一九六七年的深秋時節，吳東市兩派的大規模武鬥在中央的干預下，走向了尾聲。在「革命大聯合」討價還價、明爭暗鬥並最終達成協議、成立了由兩派共同組建的新的吳東市革命委員會的同時，雖然還有縷縷硝煙在城市的某個角落偶然騰起，但整個市區的狀況已然露出和平光景。突出的標誌是幾個城門在一夜間同時開放，路障挪開了、工事拆除了，坑坑窪窪的道路也逐漸填平了。滿街殘破的大標語也多半被嶄新的、血一樣淋漓的巨幅標語所覆蓋：

熱烈歡慶革命大聯合！

熱烈慶祝吳東市聯合革命委員會成立！……

這一嶄新的和平景象，一度也曾讓全市人民歡欣鼓舞。雖然檯面上還在喊著堅決把無產階級文化大革命進行到底，私下裡都在紛紛猜測，到了這個時候，文化革命應該進行得差不多了吧？否則再亂下去，老百姓還過不過日子，國家還要不要發展經濟？社會還要不要安定？

這種心態自然也會在我們院子裡的甩手派們中產生共鳴。雖然他們大都因為自己的特殊身分，仍然習慣於三緘其口，更不會像老百姓那樣公開說什麼文化大革命該怎麼怎麼了的「反動話」；但對形勢和對自身命運改善的某種期望，依然隱約地流露在他們的言語中。尤其是當時還發生了一個出人意料的情況，即學院裡一個也受過批鬥的過去的系副主任，居然被稍晚於新的吳東市革命委員會成立的院革命委員會「三結合」，當上了副主任，也就是相當於過去的副院長呢。這個信號一下子點燃了所有牛鬼蛇神的希望之火。雖然表面上都不說自己，實際上從父親開始，一個個都雖然不敢奢望也能被結合進領導班子，卻都暗暗覺得，自己被「解放」、恢復正常身分、結束惡夢的可能，越來越大了……

無疑，現實很快就無情地粉碎了這些「反動本性不改」、「背裡磨刀霍霍」、「夢想秋後算帳」的天真幼稚者的「癡心妄想」。因為他們「低估了黨中央和廣大革命群眾改天換地、誓將史無前例的無產階級文化大革命進行到底的堅強決心」。我們院中的甩手派們非但沒有得到癡望的解放（甚至還有人夢想著「結合」），其中不少人，比如我父親和許院長兩家人，還有「歷史反革命家屬」汪國治，即住在我們院子裡的那個被揪出來不久的校工汪國治，等來的竟然是一個他們做夢也沒想到的晴天霹靂——驅逐出城，下放改造！

這是吳東市兩派革命造反隊伍經過大聯合重新成立的吳東市革命委員會「為貫徹黨中央的精神，效仿首都革命造反派的澈底革命行動」而頒佈的「第一號令」：以「澈底粉碎地富反壞右和一切反革命修正主義分子和走資派們妄想秋後算帳的企圖」。這場「大掃除」運動，即所謂淨化吳東，將他們在全市範圍內欽定的所謂死不改悔者及其家屬共兩千多戶人，全部驅逐出吳東市。由市革會統一指派到蘇北鄉村下放落戶、勞動改造……

平心而論，這一令人恐慌絕望的政策的出臺，並非吳東市的獨創，在其周邊城市，也有一些是如此行動的。而這，是有著深刻的政治和現實背景的。

首先，這是一個文化大革命和紅衛兵運動被不斷推向高峰的特異年代，那些「橫掃一切牛鬼蛇神」成性者和濫殺無辜者，總在想著要有新的花樣來「不斷革命」。於是，在「世界革命的中心」，我們偉大的首都，澈底革命的紅衛兵們，便發起了一場淨化首都、把所謂有問題的人趕出北京的「遣返運動」。這場喪心病狂的「遣返運動」一經推出，立即受到多地效仿和重要傳媒的狂熱吹捧。天字第一號「喉舌」《人民日報》，還發表社論大加讚賞：

……紅衛兵上陣以來，時間並不久，但是，他們真正地把整個社會震動了，把舊世界震動了。他們的鬥爭鋒芒，所向披靡。一切剝削階級的舊風俗、舊習慣，都像垃圾一樣，被他們掃地出門。一切藏在暗角裡的老寄生蟲，都逃不出紅衛兵銳利的眼睛。這些吸血蟲，這些人民的仇敵，多數已一個一個地被紅衛兵揪出來。他們隱藏的金銀財寶，被紅衛兵拿出來展覽了。他們隱藏的各種變天帳，各種殺人武器，也被紅衛兵拿出來示眾了。這是我們紅衛兵的功勛……而全國廣大紅衛兵並不滿足既有的戰果，而是更加認真的學習和貫徹毛主席和中央文革的指示精神，把這場史無前例的偉大革命不斷推向深入，創造出一個又一個澈底革命的嶄新成就……

不久，首都出現了遣返運動的高潮。僅幾天時間，就有近十萬人被趕出京城。當時，北京站每天開出幾十次列車，每次列車上都載有成群結隊的被轟回原籍的「黑五類」分子和種種「牛鬼蛇神」。而亦步亦趨的吳東市雖然驅趕的人數沒有北京多，但全市先後也有兩千多個「黑家庭」、上萬人口被強行「掃除」。

而厄運降臨到我家的那天，事先卻毫無徵兆。父親那時已被武鬥結束後新成立的系科革委會籌委會重新「隔離審查」一個多月。我仍然像以往那樣去給他送飯。隔天父親還悄悄讓我轉告母親，說現在不比以前，虐待侮辱的情況少了，天天就是學習討論作檢討。看押的人也都說，早晚會對他們的問題作出定性，如果屬於「可以改造好的走資派」，則很可能能恢復自由云云。

萬萬沒想到，風雲突變就在瞬息之間。這天上午，父親突然在三個年輕紅衛兵的押送下，回到家裡。這些紅衛兵還一個個緊繃著臉，不容置疑地向我們全家宣布：「經過院市革命委員會審核確認，章宗道屬於死不改悔的走資派，因此必須在三天之內，全家滾出吳東！」

滾出？全家？而且是三天之內？這讓人完全摸不著頭腦的消息讓我們目瞪口呆。

這時候母親不在家。她在廠裡「監督勞動」。家裡只剩下我們姐弟三個。我們都懵懵懂懂、面面相覷，最終只好把目光投向臉色慘白的父親。只見他有氣無力地站在那裡，頭深深垂著，並且回避著我們的目光，彷彿他害怕的是我們。姐姐於是鼓起勇氣問那三個紅衛兵：「請問你們的意思是不是說，我們三個家屬也要走嗎？」

「對。」紅衛兵無情地點點頭。

「那我媽媽呢？她不是學院的人，我們可以跟著她留下來吧？」

「不可能。」一個個子最高的紅衛兵似乎有些同情我們了，語氣緩和了些說：「這是市革委會統一總署的重大革命行動，被確定掃除的人家必須是全家都走。你們家當然也不能例外。估計你們母親單位也會同時告知她決定，你們就別抱任何幻想了，時間緊張，趕緊收拾東西吧，帶走一點是一點。」

「可我們還不知道要我們到哪裡去呢？」

高個子從袋裡摸出一張油印紙條，交給父親說：「這是勒令遣送告知書。你好好看看，這上面都說清了，我們學院的第一批遣返人家共有四十七戶，統一到蘇北陽港縣報到。具體出發時間、報到地點這上面都寫清楚了，你們還是放棄幻想，抓緊時間吧。要不然，三天後你們趕不上市裡統一安排的船隊，就只有自己花錢坐客輪去了。」

父親拿著那張紙條的手簌簌地抖顫著，他臉上鬍子拉茬，起碼兩三天沒刮過臉了。那剃過光頭的頭上，也因為好久沒修，又已茸茸地生出了些頭髮，只是幾乎全都是白的（其實文革開始前他的頭髮還大多是黑的）。在窗口斜射進來的陽光下，他的神色顯得分外淒涼、憔悴而枯黃。他默默地把紙條看了好幾遍後，才勉強從喉嚨裡擠出一絲聲音來：

「三天時間，我們家再怎麼窮，也有很多東西來不及帶走呀？這上面也沒說，我們的房子以後還算不算我們的了？你們也看到了，我家就這麼幾個小孩子，沒人手也搬不了大傢俱什麼的，這些又怎麼辦？」

紅衛兵們顯然也沒想到這些，他們交換一下眼色說：「我們只知道命令你們走，具體怎麼走，我們也不清楚。房子的事，倒是對我們交代過，等你們走了，就先貼上封條再說。東西嘛，我勸你們還是能帶多少，就帶走多少吧，誰知道到了那估計連兔子都不拉屎的窮鄉僻壤，有沒有你們鋪的蓋的呢……」

一聽這話，姐姐「哇」地一聲哭了出來。我也覺得紅衛兵的話裡透著一股讓人絕望的肅殺之氣，心裡像塞了亂麻一樣，反而哭不出來，牙齒卻一陣陣不由自主地磕碰。但是，也許是到了這個地步，父親反而因為不再畏懼什麼，突然變得強硬起來。他用一種非常堅定的語氣對三個紅衛兵說：

「雖然我知道跟你們說也沒有用，但是我因為見不到主事的人，所以還是要請你們轉告一個問題：我章宗道被審查到今天，並沒有任何部門或組織給過我正式鑒定或者結論。雖然我沒有職務了，但紅衛兵組織是沒有權利開除我的黨籍的。所以，我認為我現在還是一名共產黨員。而且，我也是一名享有中華人民共和國憲法保障的有正式吳東市民戶口的市民。我和我愛人的組織關係也在學院和市裡，學院革委會有什麼資格剝奪我們夫婦的戶口和身分，把我趕到外地去？」

聽了這話，高個子紅衛兵明顯改變了腔調，他重重地哼了一聲說：「章宗道你聽好了，現在已經是改天換地的時代了。過去的學院和市委都已不復存在。所有的權力都歸於新的市和學院革命委員會了。他們怎麼就沒有權力驅逐你們？你想抗拒命令是沒有用的，我們也不會向誰轉告你的什麼看法的，還是老老實實服從命令為好。」

父親輕輕地哼了一聲，一個勁地搖頭、歎息。看得出來，他也並沒有指望這些人什麼。無非是在大局已定的情況下，多少表達一些自己的抗議罷了。所以他並沒有再爭辯什麼，而是顯出了相當鎮靜的神情。他輕輕攬過哭泣的姐姐，一邊拍撫著她的背，一邊大聲卻明顯有些顫抖地安慰她：

「你別難過。我們都別難過。俗話說，天無絕人之路，我當年參加革命時候，年齡也比你大不了幾歲，而且就是從比現在更貧窮的山窪窪裡走出來的。現在再怎麼困難，我們一家人都還在一起，我也算是獲得了自由。換個活法，說不定還是個好事呢！」

下午，母親也提前回到了家裡。本來我還多少抱著點希望，彷彿她能有什麼應對的妙計似的。可是一看她沮喪的表情，我就知道，她也得到了遣返的命令。所以一到家，顧不上和我們多說什麼，她就和父親一起商議起對策來。這時還是秋末，氣候雖然並不算太冷，但天氣陰沉沉的，我家更好像冰窖一樣，讓人從頭到腳、從內到外都覺得寒冷絕望。

母親說她們廠裡有不少工人師傅同情我們的遭遇，明天會來幫我們整理打包行李。可是父親的關注點卻並不在這上面。他沉吟半晌，忽然對母親說：「反正怎麼都是離開，我們不如再爭取一下，乾脆要求回我們山東老家種地去！雖然那兒更遠，也很窮，可到底是我們的老家。鄉里鄉親的在一起，起碼，憑我章宗道一家在村裡的人緣，有他們一口吃的，就有我們一口吃的。更沒有任何人會把我們看成牛鬼蛇神……」

——很早以前，父親曾經萌生過回老家種地的想法，後來卻因為種種原因並沒有成真。現在突然又一次聽父親提到了「老家」，這兩個字眼在這種特殊的時刻，突然又變得分外沉重——我鬱悶在心底的淚水，忽然間便湧了出來。我背過身去，悄悄擦去淚水。籠罩我好久的悲觀、抑鬱也淡了許多。

然而，父親的想法在當下這種時候，仍然是一廂情願。雖然他和母親都立刻到自己單位去申訴，傍晚時分卻都又絕望地回到家中。

當夜，我們全家包括小弟都很晚才睡覺。畢竟還有兩天了，父母領著我們連夜整理東西。平素看著一點不起眼的家中，真正清理起來，卻又發現不是個輕鬆事，房間裡很快就東一隻麻包，西一個紙板箱地，推滿了雜物……

倉皇，忐忑。是我那天夜裡特別深刻的一個印象。

整個夜裡我不斷醒來，心裡悶悶地感到一陣陣酸楚。但只要頭腦稍一清醒，我就會忍不住地想起，我們就要離開我從小生長的吳東了。我長到十五歲來，除了學校裡組織到郊外去爬山，到鏡湖邊去春遊，從來都沒有離開過吳東。不過，畢竟是少年不識愁滋味吧，那一刻的我，深心裡還是隱隱地存著一種對將去之地的好奇甚至憧憬的。只是在這樣一種不正常的境況下，那遙遠而陌生的環境，又成了一種沉重而莫名的負擔，讓我不敢深想並一直懷著一層無法遏制的悲哀和恐懼。而真的能像父親希望的那樣回老家的話，說不定倒是一個不幸中的大幸呢。畢竟我們在吳東的境遇也太讓人絕望了。突然要離開吳東，雖然讓人有些難以接受，但回到老家可以像一個正常人一樣生活了，這在眼下，不也是一個相當大的溫暖嗎？這麼想著，我又越發懊喪地感到父親回老家的想法沒能獲得批准是多麼地令人失望——許多年後，我真正回到老家時，曾經回憶起當年的這份複雜的情感。我並且意識到，我當年的這份情懷裡，其實就摻雜著文人們最愛掛在嘴上的鄉愁。而「老家」確實是鄉愁最好的載體。它給我的某種感動從此也成了心中永久不滅的烙印。

其實我直到現在，也一直不十分清楚「鄉愁」到底是什麼東西，就別說那個時候了。雖然大起來後，我經常會想到這個問題，並常常覺得自己就在品味著它。如果說，它是一種對故鄉或家國眷戀的情感狀態，那麼，這種情感或許有點像空氣，呼吸它時你感覺不到它，一刻或缺就頓覺憋悶。它也像極了戀人關係：失去了的才是你的。有人以為遊子或戍邊將士才最珍視鄉愁，其實並不盡然，我的記憶中就有許多時候，幾乎是在不經意中便與它撞了個滿懷……

然而，當時的現實卻殘酷到連我們的這個希望也毫無實現的可能——第二天中午，父親從學院回來（他又去白白地爭取了一下），一屁股坐在房間中亂七八糟的堆放的麻袋上，恨恨地捶了麻袋一拳，向著已覺察不妙的我和姐弟說：「算了，到什麼山砍什麼柴吧。當地人能活得下去的地方，我們也能活下去！」

可是姐姐畢竟比我大兩歲。她悄悄告訴我說，她的同學中也有人被「掃除」了。她們約好了，要一塊去新的市革委會群眾接待站上訪。她要我戴上以前紅衛兵總部的紅袖章，和她一起去。

我們還沒到接待站，遠遠地就看見門外聚集著一大批年輕人，亂烘烘的，顯然都是遣返對象的子女。他們中有些人也像我們一樣佩戴著紅衛兵的袖章。我們這些子女們簡單商議過以後，便一齊湧進去，在一間坐滿了人的大辦公室裡，異口同聲地向冷冷地看著我們的人說，「我們也是紅衛兵。並且早已同各自的反動家庭劃清了界限，正在積極投身文化大革命。要是把我們一塊遣返，不是把我們往反動陣營推嗎？」

誰知接待站的人卻要麼面無表情，誰說什麼都不理。要麼就是冷笑著反駁我們說：「怎麼是反動陣營？你們去的地方都是革命的貧下中農佔領的紅色陣營，你們的父母到了那兒，也要老老實實接受當地貧下中農的監督和教育，他們能算是反動陣營嗎？」

有人竟然還說：「你們真要積極投身文化大革命，就不光要和反動家庭劃清界限，還應該主動配合市裡的方針，配合當地的貧下中農，督促和幫助你們的父母好好改造思想，爭取重新做人……」

一路上抹著眼淚，我和姐姐灰溜溜地回到家裡。家中的景象更讓人糟心。在幾個母親廠裡的師傅幫助下，家裡的大多數東西都打包，捆紮好，準備後天上午學院來車裝運上船。屋子裡橫七豎八地堆著這些箱、袋，還有許多裝碗筷鐵鍋和油鹽醬醋、罎罎罐罐的網線袋亂雜在中間，走個路都不方便。我對這般景致完全沒法接受，看了一眼就溜出去找許誠了。

許誠家也屬於「掃除」對象，家裡的亂象和我們沒什麼兩樣，只是許誠家沒有工人幫忙，許誠和三個姐姐都在幫滿臉灰汀的父母捆紮東西。看見我他拍拍身上的灰，走出來問我有什麼事。

我看著許誠那彷彿是一下子瘦下來的臉，和一臉的疲憊、憔悴，簡直像個半死人一樣的模樣，心裡冒出一個問號：說不定我現在也是這副鬼樣子吧？這麼一想，鼻子裡忽然一酸，竟有一種想哭的感覺。我趕緊驅除心裡的軟弱，問許誠知不知道我們下去後在不在一起。他搖頭說不知道。我讓他去看看家裡大件東西別的標籤，那學院裡發的、標示著發運到站的黃色小紙片上可以看出到站是哪裡。許誠讓我跟他一起去看，我拈起張紙片一看就大失所望。因為剛才我特意看了自己家的標籤，上面注著的是陽港縣東河公社。而許誠家的標籤上注的是陽港縣下灣公社。我們不在一個公社。連這最後一點慰藉都沒有了。那我們將孤孤零零地去到並（或許是永久）生活下去的，是一個什麼樣的地方？

可是許誠對這個問題並不在乎。他冷冷地地對我說：「那種鬼地方連兔子都不會去拉屎，我們在不在一起，有什麼區別？」

我說：「有沒有熟人，感覺總要好一點吧。而且，你怎麼知道那地方不好呢？」

許誠哼了一聲說，「你不知道，我媽的表妹就嫁在陽港。她說那地方城裡就一條大街，街上有個郵局、有家銀行、有幾家小飯館、小雜貨店、供銷社什麼的就到頭了。鄉下就更不得了，家家住的都是茅草房。那幾扇破柴門外邊，冬天呼啦呼啦成天刮白毛風，夏天白茫茫一片盡是鹽鹼花。反正……你再想想，好地方能讓我們這種人家去嗎？」

我覺得身上軟綿綿的，彷彿全身的氣力都泄掉了。只是，我心裡是相信許誠說得不假，感情上卻根本沒辦法接受。所以愣了半晌也不知再說什麼好。我來找許誠，本想拉出去走走的。但是看他這個心情，現看看他家裡還亂得不成樣的樣子，便沒多說什麼，自己埋著頭走出了院子。

我並沒有什麼想去的地方，只是胸中有一種隱約而朦朧的蠢動，讓我坐立不安。不知不覺地便順著馬路拐到城東門南邊的運河邊上。這條偏於南北向的大運河，正像它多少年來一貫流淌的路徑那樣，緩慢而漫不經心地經過吳東學院最東邊的圍牆，順著圍牆外的一長截被武鬥的槍炮打得千瘡百孔的土城頭，向著北方偏東的方向流去。

它從哪裡流過來的？又會流到哪裡去？

我忽然意識到自己以前生活得太懵懂了。自己幾乎生下來就朝夕相伴的、並且就是在這裡學會了游泳的這麼一條寬闊的大河，卻從來沒關心過它的來龍去脈。對了，它不就是隋煬帝時期開鑿的京杭大運河嘛！而我現在居然就像是第一次看見它一樣，心裡莫明其妙地冒出一股酸溜溜的感覺。這就是不捨得嗎？這就是留戀吧？

我都要離開這個城市了，而且很可能還是永久離開，那我還留戀一條河幹什麼？那麼些街道、那麼些房子，那麼些園林、商店、電影院、戲院、冷飲店、圖書館、學校，那麼些朋友同學都再也看不到了，還管它一條河從哪裡來，又到哪裡去幹什麼？

我信步走下河坡，來到水邊。掬起一捧水看看。水還是那麼清，淺灘處有小蝦米在游弋，還有不少小螺螄密密地叮在布滿青苔的石頭上。怔怔地看著它們，我一時竟有些羨慕。做人比做魚小蝦到底能好多少呢？牠們起碼可以自由自在地遊動或者睡覺，不用成天擔驚受怕，不會被同類看不起，也不會被趕到什麼地方去……

然而我畢竟還是有過快樂無憂的時光的。

我把視線投向遠處，一幅幅過去我經常在河邊嬉戲、游泳的情景像電影畫面一樣連綿地浮現在水面上。我上小學三年級時就在這裡跟同學學會了游泳，四年級開始就能橫渡過這段相當寬闊的水面了。夏天我們最喜歡的是河上過農民的運菜船。那時候人總是覺得餓，運菜船上搖櫓的農民彎著腰伊呀伊呀地搖著船，看見我們從水中攀著船幫伸手偷船上的番茄或黃瓜，甚至生茭白往嘴裡塞，氣得大喊大叫，罵我們是土匪，是城裡的流氓，是國民黨，甚至操起長篙要搗我們。我們卻早已嬉笑著扎猛子溜開了。

河裡還經常過長長的運砂石、米糧等的拖輪隊，和從遙遠的上游放下來的竹排和木排。我特別喜歡攀上一個船隊的甲板或木排，坐在上面舒舒服服地行出老遠，等到烈日把身上的水珠都曬乾，身體又重新感覺發燙了，便跳下水去，搭另一個方向的拖輪或竹排木排回來。

我們要去的地方也會有河，有竹排木排或者長長的船隊嗎？

河流我想總歸是有的，但是那種「兔子不拉屎的地方」，肯定是不會有這麼多的船隊，這麼繁忙的景象了。恐怕更不會有當年那種無憂無慮、自由放任的心態了……

好些天沒到河邊來了。沒想到河邊已經和貼滿大字報的市區一樣，變得面目全非了。首先那河床不知為什麼也會變得比以前低了很多，黃泥裸露的駁岸邊也看不到幾個人，只有一些蚊蟲和蒼蠅在嗡嗡飛舞的亂草叢。野葛蔓也瘋長得腳都插不進去。水邊則只見一些殘葦在風中有氣無力地哆嗦著。而它們身邊則是幾乎一眼望不到頭的木排和竹排，擠擠挨挨地停在那裡，把以往這段相當寬闊的水面擠得只剩下勉強通過一條稍大些船的水域。以往都會有送排人住著的木排上，現在一個人也沒有。許多浸泡在水中很久的粗壯的木柱上都布滿了厚厚的青苔。我小心地跳上一溜木排向四下眺望，好久才意識到，這與正在進行的文化大革命和剛剛停止的武鬥肯定是有關的。許多工廠、學校都停產、停課鬧革命了。這木排、竹排也就沒人管、沒人用、沒人來裝卸了。

這種狀況會在什麼時候結束嗎？

要是社會再這麼混亂下去，沒人生產，沒人學習，成天打打殺殺、高喊革命口號，難道就行了嗎？那樣的話，國家最後會變成什麼樣子呢？不過，我去管這些幹嘛呢？國家大事有毛主席，有黨中央在管著呢，他們一定有他們的辦法，這座城也早晚會恢復繁榮的——不過，就是它不恢復，甚至，就是它從此完全沉淪到水底下去，又跟我有什麼關係呢？

一聲長長的鳴笛聲，打斷了我的哀愁。抬頭一看，從遙遠的運河上游，出現了一條拖輪的影子。這是我今天看見的唯一一條輪隊。它有點象一個小心翼翼的老漢，正頻繁地鳴著笛，緩慢地向下游駛來。船上掛著的一盞紅燈也越來越亮了——我忽然打了個寒噤，這才意識到，天色不知在什麼時候變得更加陰沉了。這才不到下午五點吧，天空已失去光亮而布滿了烏鴉鴉的黑雲，河面上也幾乎已經黑透了。一大片一大片淡白的霧氣在輕風下快速盤旋、浮蕩著——恐怕是要下雨了呢。我立刻跳下木排，準備回家。

就在一轉身的時候，拖輪上又傳來一陣長長的汽笛。它就要駛過我的身邊了，而我卻看見，它牽引著的那一長溜大約十來條船隻上，居然都是空空的，沒有一點貨物。哦，它們是到吳東來裝貨的吧？

驀地，我的心突地蹦了一下——不會是來裝我們這些被「掃除」出去的人的吧？父親不是說過，後天上午，我們所有人都統一集中在南門碼頭，坐輪船到陽港去。我清楚地記得姐姐問了一句，那我們坐的是大客船還是小木船啊？父親哼哼著說，那麼多人呢，再說都是我們這號人，客船是不可能的。小木船估計也裝不下，弄不好就是那種敞蓬的大貨船吧。

拖輪不就是裝貨的大貨船嗎？

我情不自禁地在追著拖輪遠去的方向小跑起來：南門碼頭不就在它們駛去的方向嗎？

拖輪漸漸隱沒在濃濃的陰霧中。只有尾船上的紅燈還在霧氣中一閃一閃地，彷彿在向我眨眼睛。我停下腳步，久久地凝望著它，忽然從心底裡生出一種莫名其妙的激情來：不管是不是坐這個船隊，反正我們總是要去陽港的。去就去吧！不是說，人挪活，樹挪死嗎？不是說，好兒女志在四方嗎？不是說，廣闊天地大有作為嗎？那地方說不定不像想像的那麼窮那麼苦那麼沒有希望呢——就是窮些，就是苦些，那又有什麼呢？我們不用再在這裡成天擔驚受怕、低聲下氣地看人家的白眼，做人人喊打的黑五類分子和家屬了。我們可以昂首挺胸，奮發圖強，用我們的雙手和汗水，在廣闊的大地上艱苦奮鬥，在一窮二白的紙上繪出我們最新最美的圖畫來——這難道不也是好事嗎？

三天時間轉眼就過去了。我們和許誠家都按照學院造反派的要求，整理了所有能帶走的東西，還每人不分大人小孩都穿上一身黑色或至少是深藏青色的衣服——據說這是市裡統一要求的，因為我們不是黑五類就是黑五類子女，這樣好辯認，不容易逃掉！一大早就起來，我們全家人都在忐忑不安地等著車來，可直到快中午的時候，一輛開起來廂板嘎吱嘎吱直響的解放牌卡車才晃晃蕩蕩開到了我們家門口。

其實我和姐姐本來是戴了市紅衛兵總部的紅袖章的，可是到門外剛碰到許誠，他就緊緊地皺起了眉頭，指著我們肩膀說：「你們還戴那東西幹嘛？」

我說：「怎麼啦？我們不是正兒八經的紅衛兵嗎？」

許誠冷笑起來：「市紅衛兵總部在武鬥開始的時候就讓人砸了。你不是知道嗎？就是它還存在，現在是兩派大聯合，成立市革委會了，這個紅衛兵還有什麼用？」

「起碼它好證明我們也是有組織，也是要革命的呀？」

「哼，別自作多情了。都是流放犯家屬了，誰還會把這麼個破玩藝放在眼裡？況且陽港那種天高皇帝遠的地方，可能更沒有王法。弄不好這東西還會惹出什麼麻煩來呢。」

聽他這麼一說，我和姐姐不禁都縮了下脖子，乖乖地把紅袖章摘下來，灰心地塞進褲袋裡。

那是十月下旬，早晚的天氣已有些涼意了。可是這一天的天空卻意外地晴朗，太陽早早就照在我們那一張張憔悴而緊張的臉上，顯得分外陰鬱或慘白。父親和許誠父母都在剃光的頭上套了頂舊呢帽，顯得還好一些。其他人擠在一起，則活像一群黑不溜秋的羊，在等待裝車去屠宰。大人和隨車來的幾個學院工人把行李裝車的時候，我就是這麼想的。不過當我抬頭看天時，心情還是感到了一陣鬆快。天上藍是藍白是白的，雲彩立體而分明，整個一副秋高氣爽。陽港那地方再落後，再貧窮，太陽也總是有的吧，白天黑夜也總是一樣的吧，藍天白雲也總是一樣的吧？一年裡怎麼說也有小一半陽光明媚的日子，這比吳東也差不到哪去了……

但這種心情只維持了一小會兒。院裡三家人陸陸續續爬上了卡車（還有一家就只有那個眼皮紅腫、有氣無力就像個活死人一樣的汪國治一個人。，許多人眼裡飽含著眼淚，垂頭喪氣地準備出發的時候，耳邊意外地響起一陣雜亂的口號聲。沒想到那些造反派們到現在也不放過我們，那幾個前來押送我們上輪船碼頭的人齊聲呼喊著：「黑五類分子滾蛋了！」

「黑五類分子和反革命修正修正分子，要老實改造，爭取從寬處理！……」

好在破卡車很快就搖搖晃晃地駛了開去。站在車上的人全都緊抓住車廂板，伸長脖子，心情複雜地盯著我們住了多年的院落，和那條朝夕相伴的百里街邊的每一間房屋，路上的每一塊石板，甚至那些湧到門口來看熱鬧的每一個熟識和不太熟識的人發愣。我的心更是一陣陣發冷。吳東呵吳東，生我養我的吳東！我們真的就這樣分別了嗎？

怎麼不是呢？我們離開你越來越遠了！我們真的再也回不到你身邊了！再也看不見你了！

卡車很快就開到了南門輪船碼頭。那裡的情景簡直又給了我們當頭一棒。時間大約是中午十二點吧，碼頭外的小廣場上已經亂哄哄地擠滿了「掃除」我們的和被掃除的人群。一眼看上去起碼有兩千人。這些人大多數都像我們一樣按規定穿著黑衣服，擠作一堆一堆地。太陽越升越高，陽光無情地直射在毫無遮擋的廣場上，擁擠的人們額頭上都冒出汗來，一個個愁眉苦臉、彎腰縮頸地蠕動著，望上去真的太像是一群黑不溜秋的囚徒，或者乾脆就是牲口！而那些穿插在人潮中的造反派們，則大多穿著舊軍服或工作服，腰裡紮著武裝帶、手裡揮舞著鐵扣皮帶和白臘棍，他們就像是押解囚徒或者趕牲口的人，神氣活現又脾氣特別大地吆五喝六著。看見不順眼的人還狠狠地抽上一記耳光，甚至抽上一皮帶。作為這混亂而苦命的人群中的一員，我又累又恨又絕望，心裡萬分悲哀地覺得，我們和電影裡那些二戰中被槍桿子驅趕往集中營的猶太人，或者被國民黨抓了壯丁的老百姓們，有什麼兩樣？

無疑地，在他們那些監督的人眼裡，把我們這些人當牲口還是客氣的。這都是些當時最不恥於人類的黑五類分子、反動派和他們的「狗崽子」啊——可是一想到這點，我驚恐絕望的心裡就會騰起一股股委屈和悲憤的怒氣，差一點都快把胸腔都脹破了！因為，「黑五類」（有時還有叫黑七類的，不知又指哪些人）在當時可是最下三爛最見不得人最為大多數人也包括我們這些人自己都看不起的人了。他們指的是地主、富農、反革命分子、壞分子和右派分子這五種人。而我們家父母和許誠家父母，充其量只是所謂的「走資本主義道路當權派」或者「反革命修正主義分子」——籠而統之地把他們也叫成「黑五類」分子其實是不對的！他們本來都是黨的幹部，參過軍，打過仗，或者受黨教育多年。其中有的還抗日過，對黨和國家都有過很大貢獻，現在卻被那些從來沒見識過這些的人「打倒」了！他們的黨籍雖然也被造反派組織所「開除」，但他們心裡從來不承認，也堅信造反派是無權開除他們黨籍的。他們還都盼望和相信著自己會有平反解放的一天，還要補交自己的黨費呢——現在居然把他們和那些臭狗屎一樣臭不可聞的「黑五類」一樣看待，一樣「掃除」，想起來能不格外讓人傷心、憤慨嗎？

可是，在這種誰也看不清弄不懂的時勢下，你到哪兒去申訴道理，又有誰會管你其實是什麼分子？在他們眼裡，你們統統都是時代的罪人、革命的對象、歷史的垃圾、「黑幫分子」、「牛鬼蛇神」！

廣場中間，造反派用鐵制的柵欄圍出一條窄窄的通道，大批跟我們一樣穿著一身烏黑的「黑五類」及其子女們，個個肩膀挑手提著沉重的東西（大件的東西會在最後由一些碼頭工人統一裝到運貨船上去），扶老攜幼地在這條令人窒息的通道裡就像出欄的牛羊一樣焦灼不安地慢慢蠕動著。在一邊維持秩序的造反派們仍然兇神惡煞般不時地喝斥著、推搡著、踢打著，以至人流一會兒倒向這邊，一會兒又湧向那邊。唉，不是親歷者實在無法想像我們這些當事人那種分外淒慘的心境。

我心裡惦記著昨天在河邊看到的船隊，趁人不備先擠到近河邊看了一眼，果然石駁岸下停靠著的，沒有一艘客輪，全是平時裝貨的大鐵殼子拖輪。當然，我沒有辦法確認這是不是就是我昨天傍晚看到的那個輪隊。那一溜十幾隻排開去的鐵殼船上，完全沒有座位，只有一些掀開在船舷上的油蓬布，準備路上覆蓋在船艙上遮擋風雨的吧。那些已經上了船的人都亂七八糟地擠在艙裡面，或者席地而坐，或者倚靠在自己的行李或鋪蓋卷上，看上去活像電影中的逃難者，一片混亂，一派倉皇。

我回到自家排著的隊列中，把看到的這情景悄悄說給我和許誠的父母聽，他們都面面相覷，卻又無可奈何地沉默不語。前面不知怎麼起了一陣騷動，人群像被什麼嚇著了一樣，紛紛往後倒退過來，我們則又跟著往後退，混亂的人群中頓時又響起一片大人的嘩雜訊和小孩的哭鬧聲。我父母招呼著我們，想退到一邊去再說，但剛一出隊列，押送我們的吳東學院的造反派們又喊叫著不允許我們躲開，並粗暴地把我們往混亂的人潮中推。

沒辦法，我們一家人只好又硬著頭皮重新往前面擠。由於時間緊，又要穿黑色衣服，我母親只好在深夜裡把父親的一件破舊的黑上裝改了改給我穿，但衣服還是很不合體。人群中一推一扯，我一邊長一邊短的袖子竟被人扯掉了，搭拉在手腕上，我一氣之下，索性把這個袖子扯下來，母親看見了，想來接，但我卻不睬她，狠狠地把袖子扔了開去，引得一旁看見的造反派們一陣大笑。母親氣得拍了我一下，卻有個造反派拍拍我的腦袋大叫：「做得對！造反有理！」

好一陣折騰後，當隊伍又開始往前蠕動時，卻又發生了一個意外。在我們前邊不遠處的一對老夫妻，被在旁邊維持秩序的幾個造反派截住了，不知說了句什麼，便開始搜他們的身。當搜到那頭上滿是蓬亂的銀絲，一臉憔悴的老婦人時，老婦人顯得很慌亂，臉紅脖子粗地往後退縮。幾個造反派更警覺了，立刻挨個口袋地強行翻查老婦人的衣服。突然，一個女工模樣的人從老婦人貼身處摸出了一疊鈔票，她立刻變了臉，吼道：「誰讓你藏帶現金的？沒看見我們的佈告嗎？『黑五類』不能帶任何貴重物品離開。你竟敢違反規定？」

老婦人驚叫著，企圖奪回自己的錢，她的同樣白髮蒼蒼又瘦又矮的「黑五類」老伴，也焦急地擠到他們中間來，哀求說：「革命小將們，這點錢並不多，是我們全部的積蓄啊，我們到的地方人生地不熟，舉目無親，我們又沒有了勞動能力，過日子什麼的，都要花錢的啊。」

「媽的！你什麼破玩藝，還敢頂嘴？」那看上去還算眉清目秀的女造反派，居然朝老頭舉起了手中的皮帶，只聽「啪」地一聲響，金屬皮帶環正打在老頭眼眶上，頓時鮮血如注。老婦人想去扶老伴，但被另外幾個造反派惡狠狠地拖了開去。

幾個人把錢往懷裡一揣，便想溜開去。捂著臉哀叫的老頭見狀，不顧一切地撲過去，死命攥緊搶錢的女造反派的手不放。這一下無疑更惹怒了這些不可一世的人，只聽咒罵聲和拳腳聲劈噗亂響，棍棒和皮帶也飛起飛落。老頭很快就倒下了，血染紅了他的衣服，連地上也汪了一灘血。他的臉腫得嚇人。但造反派們仍不放過他，兩個人上來，一人一隻手，拖死狗一樣把他拖出隊伍，沿著右手的一條通道拖了出去。

而那老婦人已經完全嚇傻了，呆呆地蹲在一邊不知該怎麼辦。但那個搶她錢的女造反派還指著她大喊道：「別看她裝可憐，這是個地主婆！」這一來，老婦人頓時又遭到了四面八方唾沫的襲擊，一些別的單位來押送人的學生和工人模樣的造反派們都爭先恐後地湧過來，紛紛朝著老婦人身上啐口水。不一會，老婦人身上臉上頭髮上全都是粘乎乎的唾液，而且她被人群裹挾著，躲不能躲，跑不能跑，只是捂著臉，嘴裡一個勁兒地喊：「饒命啊！饒命啊！革命小將饒了我吧，下次我再也不敢了，再也不敢了……」

說實話，因為同命相憐吧，起先我還是暗暗同情那兩個老人的。可是一聽說老婦人是個地主婆，我心裡的天秤一下子傾斜了。火一樣爆騰在心中的不平和憤懣，彷彿一下子被刺了個洞，噝啦一下全部釋放了。地主分子、地主婆，在我從小的印象中，那可真是十惡不赦的異類。雖然眼前這兩個人的模樣，和心目中那些托著水煙袋、敲著大算盤，吃人不吐骨頭地盤剝貧下中農的醜惡形象有很大差異。但既然他們真是一對地主夫婦，一定是在舊社會作威作福、魚肉百姓慣了的，現在剝奪他們一點錢財，聲討一下甚至侮辱一下，又算得了什麼呢？怪不得那些紅衛兵、造反派們一個個對他們恨之入骨，他們肯定也和我一樣，從小就懷著對階級敵人的滿腔仇恨吧？——關於這個問題，成人後我也曾認真地思索過。一是深感某種宣傳的威力之大、之可怕。另一個是，當一個人（其實也包括當時的我們父母）在特異前提下，遭受非人的虐待、鬥爭以及內心的絕望、矛盾和屈辱之折磨，其氣質、形容甚至言詞、舉止也都會發生嚴重的扭曲和變形，看上去特別委瑣、卑劣、怪異甚至有時候真的好像貼在他們身上的標籤一樣地面目可憎了。這是很容易讓人心中的思維定勢將之歸入嫌厭甚至邪惡之異類的印象中去，因而也幾乎是本能地想要與這些「非我族類」劃清界限，乃至失去了對他們作為人的一分子所起碼應有的同情或理解之心……

可是我沒想到，一直默默地緊握著我和弟弟的手的父親（有時候他都不知不覺地把我的手攥疼了），不知為什麼鬆開了我們的手，跨一步站到兩個沖在最前面的造反派面前，點頭哈腰地陪著笑臉說：「差不多了，我看差不多了。小將們消消氣吧，不值得跟這種人計較什麼的……」

「什麼？你說什麼屁話？什麼叫差不多了？」

「是屁話，是屁話。我的意思是算了，放他們一馬吧。你們都有正事呢，不值得跟兩個不恥於人類的狗屎堆生氣……」

「胡說八道！你自己也是他媽的臭狗屎一堆，竟敢對革命造反派的革命行動指手劃腳？」

厄運突然之間就落到我們家頭上。我父親見勢不妙，急忙後退了幾步，一面連連表示：「是是是，我知道這是革命小將的革命行動，我不該多嘴多舌……」話沒落音，就有一個人從身後向他打了一棍子，父親慘叫一聲，抱住頭大喊：「我有罪，我有罪……」

可是那夥早已紅了眼的造反派們卻還是一擁而上，揪住父親說要他到指揮部去接受審查，同時就把他往隊伍外面拖，母親見勢不好，一邊向造反派們求情，一邊緊緊抱住父親的腰，不讓他們抓走他。不料自己也被兩個女造反派一把揪住後領，向外拖去。我和姐姐弟弟三個人都嚇得號啕大哭，深知如果父母被抓走，我們去不成陽港倒不怕，怕的是他們不知會受到什麼折磨呀。於是我也豁出去了，衝上前死死拉住父親的胳膊，哭喊著：「放開他們，放開我爸媽！」

可是我立刻感到自己的身子騰了空——兩個兇狠的大漢撲上來，一邊一條膀子，輕鬆地把我抄了起來，也要往外拖走。任我怎麼哭喊，也無濟於事……

萬萬沒有想到的是，就在這十分危急的時候，耳畔突然傳來一連串手提喇叭的吶喊聲：「許衛（許院長的名字），章宗道，你們聽著：市革委會勒令你們停止出發，要對你們進行進一步審查……許衛、章宗道，你們聽好了，立刻停止上船，出來報到，接受市革委對你們的進一步審查！」

與此同時，眼前出現一大夥大約十來個臂上纏著特別大的紅袖標的人，他們都穿著軍裝，有人也拎著雪白的白臘棍蜂擁而來。

因為一時鬧不明白這是怎麼回事，我們所有人，包括那些窮凶極惡的造反派和父親、許院長，都怔在了原地。父親，許院長，當然也包括我們兩家人，其實都聽清楚了喊話人的意思，卻因毫無心理準備，也不知是禍是福，一個個低著頭不敢出聲。

恍惚之間，一張熟悉而親切的面孔竟然出現在我們眼前——沈黨生！他是曾經的市紅衛兵總部副總指揮，後來的「砸派」負責人之一。兩派大聯合後，傳說他當了市革委會常委，可是我們一直沒有機會再見到他。現在他，怎麼會到這兒來了？而且，拿著電喇叭喊話的正是他！他沒有佩戴紅袖章，但卻穿著件很新的有著四個口袋的解放軍幹部服，腰間也紮著銅扣子亮鋥鋥的寬皮帶。看上去比以前我們在紅衛兵總部見到他時，更加氣宇不凡了。

沈黨生顯然也看見了我們，他一個箭步跳到我們跟前，正好站到我身邊，我還在抽泣，卻又立刻像見了救星一樣、和身後的許誠同時哭喊起來：「沈叔叔，沈叔叔你好……」

沒想到沈黨生一臉嚴肅，好像根本沒看到也沒聽到我們的話似的，伸出左手一撥拉，我和興奮得滿面通紅的許誠立即被他撥拉到了父親他們的身後。與此同時，他拿手中的電喇叭衝著父親和許院長分別點了點：「你，還有你！許衛、章宗道——沒聽見我的命令嗎？趕快帶上你們的家人和東西，跟我們回去接受審查。」

父親和許院長也一臉困惑，互相看了看，再看看身後的吳東學院來押送我們的造反派們，一時還不敢說話，也不敢動彈。

「還怔著幹啥？膽敢違抗市革委會命令嗎？」

父親剛想開口說話，卻被幾個挺身上前的吳東學院的造反派粗暴地推向了他們身後。只見他們又仔細打量了一眼沈黨生，疑慮地問他：「你不是我們學院出去的沈黨生嗎？」

「是我，怎麼啦？既然你們認識我，想必你們也知道了，我現在是市革委會常委、市社會綜合治安指揮部的總指揮，市裡和吳東學院的工作協調，也由我分管。我們有個重大案子，涉及到許衛和章宗道，所以暫時不能放他們離開吳東。」

說著，他向身後人一揮手，同志們，一起把他們的行李和人帶上車去。說話中，一輛空卡車正不停地揿著喇叭，轟開擁擠的人潮，開到我們附近來。

可是，雖然先前惡狠狠地要把父母和我們全家帶走的那幫別處的造反派們，見此情形悄悄地溜開了，我們也正要上車，吳東學院來押送我們的那些造反派卻把我們團團圍住，堅決不同意讓我們走。說是沒得到學院領導指示，不能隨便把人帶走。沈黨生冷冷地回答：「我不是說過了嗎？我是市革委會常委、市社會綜合治安指揮部的總指揮，難道我不算領導嗎？」

「你當然是領導，但不是我們的領導。我們沒法接受你的命令。要不，你讓我先去找電話向學院領導請示一下……」

「廢話！這是什麼地方？等你們找到電話再回來，船都開走了——同志們，動手搬東西！」

「不行，我們不能放他們走！」吳東學院的人態度仍然十分強硬，領頭的發一聲喊，所有人便一起擋上前去，一時間，雙方劍拔弩張，情形突然異常緊張。

雖然剛才沈黨生對我們很冷漠，甚至有些粗魯，但我並不生他的氣，而且，我總有一種隱隱的感覺，不管其中有沒有什麼特殊原因，我們能夠跟沈黨生走，總要比去陽港好得多。至少，我們可能在相當一個時期不用離開吳東了！所以我暗自希望沈黨生能夠成功把我們帶走。而他也確實不是吃素的。兩下裡又爭執了幾句後，他就不耐煩地把電喇叭舉到嘴邊，下了死命令：「市社會綜合治安總指揮部的同志們聽好了，立即驅散阻撓市革委會行動的人，帶走我們要帶的人！」

話音未落，沈黨生帶來的十幾個都是工人模樣的彪形大漢餓虎撲食一樣衝到前面，三推兩搡，就把吳東學院的文弱學生造反派們驅散了，有幾個敢於嘴硬的，還挨了幾下白臘棍，立刻抱頭鼠竄……

緊接著，幾乎是轉眼之間，我們的幾件隨身行李和人，就被沈黨生帶來的人裝上、扶上了卡車。隨即，卡車又按父親和許院長的指點，開到我們待裝船的大件行李處，三下五除二就把我們的所有東西都裝上了車。這期間，沈黨生並沒有和我們說話，獨自坐進了卡車的駕駛室。而卡車駛離南門碼頭、拐上大街後，三轉兩轉地，車上我們兩家人就都疑惑起來。「這不是去市革委會的方向啊？」

「哦，肯定是先把我們的東西和家屬送回家去，然後再把我們帶走吧？」

父親和許院長暗地裡嘀咕了幾句，眼看著車子就快到百里街了。也都閉上嘴不出聲了。

我心裡卻有一個想法越來越強烈起來。我悄悄捅捅身邊的許誠，貼著他耳朵輕聲說：「會不會是沈黨生……我總覺得寧肯落在他手裡也……」

許誠說得更直接了：「我也想不明白他怎麼會對我們父親隔離審查？他肯定不是這種人啊。所以我懷疑這是他用的計策——剛才你注意沒有，可能連汪國治都猜到點什麼了，湊上來問他，說自己該怎麼辦。他眼皮都沒抬就說：『對不起，你和我們的案子無關，問你們學院的人去吧……』」

悄悄議論間，卡車已顫顫巍巍地駛進百里街十八號，我們那差一點就再也看不見了的院子。沈黨生從駕駛室裡跳下來，吩咐手下人把我們的東西分別抬進我們家裡，轉過身來時，臉上忽然露出了我們久違的那副寬厚而溫暖的笑容。他走過來時，順手還拍了拍我的頭說：「剛才怠慢你啦，公子哥兒！」

說著他伸出雙手，一人一隻手，緊緊地握住了父親和許院長的手：「兩位老領導，你們受驚了吧？都怪我前一陣瞎忙，知道你們也要被『掃除』的消息已經太晚了。」

「原來你真是在幫我們啊！」

「太感謝你了，這讓我們該怎麼謝你好呢？」

「哪裡，有權不用，過期作廢。我好歹還能調動一些人。以後你們就在家裡待著，哪兒也不要去。學院那頭如果還有什麼說法，隨時告訴我——現在不是說話的時候，我要先走一步了。今後你們放心，只要我在市革會一天，就絕不能讓你們被趕走！」

說著，他向我們所有人揮揮手，掉頭走向已掉過頭來的卡車，拉開車門又鑽進了駕駛室。

卡車駛過我們身邊的時候，我們又看見沈叔叔搖下車窗玻璃，向我們微笑著招手。這時候，我很想對他說上句什麼，卻就是開不了口，心裡翻江倒海一樣沸騰著，眼淚嘩嘩流，喉嚨口也哽咽得生疼……

萬分遺憾的是，那車窗裡的一招手，竟是我和我們所有人見到沈黨生的最後一面——雖然由於他的幫忙，我們避免了被吳東學院再次驅逐的厄運（後來，因為這項政策太不得人心，省革委會也下令吳東市暫停了這項行動。我們也就順理成章地留了下來）。然而，我們深心感恩的沈黨生叔叔，卻在那事發生的大約兩年後吧。突然和另外幾個過去的紅衛兵、造反派頭頭一起，挑動革命群眾組織分裂的反革命分子的名義，押上了全市召開的十萬人公審大會；並當場宣布，撤銷他的一切職務，判處十五年勞動改造──那次公審大會，我和許誠的父母都沒有資格參加，我們作為孩子也被擋在會場外面。

不久後，父親在家裡噙著眼淚對我們說，恐怕以後很難再見到你們的沈叔叔了──他被押送到青海去服刑了。

許多年來，直到現在，只要碰上吳東市的熟人，我都會向他們打聽並反覆核實沈黨生的下落。得到的確切回答卻都是差不多的：他在青海監獄服刑五年後，趁一次外出勞動的機會和另一個人一起逃跑了──幾天後，他的獄友被武警在大戈壁中抓了回去。而我親愛的沈黨生叔叔，卻一直下落不明。許多人都說那是個寸草不生的蠻荒之地，沈叔叔即使逃得過武警的追捕，也一定逃不脫茫茫戈壁的乾渴和飢餓……

不，我無法相信這種說法。像沈黨生這種正義而善良的好人，一定會得到上天的垂憐。他很可能是逃出了戈壁，在廣袤無垠的邊疆地區隱姓埋名地藏匿了下來。

沈叔叔，我說的是真的吧？

沈叔叔，如果你真還活著，現在該有七十多歲了吧？

沈叔叔，知道我，還有我們所有蒙你恩惠的人，是有多麼多麼地希望著，能夠再見你一面啊？

沈叔叔啊……

尾聲

許多年以後，早已成家立業的我，偶然在一本雜誌上讀到一首署名為「佚名」者所作的小詩，和一篇馬良先生寫的文章，突然之間就流下淚來。

馬良先生的文章中有這樣一個細節……我發現他幾乎從早到晚都在垃圾箱那裡翻，並不是偶然為之。我這才知道他是個瘋子。我心想這可憐人估計是要尋一點食物果腹，但又覺得不是。因為他衣服穿得還挺體面的，而且手裡從來沒有見到他拿什麼東西。他這種情況持續了好多時日，直到我搬走那天，還看見這個瘋子又在垃圾箱前翻弄著。但我也沒有打算細究，一個瘋子的事情，誰能說得清呢？……

很多年以後，某天家宴，我和姐姐的幾位朋友無意間聊到我記憶中的這個瘋子。說起他，姐姐在一旁插了一句，「你那時年紀小不懂事。我們都認識他。你說的那個一直在翻垃圾的瘋子，原來是一個鋼琴家。文革時候被造反派剁掉了兩隻手上的小拇指，當著他的面扔到了那個垃圾箱裡。他從此便瘋了，傷好後直到死，他每天都在想翻尋回他的手指」——席間頓時一片死寂，沒人再說話……

那首小詩也讓我唏噓不已。我當即把它剪了下來，小心地貼在筆記本裡，後來又錄在電腦上，並要兒子好好看看，永遠地記在心裡——

《示兒》

如果文革重來
或者
任何口號喊得震天響的運動
你都不要去鬥人
不要揭發人
不要侮辱人
不要當打手
不做告密者
不對人惡言相向，
哪怕全部被打了雞血
你也要把雞血放掉
往血管裡面
塞上冰
有可能
你就給被鬥被整的人
一碗熱水

一塊麵包
一個微笑，
讓他們知道
這個世界上還有好人
不全是魔鬼。
讀書
思考
運動
不跟在惡人後面起鬨。
生命只有一次
珍惜他人
也珍惜自己。
運動總有結束時，
那時候
你會心安
說
我沒有害人！

語言文學類　PC0705　目擊中國22

泡影

作　　者 / 姜琍敏
責任編輯 / 劉亦宸
圖文排版 / 周好靜
封面設計 / 葉力安

發 行 人 / 宋政坤
法律顧問 / 毛國樑　律師
出版發行 / 秀威資訊科技股份有限公司
114台北市內湖區瑞光路76巷65號1樓
電話：+886-2-2796-3638　傳真：+886-2-2796-1377
http://www.showwe.com.tw
劃撥帳號 / 19563868　戶名：秀威資訊科技股份有限公司
讀者服務信箱：service@showwe.com.tw
展售門市 / 國家書店（松江門市）
104台北市中山區松江路209號1樓
電話：+886-2-2518-0207　傳真：+886-2-2518-0778
網路訂購 / 秀威網路書店：https://store.showwe.tw
國家網路書店：https://www.govbooks.com.tw

2018年4月　BOD一版
定價：420元

國家圖書館出版品預行編目

泡影 / 姜琍敏著. -- 一版. -- 臺北市 : 秀威資訊科技, 2018.04
面；　公分. -- (語言文學類 ; PC0705)(目擊中國 ; 22)
BOD版
ISBN 978-986-326-523-8(平裝)

857.7　　107000138

讀者回函卡

感謝您購買本書，為提升服務品質，請填妥以下資料，將讀者回函卡直接寄回或傳真本公司，收到您的寶貴意見後，我們會收藏記錄及檢討，謝謝！

如您需要了解本公司最新出版書目、購書優惠或企劃活動，歡迎您上網查詢或下載相關資料：http:// www.showwe.com.tw

您購買的書名：＿＿＿＿＿＿＿＿＿＿＿＿＿＿＿＿＿＿＿＿

出生日期：＿＿＿＿年＿＿＿＿月＿＿＿＿日

學歷：□高中（含）以下　□大專　□研究所（含）以上

職業：□製造業　□金融業　□資訊業　□軍警　□傳播業　□自由業

□服務業　□公務員　□教職　□學生　□家管　□其它＿＿＿

購書地點：□網路書店　□實體書店　□書展　□郵購　□贈閱　□其他

您從何得知本書的消息？

□網路書店　□實體書店　□網路搜尋　□電子報　□書訊　□雜誌

□傳播媒體　□親友推薦　□網站推薦　□部落格　□其他＿＿＿＿

您對本書的評價：（請填代號　1.非常滿意　2.滿意　3.尚可　4.再改進）

封面設計＿＿　版面編排＿＿　內容＿＿　文／譯筆＿＿　價格＿＿

讀完書後您覺得：

□很有收穫　□有收穫　□收穫不多　□沒收穫

對我們的建議：＿＿＿＿＿＿＿＿＿＿＿＿＿＿＿＿＿＿＿＿

＿＿＿＿＿＿＿＿＿＿＿＿＿＿＿＿＿＿＿＿＿＿＿＿＿＿

＿＿＿＿＿＿＿＿＿＿＿＿＿＿＿＿＿＿＿＿＿＿＿＿＿＿

＿＿＿＿＿＿＿＿＿＿＿＿＿＿＿＿＿＿＿＿＿＿＿＿＿＿

請貼
郵票

11466
台北市內湖區瑞光路 76 巷 65 號 1 樓
秀威資訊科技股份有限公司 收
BOD 數位出版事業部

....

（請沿線對折寄回，謝謝！）

姓　名：＿＿＿＿＿＿＿＿　年齡：＿＿＿＿　性別：□女　□男

郵遞區號：□□□□□

地　址：＿＿＿＿＿＿＿＿＿＿＿＿＿＿＿＿

聯絡電話：(日)＿＿＿＿＿＿＿＿　(夜)＿＿＿＿＿＿＿＿

E-mail：＿＿＿＿＿＿＿＿＿＿＿＿＿＿＿＿